中國語言文字研究輯刊

三　編

許　鋷　輝　主編

第 5 冊

王筠《說文解字句讀》「聲符兼義」探析

馬　偉　成　著

花木蘭文化出版社

國家圖書館出版品預行編目資料

王筠《說文解字句讀》「聲符兼義」探析／馬偉成 著 — 初版
— 新北市：花木蘭文化出版社，2012〔民101〕
目 2+286 面；21×29.7 公分
（中國語言文字研究輯刊　三編：第 5 冊）
ISBN：978-986-322-050-3（精裝）
1. 說文解字　2. 中國文字　3. 研究考訂
802.08　　　　　　　　　　　　　　　　101015853

ISBN-978-986-322-050-3

9 789863 220503

中國語言文字研究輯刊
三 編　　第 五 冊　　　　　ISBN：978-986-322-050-3

王筠《說文解字句讀》「聲符兼義」探析

作　　　者　馬偉成
主　　　編　許錟輝
總 編 輯　杜潔祥
出　　　版　花木蘭文化出版社
發 行 所　花木蘭文化出版社
發 行 人　高小娟
聯 絡 地 址　新北市永和區中正路五九五號七樓之三
　　　　　　電話：02-2923-1455／傳眞：02-2923-1452
網　　　址　http://www.huamulan.tw 信箱 sut81518@gmil.com
印　　　刷　普羅文化出版廣告事業
初　　　版　2012 年 9 月
定　　　價　三編 18 冊（精裝）新台幣 40,000 元

王筠《說文解字句讀》「聲符兼義」探析

馬偉成　著

作者簡介

馬偉成，民國五十九年生，逢甲大學中文博士，曾爲逢甲及大葉大學之兼任講師，目前爲逢甲及大葉大學之兼任助理教授。

提　要

　　形聲字的出現，標誌著漢字由表意文字走向表音文字的變革，形聲字的聲符具有相對穩定性，它不僅單純記錄語音，更有示意功能；「聲符兼義」早從先秦典籍已有記載，漢代許慎《說文解字》出現爲數不少「亦聲字」，可視爲「聲符兼義」理論之發現，宋代王聖美的「右文說」則是「聲符兼義」理論之提出，到了清代，文字學家相繼闡述「右文說」理論，故「音近義通」及「因聲求義」的方法於此臻於系統化。

　　清代「說文四大家」中段玉裁和王筠在其著作皆有標誌「聲符兼義」之字例，本論文將王筠《說文解字句讀》中出現「聲兼意」字例進行剖析，探究王筠如何處理「聲符兼義」問題，並且和段玉裁的進行比較，端看二人之異同，最後對於王筠分項「聲兼意」提出看法並總結「聲符兼義」對於文字源流之意義及價值。

目
次

凡　例

一、本論文採用版本：大徐本以平津館校刊爲底本，台北世界書局出版；小徐本以清道光祁㒵藻刻本爲底本，北京中華書局出版；段注本以經韻樓臧版爲底本，台北天工書局出版；王筠《說文釋例》以清道光刻本影印爲底本，《文解字句讀》以清道光刻本影印爲底本，二書皆爲北京中華書局出版。

二、本文援用聲韻之反切以宋陳彭年等修澤存堂本《宋本廣韻》（簡稱《廣韻》）爲底本，台北黎明文化出版，聲類依據黃侃分四十一聲紐；韻類依據《廣韻》二〇六韻，古韻歸類依據陳新雄三十二韻部，輔以錢大昕「古音娘、日二紐歸泥說」、「古無舌上音」，曾運乾「喻三古歸匣」、「喻四古歸定」及錢玄同等人說法修訂之。

三、文中提及《說文》皆以大徐本爲底本，除非各家在文字說解上有異才會註明，原則上皆以段注《說文解字注》示之。

四、王筠說解字形皆自《說文解字句讀》摘錄而得。

五、爲求行文一致性，筆者親炙師長於姓名中加「師」，其餘引用現代學人一律不加稱謂「先生」，並無不敬之意。

六、文中甲文使用版本爲《甲骨文編》（台北：大化書局），次以徐中舒編《甲骨文字典》（四川：四川辭書）金文則使用容庚《金文編》（北京：中華書局）。

七、文中出現之甲、金文者，除援引作者之字例外，其餘出現書名之簡稱者，
　　為：

簡　稱	書　名　全　稱	作　者　暨　編　著　者
合集	甲骨文合集	中國社科院歷史語言所
甲	殷虛文字甲編	董作賓
乙	殷虛文字乙編	董作賓
前	殷虛書契前編	羅振玉
後	殷虛書契後編	羅振玉
粹	殷契粹編	郭沫若
掇	殷契拾掇	郭若愚
佚	殷契佚存	商承祚
鐵	鐵雲藏龜	劉鶚
拾	鐵雲藏龜拾遺	葉玉森
誠	誠齋殷虛文字	孫海波
鄴	鄴中片羽	黃濬

第一章　緒　論

　　形聲字在許慎《說文解字》中的數量是最為可觀的，據李孝定統計，在殷商甲骨文中形聲字約佔 27.24%，在小篆中佔 81.24%，在宋代楷書中佔 90%，〔註1〕可知形聲系統在文字構形系統中居主流地位，且「形聲字的產生代表了表意漢字發展的最高階段。」，〔註2〕因為透過形符和聲符的結合，解決了表意文字無法概括事物形象的缺憾，周祖謨亦說道：

　　　　由象形文字產生表意文字之後，文字就逐漸豐富起來了。可是語言
　　　　的詞彙隨著人對客觀事物認識的日益擴展和加深而日趨豐富，文字
　　　　勢必也要增多，單純應用象形、表意的方法來造字也就行不通了。
　　　　因為事物有形可象的未必都能描繪得出，遇到無形可象的或難以表

〔註1〕李孝定將甲骨文字、朱駿聲《六書爻例》及鄭樵《六書略》三類統計比較得出之
　　　　結果。見李孝定《漢字的起源與演變論叢》「從六書的觀點看甲骨文字」，頁 21，
　　　　台北：聯經出版。近來統計數字已有變動（其因李氏以「六書」分類，張氏以「四
　　　　書」分類），如張麗花《甲骨文字四書說研究》指出，在已識968個甲骨文字中有
　　　　352個形聲字，比例為36.36%，頁208，國立臺灣師大國文研究所碩士論文，民國
　　　　87年6月；鄭佩華《〈說文解字〉形聲字研究》指出，據《說文解字》中將近9834
　　　　個字加以統計（含大徐新附字），其中約有8648個形聲字，比例約87.9%，一章
　　　　「緒論」，頁22，國立臺灣師大國文研究所碩士論文，民國87年6月。
〔註2〕援引李國英《小篆形聲字研究》「引言」，頁1，北京：北京師範大學出版。西元
　　　　1996年6月一版一刷。

現的就更有困難。於是不得不另外想辦法。最好的辦法就是表音。
〔註3〕

這種構字簡明、使用方便的象形文字適應性強,自然成為先民喜愛及接受,因此原始文字由圖形、記號到可以獨立表示事物形象的「文」,是一種自然規律,也是一種歸納性的文字系統,周祖謨又說:

> 在文字發展的過程中,自然先有接近於圖畫的文字,後有表音的文字。但是這些階段不是截然可分的。有了圖形文字的時候,就可以有表意的成分;有了表意文字的時候,也就可以有表音的成分。由象形、表意趨向於表音,這就是漢字發展的內部規律。〔註4〕

當文字的內部規律發展到成熟階段,也就產生了形聲字。〔註5〕

第一節　研究動機

東漢許慎《說文解字》是文字學史上第一部字書,其書重要性除在於收字豐富、包含從戰國到東漢時期的文字外,對於以文字為基點、推論古代的社會文化,更有莫大的裨益。許慎說道撰寫《說文解字》的動機:

> 蓋文字者,經藝之本,王政之始,前人所吕垂後,後人所吕識古,故曰本立而道生。知天下之至嘖而不可亂也。今敘篆文,合吕古籀,博采通人,至於小大,信而有證。稽譔其說,將吕理群類、解謬誤、曉學者、達神恉。〔註6〕

如此嚴謹的著書態度對於日後「說文學」的研究者啟發諸多研究方向,不論是抱持尊崇或懷疑態度的學人無不秉持嚴肅謹慎的思維研究《說文》,因此「說文

〔註3〕見周祖謨《問學集·漢字的產生與發展》上冊,頁6,北京:中華書局。西元1981年3月一版二刷。

〔註4〕見周祖謨《問學集·漢字的產生與發展》上冊,頁8。

〔註5〕周祖謨言:「形聲字能和語音相結合,這是漢字的一大發展。所以到周代形聲字大量出現,後世產生的文字幾乎都是形聲字,表意的文字就很少。」見《周祖謨學術論著自選集》,頁26,北京:北京師範學院。西元1993年7月一版一刷。

〔註6〕見段玉裁《說文解字注·敘》卷十五,頁7,台北:天工書局。民國81年11月再版。

學」的研究議題持續不斷、永遠有令人驚喜的發現。關於《說文》六書理論的研究者更不知凡幾，然對於其中「形聲」一項多集中在構字原理及考辨上著墨，本論文從諸多學人的研究論題爲基點，試圖從形聲的現象——「聲符兼義」做一探析，整理聲符兼義的理論及源流，並比較「說文四大家」中段玉裁及王筠二人在形聲條例上之說法，因爲清代乾嘉時期爲經學復興時代，而作爲經學附庸之小學，在乾嘉學者的努力研究下，拓展推進，從原本僅是古人教學童識字之書到成爲研經治史的重要學科，小學於此「蔚爲大國」。相較前期，語言文字之學邁入空前的發達。綜觀文字學之研究，主要成果表現在《說文》學及「金石學」二方面。乾嘉之際研究《說文》者，以《說文》四大家——段玉裁、桂馥、王筠及朱駿聲之成就爲宗。段氏從校勘《說文》入手，闡發通例，往往將字形的研究成果融入注中。〔註7〕桂馥《說文解字義證》旨在說明許愼《說文》相疏證，述而不作，近乎客觀，正因以許學爲宗，故墨守《說文》說解，無敢出入。朱駿聲《說文通訓定聲》以聲爲經、以形爲緯，將全書分爲「說文」（說解《說文》字形和本義）、「通訓」（說明字義的引伸及假借）及「定聲」（以古聲韻編目）三部分，然修訂《說文》不盡妥當，故說法易流於臆測。王筠取三家之長，通權達變，疏通義理，其著述《說文釋例》、《說文解字句讀》、《文字蒙求》及《說文繫傳校錄》，依通例論其學，依金文糾其誤，依群經證其意。〔註8〕清代學者固奉《段注》爲「顯學」，然亦有推崇王筠學說者，潘祖蔭云：

> 乾嘉以後，經師耆儒，如段氏玉裁、桂氏复、鈕氏樹玉、錢氏坫、嚴氏可均、王氏玉樹、吳氏夌雲、王氏煦篤信許書，咸有纂述，後之作者，無能增損，君（指王筠）書晚出，乃集厥成，補弊抹偏，爲功尤鉅。〔註9〕

徐世昌云：

> 清代治《說文》者，以桂未谷、段懋堂爲最著，貫山承其後，獨闢

〔註7〕見許錟輝《文字學簡編》八章「清代《說文》四大家」，頁 144，台北：萬卷樓出版。民國 88 年 3 月初版。

〔註8〕此段文字轉載宋師建華《王筠說文學探微》，頁 1，中國文化大學中文研究所博士論文。民國 82 年 5 月。

〔註9〕收錄王筠《說文釋例·書後》，葉 2，台北：世界書局。民國 73 年 10 月三版。

門徑，補偏救弊，推勘精詳，論者以爲許氏之功臣，桂、段之勁敵。

蓋書（《說文句讀》）雖然晚出，而折衷一是，實能集眾說之成焉。

〔註10〕

近代學者梁啓超云：

學者如欲治《說文》，我奉勸先讀王氏《句讀》，因爲簡明而不偏敧；

次讀王氏《釋例》，可以觀其會通。〔註11〕

現代學者龍宇純言：

概括說來，清之四大家：桂氏只是功在許書，對文字學的貢獻是間

接的；段氏除此而外，又有其一般語文學上的成就；朱氏功績在於

訓詁；直接在文字學上多所建樹的，應推王氏。〔註12〕

由此得知：王筠既以《說文》爲本、又不拘泥其說，互有會通、牴誤之處，且段、王二人在其著作《說文解字注》及《說文解字句讀》中的字例皆有聲符兼義之字例，二人分項殊多，歸其要旨爲何？故需要詳加考證以找出二人對聲符兼義之看法，並針對二人分類得當與否提出辯證，力求恢復文字之原貌。

王筠著《說文解字句讀》除述他人之說，亦有個人獨創之見解，尤其對於段玉裁及桂馥二人說法有不滿意處，就會「更考以說之」，本論文以王筠《說文解字句讀》中出現「聲符兼義」的字例爲主體，由此開展擴及「聲符兼義」的流變及衍生出相關的議題，並和段玉裁《說文解字注》中關於「聲符兼義」的字例作一比較，以下就各章節之內容作一概述：

第一章介紹研究主題及研究動機，說明研究意義爲何。

第二章介紹形聲字的定義及起源，從歷代學人的見解找出共同說法。當人們表達的意念日趨複雜時，原本表意文字以無法滿足溝通的需求，於是透過表音的方法解決文字的不足，也就是借用某字作爲表音符號，來記錄和這某字音同或音近的詞，如此一來，許多難以「象」、無法「指」及不可「會」的文字都

〔註10〕見徐世昌《清儒學案‧貫山學案》卷一四五，頁 2543，台北：國防研究院。民國 56 年 10 月臺初版。

〔註11〕見梁啓超《中國近三百年學術史》，頁 296，台北：里仁書局。民國 84 年 2 月初版。

〔註12〕見龍宇純《中國文字學》（定本）四章「中國文字學簡史」，頁 439，台北：五四書店。民國 85 年 9 月定本再版。

可以被記錄下來，因此「形聲字」遂成爲現行通行文字的大宗。然而形聲字和會意字的界定以及王筠對於「會意」之標準爲何，亦是本章需釐清的問題。

　　第三章介紹聲符兼（表）義的問題，本章分爲兩部分，其一是首先需釐清「意符」與「義符」之關係，其次論述其源流，說明「聲符兼義」現象乃是早已存在的事實，最後將關於此理論的相關文字現象（如「亦聲字」、「右文說」及「聲近義通」等）詳加論述；其二既然論述「聲符兼義」之理，其與「會意兼聲」的差異性爲何？兩者是否可以同時存在於文字理論中？則是本章討論之重點。

　　第四章介紹王筠關於「聲兼意」方面的理論，[註13]並將王氏分類成七項中所屬字例詳加分析，和段玉裁《說文解字注》出現「形聲兼義」的字例作一比較，找出段、王二人分類之動機，察看段、王二人在此議題上的看法，是否該如此分項或者王筠是否有「後出轉精」的優勢。

　　第五章結論則是總結前章說法。整理歸納出「聲符兼義」的意義、價值及在文字演進中的重要性，並且說明王筠書中關於「聲兼意」理論之特性。

第二節　研究界定

　　版本使用的正確與否攸關論文價值，因此愼選版本是決定論文品質的要件。

一、研究文本

　　自許愼《說文解字》在唐時經李陽冰擅改後，《說文》原貌已不復見，因此自宋代開始，研究的學人皆以大小徐刊定的《說文》爲依據，高明曾說道：

　　　　吾人欲探索《說文》原本之面貌，必須自二徐本始。[註14]

大、小徐本雖力求闡發許書原貌，然大徐本對形聲字的瞭解不夠，私自改易，將說解字形中的「聲」字刪去，形成會意字；[註15]小徐本巧說衍文，無一定

〔註13〕筆者力求保持風貌，故此章將「聲兼義」改爲「聲兼意」，以符合王筠書中的樣貌。

〔註14〕見高明〈說文解字傳本續考〉，頁20，《東海學報》十八卷，民國66年6月。

〔註15〕胡樸安說道：「徐氏校訂本，於形聲之例，不能悉通，往往除去聲字，而爲會意之

說，〔註16〕且宋代尚未發現形聲相聲、音義相轉之理；元、明二代雖有戴侗、楊桓、趙撝謙及趙宦光等人爲文字學開一先路，〔註17〕然「皆以臆造不可知之古文，妄爲《說文解字》之攻擊」，〔註18〕直到治學方法以識字爲讀經之始、以故訓求典章制度清代學人用考據及校勘之法研治《說文》，文字學的研究於此再度興盛。

清代研究文字學的學者眾多，最負盛名者爲「說文四大家」，四大家中集文字學於大成者當推段玉裁《說文解字注》，故高明亦說道：

> 《說文解字》一書，今日最通行者爲段玉裁之注本。段氏受學於戴震東原，既長於經學，又長於音韻、訓詁與校勘，且熟悉先秦、兩漢之古籍及前代之字書、韻書。彼用具所長，以注《說文解字》，不僅能淹貫全書之條例，而闡發其義蘊；又能疏通古今之音訓，而深知其體要。〔註19〕

若說段玉裁是文字學於大成者，王筠則是清代文字學「第一把交椅」，〔註20〕王筠一生勤苦治學，既尊崇段、桂諸名家，又不拘泥其說，窮畢生精力研治《說文》，胡樸安稱讚道：

> 清朝文字學諸家，能自成一書、解釋《說文》全部之例，足爲後學之指導者，當推王筠之《說文釋例》。〔註21〕

訓。」見《中國文字學史》二編「文字學前期時代——唐宋元明」，頁138，台北：臺灣商務印書館。民國81年9月臺一版十一刷。

〔註16〕胡樸安說道：「……微傷於冗，而且隨文變易。初無一定之說，牽強證引，不難竄改經典舊文以從之。」見《中國文字學史》二編「文字學前期時代——唐宋元明」，頁140。

〔註17〕如南宋戴侗《六書故》以金文爲材料、創「聲近義通」之術語及對「叚借」的認識；明趙宦光《說文長箋》備列班固、衛桓、賈公彥及徐鍇等十九家之學說，封於聲韻之理更有詳細的推闡。

〔註18〕援引胡樸安語，見《中國文字學史》二編「文字學前期時代——唐宋元明」，頁249。

〔註19〕見高明〈說文解字傳本考〉，頁1，《東海學報》十六卷，民國64年6月。

〔註20〕援引殷寄明語，見《語源學概論》，頁78，上海：上海教育出版。西元2000年3月一版一刷。

〔註21〕見胡樸安語，見《中國文字學史》三編「文字學後期時代——清」，頁341。

王筠「說文學」之特色在於：一是以小徐《說文繫傳》爲底本，一是以金文治說文之學，〔註22〕因此本論文即以大、小徐本及段注本、王筠四家版本相互參照，避免造成驗證失之武斷。

二、研究意義

文字發展到形聲階段，可說是達到最優化的結構方式，因爲既可強化意義，又可明確標音，擴大文字的紀錄功能，唐蘭亦說道：

> 形聲文字一發生，就立刻比圖畫文字占優勢了。原來是聲化的象意字，以及少數的合體字之類，也完全被吞并，而作爲形聲文字了。〔註23〕

蔣善國認爲：

> 因此，隸變以來的漢字，既不是單純地利用形體結構（即象形文字）來表意，也不是採取字母拼音的制度，而只是把表意和標音兩種兩種因素，作爲組成漢字的基礎，它形成了漢字的新階段，變更了漢字的性質，漢以前是象形文字兼表意文字的時代，漢以後是表意文字兼標音文字時代。〔註24〕

蔣氏持平論述文字的演進歷程，因爲整個形聲系統既具有區別性，又有歸納性，使文字能夠完善地記錄語言，成爲成熟的文字體系，〔註25〕裘錫圭對於漢字通過意符、音符及記號的分析，得出以下結論：

> 漢字在象形程度較高的早期階段（大體上可以說是西周以前），基本上是使用意符和音符（嚴格說應該稱爲借音符）的一種文字體系；後來隨著字形和語音、字義等方面的變化，逐漸演變成爲使用意符（主要是義符）、音符和記號的一種文字體系（隸書的形成可以看做

〔註22〕援引宋師建華語，見〈王筠說文學探微〉（一）一章「緒論」，頁 22，台北：中國文化大學中文所博士論文。民國 82 年 5 月。

〔註23〕見唐蘭《中國文字學》十六「六技」，頁 85，上海：上海古籍出版社。西元 2001 年 6 月一版一刷。

〔註24〕見蔣善國《漢字學》五章「形聲字」，頁 123，上海：上海教育出版社。西元 1987 年 8 月一版一刷。

〔註25〕王寧說道：「形聲系統與漢字構形系統幾乎可以成爲同義語。」見李國英《小篆形聲字研究·序》，頁 2。

這種演變完成的標誌）。〔註26〕

然而在形符與聲符組合方式中，聲符的表意功能於古籍中已見端倪，職是之故，遂引發形符與聲符身份定位之論戰，故從完整記錄文字形、音、義的《說文解字》為底本，再參佐王筠對《說文》中「形聲字」的認知，並且和段玉裁進行相互對照，以期正確探究「聲符兼義」的現象，認識文字的發展規律。

〔註26〕見裘錫圭《文字學概要》二「漢字的性質」，頁 20，台北：萬卷樓出版。民國 83 年 3 月初版。

第二章　形聲釋名

許慎云：

> 形聲者，斧事為名，取闢相成，江河是也。 [註1]

此定義後代學人眾說紛紜，各有堅持之論見，茲將諸家學說整理如下：

第一節　形符與聲符的會合

一、主半形半聲者

表示形聲字組成之部件屬於對等狀態，沒有主從關係，且形符表類別義，聲符僅表音。歷代持此項說法者，有：

1、漢賈公彥

> 諧聲者，即形聲一也，江河之類是也，皆以水為形、以工可為聲，
> 但書有六體，形聲實多…… [註2]

2、南唐徐鍇

> 形聲者，以形配聲，班固謂之象聲，鄭玄注《周禮》謂之諧聲。象
> 則形也，諧聲言以形諧和其聲，其實一也，江河是也。水，其象也：

〔註1〕見段玉裁《說文解字注・敘》卷十五，頁7，台北：天工書局。民國81年11月再版。

〔註2〕見賈公彥疏《周禮注疏・地官・司徒・保氏》卷十四疏語，頁213，重刊宋本《十三經注疏校刊記》，台北：藝文印書館。

工可，其聲也。〔註3〕

3、南宋張有

諧聲者，或主母以定形，因母以主意，而附佗字爲子，以調和其聲者也。如鵝鴨江河之類。〔註4〕

4、南宋戴侗

象形、指事猶不足以盡變，轉注、會意以益之，而猶不足也，無所取之，取諸其聲而已矣。是故各因其類而齰之以其聲。木之形可象也，而其別若松、若柏者不可悉象，故借公以齰松之聲、借白以齰柏之聲。〔註5〕

5、元劉泰

五曰形聲，物之形意，非轉注所能盡，故於形之傍附之以或文或字，因聲以明之。〔註6〕

6、明王應電

書法有限，而物類無窮，字烏能盡之哉。主一字之形，而斧佗字之聲斅之，因其形之同，而知爲是類；因其聲之異，而知爲是物是義，故曰形聲。〔註7〕

7、明周耜

形聲者，以二字爲一字，其一从形，又其一从聲也。從形者以明其意；從聲者以別於形同之字，而使意無疑也。〔註8〕

〔註3〕見徐鍇《說文解字繫傳·上部》卷一「上」字，頁1，北京：中華書局。西元1998年12月一版一刷。

〔註4〕此說引用趙宧光《說文長箋》，頁428，收錄《續修四庫全書》經部二〇三冊，上海：上海古籍出版。西元1995年一版。

〔註5〕見戴侗《六書故》，頁4，收錄《文淵閣四庫全書》經部二二〇冊。台北：臺灣商務印書館。民國60年。此外，戴侗歸納形聲字的產生原因有二：一是聲符不兼意，一是聲符兼意，後者待「聲即義」項論述。

〔註6〕見楊桓《六書統·序》，頁5，收錄《文淵閣四庫全書》經部二二〇冊。

〔註7〕見趙宧光《六書長箋》卷三，頁431，收錄《續修四庫全書》經部二〇三冊。

〔註8〕見周耜《六書釋》，頁670，收錄丁福保輯《說文解字詁林·前編中》「六書總論」，

8、清曹仁虎

　　諧聲者，……如以水合工爲江，工字本無水義，而但取其聲；以水合可爲河，可字本無水義，而但取其聲。〔註9〕

9、民國蔣伯潛

　　「以事爲名」者，猶言以事物造字，此指表義之「形」；「取譬相成」者，則謂取譬於語言中呼此物之聲，合於表義之形以成新字，此指表音之「聲」；合「形」與「聲」以造成新字，故曰「形聲」。〔註10〕

10、民國朱宗萊

　　形聲字亦合數體而成。其中有表義之體，有表音之體。以事爲名者，指表義之體而言，所謂形也；取譬相成者，指表音之體而言，所謂聲也。〔註11〕

綜觀以上說法得知：

一、形加聲是形聲字系統的基本結構。形表義類、聲表音讀，二者地位並重。

二、無論是「象聲」、「諧聲」或「齸聲」，實是異名同實，皆表示形聲的概念。

三、合「形」與「聲」二者已有之「文」以造新字，故形聲爲「合體字」，和會意不同的是，形聲字必有表音之「文」，會意字組合之「文」和所組之會意無聲音關連。

二、主半義半聲者

　　形符和聲符之結合，形符表類別義，聲符除表音外，尚有意義之所託，持此項論點之學人，有：

1、南宋鄭樵

　　諧聲與五書同出，五書有窮，諧聲無窮；五書尚義，諧聲尚聲，天

　　台北：鼎文書局。民國 86 年 9 月四版。

〔註 9〕見曹仁虎《轉注古義考》，頁 319，收錄《續修四庫全書》經部二〇四冊。

〔註10〕見蔣伯潛《文字學纂要・本論二》三章「會意與形聲」，頁 66，台北：正中書局。民國 61 年 10 月臺二三版。

〔註11〕見朱宗萊《文字形義篇・形篇二》「六書釋例」，頁 114，台北：學生書局。民國 58 年 3 月三版。

下有有窮之義,而有無窮之聲。擬之而後言,議之而後動者,義也。不疾而速,不行而至者,聲也。作者之謂聖,述者之謂明,五書作者也。諧聲,述者也。諧聲者,觸聲成字,不可勝舉。〔註12〕

2、明趙古則

六書之要,在乎諧聲。聲原於虛,妙於物而無不諧故也。然其為字,則主母斥字形。因母斥主意,而附佗字為子,斥調和其聲者也。〔註13〕

3、明朱謀瑋

諧聲因名斥定意。楓諷从風、需桼从雨之類。〔註14〕

4、明趙宧光

聲者,意義殹也。二文共事,菁結而成。半表義、半持聲,七生之道具,而字滋廣矣。〔註15〕

5、清段玉裁

形聲即象聲也,其字半主義、半主聲。半主義者,取其義而形之;半主聲者,取其聲而形之。不言義者,不待言也。得其聲之近似,故曰象聲、曰形聲。〔註16〕

又曰:

以事為名,謂半義也;取譬相成,謂半聲也。〔註17〕

6、清孔廣居

象聲,《說文》謂之形聲,《周禮》鄭注謂之諧聲。諧聲之字,半主義、半主聲。其主義者,即許注所云从某也;其主聲者,即許注所

〔註12〕見鄭樵《六書略》第三「諧聲」(影印元至治本),頁1,台北:藝文印書館。民國65年3月初版。

〔註13〕見趙古則《六書本義・諧聲論》,頁6,收錄《四庫珍本》四集,台北:臺灣商務印書館。

〔註14〕見趙宧光《六書長箋》卷三,頁431,收錄《續修四庫全書》經部二〇三冊。

〔註15〕見趙宧光《六書長箋》卷四「六書縛義」,頁433,收錄《續修四庫全書》經部二〇三冊。

〔註16〕見段玉裁《說文解字注・敘》卷十五,頁755。

〔註17〕見段玉裁《說文解字注・敘》卷十五,頁755。

云某聲也。主義之半，象形居多，故合一字言之，則謂之象聲、形
聲；專指其半言之，則謂之諧聲也。〔註18〕

7、民國弓英德

形聲字一半屬義者，可名之爲意符；一半屬聲者，可名之爲音符；
形聲字即意符配合音符所造成之文字也。〔註19〕

8、梁東漢

形聲字是由義符和音符兩部分組成的。所謂「形聲」就是半形半聲
或一形一聲的意思。〔註20〕

綜觀以上說法得知：

一、形聲系統由意符（義符）和聲符組合而成，主義之部件傳達欲表示之意義，
　　主聲之部件則記錄該字的語音。

二、形聲字屬於對等狀態，一體主義、一體主聲。

　　事實上第一、二項爲相同之概念。形符具備形聲字義準確性和固定性，以
達到分門別類的作用，亦正是「意符」（義符）的示意功能，故形符及意符（義
符）具有提示形聲字義及區別的功能，〔註21〕聲符則提供讀音，以期達到「形
義統一」的原則。

　　今人裘錫圭將意符分類爲三：〔註22〕一是作爲象形符號使用的，通過自己
的形象起表意作用，如人、日、木之篆文分作 ⺈、⊖、米，既表類別義、又有
區別之作用；二是幾何形符號，如一、二、三、□（方）、○（圓）等；三是從
已有的字充當表意偏旁，它們就依靠本身的字義來表意，如歪字由「不」、「正」
二字結合；男字由「田」、「力」二字結合，以示男子出力耕田，故此二項是異

〔註18〕見孔廣居《説文疑疑‧論象聲》，頁 7，收錄《許學叢書》（一），台北：藝文印書
　　　館。民國 54 年影印初版。

〔註19〕見弓英德《六書辨正》五章「六書形聲字釋疑及其分類」，頁89，台北：臺灣商務
　　　印書館。西元 1995 年 6 月二版一刷。

〔註20〕見梁東漢《漢字的結構及其流變》四章「漢字的性質和結構」，頁 125，上海：上
　　　海教育出版。西元 1991 年 8 月一版六刷。

〔註21〕即是許書於部首下言「凡某之屬皆从某」語。

〔註22〕見裘錫圭《文字學概要》二「漢字的性質」，頁 15。

名同實。聲符與任一類型之意符相結合，形聲字的字義則能顯現出來。

三、形為主，聲為輔——初有形無聲者

持此說者認為形符是形聲字之主體，意念亦由形符傳達，聲符不過是記錄語音而已：

1、南唐徐鍇

> 形聲者，實也。形體不相遠，不可以別，故以聲配之為分異。〔註23〕

2、元楊桓

> 形聲者何，形者非專指象形而言也，蓋總其象形會意，斧主賓言之也。主為形，賓為聲也。蓋有此形必有聲吕為主偁呼，……故必於形之旁取一文一字，直坿其聲，使人呼之，而自知其何形何意也，故謂之形聲。〔註24〕

又曰：

> 故於形之旁，取一文一字，直坿其聲，使人見之，因名吕述實，因聲吕咧形也。〔註25〕

3、明張位

> 諧聲謂本一字斧定其體，而坿佗字以諧其聲也。如江、河左從水斧定其體，而諧聲在右；鵝、鴨右從鳥斧定其體，而諧聲在左。〔註26〕

4、清徐紹楨

> 江、河、淮、漢之名本為古昔所先定制此字者，即因其名而取譬於聲與義以成之，於是取水而加工於其旁即可知為江，加可於其旁即可知為河，……〔註27〕

5、民國戴君仁

〔註23〕見《說文解字繫傳‧上部》卷一「上」字，頁2。

〔註24〕見趙宦光《六書長箋》卷三，頁429，收錄《續修四庫全書》經部二〇三冊。

〔註25〕見趙宦光《六書長箋》卷三，頁429，收錄《續修四庫全書》經部二〇三冊。

〔註26〕見趙宦光《六書長箋》卷三，頁432，收錄《續修四庫全書》經部二〇三冊。

〔註27〕見徐紹楨《六書辨》頁7，收錄《說文部首述義》，台北：新文豐出版。民國64年3月初版。

形聲這個名稱，班固叫做象聲，鄭眾叫做諧聲，都不如許慎形聲之確。因爲原來只是一個圖象——形——上，加一個音標，形與聲兩者都是名詞。（黃以周《六書通》故謂形聲與諧聲義同，皆上字虛，下字實。形聲者，名之形於聲者也。其說非。）譬如江河，畫一條水，加一個工的音標，就代表了揚子江；加一個可的音標，就代表了黃河。這種方法的起源，恐只施用於同類異形的的物上。如同爲木，而松柏不同；同爲鳥，而鳩鴿不同。共象的木、鳥，可以用象形的方法，別象的松柏鳩鴿就不易再用象形的方法。於是在共象上加音標，以表示別象。字的構成，是一個形，加一個音，故謂之形聲，形是主，聲是輔。〔註28〕

綜觀上述說法得知：

一、早期的造字方法以象形、指事爲主，然概念相似的事物在製成文字後可能因字形相近而混淆，如寸與又、月與夕、京與高等，故爲區別彼此屬性、強化該字的意義，乃運用聲音的特點，充其偏旁，加諸在文字上，提供明確的意思，使文字與意義配合得當，不致混淆。

二、人們對事物的認識，通常先具共同的概念，而後隨時間推移，概念亦趨複雜，原本表共同概念的事物必須進一步分化以利辨識，故在共象中區分個別意象的特點，「聲音」成爲最好辨識的方法。於是個別意象因聲音加入而和他字有所區別，如此表達事物的屬性與意義的「形符」和用以區別個別意象的「聲符」相結合，即是形聲字。

龍宇純從情理方面觀察文字實際出現的方式有八項，其中關於形意方面有：〔註29〕

1、純粹表形：此類文字一般爲獨體，如屬天文的「日」☉、「月」𝕯，屬地理的「山」ᨓ、「水」ᨑ，屬動物的「虎」𧇽、「鹿」𧴄，屬植物的「禾」𣎴、「黍」𥞷，屬人身的「手」𠂹、「足」𧾷，屬器用的「舟」𣍃（金文）、「車」𨊰。

〔註28〕見戴君仁《梅園論學集‧吉氏六書》，頁142，台北：臺灣開明書店。民國59年9月初版。

〔註29〕以下文字敘述摘錄龍宇純《中國文字學》（定本）二章「中國文字的構造法則」，頁106。

有時由於字形過於簡單不易辨識，或同物異名，而皆用表形法製字，為求其彼此間區別，而採取複重寫法或多寡不等的複重寫法。

2、純粹表意：此類文字可分以下幾種：

（1）有的是純用不成文字的線條示意，如一二三分別是數目相等的橫畫，上二下二亦由長短兩橫採取相反重疊方式組合而成。

（2）有的是利用現有文字加以增損改易，如用木朩字施橫示樹根或數杪的不為所在而成本朩、末朩（增）；用鳥鳥字損點示「純黑不見其睛」而為烏鳥（損）；用大字或偏其首或曲其脛而成銖、尢尣，銖的意思是頭傾、傾側，尢的意思是脛曲、行不正（改易）。

（3）有的是利用聯想，以象形字喻與其相關之某意，代表另一語言，字形上全不加變易，如甲骨文月夕同形，帚或讀同婦。蓋月出之時為夕，而洒掃之役本婦人所司，古人言為人婦，每言「執箕帚」，或言「為箕帚妾」。故即以月為夕字，以帚為婦字。

（4）有的是利用現有的文字，構成畫面而取意，如甲骨文飲字作飲𣎴，金文藝字作�，籀文棄字作𣐙，小篆春字作𣆔。

（5）有的是利用現有文字，會合起來直取其意，如合止戈二字為武，合人言二字為信，［註30］合人毛匕三字為老，合帚止待三字為歸。

3、兼表形意：此類文字基本上是表形法，只是其形不顯著，或不易與他字分辨等等原因，於是通過表意手法，以完成表形的目的。如眉字原作𣎴，𣎴便是眉的象形，或恐其不易辨認，於是下加一目。

從龍先生的說法即可窺見形符先造說之理論過程，也就是「形符」即可表達文字的主要意義，此時的「聲符」僅具標音作用，為輔助形符的部件，因此在文字組合系統是形符為主、聲符為輔的主從關係。

四、聲為主，形為輔——初有聲無形者

和前說不同者乃主張聲符初造，但聲符與字義無關，而形符僅是一個輔助部件，具別嫌作用，畢竟一音多義難以分別字的屬性，持此說法之學人有：

［註30］信，息晉切，古聲屬「心」紐，韻部屬「眞」部；人，如鄰切，古聲屬「日」紐，韻部屬「眞」部，故信字應為「从言人聲」形聲字。

1、明吳元滿

未立文字，先有聲音。意有盡而聲無窮，故因聲以補意之不足。立部爲母以定意，附他字爲子以調協聲音，故曰諧聲。〔註31〕

2、清黃以周

舊解以形聲爲半主形、半主聲，非許意。許舉江河爲例者，江河爲有聲之物，字从工可，其最初之諧聲字也。〔註32〕

3、清廖平

象聲即後來之叚借，其初有聲無形也。當夏殷之際，只有形事二者，而水木之名則與物相始，如江河松柏，未造字之先已有此名，即所謂本無其字是也。因其名近工可公白，即借音以名之，所謂依聲託事是也。……此爲象聲之本，故以聲爲主，亦如叚借無本字，但以聲爲主也。通行既久，乃各加偏旁，工可加水，公白加木，遂爲形聲本字。〔註33〕

又曰：

象聲字其初只如叚借取聲而已，無形屬偏旁也，故以象聲爲名。叚借已久，後人於叚字依類加形，遂成本字，故四象此門最繁雜。

〔註34〕

4、民國杜學知

今之形聲二字，……乃是一實一虛，而具有主從之關係。〔註35〕

又曰：

若論文字之體制，則必先以純音符字諧聲，然後更加義類偏旁，如此所造成之合體字，始爲六書之形聲。〔註36〕

〔註31〕見趙宧光《六書長箋》卷三，頁432，收錄《續修四庫全書》經部二〇三冊。

〔註32〕見黃以周《六書通故》，頁581，收錄丁福保輯《說文解字詁林・前編中》「六書總論」。

〔註33〕見廖平《六書舊義》，頁131，收錄《續修四庫全書》經部二二八冊。

〔註34〕見廖平《六書舊義》，頁140，收錄《續修四庫全書》經部二二八冊。

〔註35〕見杜學知《六書今議・內篇》「形聲」，頁104，台北：正中書局。民國70年11月臺二版。

〔註36〕見杜學知《六書今議・內篇》「形聲」，頁115。

由以上說法得知：

一、同音異字是文字普遍存在之現象之一，爲免造成識字者學習上的困擾，於是在聲符的基礎上後加形符以茲區別。

二、某些初文因難以辨識或不易寫得準確，爲免混淆，於是加上形符使字義更爲明確。

五、聲即義（或「聲符兼義」）

此說即強調聲爲義之所託，這種聲符既有的意義與形聲字的意義相互聯繫，使得語言可以透過文字表達得更爲精確，因此前人對於此現象既持肯定態度，亦是歷來文字學家討論形聲字音義關係的重點。此說緣起於晉代，〔註37〕到了宋代，成爲「右文說」的基石：

1、晉楊泉〈物理論〉

在金曰堅，在草木曰緊，在人曰賢。〔註38〕

2、南宋鄭樵

母主形，子主聲者，諧聲之義也。然有子母同聲者，有母主聲者，有主聲不主義者，有子母互爲聲者，有三體主聲者，有諧聲而兼會意者則曰聲兼意。〔註39〕

3、南宋王聖美《字解》（今僅存一節於宋沈括《夢溪筆談》卷十四）

王聖美治字學，演其義以爲右文。古之字書，皆從左文。凡字，其類在左，其義在右，如水類，其左皆從水，所謂右文者，如戔、小也。水之小者曰淺，金之小者曰錢，歹而小者曰殘，貝之小者曰賤，如此之類，皆以戔爲義也。〔註40〕

〔註37〕早在先秦時期的典籍已有記載，然筆者所強調是「有意識」發現形聲字聲符有義的現象，故以晉代楊泉開其端。

〔註38〕見《叢書集成》一四五冊，頁8，平津館叢書。商務印書館。民國26年12月初版。查上海古籍出版社重印出版汪紹楹校《藝文類聚》（西元1965年11月一版，西元1982年1月新一版）「人」部無「在金曰堅」等十四字。

〔註39〕見鄭樵《六書略‧六書序》，頁5。

〔註40〕見沈括《夢溪筆談》卷十四，頁95，台北：臺灣商務印書館。民國72年6月臺五版。

4、南宋王觀國

盧者，字母也。加金則爲「鑪」，加火則爲「爐」，加瓦則爲「甗」，加木則爲「櫨」，加黑則爲「黸」。凡省文者，省其所加之偏旁，但用字母則眾義該矣。亦如田者，字母也，或爲畋獵之「畋」，或爲佃田之「佃」，若用省文，惟以「田」該之，他皆類此。〔註41〕

5、南宋戴侗

訓故之士，知因文以求義矣，未知因聲以求義也。夫文字之用莫博於諧聲，莫變於假借。因文以求義而不知因聲以求義，吾未見其能盡文字之情也。〔註42〕

又曰：

六書推類而用之，其義最精。「昏」本爲日之昏，心目之昏猶日之昏也，或加心與目焉。嫁取者必以昏時，故因謂之昏，或加女焉。「熏」本爲煙火之熏，日之將入，其色亦然，故謂之熏黃，《楚辭》猶作纁黃，或加日焉。帛色之赤黑者亦然，故謂之熏，或加糸與衣焉。飲酒者酒氣酣而上行，亦謂之熏，或加酉焉。夫豈不欲人之易知也哉。然而反使學者昧於本義。故言婚者不知其用爲昏時，言日曛者不知其爲熏黃，言纁帛者不知其爲赤黑……惟《國語》《史記》《漢書》撰寫者希，故古字猶有不改者，後人類聚爲《班馬字類》、《漢韻》等書，不過以資其字，初未得其要領也。〔註43〕

6、清段玉裁

聲與義同源，故諧聲之偏旁多與字義相近，此會意形聲兩兼之字致多也。《說文》或稱其會意，略其形聲；或稱其形聲，略其會意，雖則渻文，實欲戶見，不知此則聲與義隔。〔註44〕

〔註41〕見王觀國《學林》卷五「盧」字，頁 32，湖海樓叢書，台北：藝文印書館。民國55 年影印初版。

〔註42〕見戴侗《六書故·六書通釋》，頁 4，收錄《四庫全書珍本》六集，台北：藝文印書館。

〔註43〕見戴侗《六書故·六書通釋》，頁8，收錄《四庫全書珍本》六集。

〔註44〕見段玉裁《說文解字注·示部》篇一「禛」字，頁2。

7、清黄承吉

凡同音之字皆同綱義，而不定拘偏旁形跡之目，亦非可執後世之口讀以別古音。〔註45〕

又曰：

凡字義皆主於聲，聲爲綱，偏旁爲目。如齋、𪗾等字之通用齊字者，乃用其綱目而參以上下之辭，則其義自見，無取乎必用目，亦不必盡不用目。此文字之精旨，知乎此，則凡古書所用如此等者無不明，正不待逐字測疏之，以爲某某字如此其通用也。〔註46〕

8、清王念孫

詁訓之旨，本於聲音，故有聲同字異、聲近義同；雖或類聚群分，實亦同條其貫。〔註47〕

9、清王引之

夫訓詁之要，在聲音、不在文字，聲之相同相近者，義每不甚相遠。

〔註48〕

10、清朱駿聲

訓詁之旨，與聲音同條共貫、共用爲勇，俌自狼庶、咨親爲詢，釋于叔豹，射言繹、或言舍，禮經箸其文；刑爲侀、即爲成，王制明其義……〔註49〕

11、清饒炯

形聲者，聲從義出，形由聲定，自當以聲爲主，形爲從，故許君敘云：以形爲名，取闢相成。如江從工聲，謂江凡所過之地多石，水聲工工，故從工得名。河從可聲，謂河凡所過之地多沙，水聲可可，

〔註45〕見黄承吉《字詁義符合按》「弗、亞、弼……」條注，頁22，台北：洪業文化事業。西元1992年10月初版一刷。

〔註46〕見黄承吉《字詁義符合按》，「齊」條注，頁37。

〔註47〕見王念孫《廣雅疏證》，頁2，台北：臺灣商務印書館。民國57年6月臺一版。

〔註48〕見王引之《經義述聞》，卷二三〈春秋名字解詁〉下「王肅家語所列名字，亦於他書者，皆不可信」條，頁944，台北：臺灣商務印書館。民國68年1月臺一版。

〔註49〕見朱駿聲《説文通訓定聲》，頁13，北京：中華書局。西元1998年12月一版二刷。

故从可得名是也。至於聲義不合之字，有本爲諧聲而音讀失傳者，亦有方言由本字音變。从聲借而加形者，方言由本字音變，从本篆省聲而貿聲者，皆與江河例不相同。〔註50〕

12、民國章太炎

語言之始，誼相同者，多從一聲而變；誼相近者，多從一聲而變；誼相對相反者，亦多從一聲而變。〔註51〕

13、民國劉師培

古人觀察事物，以義象區，不以質體別，復援義象製名，故數物義象相同，命名亦同。及本語言製文字，即以名物之音爲字音，故義象既同，所從之聲亦同，所從之聲既同，在偏旁未益以前，僅爲一字，即假所從得聲之字以爲用。〔註52〕

又曰：

然造字之始，既以聲寄義，故兩字所從之聲同，則字義亦同；即匪相同，亦可互用。〔註53〕

又曰：

字義起於字音，非惟古文可證也。試觀古人名物，凡義象相同，所從之聲亦同，則以造字之初，重義略形，故數字同從一聲者，即該於所從得聲之字，不必物各一字也。及增益偏旁，物各一字，其義仍寄於字聲，故所從之聲同，則所取之義亦同。〔註54〕

又曰：

〔註50〕見饒炯《文字存眞》，收錄丁福保輯《說文解字詁林·前編中》「六書總論」，頁588。

〔註51〕見章太炎《小學答問·序》，頁101，台北：廣文書局。民國59年10月初版。

〔註52〕見師師培《左盦集·字義起於字音說·上》卷四，頁1472，收錄《劉申叔先生遺書》（三），台北：華世出版社。民國64年4月初版。

〔註53〕見劉師培《左盦集·字義起於字音說·中》卷四，收錄《劉申叔先生遺書》（三），頁1472。

〔註54〕見劉師培《左盦集·字義起於字音說·下》卷四，收錄《劉申叔先生遺書》（三），頁1473。

聲起于義，此由古代析字既立義象以為標，復觀察事物。凡某事某物之意象相類者，即寄以同一之音，以表其義象，故音同之字，義即相同。〔註55〕

又曰：

上古聲起於義，故字義咸起於右旁之聲。任舉一字，聞其聲即可知其義，凡同聲之字，但舉右旁之聲，不必舉左旁之釋，皆可通用。蓋上古之字，以右旁之聲為綱，以左旁之形為目，蓋有字音乃有字形也。且當世之民，未具分辨事物之能，故觀察事物，以義象區別，不以實體區分。然字音既源於字義，既為此聲，即為此義，凡彼字右旁之聲同於此字右旁之聲者，則彼字之義象亦必同此字之義象。義象既同，在古代亦只為一字。〔註56〕

14、民國黃侃

形聲之字雖以取聲為主，然所取之聲必兼形、義方為正派。蓋同音之字甚多，若不就義擇取之，則何所適從也。〔註57〕

又曰：

以事為名，以言其形。取闢相成者，以言其聲。凡形聲字以聲兼義者為正例，……聲不兼義為變例。〔註58〕

凡文字之意義相關者，其音亦往往相關。如「民」訓眾萌，「昏」訓日冥。雖一在明紐、一在曉紐，其音義實相近也。……凡此之類，皆可由聲以繹其義，亦可就義以尋其聲也。〔註59〕

又曰：

……要之形聲之字，無不有義可言。其與會意別者，一則義微於形，

〔註55〕見劉師培〈小學發微補〉，收錄《劉申叔先生遺書》（一），頁522。

〔註56〕見劉師培〈中國文學教科書第三課論字義之起原〉，收錄《劉申叔先生遺書》（四），頁2405。

〔註57〕見黃侃《文字聲韻訓詁筆記‧音韻與文字訓詁之關係》，頁39，台北：木鐸出版社。民國72年9月初版。

〔註58〕見黃侃《文字聲韻訓詁筆記‧《說文》綱領》，頁79。

〔註59〕見黃侃《文字聲韻訓詁筆記‧凡文字之意義相關者其音亦往往相關》，頁204。

一則義寄於聲，斯則不容溷耳。〔註60〕

15、民國沈兼士

文字爲語言之符，語言不能無變化，斯文字不能無訓詁。語言之
變化約有二端：（一）由語根生出分化語，（二）因時空或空間的
變化發生之轉語。二者多依雙聲疊韻爲其變化之軌釋……〔註61〕

16、民國林尹

形聲字的聲符除了表聲之外，更有表義的功用。宋代文字學家王子
韶，字聖美，就曾創立「右立説」。〔註62〕

又曰：

形聲字的聲符，是語根之所寄。語根相同的字，意思往往相同，所
以形聲字的聲符，兼有表聲表義雙重的功用。〔註63〕

17、孫海波

諸家每以形聲字之得聲部分其字輾轉引申之義，或由同聲假借而後
世習以爲本義者。與此字之義，若可通訓，遂以爲形聲包會意，或
謂之聲義相成、聲義相備。〔註64〕

18、民國楊樹達

自清儒王懷祖郝蘭皋朱仁盛倡聲近則義近之説，於是近世黃承吉劉
師培後先發揮形聲字義實寓於聲，其説亦既圓滿不漏矣。蓋文字根
於言語，言語託於聲音，言語在文字之先，文字第是語音之徽號。
以我國文字言之，形聲字居全字數十分之九，謂形聲字義但寓於形
而不在聲，是直謂中國文字離語言而獨立也。其理論之不可通，固

〔註60〕見黃侃《文字聲韻訓詁筆記・右文説之推闡》，頁213。

〔註61〕見沈兼士〈右文説在訓詁學上之沿革及其推闡〉，頁76，收錄《沈兼士學術論文集》，
葛信益、啓功整理，北京：中華書局。西元1986年12月一版一刷。

〔註62〕見林尹《文字學概説・六書篇》五章「形聲」，頁133，台北：正中書局。民國82
年11月臺初版第十九次印行。

〔註63〕見林伊《文字學概説・六書篇》五章「形聲」，頁132。

〔註64〕見孫海波《説文解字研究法・説文形聲字誤爲會意》，頁96，台北：學海出版社。
民國75年8月初版。

灼灼明矣。〔註65〕

19、唐　蘭

不過《說文》沒有注亦聲的，聲兼意的還是很多。如「衷」字從中聲，當然是兼意義的。「祥」字從羊聲，古人多以「吉羊」爲「吉祥」，所以徐鍇就說：「從羊亦有取焉。」從送王子韶創右文說，一直到近代劉師培、沈兼士，把「以聲爲義」的一個條例，推闡得非常詳密。我們有理論說，每一個形聲字的聲符，原來總是有意義的。

〔註66〕

20、民國李國英

故凡帶聲符之字，即爲形聲，是以形聲可包會意，而會意不能兼晐形聲，此會意形聲之經界也。復故形聲之正例，聲必載義，其聲符不載義者，形聲字之變例也。〔註67〕

由上述歷代說法得知：

一、聲符除具有表音作用，更有表意功能，這種「凡從某聲皆有某義」的現象廣爲歷代學人關注及研究

二、聲符兼意不是文字的偶發現象，而是實然存在的文字現象。

三、從聲符兼意的現象可以探求文字的同源關係，因爲所滋生的字群需建立在「聲義同源」的理論上。（有關「聲兼意」之部分留待下一章詳述。）

縱覽以上說法，以圖表明示之：

時代	形聲字構造分析 代表人物	形　符		聲　符	備　　考
		示形	示義（意）	示義（意）功能	
晉	楊泉	○	×	○	
漢	賈公彥	○	×	×	
南唐	徐鍇	○	×	×	

〔註65〕見楊樹達《增訂積微居小學金石論叢》卷一「形聲字聲中有義略證」，頁38，北京：科學出版社。西元1955年10月一版一刷。

〔註66〕見唐蘭《中國文字學・文字的構成》十七「形聲文字」，頁92。

〔註67〕見李國英《說文類釋・形聲釋例》，頁229，台北：南嶽出版社。民國70年8月修訂一版。

南宋	鄭樵	○	×	×	
	王聖美	○	×	○	
	干觀國	○	×	○	
	張有	○	×	×	
	戴侗	○	×	○	戴侗歸納形聲字的產生原因有二：一是聲符不兼意，一是聲符兼意
元	楊桓	○	×	×	
	劉泰	○	×	×	
明	趙古則	○	○	○	
	王應電	○	○	○	
	朱謀瑋	○	○	○	
	周耜	○	○	○	
	張位	○	○	×	
	吳元滿	○	×	×	
	趙宧光	○	○	×	
清	段玉裁	○	○	○	
	孔廣居	○	○	×	
	黃以周	○	×	×	
	廖平	○	×	×	
	黃承吉	○	×	○	
	王念孫	○	×	○	
	王引之	○	×	○	
	朱駿聲	○	×	○	
	饒炯	○	×	○	
	曹仁虎	○	○	×	
	徐紹楨	○	×	×	
	孫詒讓	○	×	×	
民國	章太炎	○	×	○	
	劉師培	○	×	○	
	蔣伯潛	○	○	×	
	朱宗萊	○	○	×	朱氏於書中亦承認「聲符兼義」之現象（其說見二章）

	黃侃	○	×	○	
	林尹	○	×	○	
	戴君仁	○	×	×	
	沈兼士	○	×	○	
民國	弓英德	×	○	○	
	杜學知	○	○	×	
	孫海波	○	×	○	
	楊樹達	○	－	○	
	唐蘭	○	×	○	
	李國英	○	○	○	

【說明:「○」表贊同,「×」表不認同,「－」表未明言之。餘下之表格使用之符號意義皆同。】

由以上四十二位學人的說法得知:對於形符表「形類」幾乎一致贊同,最大差異在於「形符」及「聲符」示意與否,其認知分歧在於贊成形符示意的乃是站在「形義統一」的觀點,使形符(或義符)具有提示形聲字義的功能;聲符示意乃是站在「聲義同源」的觀點,使聲符與形聲字義有所關連,為此「右文說」為聲符兼義的理論提供了新舞台,後代學人在討論「形聲」分面之議題,皆對此項理論加以著墨,沈兼士在其文章將右文公式歸納為「x」(ax,bx,cx,dx……),並指出:

> 惟右文須綜合一組同聲母字,而抽繹其具有最大公約數性之意義,
>
> 以為諸字之共訓,即諸語含有一共同之主要概念。[註68]

這「x」即是形聲字群包含的共同意義,是故不贊成者則是否定形符與聲符的示意功能,將形聲字單純化,即形符表類別義,聲符僅表音。

第二節　形符與聲符的動賓關係

形聲字尚有一種「形加聲的動賓結構」,[註69] 如孫雍長對形聲字名義的解

[註68] 見沈兼士〈右文說在訓詁學上之沿革及其推闡〉,頁82,收錄《沈兼士學術論文集》。

[註69] 清代黃以周亦曾有此解釋,其曰:「案形聲,先鄭謂之諧聲,與象形、指事、會意、諧聲皆上字虛下字實,文法一律,許謂之形聲者,名之形於聲者也。《樂記》云:『感於物而動,故形聲。』又云:『情動於中,故形於聲。』『形聲』二字出諸此,與諧聲之義一也。舊解以形聲為半主形半主聲,非許意。」見《六書通故》,頁581,收錄丁福保輯《說文解字詁林・前編中》「六書總論」。

釋：

> 「形聲」這一名稱不是一種并列結構，而是動賓結構，即「形其聲」
> 之謂。所以，劉歆和班固稱之爲「象聲」，鄭眾稱之爲「諧聲」，文
> 法是相的。〔註70〕

又曰：

> 「形聲」是一個動賓結構式的六書之名。「形」用作動詞，指揭之于
> 字形；「聲」爲名詞，指需要造字的語詞之聲音。所謂「形聲」，即
> 是「形語詞之聲」。它有兩個具體的構形要求，一是要求把語詞的聲
> 音直接體現在字形上，二是要求把語詞聲音所指謂的意義內容也直
> 接體現在字形上。〔註71〕

鄭佩華針對此論點敍述道：

> 說者以爲形聲字的聲旁都是有意義的。聲旁早於形旁而單獨存在，而
> 後才有形旁的出現。而當一形一聲構成形聲字構之後，形旁表的是類
> 屬義，而聲旁表的是事物的性質與特徵。……然其「動賓結構」是將
> 「形」當作動詞，而「聲」爲名詞，即「形語言之聲」，與象形、指
> 事、會意同爲動詞加名詞的動賓結構形式。其實，把「形聲」釋爲「形
> 語言之聲」，恐有未安。因爲形聲字的確是以形加聲的方式結合而成
> 的，不論聲旁與形符孰先孰後，聲兼義或不兼義，其結構終究不變。
> 倘若將形聲釋爲「形文字之聲」，則形旁之義將無所從解釋，而聲旁
> 亦僅限於聲兼義一類的字，實未能概括（所）有的形聲字。〔註72〕

〔註70〕見孫雍長《轉注論》四「『形聲』不是最能産的造字法」，頁139，湖南：岳麓書社。
西元1991年9月一版一刷。

〔註71〕見孫雍長《轉注論》四「『形聲』不是最能産的造字法」，頁139。此外，黃金貴亦
贊成此說，他認爲：「『形聲』一名不能解爲並列式，而當解爲動賓式。與『象聲』、
『諧聲』之『聲』相同，其『聲』指『需要造字的語詞之聲音』（孫雍長語），即
語音，其『形』爲名詞的使動用法，表示使語音成（字）形，也就是使代表一定
意義的語音用文字表現出來。」見〈《說文》「形聲」定義辨正〉，頁2，〈杭州大學
學報〉（哲社版）二七卷三期。西元1997年9月。

〔註72〕見鄭佩華《〈說文解字〉形聲字研究》一章「緒論」，頁12，國立臺灣師大國文所
碩士論。

這種將形符和聲符視爲主從關係的說法仍待商榷，所持理由如下：

（一）照孫氏說法「形於聲」是指求得語詞聲音連同其所指稱的意義都蘊含在文字字形上，那麼對於聲符不兼義的情形該如何解釋？

（二）有具體之形狀方可「象」，而「聲」是抽象的，如何「象」？「諧聲」強調聲音與文字相協，強調聲符卻忽略形符，不符造字之準則。

（三）形符與聲符並無主從及輕重關係，兩者並重，各肩負所屬意義，合而相益成字，構成完整意思。

因此以動賓結構解釋「形聲」僅能說明聲符的作用，無法說明形與聲之關係，故仍以形與聲的並列結構解釋「形聲」較妥。

筆者需說明：分類僅是便於理解，並非絕對的劃分，因爲某些學人之說法涵蓋其中兩項（如明王應電、清黃以周及民國朱宗萊、蔣伯潛及李國英等），故取最爲接近之學說以利分辨。針對上述分類得知：

（一）形符與聲符是並列狀態，並無主從及輕重之關係。

（二）形聲字的形符表類別義、聲符表音，除此之外，形符與聲符亦具有表意之功能。〔註73〕

（三）由於形符示意功能亦能表示形聲字的本義，〔註74〕一旦文字因轉

〔註73〕如《説文》：「容，盛也。从宀谷。」（《説文・宀部》卷七，頁 240）宀是「屋室」義，谷是「兩山之間流水的通道」義，二文皆是獨體象形。然容，餘封切，古音屬「喻」紐，韻屬「東」部；宀，武延切，古音屬「微」紐，韻屬「元」部；谷，古祿切，古音屬「見」紐，韻屬「屋」部（舉平賅上去入爲「東」部），聲音有關聯，故容字應改爲「从宀谷聲」，《説文》誤形聲爲會意。容字取形符「宀」之本義、聲符「谷」之叚借義而成，示。又如「帛，繒也。从巾白聲。」（《説文・帛部》卷七，頁 255）「帛」字由「巾」與「白」構成，二文皆屬獨體象形。巾字本義是「佩巾」，引申作「布帛」；白字本義是「拇指之形」（李國英語，見《説文類釋・象形釋例》，頁 60，民國 70 年 8 月修訂一版），叚借作「白色」。將巾字引申義和白字叚借義結合即可顯示「白色布帛」的意思。帛，傍陌切，古音屬「並」紐，韻屬「鐸」部；巾，居銀切，古音屬「見」紐，韻屬「眞」部；白，傍陌切，古音屬「並」紐，韻屬「鐸」部。帛、白同音，《説文》釋爲「从巾白聲」無誤。由以上二例得知：形符非單獨表「類別」區分屬性，聲符亦可表意以強化形聲字義。

〔註74〕以下形符和由此形符構成的形聲字其表達的概念是相同的，如：

形　　符	舟	走	目
形聲字	船	趨	眼

注或叚借而使本義不彰時，形符示意功能就會減溺，爲免困擾，形符僅表類別義以提示形聲字的屬性是最佳之組合方式；聲符的示意功能除可探求語根的來源，亦可表現聲義同源的理論，穩定性比形符來得強。

第三節　形聲字之來源

會意字僅能表達文字的概念，卻無法表示語音或代替語言；形聲字既可表示語意，又能顯示該字之音讀，跨越會意的侷限，擴大了語言的領域，因此既可保留字形的概念又能準確地注入語音，於是形聲字成爲漢字中數量最多的字體。〔註75〕李孝定言：

中國文字發展到注音的形聲文字，已經達到完全成熟的階段，它能因應一切文化發展的需要，可以取之不盡，用之不竭。〔註76〕

這種由表意字或記號演變成的合體字，陳夢家認爲產生原因有：〔註77〕1、加聲符於形符，2、加形符於聲符，3、加聲符與聲符，4、加形符於形符；裘錫圭亦歸納四點，分別是：〔註78〕1、在表意字上加注音符，〔註79〕2、把表意字字形

形符和形聲字表達的概念是相同的，若形聲字義改變，其新字義和原來的形符的可能沒有關連，就無法表示形聲字的具體意義。此外，形符亦有充當聲符的時候，如：

形　符	金		刀	
形聲字	欽	錦	召	到
字形說解	從欠金聲	從帛金聲	從口刀聲	從至刀聲

〔註75〕根據龔嘉鎮的分析，得到「7705個現行漢字中有6252個現行形聲字，81%的現行漢字是現行形聲字。」見〈漢字形音關係概說〉，頁36，《語文建設通訊》四六期，西元1994年12月。相關統計資料詳見註1。

〔註76〕見李孝定《漢字的起源與演變論叢》，「中國文字的原始與演變」，頁161。

〔註77〕見陳夢家《殷虛卜辭綜述》二章「文字」，頁79，北京：中華書局西元1992年7月一版二刷。

〔註78〕見裘錫圭《文字學概要》八「形聲字」，頁171，台北：萬卷樓出版，民國83年3月初版。

〔註79〕（以下字例皆援引原書作者）如「裘」字，本義是「皮衣」，甲文🐾、金文🐾、篆文🐾，初文爲象物字，後加入音符「又」，後形符再換成表示其屬性之「衣」旁，

的一部分改換成音符（即形聲化），〔註80〕3、在已有的文字上加注意符，〔註81〕
4、改換形聲字偏旁；〔註82〕詹鄞鑫歸納成六項：〔註83〕1、表意字附加表音符
號構成形聲字，〔註84〕2、會意字意符聲化形成的形聲字，〔註85〕3、表音性文
字附加表音符號構成的形聲字，〔註86〕4、已有文字附加類化符號構成的形聲
字，〔註87〕5、改變形聲字形符形成新的形聲字，〔註88〕6、改變形聲字形符形

成爲形聲字。聲旁「又」「大概是爲了適應語音的變化」而換成「求」。

〔註80〕 如「羞」字，本義是「進獻食物」，甲文🐑、金文🐑（鼎文）、篆文🐑，初文從「又」
持「羊」，後來「又」改爲形近的「丑」（篆文「丑」作🐑，和「又」字篆形🐑相似），
就成爲「从羊丑聲」之形聲字。

〔註81〕 裘氏在此項目細分爲三：a、爲明確假借義而加意符，如「師」字，本義是「師眾」，
漢代時期假借成獅子之｛獅｝，後來加「犬」旁分化出「从犬師聲」的「獅」字來
專門表示假借義；b、爲明確引申義而加意符，如「取」字，本義是「捕取」，引
申有「娶親」義，後來加「女」旁分化出「娶」字專門表示引申義；c、爲明確本
義而加意符，如「蛇」字，初文「它」篆文作它，本義象男陰，後比擬爲「虫」
名，稱「虫」爲它，後來爲加強「它」字義而加形符「虫」成「蛇」字，而初文
「它」本義不顯，只能用來表示指事詞的假借義。

〔註82〕 如「澹」字，本義是「水搖貌」，古代假借爲贍足的｛贍｝，後來把「水」旁改爲
「貝」旁，分化出後起字「贍」。

〔註83〕 見詹鄞鑫《漢字說略》三章「漢字的結構」，頁190，台北：洪葉文化。西元1995
年12月初版一刷。

〔註84〕 此項目包含象形、指示、象事及會意四類，如「齒」字，甲文寫作🦷，爲象形字，
後力偏旁「止」爲聲符，成爲形聲字；又如「鬥」字，甲文寫作🦷，象二人相互毆
打狀，會意字。後加表音的「斲」字成爲从鬥斲聲的「鬥」字，成爲「鬥」之異
體字。

〔註85〕 此項目包含意符改造爲聲符及意符替換爲聲符二類，如「泅」字，初文寫作「淵」，
爲「从水从子」之會意字，其異體改「子」爲「囚」，成爲「从水囚聲」之形聲字。

〔註86〕 此項分爲假借字及形聲字二類，如「靚」字爲「靜」之假借，靜之本義「采色疏
密有章」，後被「靚」字借去久假不歸，遂造「从青見聲」的靚字以示「采色」義。

〔註87〕 此項包含象形、指示、象事會意及形聲五類，如「爪」字，甲骨文作🦷（《乙3471》），
象朝下抓取得形象，是象事字，後加類化符號「手」寫作「抓」表示「抓取」義；
又如「責」字，是「从貝朿聲」的形聲字，本義爲索求財貨，引申爲「責任」義，
於是加類化符號作「債」以示責字本義。

〔註88〕 如「柴」字，爲「从木此聲」的形聲字，本義指用作燃料的薪柴。古代祭祀天神
的儀式，先堆積薪柴燒燎，讓煙氣上升達於「天庭」。這種儀式稱爲「柴祭昊天」，

成新的形聲字；〔註89〕楊五銘歸納爲三項，分別是；1、先假借再加形符，2、在象形會意字上加注聲符，3、聲符轉注。

宋師建華則從「形構學」角度分析形聲字產生之途徑：

一、初期產生之形聲字——解決假借字造義混亂之問題，亦是克服表意字和借自之間的侷限而出現。如「昏」之本義「黃昏」，後來出現「昏」義及「昏庸」義，於是孳乳出前者如「婚」字及後者如「惛」字以釐清彼此間之關係。

二、由無聲字演化爲形聲字，有以下情形：

（一）避免形混。如「凵」之本義「張口」，爲避免和「筐」及名爲「凵盧」之「凵」形混，於是前者的開口轉向成現今之字，後者先經歷成「墫」字義（仍形近），後再「形聲化」成「盞」字。

（二）本義爲他字所專。如「臣」之本義「舉目視人兒」，後來該字引申做「臣僕」，於是乃造「頤」字以還原本義。

（三）因方言之故。如「龍」字，方國寫成「龗」字。

（四）因古義難明，加表意功能之形符使其明朗。如本義「穀倉」之「鈶」字，後因強調集聚穀物，故加形符「禾」成「稟」字，後再強調藏穀物之地，故加形符「广」成「廩」字。

（五）穩定讀音。如「鬲」字，郎激切，漢律令改之成「㤗」，然該字現已不通行，「鬲」字今讀音爲古核切。

三、形聲字聲符的演化，有以下二種情形：

（一）由全形變成省形。如由「襲」字簡化成「襲」字。

（二）置換聲符——因方言之故。如楚國方言謂「妹」爲「媦」字、齊國方言謂「芋」爲「莒」字；前者同屬「沒」部，後者同屬「魚」部。

戰國秦漢間把這種用法的「柴」寫作「紫」，作爲柴祭的專用字。《說文》：「紫，燒柴尞以祭天神。从示此聲。《虞書》（段注更正爲《唐書》）曰：「至於岱宗，紫。」今本《虞書》仍寫作「柴」，从示的「紫」並未通行。

〔註89〕如「胜」字，爲「从肉生聲」的形聲字，本義指動物的膏臭。「胜」字反切爲桑經切，古音屬「心」紐，聲符「生」的反切爲所更切，古音屬「疏」紐。「星」字的反切爲桑經切，和「胜」字讀音相同，於是遂改成从肉星聲的「腥」字（和另一讀音爲「蘇佞切」的「腥」字爲不同的概念。）

四、以意符加聲符的方式組合。

茲將五位學者的研究結果以圖表示之：

學者姓名 產生之途徑	陳夢家	裘錫圭	詹鄞鑫	楊五銘	宋建華
表意字加上聲符	○	○	○	○	○
表音字加上聲符	○		○		○
已有文字加類化（意符）符號	○	○			○
改換偏旁		○	○		○
聲符轉注				○	

由以上結果顯示：對於「表意字加上聲符」的來源四位學者皆認同，[註90] 其餘說法因個人認知而有不同的分類，韓偉對此亦說道：

> 形聲字產生途徑，研究者甚多，但角度有別。有的是從古文字角度，
> 有的是縱觀漢字之之全體，上述前二家即前者，後二家即後者。[註91]

前言已提，形聲字在漢字的演變過程中逐漸成為主體，這樣的結果是長期累積發展而成，除上述的產生途徑外，筆者試圖從文字現象找出其產生來源：

一、由「假借」方式造就形聲字

表意自無法解決所有被紀錄的語言，而會意字僅能表達既有的概念，因此透過「叚借」方式來寄託完整的形、音、義，亦即是借用已有的文字作為聲符，來記錄跟這個字音同或音近的詞，使文字與所表達的詞更為明確，清廖平曾提出假借與形聲之關係：

> 象聲本為叚借依聲託事之教，因加偏旁，遂成本字為形聲，而叚借
> 又遂別為一門。今以一言決之曰：象聲、假借，一也。加偏旁者為
> 象聲，不加偏旁者為叚借；取象聲而去偏旁者為叚借，取叚借而加

〔註90〕唐蘭認為這種加形符或聲符的「緟益」方法，大多數應視作「聲化」：「這種聲化的象意字，在文字的性質上，我們還算它們是象意，不是形聲。」見《中國文字學》十七「形聲文字」，頁90。

〔註91〕見韓偉《六書研究史稿》七章「『六書』研究的新時期」（上），頁 234，北京：中國文聯出版社。西元 2000 年 10 月一版一刷。

偏旁便爲象聲。〔註92〕

廖平點出透過的借音關係將偏旁（形符）加注在「本無其字，依聲託事」的假借字，區別因假借而引起字義混淆的現象，故假借字是形聲字產生的條件，亦是構成形聲字的「原型」，裘錫圭亦言：

> 假借方法的廣泛運用，使一個字可以代表幾個同音或音近的詞的現象大量產生。爲了避免混淆，人們把某些表意字或表意符號當作表示字義類別的標誌，即傳統文字學所謂「形旁」，加在這種容易引起歧義的假借字上來區別它們的不同用法。另一方面，爲了幫勵閱讀者識別某些表意字，有時又需要在表意字上加注表示它的讀音的假借字，即傳統文字學所謂「聲旁」。由於這兩種情況，就產生了既有表意成分又有表音成分的形聲字。〔註93〕

舉例說明如下：

豆字《說文》「古食肉器也。从口，象形。」〔註94〕豆字甲文作 𠷎（《甲》1613）𠭟（《乙 7987》）、𠷎（《後 1.6.4》），金文作 𠷎（《閉簋》）、𠷎（《周生》、𠷎（《大師》）、𠷎（《散盤》）、𠷎（《散盤》），從正面觀看皆象器皿，中間橫畫象器皿裝載之物，其餘部分則象器容及底項，故該字應是獨體象形字，豆字古文 𠷎、篆文作𠷎，皆象有蓋之器冊，故《說文》誤釋爲合體象形。後該字作爲豆類之屬的「豆」，原本表豆類的「𥤎」字本義遂不彰顯，後來豆字孳乳爲「桓」字以示其質。由豆字用法以圖表示之：

```
     假借              借義專行，本義不顯        假借
豆 ────────── 豆類之屬 ──────────── ＋木 ─────── 桓

本無其字，依聲託事（本字：𥤎）                （形符）
```

又如「午」字，爲「杵」之初文，杵字《說文》：「舂杵也。」〔註95〕午字

〔註92〕見廖平《六書舊義・總論》，頁131，收錄《續修四庫全書》經部二二八冊。

〔註93〕見裘錫圭〈漢字形成問題的初步探索〉，頁167，《中國語文》西元1978年3月期。

〔註94〕見《說文解字・豆部》卷五「豆」字，頁154，台北：世界書局。民國59年8月再版。

〔註95〕見《說文解字・木部》卷六「杵」字，頁189。

甲文作 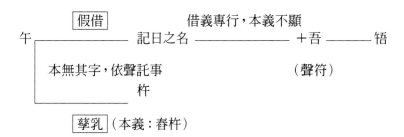（《鐵 77.1》）、 （《假 184》）、 （《佚 59》），金文作 （《效卣》）、 （《天君鼎》），篆文作 ，皆象舂器之形。後午借記日之名，《說文》「啎也，五月陰气啎並，易冒地而出也。象形。」〔註96〕段玉裁注云：「啎並各本作午逆，今正。」〔註97〕於是加聲符「吾」字成爲从午吾聲「啎」字。將午字用法以圖表示之：

對於「本無其字」假借後加形符或聲符以成形聲字的現象，唐蘭稱作「原始形聲字」，〔註98〕而後根據原始形聲字的結構構成一形（意符）一聲（聲符）相合而成的形聲字，唐蘭則稱爲「純粹形聲字」，〔註99〕李孝定亦承此說，〔註100〕

〔註96〕見《說文解字·午部》卷十四「午」字，頁493。

〔註97〕見段玉裁《說文解字注·午部》篇十四「午」，頁746。

〔註98〕見唐蘭《古文字學導論·上編》二「文字的起源和其演變」，頁117，台北：樂天出版。民國62年7月再版。李孝定亦認爲「原始形聲字」是由假借加注形符而成的。見《漢字的起源與演變論叢》「從六書的觀點看甲骨文字」，頁23。

〔註99〕見唐蘭《古文字學導論·上編》二「文字的起源和其演變」，頁117。

〔註100〕李孝定認爲：「那些原來沒有，純粹由一形一聲相配合而成的後起形聲字，叫做純粹形聲字。」見《漢字的起源與演變論叢》「從六書的觀點看甲骨文字」，頁23。所謂「後起形聲字」導源於「後起字」，魯實先《假借遡源》中爲此定義，其言：「夫文字必須轉注，厥有二端，其一爲應語言語言變遷，其二爲避形義殽掍。其避形義殽掍者，或增易形文，或增易聲文……訓鼻之自借爲自從，故後起之字從畀聲作鼻……以轉注之字，形須同類，聲則同原，故亦不忌形聲同贅……若斯之屬，由告之孳乳爲誥，步之孳乳爲跰，沓之孳乳爲譖，……皆爲後起重形之字。可證文字因轉注而日繁，非唯適應語言，且以勞別形義，斯乃造字之法，不可偏廢，此固先民有意爲之者也。」（見《假借遡源》，頁18、21、27、28，台北：文史哲出版。民國62年10月初版）魯先生提出「後起字」乃相對「初文」言，李氏既云後起形聲字爲「純粹形聲字」，乃因其認爲：假借字本是在形聲字沒有發明之前，從表形、表意的文字，過渡到表音文字，青黃不接的階段裏，所採取的變通辦法，它本身已是純粹表音文字，形聲造字的辦法，是受了假借字啓示，纔被

他認為：

> 甲骨文字中已經有了相當數量的形聲字，其中有許多是新造的，而
> 另一部分則是由原有的象形、指事、會意和假借字改造而成的……
> 我們姑且將這種現象叫做文字的聲化……〔註101〕

又說：

> ……形聲造字初期，部分的假借字，已經加注形符，變成形聲字，
> 就連本來無須改變的象形、指事、會意字，也都漸漸聲化而為形聲
> 字了。〔註102〕

因此選一個與此概念相近之字作為形符，再找一個與此概念語音相同或相近之字作為聲付，兩兩組合，即可表達完整的概念，如此的造字歷程即符合許慎言「以事為名，取闢相成。」的法則。

二、由「轉注」方式造就形聲字〔註103〕

殷寄明說：

> 轉注的結果是產生形聲字。〔註104〕

在討論由「轉注」方式造就形聲字之前，必須要清楚劃分「文字學」上的轉注與「訓詁學」上的轉注之區別，邱德修為此作一說解：

> 六書的轉注和訓詁的轉注是有分別的。就範為說，前者小而後者大：

發明出來的，它在六書的位置，必在形聲之前，應是毫無疑義的。見《漢字的起源與演變論叢》「中國文字的原始與演變」，頁 155，故由初文加形或加聲形成的形聲字是從「假借」而來，自是「原始的」；而後過渡到「純粹形聲字」，便是「後起的」。蔣善國的說法和李氏相近，其云：通過增加聲符或義符，不標音的字轉化為標音的字，都是「最初的形聲字」。後來有同時配合聲符和義符創造的形聲字，叫做「後起的形聲字」。見《漢字學》，頁 157。

〔註101〕 見李孝定《漢字的起源與演變論叢》「從六書的觀點看甲骨文字」，頁 23。

〔註102〕 見李孝定《漢字的起源與演變論叢》「中國文字的原始與演變」，頁 158。

〔註103〕 筆者討論重點放在形聲字藉由「轉注」方式形成，關於「轉注」的界定及刀類不予討論。

〔註104〕 見殷寄明《漢語語言義初探》三章「語源義與漢字模式」，頁 123，上海：學林出版社。西元 1998 年 1 月一版一刷。

就特質來說，後者只要義通的條件下，即可屬於轉注，所以《爾雅》的「初、哉、首、基、肇、祖、元、胎、俶、落、權輿，始也。」可算作訓詁學上轉注，因為這十二個字，每個字含有「始」的意義在，訓詁學家把它歸納起來就有了這個結果；前者的轉注是必須形、音、義三者兼顧，或因古今通變，或因南北是非，而導致變化，起碼兩個轉注字之間，必須具備形、義、聲。義、形、聲間的關係，才可算是文字學的轉注。〔註105〕

轉注乃是說明「異字同義」的關係，而且彼此在形、音、義之間互有關連，也就是在「同一語根」的情形下發展音近義同形異文字間的轉相注釋，因此轉注是以用字假借為基礎，再加上予與區別「初文」的形符而成，故轉注應是「輔助的造字方法」。〔註106〕

由轉注方式產生的形聲字，最早說法見於徐鍇《說文解字繫傳》：〔註107〕

形聲者，實也。形體不相遠，不可以別，故以聲配之為分異。若江、

〔註105〕見邱德修《文字學新撢》八章「調節文字供需的管鑰——轉注」，頁294，台北：合記圖書出版。民國84年9月初版一刷。

〔註106〕邱德修認為轉注既非造字之本，也非用字之則，其所持理由列舉如下（以下說法見《文字學新撢》八章「調節文字供需的管鑰——轉注」頁293。）：

1. 轉注必是闡明二個字形以上的相互關係，而這些字必在形、音、義的範疇之內互相規範，絕無例外。

2. 六書中，形、事、意、聲是造字之本，而假借、轉注則為此四書的輔助條例，用以補充說明此四者中，彼此之間形、音、義的密切關係。

3. 勉強本著班固的意見，主張假借、轉注為造字之本，可是事實上加以評估，假借、轉注可曾造過一字？倘若要勉強本著戴震的見解，主張說它們適用字的法則，那麼還要有廣義的假借和轉注作什麼？

作者又提到其認同轉注分類項中「重文派」的說法（頁313），朱宗萊、蔣伯潛、帥鴻勳及魯實先皆承此說，這些學人說法較前其它說法來的周延，筆者援引魯實先所言轉注是「輔助的造字方法」為貼切說法。

〔註107〕轉注分類有主形轉、義轉及音轉三項，「形轉派」主張據形相轉，字形反正倒側、省畫改字，不足採取；「音轉派」主張執音以轉注，以「四聲別義」區分字義，然此法已屬音韻學的範圍，和轉注為字書之學相扞格；「義轉派」下區分形聲、部首及互訓三派，此說將文字的形、音、義皆納入討論，和形聲字的來源關係最為密切，故筆者取此說加以討論。

> 河同水也，松、柏同木也，江之與河但有所在之別，其形狀所異者
> 幾何？松之於柏，相去何若，故江、河同從水，松、柏皆作木，有
> 此形也，然後譖其聲以別之，故散言之則曰形聲，江、河可以同謂
> 之水，水不可同謂之江、河；松、柏可以同謂之木，木不可同謂之
> 松、柏，故散言之曰形聲，總言之曰轉注。〔註108〕

又曰：

> 六書之中……屬類成字，而復於偏旁訓，博喻近學，故為轉注人毛
> 七為老，鬈、耆、耋亦為老，故以老字注之：受意於老，轉相傳注，
> 故謂之轉注。〔註109〕

南宋鄭樵承其說，其對「轉注」的定義：

> 諧聲、轉注，一也；諧聲別出為轉注。〔註110〕

又曰：

> 諧聲、轉注，一也。役它為諧聲，役己為轉注。轉注也者，正其大
> 而轉其小，正其正而轉其偏者也。〔註111〕

今人施人豪言：

> 蓋鄭君以「役它為諧聲」，即以「形文」加「聲文」也。正與《說文·
> 敘》所謂「以事為名，取闢相成」相合。〔註112〕

鄭樵認為諧聲與轉注都和音義有關，故「諧聲、轉注，一也。」明代趙宧光亦
承鄭樵的說法，其云：

> 轉注者，聲意共用也，取其字，就其聲，注斧佗字，而義斯顯。
>
> 〔註113〕

〔註108〕見徐鍇《說文解字繫傳·上部》卷一「上」字注，頁2。

〔註109〕見徐鍇《說文解字繫傳·疑義》卷三九，頁331。

〔註110〕見鄭樵《六書略·六書序》，頁4。

〔註111〕見鄭樵《六書略》第二「轉注」，頁19。

〔註112〕見施人豪《鄭樵文字說之商榷》五章「鄭樵六書略之商榷」，頁157，政治大學中
　　　　文所碩士論文。民國63年6月。

〔註113〕見趙宧光《六書長箋》卷五，頁445，收錄《續修四庫全書》經部二○三冊。

又曰：

> 轉注之體，大類形聲，轉注同聲，形聲異聲，此二書之分感；而其
> 刱法之初，絕然不淆亂。〔註114〕

施人豪於其碩士論文提及趙宦光對該文之解釋：

> 它者，聲也；己者，義也。蓋諧聲與轉注皆必合彼此兩體為字。役
> 它者，從彼字之聲，而用此字之義；役己者，通此字之義，以合彼
> 字之聲。老為大而正，考為小而偏，受意於老，注之為考，而轉注
> 之道得矣。〔註115〕

「役它」強調聲符，「役己」強調形符；「役它」是字義在落在聲符上，「役己」
是字義落在形符上，〔註116〕故龍宇純認為「轉注相當於音意文字，形聲相當於
意音文字」〔註117〕兩者其實互為表裡，事實上龍宇純亦認為形聲字是經由「轉
注」而來，也就是「形聲字」以聲注形，「轉注字」以形注聲，「兩者翻轉為注，
故其一謂之形聲，其另一則相對而謂之轉注。」〔註118〕龍氏又強調：

> 形聲之法，則可說由轉注字悟出。因為象形、會意或假借之字在增
> 加表意之一體形成專字之後，其字讀音或與本體部分完全相同，如
> 逝祐蝠謨；或亦與本體部分極為接近，如娸字聲母略異，裸字韻母

〔註114〕見施人豪《鄭樵文字說之商榷》五章「鄭樵六書略之商榷」，頁 157。

〔註115〕施人豪於文中說明此段敘述為趙宦光所言，查趙宦光《六書長箋》並無該段文字，
故轉引施人豪《鄭樵文字說之商榷》五章「鄭樵六書略之商榷」。龍宇純亦言：「所
謂『役它』、『役己』，蓋本《說文》『以事為名，取闢相成』為說，『相成』猶言成
之，許君以聲配『形』者為形聲，故鄭氏以形為它，以聲為己，役它即以聲役於形，
役己是以形役於聲。前者為形聲，後者為轉注……」見《中國文字學》（定本）二
章「中國文字的構造法則」，頁 153。

〔註116〕丁國華於其碩士論文提及：「所謂『役它』是指聲符同而形符不同、意義不同；『役
己』則指形符同而聲符不同，意義相同或相近。趙宦光認為它者表聲、己者表義，
筆者則認為它者除了表聲之外，還應該包括聲符在內；而己者除了表義之外，尚
可表示義符，如此方能涵蓋鄭樵所言之轉注說。」見《見鄭樵〈六書略〉研究》
三章「《六書略》六書理論析述」，頁 114，逢甲大學中文研究所碩士論文。民國
89 年 6 月。

〔註117〕見龍宇純《中國文字學》（定本）二章「中國文字的構造法則」，頁 132。

〔註118〕見龍宇純《中國文字學》（定本）二章「中國文字的構造法則」，頁 131。

微殊，娶字聲調不同，皆大體仿佛，只需讀其原有的本體部分，便
可得其正讀或類似之音。〔註119〕

龍氏認爲轉注生成是因語言孳生詞義引申或假借而增注意符而成，因此：

形聲字出於轉注之說，是就造字方法而言。若論個別文字則形聲字
固可以直接產生轉注字。這是因爲語言的不斷孳生和創新，由形聲
字所代表的語言孳生爲新的語言，於是增改意符形成專字，即此形
聲字的轉注字；完全新生的語言，其先或借用形聲字兼代，及後增
改意符形成專字，亦即此形聲字的轉注字。〔註120〕

這種將所有形聲字全部納入「轉注」的範圍造成了體例與理論的衝突。因爲龍
氏曾將形聲字依構造方式區分爲四：〔註121〕一是象形加聲，二是因語言孳生而
加形，三是因文字假借而加形，四是從某某聲。其中二、三項應是「以形注聲」，
第四項更是形符與聲符並存，若是按龍氏形聲字（以聲注形）及轉注字（以形
注聲）的分類，明顯出現矛盾；龍氏亦曾提出形聲字與轉注字之區分是：形聲
字的聲符都是不兼義，僅用來標音，反之聲符兼義者即是轉注字。然在「因語
言孳生而加形」形聲字中其聲符是兼義的，而且形聲字「聲符兼義」本是存在
之事實，但不能因此就認定是由「轉注」造字而來，故筆者認爲：轉注必須在
兩個（或以上）文字下轉相注釋，溝通歧異，故「以字造字」的造字之法方是
轉注最佳詮釋。形聲字的生成有「轉注」的現象，由於時有古今，地有南北，
難免因時空因素孳乳形成形聲字，這些形聲字和聲符間的關係就必須用「轉注」
之法解釋，作爲溝通的橋樑。茲舉例說明：

「生」字《說文》：「進也，象艸木生出土上。」〔註122〕該字甲文作 ↓（《甲
200》）、↓（《甲380》）、↓（《甲915》），金文作 ↓（《王生女觥》）、↓（《豐
尊》）、↓（《衛簋》），「屮」示草，故該字甲、金文皆象「草生於地上」，爲該
字本義，後引申出「姓」字（音讀「甥」），卜辭多與「多子」相對，蔡信發

〔註119〕見龍宇純《中國文字學》（定本）二章「中國文字的構造法則」，頁142。

〔註120〕見龍宇純《中國文字學》（定本）二章「中國文字的構造法則」，頁161。

〔註121〕見龍宇純《中國文字學》（增訂本）二章「中國文字之構造法則」，頁 160。西元
1972年9月再版。

〔註122〕見《說文解字・生部》卷六「生」字，頁199。

引用魯實先先生說法認爲該字孳乳「產」字，〔註 123〕將「生」字孳乳情形以圖示之：

再如「嘽」字，《説文》：「喘息也。一曰喜也。从口單聲。」〔註 124〕又「喘」《説文》：「疾息也。从口耑聲。」〔註 125〕嘽，他干切，古音屬「透」紐、安攝；喘，昌允切，古音屬「穿」紐、安攝，二字古音相同。〔註 126〕「嘽」字兼有二義，爲使意義明確劃分清楚，於是另造一「喘」字表示「喘息」義。以圖示說明之：

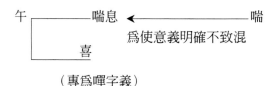

（專爲嘽字義）

由以上字例分析更加確定「轉注」爲輔助造字方法，以聲字可以透過「轉注」方式溝通因時空或方言差異造成文字的隔閡，故魯實先先生言：

> 要之所謂轉注者，構形雖異，而聲義相同，亦若水之轉相灌注，易
> 地則方圓有別，而質量不殊，此所以名之曰轉注也。〔註 127〕

事實上「六書」乃是分析文字運用的六種方法，並無主從之別，因此若將「轉注」歸納成「形聲」系統，就破壞六書的完整性，喪失「六書」的法則，魯氏說法補苴戴震「四體二用」的闕漏及釐清「形聲字」與「轉注字」界限，使六書各有歸屬，因此關於「形聲字」與「轉注字」的關係，邱德修作以下詮釋：

> 當二個以上的形聲字中有同義的現象，用轉注說明形聲字中彼此間

〔註 123〕蔡信發言：「即生是産之初文，産是生之後起形聲字，二字發聲都是疏紐⋯⋯」見《說文部首類釋》三章「會意析論」，頁 334，台北：萬卷樓出版。民國 86 年 8 月初版。

〔註 124〕見《説文解字・口部》卷二「嘽」字，頁 41。

〔註 125〕見《説文解字・口部》卷二「嘽」字，頁 41。

〔註 126〕古音「透」紐與「穿」紐礻正聲與變聲之關係，透紐爲「舌音正聲」、穿紐爲「舌音變聲」。

〔註 127〕見魯實先《假借遡源》，頁 17。

有淵源與流變關係，而非由形聲原理構成的某一字就是「轉注字」。
〔註128〕

如此說法自是映證魯先生說法，還原「形聲字」與「轉注字」的名義。
除了上述兩種方式，尚有以下產生之途徑：〔註129〕

三、孳　乳

　　語出於《說文解字・敘》：「字者，言孳乳而寖多也。」〔註130〕所謂孳乳
即是在原有的文字基礎上繁衍出新字，而這個新字和本字的音義有關連（或
無關連）之過程稱之，透過這個過程所記錄的詞稱作「孳乳字」。〔註131〕唐蘭
認為：

　　　　無論是引申出來的意義，或假借得來的語言，都可以孳乳出很多的
　　　　新文字。〔註132〕

這種孳乳的方式可分為兩種：一是遞加，二是同取相同部件。第一種情形如：
刀 ──假借──▶ 召 ──假借──▶ 昭 ──引申──▶ 照。《說文》：「刀，兵也。象形。」〔註133〕「召，
評也。从口刀聲。」〔註134〕「昭，日明也。从日召聲。」〔註135〕「照，明
也。从火昭聲。」〔註136〕「刀」字甲文作 ⅃（《甲3092》），小篆作 刀，象
刀刃之形，叚借爲叫喚、招致的「召」字，再叚借爲光明的「昭」字，後引

〔註128〕見邱德修《文字學新撢》八章「調節文字借需的管鑰──轉注」，頁311。

〔註129〕以下兩種方式乃是採用章太炎對於語言發展規律使用的術語，筆者認為此術語亦
　　　　適用形聲字產生之途徑，爲免混淆，特此說明。

〔註130〕見《說文解字・敘》卷十五，頁499。

〔註131〕黃侃認爲「孳乳」的形式有三：「一曰所孳之字，聲與本字同，或形由本字得，一
　　　　見而可識者也；二曰所孳之字，雖聲形皆變，然由訓詁輾轉尋求尚可得其徑路者
　　　　也；三曰後出諸文，必爲孳乳，然其言詞之柢，難於尋求者也。」見《黃侃論學
　　　　雜著・說文說略》「論變易孳乳二大例・下」，頁8，上海：上海古籍出版。西元
　　　　1980年4月一版一刷。

〔註132〕見唐蘭《中國文字學・文字的構成》十六「六技」，頁86。

〔註133〕見《說文解字・刀部》卷四「刀」字，頁134。

〔註134〕見《說文解字・口部》卷二「召」字，頁41。

〔註135〕見《說文解字・日部》卷七「昭」字，頁216。

〔註136〕見《說文解字・火部》卷十「照」字，頁337。

申爲「照」字，此組字例即是由象形層層遞加成形聲字。第二種情形如：行及衡，《説文》：「𬙂，人之步趨也。从彳从亍。」〔註137〕「衡，牛觸橫大木其角。从角从大行聲」〔註138〕又如羊與羕，《説文》：「羊，祥也。从丫，象頭角足尾之形。」〔註139〕「羕，水長也。从永羊聲。」〔註140〕此組字例僅取相同部件作爲聲符，在意義上並沒有關連，若是所取之聲符彼此在意義上有關連者，即可視爲「同源孳乳字」。〔註141〕

四、變　易

《説文・敍》：「㠯迄五帝、三王之世，改易殊體。」即爲變易之文。〔註142〕所謂「變易」是指文字字義會因時間的推移及地域的阻隔產生形體變化的文字，然溯源其源流仍是一字。形聲字透過變易的途徑會發生兩種情形：

（一）增形：也就是在原有的聲符（即本字）上增加形符，有爲明本義而加形者：如「用」字，甲文作 𤰃（《鐵130.4》）、𤰃（《拾7.3》），金文作 𤰃（《戊寅鼎》）、𤰃（《公史簋》），皆象鐘形，後來本義被借爲其它意義，於是就另造一個新字還其原：

```
                 本義借用
      用 ─────▶ 鐘（鏞，鐘或从甬。甬爲用之異體。）
   （象鐘形）      （樂鐘）
```

有爲明引申義而加形者：如「奉」字，本義是兩手捧物，引申有進獻、供給之義，再引申有奉祿之義，於是另加形符「人」旁成「俸」字專表引申義；有爲明假借義而加形者，如「隹」字，甲文作 𨾴（《甲111》），象鳥尾形，

〔註137〕見《説文解字・行部》卷二「行」字，頁57。許慎認爲「行」是會意字，考「行」字之甲文作 𣥂（《甲323》），金文作 𣥂（《父辛觶》），象交道之行，爲獨體象形字。

〔註138〕見《説文解字・角部》卷四「衡」字，頁138。

〔註139〕見《説文解字・羊部》卷四「羊」字，頁114。

〔註140〕見《説文解字・永部》卷十一「羕」字，頁382。

〔註141〕如縝、鎭、滇、愼及塡等字多取「充實」意，聚、諏、掫及㝡等字均有「聚合」意。

〔註142〕黃侃認爲「變易」的形式有三：「一曰字形小變；二曰字形大變，而猶知其爲同；三曰字形既變，或同聲，或聲轉，然皆兩字，驟視之不知爲同。」見《黃侃論學雜著・説文説略》「論變易孳乳二大例・上」，頁7。

〔註143〕後假借爲語氣詞，於是加注形旁「口」成「唯」字專示假借義。

（二）改易：由於誤解或爲求簡便，遂造成與本字形體不同，產生訛變。如「凡」字，甲文作 ◻（《甲 134》）、◻（《乙 2494》），金文作 ◻（《天亡簋》），爲「槃」之本字；「舟」字甲文作 ◻（《甲 637》），金文作 ◻（《父丁卣》），兩字音義不同但形體相似；會意字「般」字甲文作 ◻（《甲 590》），清楚的發現是從「凡」而來，顯然已混淆「凡」與「舟」形。

以上四種方式似有重疊之處，筆者區分之原因在於透過文字結構與形體方面兩方面討論形聲字的產生，以其對形聲字有全面客觀的認識。總的來說，起初人們使用圖畫或符號作爲溝通的工具，象形、指事就是在此階段擔負橋樑的工作；後來隨著表達的情感日漸豐富，語言的使用亦趨於複雜，於是從象形文字階段進入表意階段，然而對於某些複雜及抽象的概念的概念形不可象、事無法指，意難以合，如此文字無法跟上語言的腳步，爲解決使用上的不便，於是採用「記音」的方式。就是借用某個字作爲表音符號，記錄那些書寫比較困難的語詞，這種記錄語詞的方法，在文字學的領域稱之「假借」。然而假借字的出現卻造成同形異義字的出現，同時在詞性不斷發展及詞性不斷分化的情形下，現有的文字又無法滿足這種具同源關係的詞彙，造成多詞一字的困擾，形聲字即是在此背景下產生了。它結合象形（表意）和假借（表音）的特質，使人們只需用已有的文字作形符和聲符相互會合，即可產生新字，既可表明該字的屬性，又可明瞭該字讀音，增強文字在書面上區別語詞的功能。而形聲字產生的最大關鍵即在於要有一批形體穩定、音義皆備的成字構件方可完成，因此高明說道：

> 自形聲字出現之後，凡是漢語孳生的新詞，隨即造出相應的形聲字，
> 從而使漢字更加完善地適應漢語的發展要求。〔註144〕

李國英亦言：

> 形聲字的產生，標誌著漢字構字法發展的最高階段。〔註145〕

〔註143〕李國英認爲：「佳、鳥古本一字，并爲禽之總名，非有短尾長尾之別，但動靜形畫或異耳……殆無可置疑矣。今從魯說。」見《說文類釋・象形釋例》，頁 20。

〔註144〕見高明「中國古文字學通論」二章「漢字的起源和發展」，頁 50，台北：五南圖書出版。民國 82 年 12 月初版一刷。

〔註145〕見李國英《小篆形聲字研究》一章「小篆形聲字的來源與界定」，頁 11，北京：北

可見形聲字已成為文字的主流地位，因爲這種一形一聲的組合方式適合社會不斷發展的需要，「形聲化」亦成爲漢字發展的趨勢。

第四節　會意、形聲之辨

　　許慎對會意的定義是「比類合誼，斧見指撝。」〔註146〕「比」爲「並」義，「合」是「會合」義，因此「會意」是通過「並合」的方法會合成新字新義，歷代文字學家皆以自己的認知解讀許慎的說法，茲擷取數家說法羅列如下：

一、「會意」定義

（一）會為「會合」之意〔註147〕

弓英德提出此說又可分爲會合「人意」與會合「兩字之意」，會合人意者：

1、唐賈公彥

　　會意者，武信之類是也。人言爲信，止戈爲武，會合人意，故云會意也。〔註148〕

2、南唐徐鍇

　　會意……無形可象，故會合其意，以字言之，止戈則爲武，止戈，戢兵也；人言必信，故曰比類合義，以見指撝。〔註149〕

又曰：

　　會意者，人事也，無形無勢，取義垂訓，故作會意。〔註150〕

會合二字之意者：

1、宋張有

　　會意者：或假其體而體兼乎其義，或反其文而取乎意。擬之而後言，

京師範大學出版。西元1996年6月一版一刷。

〔註146〕見《說文解字注·敘》卷十五，頁755。

〔註147〕援引弓英德《六書辨正》四章「六書會意之歖問及其分類」，頁58。

〔註148〕見賈公彥《周禮注疏·地官·司徒·保氏》卷十四疏語，頁213，重刊宋本《十三經注疏校勘記》。

〔註149〕見《說文解字繫傳·一部》卷一「上」字，頁2。

〔註150〕見《說文解字繫傳·疑義》卷三九，頁331。

議之而後動者也。如休、信、鬻、明之類。〔註151〕

2、南宋鄭樵：

序曰：象形、指事，文也；會意，字也，文合而成字。文有子母，母主義，子主聲，一子一母爲諧聲。諧聲者，一體主義，一體主聲。二母合爲會意。會意者，二體俱主義，合而成字也。其別有二，有同母之合，有異母之合，其主意則一也。〔註152〕

按：鄭樵強調「合體之字」之會意字主義不主聲，透過組成之初文（意符）以表達新意，沒有聲音上的關連。

3、南宋戴侗

何謂會意？假文以見意。兩人爲从，三人爲众；兩火爲炎，三火爲焱此類是也。〔註153〕

4、明劉泰

會意，天地萬物之形，既異其文，又不一而足，故摹庶物變動之意以成文，如从、比之類，取義兩人，相从爲从，兩人相比爲比也。〔註154〕

5、明吳元滿

會合象形指事之文呂成字，擬義呂成其變化，故曰會意。〔註155〕

6、明趙宧光

會意者，事形不足，假文爲之，二假呂至多合也。〔註156〕

7、清段玉裁

會者，合也，合二體之意也。一體不足以見其義，故必合二體之意以成字。誼者，人所宜也。先鄭《周禮·注》曰：今人用義，古書

〔註151〕見趙宧光《六書長箋》卷四，頁434，收錄《續修四庫全書》經部二○三冊。
〔註152〕見鄭樵《六書略》第二「會意」，頁1。
〔註153〕見趙宧光《六書長箋》卷四，頁435，收錄《續修四庫全書》經部二○三冊。
〔註154〕見趙宧光《六書長箋》卷四，頁436，收錄《續修四庫全書》經部二○三冊。
〔註155〕見趙宧光《六書長箋》卷四，頁437，收錄《續修四庫全書》經部二○三冊。
〔註156〕見趙宧光《六書長箋》卷四，頁438，收錄《續修四庫全書》經部二○三冊。

用誼。誼者本字，義者叚借字……會意者，合誼之謂也。〔註 157〕

按：段氏明言會意爲合體之字，主義不主聲。

8、清江聲

日在茻中爲莫、王在門中爲閏，凡視之可識、察之而見意者皆是也……然指事之説猶不盡此也……指事統於形，此之謂也……蓋合兩字以成一誼者爲會意……《左氏》曰止戈爲武、《穀梁子》曰人言爲信，故武、信爲會意，武、信之外如孔子曰推十合一爲士、韓非曰背厶爲公……皆合兩字成誼者也。〔註 158〕

按：江氏混淆指事會意之界定，誤將會意之字例釋爲指事（如莫、閏）。

9、清王鳴盛

會意者，江河尚有形可配以聲，武信則無形可配，只得舍却象形，專取其意，然欲摹寫字意，必須取兩字成一字意乃顯矣，聲則無暇及也。〔註 159〕

10、清張度

會意者，比類合誼，斧見指撝，武信是也。㠯此類推，凡合兩文成誼者，均謂之會意。〔註 160〕

按：張氏又言「順敘」（从某某从）與「對峙」（从某从某）的類型，將會意區分更爲精細，可見六書變化之道。

11、清黃以周

會意者，合二體以成意，其意即具于二體之字。亦有意在無字之處者，如𨙨下云鄰道也、𨸏下云兩岸之閒也。〔註 161〕

〔註 157〕見《說文解字注・敘》卷十五，頁 755。

〔註 158〕見江聲《六書説》，頁 2，收錄《琳琅秘室叢書》第一函，台北：藝文印書館。

〔註 159〕見王鳴盛《蛾術編・六書大意》卷五，頁 171，收錄《續修四庫全書》子部一一五〇冊。

〔註 160〕見張度《說文解字索隱・六書易解》卷一，頁 8，收錄《靈鶼閣叢書》第一函，台北：藝文印書館。民國 54 年影印初版。

〔註 161〕見黃以周《六書通故》，頁 582，收錄丁福保輯《說文解字詁林・前編中》「六書總

12、清葉德輝

會意與象意，其名義之異，一在文少之時，一在字多之時。班固以
前文少，故象意之名存；許君之時字多，故會意之名存。鄭氏注《周
禮》保氏六書，亦稱會意，不稱象意，是時象意之名廢久矣。〔註162〕

13、清周䋄

會意者，并二字以上之意，以明所欲著之事也。〔註163〕

按：周氏說法實能切合會意之旨。

14、民國李國英

會意乃連合六書各類文字會合其義，以見命義之所在者是也。〔註164〕

（二）會為「會悟」之意

1、元楊桓

會意者何？形也，體也，常也；而其用也，其動也，其變也，各有
主意焉，故必假其形之用、久動、之變以示其意，使人觀之而自悟，
故謂之會意。〔註165〕

按：以會悟、領會解釋會意之旨，實屬牽強，清王筠評之曰：

會者，合也；合誼，即會意之正解，《說文》用誼、今人用義。會意
者，合二字、三字之義，以成一字之義，不作會悟解也。〔註166〕

2、民國蔣伯潛

「會」是會合之會，並非領會之會。「會意」是會合所合各體之意義，
不是領會合成的新字之意義。〔註167〕

論」。

〔註162〕見葉德輝《六書古微・會意說》，頁658，收錄丁福保輯《說文解字詁林・前編中》
　　　　「六書總論」。

〔註163〕見周䋄《六書釋》，頁670，收錄丁福保輯《說文解字詁林・前編中》「六書總論」。

〔註164〕見李國英《說文類釋》三「會意釋例」，頁159。

〔註165〕見趙宧光《六書長箋》卷四，頁435，收錄《續修四庫全書》經部二〇三冊。

〔註166〕見王筠《說文釋例・會意》卷四，頁81。

〔註167〕見蔣伯潛《文字學纂要・本論二》三章「會意與形聲」，頁64。

（三）會為「化多為少」之意

1、清廖平

> 象意者，化多為少也。凡意皆空虛，不如形體質實，無論何意，非
> 數字不能形容，故必合數字乃成。許名會意，會即化多為少之謂也。
>
> 〔註168〕

按：廖氏說法和「會合二字之意」說實無差別，只是廖氏避言「合」者，「蓋
　　恐誤解合體之字皆為會意也。」〔註169〕

（四）會為「會合數字意念」之意

1、清王筠

> 會者，合也。合誼即會意之正解，《說文》用誼、今人用義。會意者，
> 合二字、三字之義以成一字之義，不作會悟解也。〔註170〕

王筠在《文字蒙求》中亦言：

> 合數字以成一字，其意相附屬，而於形事聲皆無所兼者為正例，餘
> 皆變例。〔註171〕

按：王筠以「義」為區分要點，頗能切合「會意」要旨。

2、清王舟瑤

> 夫依文字作字，而時有難狀之形；指事成文，而或有致窮之事；於
> 是比合眾體以成一文，而會意之法起焉。會者，合也；意者，誼也，
> 謂合數字之誼以成一字之誼也。許書之文，凡九千三百五十三，而
> 會意之字居一千一百六十七。〔註172〕

按：王氏指出象形、指事窮致而會意起焉，符合文字演進之序。

〔註168〕見廖平《六書舊義‧象意篇》，頁138，收錄《續修四庫全書》經部二二八冊。

〔註169〕援引弓英德《六書辨正》四章「六書會意之疑問及其分類」，頁67。

〔註170〕見王筠《說文釋例‧會意》卷四，頁81。

〔註171〕見王筠《文字蒙求》卷三「會意」，頁55，台北：藝文印書館。民國83年1月初
　　　　版六刷。

〔註172〕見王舟瑤《說文會意字通釋》，頁837，收錄丁福保輯《說文解字詁林‧前編中》
　　　　「六書總論」。

3、民國徐紹楨

古人制字，既有象形指事，而復繼之以會意者，蓋人日用云爲之事，不盡有物形可象、有實事可指，故又比合其形與事之文，以示其意，誼之所指，所謂比類合誼，以見指撝也。〔註173〕

按：徐氏言會意起源於象形、指事，應屬中肯之見。

4、民國戴增元

會意者，是會合二字或二字以上至三四字之義，以成一字之義。〔註174〕

5、民國潘重規

會意字是會合兩個或兩個以上獨體字的意義，成功一個意義。這組成的份子，不包含聲符，而是組成後成爲一個代表語言的聲符。〔註175〕

6、民國林尹

所謂會意，就是把兩個或三四個初文配合成一個字，使人領會出它的意思來。所謂「比類合誼」，就是排比配合二類或三類、四類的文字，合成一個新的字義；所謂「以見指撝」，就是來發現新合成的字的意向。〔註176〕

按：透過象形、指事的會合增加會意此類的造字法，以應付新事物的名稱，此類造字法的特點在於會合之獨體字與組合後的新字沒有聲音的關連。

7、民國龍宇純

比的意思是「比附」。類本言相關事物，此指相關文字。誼與義同，指撝同指麾。原文譯成現在的話是：「比附相關的文字，會合其義，

〔註173〕見徐紹楨《六書辨》，頁 5，收錄《說文部首述義》。

〔註174〕見戴增元《文字學初步》四章「六書大意」，頁 67，台北：臺灣中華書局。民國52 年 10 月臺二版。

〔註175〕見潘重規《中國文字學》二章「中國文字的構造法則」，頁57，台北：東大圖書。民國 66 年 2 月初版。

〔註176〕見林尹《文字學概說》四章「會意」，頁108，台北：正中書局。民國 82 年 11 月臺初版十九次印行。

以見命意所在。」〔註177〕

按：龍氏從造字之過程言會意字之形成，亦即會合相關文字之義以見命意之所在。

（五）會為「結合複雜圖繪」之意

1、民國劉師培

蓋會與合同，則合誼即會意之正解。會誼者，兩形並列之字也。吾謂兩形並列之字，亦出於古代圖畫，例如武字從止從戈，在上古時必畫一人作止戈之形；信字從人從言，在上古時必畫一人作欲語之形。〔註178〕

按：劉氏以「形」顯「義」，就上古而言可解決部分文字之疑，然文字演進至小篆後，圖畫形象減少，而且會意字是建立在象形指事的基礎上發展的，屬於合文，劉氏說法混淆圖畫與文字的區別與時間的推移。因此只能說圖畫可能是會意字淵源之一，卻不代表會意字。

2、民國孫海波

二形並列之字雖曰會意，猶不外圖繪之法，如莫，從茻從日，即繪日在茻中之形……集，從鳥從木，即繪鳥集于木之形；祭，從又從肉從示，即繪以手持肉祭神之形……此雖兩形並列，亦即古代之圖畫也。蓋會意雖斧意為主，其會合也，斧形不斧以意，即許書所列會意之字亦多斧形體發明字義者。〔註179〕

3、民國唐蘭

古文字只有象意，沒有會意。象意字是從圖畫裡可以看出它的意義的。「武」字從戈從止，止是足形，我們決不能把它當做停止的意義，因為停止的意義，在圖畫裡是沒有的。「武」字在古文字裡

〔註177〕見龍宇純《中國文字學》（定本）二章「中國文字的構造法則」，頁88。

〔註178〕見劉師培《小學發微補》，頁523，收錄《劉申叔遺書》（一）台北：華世出版社。民國64年4月初版。

〔註179〕見孫海波《古文聲系・自序》，頁38，台北：古亭書屋。民國57年12月景印初版。

本是表示有人荷戈行走，从戈形的圖畫，可以生出「威武」的意
義，从足形的圖畫裡，又可以看出「步武」的意義，可是總不會
有「止戈」的意義。至於「信」字，只能是从言人聲的一個形聲
字。〔註180〕

按：唐氏將「會意」改爲「象意」，「物」有形，自然可以「象」；「事」無形，
如何「象」？而且唐氏認爲：

新的會意字陸續製造出來，可是要比形聲字，數量依舊極細微。這
種新字，雖然只是兩個字義的會合，用的只是些記號，和圖畫文字
不一樣，也總還是象意字的一種變型。〔註181〕

把會意字視爲象意字的「變型」，豈不混淆文字的演進歷程？因此邱德修認爲：

假如我們承認會意淵源於圖畫，以此類推，形聲也源自圖畫，有些
形聲字其聲符或形符，也都有象形文與指事文之第二代組合，如此
看來六書莫不源自圖畫。這樣的推論，似是而非。這樣不用心細究
時空觀念，不論其演變層次，去研究漢字的演進，自然所得到的結
論其可信度勢必大打折扣。〔註182〕

將會意字由複雜的圖繪蛻變而來的說法予以更正。

爲此，會意字必須嚴格界定：

一、會意字是合體字，亦即是由兩個或兩個以上的「文」或「字」以共時的方
式組合而成。

二、會意是一種將「文」或「字」的形義會合成新字新義的造字法。

三、會意字跟其所構成的「文」或「字」沒有聲音及意義上的關係。

因此將兩個（或以上）的形符（或意符）會合，聚集它們的意思，成爲一
個和這些形符（或意符）本身意義及聲音都不相關的新字即是會意字。

二、構成會意字的標準

確立「會意字」的界定，因此構成會意字的標準至少需符合以下條件：

〔註180〕見唐蘭《中國文字學・文字的構成》十一「六書說批判」，頁62。

〔註181〕見唐蘭《中國文字學・文字的構成》十一「六書說批判」，頁63。

〔註182〕見邱德修《文字學新撢》五章「文字的渡船──會意『字』的誕生」，頁164。

（一）會意字是由兩個或兩個以上的「文」或「字」組合而成會其「意」

這種會其「意」的方式又分為二，一是「以形示意」，一是「以義示意」，其中前者出現時間較早，數量較後者多。〔註183〕

1、以形示意

（1）同形：說解為「從二某」、「從三某」及「從四某」，如：

玨：《說文》：「玨，二玉相合為一玨。」〔註184〕玨，古岳切，古音屬「見」紐，韻屬「覺」部；玉，魚欲切，古音屬「疑」紐，韻屬「屋」部，二字的聲韻沒有關連。段玉裁注：

> 不言從二玉者，義在於形，形見於義也。〔註185〕

林：《說文》：「林，平土有叢木曰林。從二木。」〔註186〕林，力尋切，古音屬「來」紐，韻屬「侵」部；木，莫卜切，古音屬「明」紐，韻屬「屋」部，二字的聲韻沒有關連。王筠注：

> 林從二木，非云止有二木也。取木與木連屬不絕之意也。〔註187〕

品：《說文》：「品，眾庶也。從三口。」〔註188〕品，丕飲切，古音屬「滂」紐，韻屬「侵」部；口，苦后切，古音屬「溪」紐，韻屬「侯」部，二字的聲韻沒有關連。段玉裁注：

> 人三爲眾，故從三口，會意。〔註189〕

芔：《說文》：「芔，眾草也，從四屮。」〔註190〕芔，模朗切，古音屬「明」紐；

〔註183〕詹鄞鑫說道：「西周春秋以前產生的會意字，絕大多數是以形會意的，戰國秦漢以後產的會意字，大抵是以義會意的。又說：這類（以義會意）會意字比以形會意的會意字少得多。」見《漢字說略》三章「漢字的結構」，頁179、181。

〔註184〕見《說文解字‧玨部》卷一「玨」字，頁12。

〔註185〕見《說文解字注‧玨部》篇一「玨」字，頁19。

〔註186〕見《說文解字‧林部》卷六「林」字，頁195。

〔註187〕見王筠《說文解字句讀‧林部》卷「林」字，頁219。

〔註188〕見《說文解字‧品部》卷二「品」字，頁63。

〔註189〕見《說文解字注‧品部》篇二「品」字，頁85。

〔註190〕見《說文解字‧芔部》卷一「芔」字，頁32。

韻屬「陽」部；屮，丑列切，古音屬「徹」紐，韻屬「月」部，二字的聲韻沒有關連。徐灝注：

> 芔从四屮猶重艸也。〔註191〕

（2）異形

①順遞見意：〔註192〕段玉裁云：

> 凡會意之字曰从人言、曰从止戈，人言、止戈二字皆聯屬成文，不得曰从人从言、从戈从止，而全書內往往爲淺人增一从字，大徐本尤甚，絕非許意。然亦有本用兩字者，固當分別觀之。〔註193〕

王初慶加以解釋：

> 這一種方法好像是一種化學變化，組成會意字的各分子融合後，方能產生新意，而此一新意與多分子原來的意義無關。〔註194〕

此類型的說解方式爲「从某某」、「从某某某」及「从某某某某」等。

吠：《說文》：「吠，犬鳴。从口犬。」〔註195〕吠，符廢切，古音屬「奉」紐，韻屬「月」部；犬，苦泫切，古音屬「溪」紐，韻屬「諄」部，二字的聲韻沒有關連。段玉裁注：

> 口犬者，動口之犬也。〔註196〕

安：《說文》：「安，竫也。从女在宀中。」〔註197〕安，烏寒切，古音屬「影」紐，韻屬「元」部；女，尼呂切，古音屬「娘」紐，韻屬「魚」部，二字

〔註191〕見清徐灝《說文段注箋・屮部》第一「屮」字，頁 358，台北：廣文書局。民國61 年 11 月初版。

〔註192〕張度云：「凡合兩文成誼者，均謂之會意。其文順敘者，則訓爲『從某某』；其文對峙者，則訓爲『從某從某』，皆會意之正也。」見《說文解字索隱・六書易解》卷一「會意解」，頁 8。

〔註193〕見《說文解字注・敍》卷十五，頁 755。

〔註194〕見王初慶《中國文字結構析論》六章「會意通釋」，頁 130，台北：文史哲出版。民國 82 年 9 月四版二刷。

〔註195〕見《說文解字・口部》卷二「吠」字，頁 44。

〔註196〕見《說文解字注・口部》篇二「吠」字，頁 61。

〔註197〕見《說文解字・宀部》卷七「安」字，頁 240。

的聲韻沒有關連。徐鍇注：

> 女子非有大，故不踰閾也。〔註198〕

②並峙見意：王初慶說道：

> 這一類的字源先透過會意字組成分子個別的了解，然後再從其間的
> 相通處找出關聯的意義來。〔註199〕

也就是先說明第一層意義，再說明第二層意義，然後將此二層亦亦合併成新
義。此類型的說解方式爲「从某从某」、「从某从某从某」及「从某从某某」
等。〔註200〕

析：《說文》：「𣂪，破木也，一曰折也。从木从斤」〔註201〕析，先激切，古音
　　屬「心」紐，韻屬「覺」部；斤，舉欣切，古音屬「見」紐，韻屬「諄」
　　部，二字的聲韻沒有關連。段玉裁注：

> 以斤破木，以斤斷艸，其義一也。〔註202〕

「斤」爲斧頭，表示以斧頭斷木。

祝：《說文》：「祝，祭主贊詞者。从示从人口。」〔註203〕祝，之六切，古音屬
　　「照」紐，韻屬「覺」部；口，苦后切，古音屬「溪」紐，韻屬「侯」部，
　　二字的聲韻沒有關連。林尹註解：

> 祝是巫祝，在祭祀中向神明祝禱的人。示，表神；人口，表祝的職
> 務。就是以人口交接神明的意思。〔註204〕

③見形明意：透過組合的文或字可以知曉會意字的意義，說解方式爲「从

〔註198〕見徐鍇《說文解字繫傳・宀部》卷十四「安」字，頁149。

〔註199〕見王初慶《中國文字結構析論》六章「會意通釋」，頁131。

〔註200〕王初慶加以說明：「『从某从某』、『从某从某从某』及『从某从某从某从某』是由
　　　　各個單形的並峙以見意。『从某某从某』及『从某从某某』兩類則須先由『从某某』
　　　　的部份順遞融合其意後，再與『从某』的部分並峙以見意。」同上。

〔註201〕見《說文解字・木部》卷六「析」字，頁193。

〔註202〕見《說文解字・木部》篇六「析」字，頁269。

〔註203〕見《說文解字・示部》卷一「祝」字，頁4。

〔註204〕見林尹《文字學概說》四章「會意」，頁116，台北：正中書局。民國82年11月
　　　　臺初版第十九次印行。

某……」「从某某」及「从某，在……」等。

伐：《說文》：「⿰亻戈，擊也。从人持戈。」〔註205〕伐，房越切，古音屬「奉」紐，韻屬「月」部；戈，古禾切，古音屬「見」紐，韻屬「歌」部，二字的聲韻沒有關連。段玉裁注：

> 戌者，守也，故从人在戈下，入戈部。伐者，外擊也，故从人杖戈，
> 入人部。〔註206〕

伐字甲文作 ⿰亻戈（《前 7.15.4》）、⿰亻戈（《後 1.17.3》）⿰亻戈、（《明藏 79》），均象執戟刺人首形。

臥：《說文》：「⿰臣人，休也。从人臣，取其伏也。」〔註207〕臥，吾貨切，古音屬「疑」紐，韻屬「歌」部；臣，植鄰切，古音屬「禪」紐，韻屬「眞」部，二字的聲韻沒有關連。段玉裁注：

> 臣下曰「象屈服之形」，故以人臣會意。〔註208〕

「臣」字甲文寫作 ⿰臣（《甲 2581》）、⿰臣（《乙 524》），金文寫作 ⿰臣（《辰卣》），象舉目而視之意，因人屈而舉目，象人屈之形，故取其伏也。

盥：《說文》：「⿱臼皿，澡手也。从臼水臨皿。」〔註209〕盥，古玩切，古音屬「見」紐，韻屬「元」部；皿，武永切，古音屬「微」紐，韻屬「陽」部，二字的聲韻沒有關連。段玉裁注：

> 皿者，《禮經》之所謂洗、〈內則〉之所謂「槃也」。〈內則〉注曰「槃承盥水」者、《禮經》注曰「洗承盥洗者，棄水器也」。〔註210〕

林尹加以解釋：

> 臼是兩首手指相向，其中有水，其下為盤，表示在洗手。〔註211〕

〔註205〕見《說文解字·人部》卷八「伐」字，頁 264。

〔註206〕見《說文解字注·人部》篇八「伐」字，頁 381。

〔註207〕見《說文解字·臥部》卷八「臥」字，頁 269。

〔註208〕見《說文解字注·臥部》篇八「臥」字，頁 388。

〔註209〕見《說文解字·皿部》卷五「盥」字，頁 157。

〔註210〕見《說文解字注·皿部》篇五「盥」字，頁 213。

〔註211〕見林伊《文字學概說》二篇四章「會意」，頁 121。

2、以義示意

透過組合的文或字的意義相結合即可知曉會意字的意義，此類型包含前者列舉之術語，茲擇要敘述如下：

筋：《說文》：「筋，肉之力也。从力从肉从竹。竹，物之多筋者。」〔註212〕筋，居銀切，古音屬「見」紐，韻屬「諄」部；肉，如六切，古音屬「日」紐，韻屬「屋」部；力，林直切，古音屬「來」紐，韻屬「職」部，三字的聲韻沒有關連。饒炯云：

> 筋在骨肉之間而似肉。其用則爲力。造字原从肉力會意，以爲肋字，與从肉力聲之字異誼，又加竹以明之。〔註213〕

昌：《說文》：「昌，美言也。从日从曰。一曰日光也。」〔註214〕昌，尺良切，古音屬「穿」紐，韻屬「陽」部；曰，王伐切，古音屬「爲」紐，韻屬「月」部，二字的聲韻沒有關連。段玉裁注：

> 會意。取縣諸日月不刊之意也。不入日部者，日至尊也。〔註215〕

徐灝注：

> 从日蓋取明義，故日昌明。《廣雅》曰「昌，光也。」光亦明也。〔註216〕

實：《說文》：「實，富也。从宀从貫。貫，貨貝也。」〔註217〕實，神質切，古音屬「神」紐，韻屬「質」部；貫，古玩切，古音屬「見」紐，韻屬「元」部，二字的聲韻沒有關連。段玉裁注：

> 以貨物充於屋下是爲實。〔註218〕

〔註212〕見《説文解字・筋部》卷四「筋」字，頁134。

〔註213〕見饒炯《説文部首訂》，頁819，收錄丁福保《説文解字詁林・筋部》四「筋」字。

〔註214〕見《説文解字・日部》卷七「昌」字，頁217。

〔註215〕見《説文解字注・日部》篇七「昌」字，頁306。

〔註216〕見徐灝《説文段注箋・日部》第七「昌」字，頁2206。

〔註217〕見《説文解字・宀部》卷七「實」字，頁240。

〔註218〕見《説文解字注・宀部》篇七「實」字，頁340。

「宀」象屋形，「貫」表錢貝。「實」字由宀、貫之字義組合而成，非以形見意。

赫：《說文》：「𤉡，火赤皃。从二赤。」〔註219〕赫，呼格切，古音屬「曉」紐，韻屬「鐸」部；赤，昌石切，古音屬「穿」紐，韻屬「鐸」部，故赫字應爲從赤得聲之形聲字。段玉裁注：

> 此謂赤非謂火也。赤之盛，故从二赤。〔註220〕

里：《說文》：「里，居也。从田从土。」〔註221〕里，良止切，古音屬「來」紐，韻屬「之」部；田，徒年切，古音屬「定」紐，韻屬「眞」部；土，他魯切，古音屬「透」紐，韻屬「魚」部，三字的聲韻沒有關連。段玉裁注：

> 有田有土而可居矣。〔註222〕

饒炯云：

> 里之訓居，謂古者方里而井，居在公田，出入共一里門。夫人之度居，非田即土，故里得从土田會意。〔註223〕

劦：《說文》：「劦，同力也。从三力。」〔註224〕劦，胡頰切，古音屬「匣」紐，韻屬「怗」部；力，林直切，古音屬「來」紐，韻屬「職」部，二字的聲韻沒有關連。饒炯云：

> 同力謂合眾力以爲力。篆从三力會意者，猶云合眾力也。〔註225〕

王筠注：

> 人神道殊，豈可出而與人接？示而出也，是爲祟矣。〔註226〕

〔註219〕見《說文解字·赤部》卷十「赫」字，頁342。

〔註220〕見《說文解字注·赤部》篇十「赫」字，頁492。

〔註221〕見《說文解字·里部》卷十三「里」字，頁457。

〔註222〕見《說文解字注·里部》篇十三「里」字，頁694。

〔註223〕見饒炯《說文部首訂》，頁1268，收錄丁福保輯《說文解字詁林·里部》十三「里」字。

〔註224〕見《說文解字·劦部》卷十三「劦」字，頁461。

〔註225〕見饒炯《說文部首訂》，頁1380，收錄丁福保輯《說文解字詁林·劦部》十三「劦」字。

〔註226〕見王筠《說文解字句讀·示部》卷一「祟」字，頁6。

（二）會意字與其組合的文或字沒有聲音的關連

潘重規先生明言會意字不包含聲符，戴君仁先生雖未言會意，然其所謂「合象形表法」及「重象形表法」〔註227〕等實屬「會意」的範疇，茲以「合象形表法」的說解即可見出端倪：

> 合象形表法者，會合兩個以上不同之形象以造字之方法也。有合象以表物者：蓋止單純之形，不足確定其物，或其象必須合別象而繪之，與其物名之涵義始稱合。此類之字，其意只重表示所製字之一體。舊或謂之以會意定象形，或謂之合體象形。有合象以表事狀者：蓋圖形象，存有此其所表者爲動作，或此其所表者爲狀態之意也。此則各體並重而無偏者也。此類之字，舊屬之會意。〔註228〕

戴先生的說法即是前者分類的「以形示意」項，從戴先生的說法得知「會意」的組成乃強調形與義，完全不考量聲音的作用，李恩江亦提到：

> （這種）會意字，組成它的各部件都是以獨立的意義單位存在，要求人們從部件意義的會合上理解字義，而在字的整體構形上並沒有以形象意的要求。在造字初期那種意以形象的氛圍中，這種字是不可能產生的。只有在漢字的象形性降低，漢字的部件演進成爲較爲抽象的意義的單純標號的時候，人們才能夠把它們疊加起來，造成新字。〔註229〕

因此既使是不同性質的會意字，也不會同時出現在一歷史平面上。發展初期形象性較強，而後文字字義的概念性增強，於是在現有文字增加偏旁或筆畫以符合人們認識的需求，這就是會意表意性質的特徵。

三、小　結

由以上敘述可知形聲與會意的差別在於：

〔註227〕戴君仁立「義表法」中的「合體」、「重體」及「變體」等三法亦屬「會意」的一環。

〔註228〕見戴君仁《中國文字構造論》一章「形表法」，頁 24，台北：世界書局。民國 68 年 10 月臺再版。

〔註229〕見李恩江《漢字新論》五章「漢字的結構變化」，頁 91，北京：中國文聯出版。西元 2000 年 5 月一版一刷。

（一）形聲是由形符與聲符組合而成，會意是由兩個（或以上）形符組合而成，故形聲字是有聲字，會意字是無聲字。

（二）形聲字與會意字都是合體字，然形聲字的形符表示義類，聲符表讀音，兩者結合可準確表示文字的概念；會意字早期上有圖畫性質的聯繫。

（三）會意字亦是形聲字的形符或聲符，如「取」字，《說文》「捕取也。從又從耳。」〔註230〕本義是獲取敵人的耳馘，後加形符「女」成為形聲字「娶」，〔註231〕義同「獲取妻婦」；「卬」字，《說文》「望欲有所庶及也。從匕從卪。」〔註232〕後加形符「人」成為形聲字「仰」；〔註233〕「炎」字，《說文》「火光上也。從重火。」〔註234〕後加聲符「佋」及「占」成為形聲字「燄」及「焾」〔註235〕此二字皆在「炎」義的基礎上擴大詞義。

（四）形聲字的聲符尚有表義功能，這種「聲符兼義」的性質早在古籍文獻即有記載，並由此衍生出「語源學」的課題；會意字是無聲字，基本上無「兼聲」的問題，贊成「會意兼聲」之學者〔註236〕皆以《說文》出現的「亦聲字」來解讀，然「亦聲字」應屬於形聲範疇，故「會意兼聲」可否存在六書系統？關於詳細情形留待第三章敘述。

第五節　王筠會意釋例

〔註230〕見《說文解字‧又部》卷三「取」字，頁 90。

〔註231〕娶字《說文》：「取婦也。從女從取、取亦聲。」見《說文解字‧女部》卷十二「娶」字，頁 411。

〔註232〕見《說文解字‧匕部》卷八「卬」字，頁 267。

〔註233〕仰字《說文》：「舉也。從人從卬。」見《說文解字‧人部》卷八「仰」字，頁 261。（按：仰，魚兩切。卬，伍岡切故仰應是「從人卬聲」的形聲字）李孝定言：「按卬作𦦡，象一人立而一人跽，跽者舉首而視，故引申有舉義，仰為卬之後起偏旁累增字，今歧為二。」見《讀說文記》卷八「仰」字，頁 204，台北：中央研究院歷史語言所。民國 81 年 1 月初版。

〔註234〕見《說文解字‧炎部》卷十「炎」字，頁 338。

〔註235〕燄字《說文》：「𤑾，火行微燄燄也。從火佋聲。」見《說文解字‧炎部》卷十「燄」字，頁 338。焾字《說文》：「𤐫，火行也。從炎占聲。」見《說文解字‧炎部》卷十「焾」字，頁 338。

〔註236〕如明吳元滿、清王筠、民國朱宗萊、馬敘倫、林尹、謝雲飛、陳飛龍及江舉謙等。

　　王筠將字例按「六書」分類，因此完備地闡釋「許君之奧旨」，〔註237〕在《說文釋例》及《文字蒙求》皆有解析會意要旨，言簡意賅，將會意之旨清楚明確表達。《說文釋例》下云：

> 許君敘曰：四曰會意。會意者，比類合誼，以見指撝，武信是也。
>
> 案：會者，合也，合誼即會意之正解，《說文》用誼，今人用義。會意者，合二字三字之義，以成一字之義，不作「會悟」解。〔註238〕

《文字蒙求》下云：

> 合數字以成一字，其意相附屬，而於形事聲悟無所兼者爲正例，於　　皆變例。〔註239〕

然二書對於會意的分類卻有異同，今列表比較如下：〔註240〕

書名 條目 說解形式	《說文釋例》	《文字蒙求》	備　註
正例	順遞爲義者	順遞爲義者	
	竝峙爲義者	並峙爲意者	
	以字形發明字義者	即字之部位以見意者	名目有異
	兼象形者	兼象形者	《釋例》歸變例
	兼指事者	兼指事者	《釋例》歸變例
		疊二成字者	
正例		疊二成字而吾疑其即是一字者，故別輯之	

〔註237〕然而「六書」產生於文字之後，古人造字並無既定的法則，故王立軍認爲：後人根據既成的漢字狀況歸納出「六書」，只能反映出漢字造字方法（或構字方法）的主流，而不能窮盡其末節。正因王筠篤信《說文》，因此對於「會意字」的分類出現繁雜的現象，王筠在《說文釋例》對「會意字」分十五類（正例三，變例十二），然在卷三「亦聲」又列「會意字而兼聲者」一類，因此共分成十六類，故王力軍又曰：再加上其他各書均有正例、變例之分，從而形成了一個分繁複雜的「體例系統」。這既反映了王筠對《說文》的研精覃思，同時也體現了他在思想理論上的不足。見〈談王筠「會意字」分類問題〉，頁23，《河南師範大學學報》（哲社版）二五卷4期。

〔註238〕見王筠《說文釋例‧會意》卷四，頁81。

〔註239〕見王筠《文字蒙求‧會意》卷三，頁55。

〔註240〕表格參照宋師建華《王筠說文學探微》二章「說文通例探微」，頁85。

		疊三成字者	
		疊四成字者	
變例	意不勝會，而所會之意不實不盡者		《文字蒙求》將《釋例》此項併入「並峙爲義」
	反文會意	反文會意者	
	到文會意	倒文會意	
		於會意之外別加聲者	
		字無聲，不得不未知會意。實則各自爲意，不可會也，不可強合爲一者	
		會意兼聲，而聲即在意中者	
		於會意之外別加聲者	

　　王筠分類名目繁複龐雜，高明對此有所批評，〔註 241〕金錫準亦有相關論述，〔註242〕宋師建華亦認爲王筠受到客觀環境所現而造成分類出現矛盾現象：

　　知菉友之分類，《文字蒙求》與《説文釋例》已有同異之處。而形聲「亦聲」之歸入會意，使二者界説混淆不清，然由此得知，王筠之分類，偏向以義爲主之區分，而忽略六書類例重在形構之別。且所標類目，雖有助於會意字組成份子關係之研究，實非辨識六書之法。

〔註243〕

王立軍則認爲王筠分類繁雜的原因不是因爲許愼對「六書」的界説不明，而是對許愼定義的理解：

〔註241〕高明言：「如此分目，殊嫌繁瑣。既云會意字是由幾個象形符號所組成，就無須再對每種符號進行分解。」見《中國古文字學通論》三章「漢字的古形」，頁 71，台北：五南圖書出版。民國 82 年 12 月初版一刷。

〔註242〕金氏曰：「正例三類，大體可信，只有第三類解釋即，稍嫌牽強些。變例（一）、（二）、（六），都是受了《説文》錯誤解釋的影響，因而造出的條例（筆者按：金氏所舉類目次序異於筆者）……變例（四）、（五）、（一），都是從字義內容去分析，如果六書都從這個角度去分析，那將愈分愈細，反而令人不易掌握了。六書應從字形去分析，不宜太顧及字義，如「匠」從方從斤，就是會意了，不必問匠爲何從斤而不從刀鋸鉋鑿。」見金錫準《王筠的文字學研究》二章「釋例篇」，頁 55、56，國立臺灣師範大學博士論文。民國 77 年 4 月。

〔註243〕見宋師建華《王筠説文學探微》二章「説文通例探微」，頁 87。

從主觀上講，王筠等過分信守《說文》，拘泥於「六書」的條條框框，誤以為《說文》中的每一個字都能整齊地與「六書」相對應，於是，他們不惜曲為之解，想盡一切辦法將各字比附於「六書」之下，於各書中設立「變例」若干，以容納那些似是而非者。〔註244〕

又說：

王筠在給會意字分類時，採取的是個性分類法，分類標準是非客觀的，帶有很大的隨意性，他所劃分的 16 類並沒有採取統一的分類標準。有的著眼於字的形體來源，如變例第 8 類增文……有的著眼於字的意義來源，如變例第 6 類「展轉而從所從者之所從以會意者」；有的著眼於意義的理解，如變例第 1 類「聖人創意為之」者……有的著眼於部件的功能，如變例第 3 類「兼象形者」……把各種不同的分類標準運用到同一層次上，勢必導致分類結果既數量繁複，又雜亂無章，難以形成一個有機完整的系統。〔註245〕

王氏說法對王筠的分類有著補苴的功用。〔註246〕

以下將《說文解字句讀》出現的「會意字」繪製表格（見附錄一），並和徐鉉《說文解字》及徐鍇《說文解字繫傳》做一比較：〔註247〕

條例：一、標目「卷數」及「頁數」以徐鉉為依據。

二、字例排列順序以大徐本為主。

三、舉凡字例釋形條例和大徐本相同者以「同」示之。

四、選取範圍：1、大徐本釋會意小徐本釋形聲者，2、小徐本釋會意大徐本釋形聲者，3、王筠書中說解為會意者，4、王筠補苴釋形用語者。

〔註244〕見王立軍〈談王筠「會意字」分類問題〉，頁 23，《河南師範大學學報》。

〔註245〕見王立軍〈談王筠「會意字」分類問題〉，頁 26。

〔註246〕事實上，王立軍亦肯定王筠分類的價值：「如果他（指王筠）不是將這 16 類字作為會意字的下屬類別來看待，而是將它們作為個別的文字現象去研究，那對我們深入了解漢字的特殊規律還是很有補益的。」見〈談王筠《會意字》分類問題〉，頁 26。

〔註247〕王筠以徐鍇《說文解字繫傳》為底本撰寫《說文解字句讀》，徐鉉及徐鍇二書對於「會意」的釋形條例亦多有出入。

　　筆者採取「收字從寬」的原則，故雖未將《說文》中的「會意字」上溯甲、金文，然而從三家對於某些字例說解歸爲會意或形聲之差異，即知文字訛變之嚴重：〔註248〕甲、金文尚保留文字形體特徵，演變到小篆階段，爲求行款的美觀而改易，遂遠離文字形體的特徵了，這種因文字形體訛變可能產生的誤解，張進明說道：

> 在漢字演變的歷史過程中，當早期的漢字還處於直觀表意的形象化
> 時，字形的訛變還是比較少的；隨著漢字符號性的加強，加此在字
> 形結構或在理解某個部件時，難免會隨著個人的理解隨意去變化，
> 再加上漢字由甲骨文、金文、小篆字形的演變和互相影響，更或許
> 再加上古往今來眾多人手的輾轉傳抄，都是造成字形訛變的最佳條
> 件。〔註249〕

因此某一「部件」的誤寫，可能造成後世傳抄的錯誤，許愼根據以訛誤的字形說解字義，本已產生認知的差距，後來經過唐代李陽冰的擅改《說文》，再到大、小徐版本時實難以窺見《說文》原貌，因此上溯古文字是最理想的方式。

〔註248〕石定果説明二徐在會意字例的説解之所以有出入有以下五點：「一、訓釋的格式，
　　　　大徐本多作『从×从×』，小徐本多作『从××』；二、大徐本許多訓作會意的字、
　　　　特別是兼聲字，在小徐本中都是形聲字，亦有大徐本訓形聲而小徐本訓會意者；
　　　　三、説解中某些字語不同；四、正篆的字形或有差異；五、有的正篆沒有并見於
　　　　二徐本。」見《説文會意字研究》一「概説」，頁71。
〔註249〕見張進明《《說文解字》會意字研究》四章「結論」，頁 435。靜宜大學中文所碩
　　　　士論文。民國 90 年 1 月。

第三章　形聲字「聲符兼義」之探究

聲符兼義的功能，即是顯示聲符在該形聲字記錄詞義的作用。

首先需說明「意符」與「義符」之關係，筆者依據張玉金的說法：

> 意符是指跟文字所代表的語素在意義上有聯繫的字符。意符又可以
> 分成兩類，一類是通過自己的形象起表義作用的，這叫「形符」……
> 第二類是依靠本身的意義起表義作用的，這叫「義符」。[註1]

因此有些工具書將「意符」、「義符」與「形旁」視爲等同的概念，[註2] 這種說

〔註 1〕 見張玉金《當代中國文字學》二章「漢字結構的文化特徵」，頁 95，廣東：廣東教
育出版社。西元 2000 年 7 月一版一刷。此外張玉金於另一著作亦曾論述對「意符」
的定義：「意符是指跟文字所代表的詞在意義上有聯繫的字符。傳統文字學所說的
象形、指事、會意這幾種字所使用的字符都是意符，形聲字的形旁也是意符。意
符還可以分爲兩類。一類是作爲象形符號使用的，它們通過自己的形象來起表意
作用的，這可以叫形符……第二類是由已有的字充當的表意偏旁，它們就依靠本
身的字義來表義，這就叫義符。」見張玉金、夏中華《漢字學概論》六章「漢字
的結構」，頁 183，廣西：廣西育出版。西元 2001 年 1 月一版一刷。

〔註 2〕 如《中國語言學大辭典》「文字學」，頁 31，江西：江西教育出版社。西元 1992 年
2 月一版二刷；《中國大百科全書・語言文字卷》，頁 449，北京：中國大百科全書
出版社。西元 1994 年 11 月一版四刷。張玉金認爲「意符」至少需符合以下條件之
一：「甲，字符跟單獨成字時形體相同，而且其現代義又與合體字的意義有聯繫的；
乙，字符與獨立成字時形體相同，其成字義雖然已跟合體字的意義無聯繫，但是
含有該字符的一組合體字的意義密切相聯的；丙，字符現在已不能獨立成字，但
是含有該字符的一組合體字的意義有明顯聯繫的；丁，字符在合體字裡已發生變

法亦是可行的，因爲「意義」爲同義複詞，是不可分割的詞組，筆者以「聲符兼義」行文，至於王筠關於「聲符兼義」理論部分，爲保持原書全貌，改以「聲兼意」行文。

第一節　聲符兼義的源流

在形聲字的組合結構中，聲符表達該字的音讀是無庸置疑，然聲符除表音外，尚有載義的功能，因此「聲符兼義」的問題衍生出形聲正例與變例之辯成爲諸家討論焦點，這種音、義寄託於形的現象早已出現在先秦古籍中，如：

《周易・晉卦》：

晉，進也。〔註3〕

《公羊傳・莊公十九年》：

娣者何？弟也。〔註4〕

《論語・顏淵》：

孔子對曰：政者，正也。〔註5〕

亦見於前人注疏古籍：

《詩經・木瓜》：

匪報也，永以爲好也。漢鄭玄箋：「匪，非也。」〔註6〕

《詩經・文王》：

形，但是根據其偏旁名稱仍亙知道它的意義，而且這種意義又跟合體字的意義有聯繫的。戊，字形在合體字裡已發生變形，由其名稱又不能知道它的意義爲何，但是含有該字符的合體字不只一個，而且這些字符的意義又密切相聯的；己，字符在合體字中的形體已與別的字混同，但是含有該字符的合體字不少，而且這些字的意義又有明顯聯繫的；庚，字符形體雖有省略，但是還能看出是何字之省，而且其意義又與合體字的意義有聯繫的。」見張玉金、夏中華《漢字學概論》六章「漢字的結構」，頁191。

〔註3〕見《周易正義》卷四，頁87，重刊宋本《十三經注疏校勘記》，台北：藝文印書館。

〔註4〕見《春秋公羊傳注疏》卷八，頁97，重刊宋本《十三經注疏校勘記》。

〔註5〕見《論語注疏》卷十二，頁109，重刊宋本《十三經注疏校勘記》。

〔註6〕見《毛詩正義・衛風・木瓜》卷三，頁141，重刊宋本《十三經注疏校勘記》。

王之藎臣，無念爾祖。唐孔穎達疏：藎，進也。〔註7〕

《禮記‧王制》孔穎達疏：

官者，管也，以管理爲名。〔註8〕

雖然在當時並未有「聲符」的概念，但已注意到以聲注義的現象是瞭解文意的方法之一。事實上語音有義是語言發展自然規律，這種聲符「越位」的語言現象並非以「孤證」的形式出現在經籍中，因此王英明說：

一些形聲字，它們的聲符原有的意義與新字的意義相重合。於是人

們認爲這種情況屬於該字聲符聲符、意符兩種功能。這種形聲字，

雖然仍保持著外形結構的平衡感，但質量已發生偏移。〔註9〕

到了漢代，許愼《說文解字》中出現爲數不少的「亦聲字」，〔註10〕雖然許愼並沒有系統性的論述該說解條例，卻讓這些亦聲字出現在《說文》中，可見許愼當時已注意到這種聲符既表音又表義的情形實是一種文字自然現象，也提供後人研究「聲符兼義」的問題早在漢代已發端，並非晉代的楊泉。

許愼之後，劉熙《釋名》以聲符爲聲訓、推就事物命名之由來，雖不免有穿鑿附會之弊，卻是有意識地將聲符與該字之意義作一關連，藉此揭示事物得名之由來。劉熙曰：

名之於實，各有義類。〔註11〕

例如在書中他提到：

邦，封也。封有功於是也。〔註12〕　〈釋州國〉

兩腳進曰行。行，抗也，抗足而前也。〔註13〕　〈釋姿容〉

〔註7〕見《毛詩正義‧大雅‧文王》卷十六，頁536，重刊宋本《十三經注疏校勘記》。

〔註8〕見《禮記注疏》卷十一，頁212，重刊宋本《十三經注疏校勘記》。

〔註9〕見王英明〈對「聲符兼義」問題的再認識〉，頁25，《語言文字學》西元1990年三期。

〔註10〕據筆者統計，三傳本中徐鉉《說文解字》共有213字，徐鍇《說文解字通釋》共有187字，段玉裁《說文解字注》共有215字，三家相同者，共有140字。

〔註11〕見《釋名‧序》，頁1，台北：臺灣商務印書館。民國55年3月臺一版。

〔註12〕見《釋名》，頁25。

〔註13〕見《釋名》，頁35。

許慎當時無法對此現象用專門術語敘述，因此正式提出「聲兼意」之概念者乃是晉楊泉〈物理論〉：

> 在金曰堅，在草木曰緊，在人曰賢。〔註14〕

考《說文》「臤」部之堅及緊字，均為會意，然「貝」部之賢乃屬形聲，前二字從臤，與賢字從臤聲之含意隱和（《說文·注》「臤，堅也。」），「聲兼意」說始見端緒，故「聲兼意」概念自漢許慎已發端，至晉楊泉始見系統化的說明，其間相隔近八百年。

一、「亦聲字」──「聲兼意」理論的發現

從許慎《說文》出現的「亦聲字」現象，其後關於研究《說文》的著作中亦承認此觀點，南宋徐鉉校定《說文》時，增列一些「亦聲字」，〔註15〕清代的段玉裁與朱駿聲亦多有補充。

段玉裁注《說文》除闡發許書體例、校正《說文》訛誤之外，並創新眾多體例，關於「聲兼意」部分，計有：〔註16〕1、聲與義同源；〔註17〕2、凡字之義必得諸字之聲；〔註18〕3、凡馳某聲皆有某義；〔註19〕4、凡同聲多同義；

〔註14〕見《叢書集成》一四五冊，頁8，《平津館叢書》，商務印書館。民國26年12月初版。查上海古籍出版社重印出版汪紹楹校《藝文類聚》（西元1965年11月一版，西元1982年1月新一版）「人」部並無「在金曰堅」等十四字。

〔註15〕如《說文解字·言部》卷三新附「謎」字：「隱語也。馳言迷、迷亦聲。」頁77；卷七新附「晬」字：「周年也。從日卒、卒亦聲。」頁218，以上均見《說文解字》，台北：世界書局，民國59年8月再版。

〔註16〕以下條例援引陳新雄《訓詁學》六章「訓詁之條例」之「聲訓條例」，頁259，台北：學生書局。民國85年9月增訂版。

〔註17〕如《說文解字注·示部》篇一「禎」字下注：「聲與義同源，故諧聲之偏旁多與字義相近，此會意形聲兩兼之字致多也。《說文》或稱其會意，略其形聲；或稱其形聲，略其會意，雖則渻文，實欲互見，不知此則聲與義隔。」頁2，台北：天工書局。民國81年11月再版。

〔註18〕如《說文解字注·金部》篇十四「鏓」部字下注：「許正謂大鑿入木曰鏓，與種植舂枚聲義皆略同……囪者多孔，蔥者空中，聰者耳順，義皆相類。凡字之義必得諸字之聲。」頁710。

〔註19〕如《說文解字注·言部》篇三「詖」字下注：「凡從皮之字皆有分析之意，故詖為辯論也。」頁91。《說文解字注·衣部》篇八「襛」字下注：「凡農聲之字皆訓厚。

〔註20〕5、形聲多兼會意。〔註21〕

　　以上五點說明段玉裁對於形聲字聲符表義作用之看法，雖然此類形聲字仍然維持形聲結構的平衡，然實際上結構已發生轉移了，它的基本關係如下：〔註22〕

　　透過聲音關係，說明聲與義相因之理。此外，關於此現象段玉裁在注《說文》的條例上亦用「亦聲」示之。〔註23〕

　　從許慎對亦聲的說解條例可看出：「从○○」及「从○从○」皆爲「會意」用語，故前人有將「亦聲」歸爲「會意」的看法，如南唐徐鍇云：

　　　凡言亦聲，備言之耳。義不主於聲，會意。〔註24〕

清張度亦云：

　　　亦聲者，有所主，又有所兼之謂也。既曰亦聲，則所主者必爲意矣。

　　　〔註25〕

民國林尹亦認爲：

釀，酒厚也；濃，露多也。襛，衣厚皃也，引伸爲凡多厚之稱。」頁393。

〔註20〕如《說文解字注·言部》篇三「䜭」字下注：「凡同聲多同義。」頁101。

〔註21〕如《說文解字注·月部》篇四「胊」字下注：「凡從句之字皆曲物，故皆入句部。胊不入句部，何也？胊之直多曲少，故釋爲脯挺，但云句聲也。云句聲則亦形聲包會意也。」頁174。《說文解字注·牛部》篇二「犫」字下注：「凡形聲多兼會意。犫從言，故牛習之字從之。」

〔註22〕結構關係之安排並非順序層次，僅說明透過音、義以釋形，且音、義之間有所聯繫。

〔註23〕本文僅專就「亦聲」和「右文」加以探究，不擬談論「亦聲」之現象，相關論文可參考薛克謬〈論《說文解字》的亦聲部首〉，《語言文字學》3期，西元1991年；呂蕙茹《說文解字》亦聲說之檢討〉，《東吳中文研究集刊》六期。民國88年5月。

〔註24〕見《說文解字繫傳·一部》卷七「吏」字（清道光祁儶藻刻本），頁67，北京：中華書局。西元1998年12月一版二刷。

〔註25〕見清張度《說文解字索隱·形聲兼意解》，頁8，收錄《靈鶼閣叢書》第一函，台北：藝文印書館。民國55年初版。

會意是形和形相益；形聲是形和聲相益。可是會意字中，說解作「从
A，从B，B亦聲」形式的字，以義爲重，就只能說是「兼聲會意」。
〔註26〕

然會意是由兩個（或兩個以上）的形體組合而成，也就是「比類合誼，以見指
撝」的純粹表意文字。新字僅是透過組合的意符表達新意象，組合的意符和組
合後產生的新字原本就無任何聲音關連，既是如此，將亦聲視爲「會意」於是
不攻自破；尙有文字學家主張亦聲兼用會意、形聲二書，如南宋鄭樵《六書略》：

> 母主形，子主聲者，諧聲之義也。然有子母同聲者，有母主聲者，
> 有主聲不主義者，有子母互爲聲者，有三體主聲者，有諧聲而兼會
> 意者則曰聲兼意。〔註27〕

又曰：

> 文有子母，母主義、子主聲，一子一母爲諧聲。諧聲者，一體主義，
> 一體主聲；二母合爲會意，會意者，二體俱主義，合而成字也。〔註28〕

鄭氏主張會意主義、形聲主聲，將形聲歸爲二類：正生與變生。變生列分六項，
其中一項是「聲兼意」，認爲形聲之聲符可表義。

南宋戴侗《六書故》：

> 象形、指事猶不足以盡變，轉注、會意以益之，而猶不足也，無所
> 取之，取諸其聲而已矣。是故各因其類而齰之以其聲。〔註29〕

又曰：

> 六書推類而用之，其義最精。「昏」本爲日之昏，心目之昏猶日之昏
> 也，或加心與目焉。嫁取者必以昏時，故因謂之昏，或加女焉。「熏」
> 本爲煙火之熏，日之將入，其色亦然，故謂之熏黃，《楚辭》猶作纁

〔註26〕見林尹《文字學概說》四章「會意」，頁111，台北：正中書局。民國82年11月
臺初版第19次印行。

〔註27〕見鄭樵《六書略·六書序》（影印元至治本），頁5，台北：藝文印書館。民國65
年3月初版。

〔註28〕見鄭樵《六書略》第二「會意」，頁1。

〔註29〕見戴侗《六書故·六書通釋》，頁3，收錄《四庫全書珍本》六集，台北：臺灣商
務印書館。

黃，或加日焉。帛色之赤黑者亦然，故謂之纁，或加糸與衣焉。**歟**酒
者酒氣醡而上行，亦謂之纁，或加酉焉。夫豈不欲人之易知也哉……
如屬疾之屬別作「癙」……屬鬼之屬別作「禑」〔註30〕……。

戴侗說法涵蓋二概念：「聲符不兼意」與「聲符兼意」，前者說明各類音無相因，
故取聲以「諧」，聲符僅表音；後者說明本字不敷使用，遂「推類」衍生出與本
字（後成爲聲符）字義相關的「後起形聲字」，二者在聲音上仍是相鬮，例如：

```
                        ┌────── 惛（後起形聲字）
        昏 ─────────────┼────── 暦
      （本字）          └────── 婚
              （因時代變遷而孳生）
```

這種以本字爲聲符的後起形聲字，其字義從本字的意義上分化，且聲符表
音又表意，這項理論到清代王筠承繼此說，提出「分別文」及「累增字」之概
念。〔註31〕

清代段玉裁與王筠均認爲亦聲兼用會意、形聲二書，段氏云：

有亦聲者，會意而兼形聲也。〔註32〕

又曰：

凡言亦聲者，會意兼聲者……凡字有六書之一者，有兼六書之二者。

〔註33〕

又曰：

聲與義同原，龤聲之偏旁多與字義相近，此會意形聲兩兼之字致多
也。《說文》或偁其會意，略其形聲；或偁其形聲，略其會意。雖則
渻文，實欲互見。〔註34〕

〔註30〕見戴侗《六書故·六書通釋》，頁11，收錄《四庫全書珍本》六集。

〔註31〕見張智惟《戴侗〈六書故〉研究》三章「戴侗《六書故》之文字學理論」，頁125，
　　　逢甲大學中文研究所碩士論文。民國89年6月。

〔註32〕見《說文解字注·敘》篇十五「形聲」下注，頁755。

〔註33〕見《說文解字注·一部》篇一「吏」字下注，頁1。

〔註34〕見《說文解字注·示部》篇一「禛」字下注，頁2。

王筠亦贊成將亦聲兼用會意、形聲二書,《說文釋例》:

> 形聲者,以事為名,取譬相成,江河是也。案:工可第取其聲,毫
> 無意義,此例之最純者,推廣之,則有兼意者矣。形聲字而有意,
> 謂之聲兼意,聲為主也。〔註35〕

又曰:

> 言亦聲者凡三種,會意字而兼聲者,一也;形聲字而兼意者,二也;
> 分別文之在本部者,三也。會意字之從義兼聲者為正,主義兼聲者
> 為變。若分別文則不然,在異部者,概不言義;在本部者,蓋以主
> 義兼聲也。時亦聲而不言者亦三種:形聲字而形中又兼聲者,一也;
> 兩體皆義皆聲者,二也;說義已見、即說形不復見者,三也。〔註36〕

段氏抱持「凡字之義必得諸字之聲」之理解讀亦聲現象,基本上是可行的,然
一字兼合二書,遂造成「六書」分類混亂,其理論無法符合漢字規律;王筠闡
述亦聲之條例,贊成亦聲兼意之現象在古籍即有之,「是以經典用字,尚多第存
其聲者」,然令人疑惑的是,二人既認同此現象,卻忽略「一字一書」之理,畢
竟如此的分析方法不符合造字之初衷,況許慎說解亦聲字時亦未特別註明其歸
屬問題,〔註37〕故「亦聲」僅是「六書」的特殊現象,即是從外部構形解釋文
字內部原理,因此只有一種類屬,即是「形聲」(因其組成要作為「形符」和「聲
符」之取譬相成)——形聲變例。〔註38〕此外近人王力亦贊成亦聲字兼用會意、
形聲二書:

〔註35〕見王筠《說文釋例》卷三「形聲」條例,頁50,北京:中華書局。西元1998年11
月一版二刷。

〔註36〕見王筠《說文釋例》卷三「形聲」條例,頁54。

〔註37〕許慎在說解亦聲字時,都是先義、再形、後音,如「金」部鉤字,大徐本《說文》:
「從金從句、句亦聲。」(卷三,頁67。)又如「刀」部劑字:大徐本:「從刀從
齊、齊亦聲」(卷四,頁135。)這種「先會意、後形聲」(薛克謬語,見〈論《說
文解字》的亦聲部首〉頁128,《語言文字學》)之分析方式,自然會被誤解成一字
兼有二書,許慎的說法應是對於形聲字兼聲或兼意之部件,通常先說明其義,再
說明「亦」表音之作用,非專指用語條例。

〔註38〕所謂「變例」乃指許慎對此現象說解並無明確說明,並無涉及「聲符兼意」之條
例,故以「變例」表示歸類形聲字類型之特殊現象。

在漢字中，有所謂會意兼形聲字，這就是形聲字的聲符與其所諧的
字有意義上的關連，即《說文》所謂「亦聲」。「亦聲」都是同源字……
有些字《說文》沒說是會意兼形聲，沒有用亦聲二字，其實也應該
是亦聲。〔註39〕

王力對「同源字」的定義是：

凡音義皆近，音近義同，或義近音同的字，叫做同源字。這些字都
有同一來源。或者是同時產生的……〔註40〕

由此王力認爲舉凡音義有關連之亦聲字皆是「同源字」，然「聲兼意」尚包含形
體的要求，也就是在形、音、義三方面的相互關連始能成立，故王英明認爲：

同源字之間可以是象形、指事、會意字，也可以是形聲字。而一組
「聲符兼義」字，除主諧字外，所有的被諧字都是形聲字，毫無例
外（有時主諧字也是形聲字）。可見，同源字的形成和「聲符兼義」
字不完全相同，不能將「聲符兼義」現象完全歸於同源字的產生。

〔註41〕

目前普遍被接受的觀點是「亦聲字」歸爲「形聲」系統，近人馬敍倫言：

凡言亦聲者，必爲會意字，而其中一部分既任其義，亦任其聲，故
曰某亦聲。故無關其字之爲本部部首，或他部部首也。然會意字而
其一部分兼任本字之聲者，若禮……而聲即得於豊；神……而聲即
得於申……即與一切形聲字無以異，故雖未無亦聲之字可也。〔註42〕

其後李國英說道：

綜前所述，諸家論說，縱有參差，然以爲亦聲之字聲文兼義，以故
許氏乃別裁斯例析字說形之見，則多殊塗而一致，通考《說文》一

〔註39〕見王力《同源字典》「同源字論」，頁10，台北：文史哲出版，民國80年10月初
　　　　版二刷。

〔註40〕見王力《同源字典》「同源字論」，頁3。

〔註41〕見王英明〈對「聲符兼義」問題的再認識〉，頁30。《語言文字學》西元1990年三
　　　　期。

〔註42〕見馬敍倫《說文解字六書疏證・一部》卷一「吏」字，頁20，台北：鼎文書局。
　　　　民國64年10月初版。

書，舉凡二徐所刊、慧琳《一切經音義》所引、經韻樓段注本所列、
以及段氏所改所注之亦聲字，雖同異互見，然率皆形聲異構之形聲
字，形聲造字，故兼賅聲文載義之正，例與聲文不示義之變例，是
則凡此義諧聲之亦聲字，但以「從某某聲」等析解形聲之通例說之
可矣，是不必別出此「亦聲」之特例者也。〔註43〕

李氏雖贊成將「亦聲字」納入「形聲」系統，但又說「不必別出『亦聲』之特
例」，筆者以爲許愼將二百多條亦聲用語置於書中應有其文字的觀點，否則不會
「一錯再錯」，施人豪亦認爲「『亦聲』之說皆不足取」，其言：

至於段氏所列亦聲之字爲會意兼形聲者，形聲字既較會意爲優，且形
聲字必兼會意，則凡會意兼形聲者，逕入形聲可也。或謂段氏立會意
兼形聲之例，指在字以會意爲重，此亦不知形聲字必兼會義之理也。
故凡「亦聲」之說，皆不足取，逕云「從某某聲」可也。〔註44〕

這樣說法基本上否定「亦聲字」的現象，但是如果亦聲字等同形聲字，許愼又
何必製造二百多個「錯誤」呢？蔡信發亦是贊成將亦聲字歸爲形聲系統：

《說文》亦聲字的釋語是「從某某，某亦聲」與一般「從某某聲」
的形聲字應無差別。如一定要區分二者之異，則只是亦聲字的聲符
表義作用較爲顯明罷了。〔註45〕

蔡氏說法應是中肯持平之見。

此外，龍宇純提出另一說法：

轉注中因語言孳生形成的專字，實際便是亦聲字。〔註46〕

也就是透過語言孳生的現象使文字間有著淵源，那麼這種透過孳生的方法所形
成的文字便是亦聲字。龍氏又說：

〔註43〕見李國英〈亦聲字通論〉，《第二屆中國文字學國際學術研討會論文集》，頁91，高
雄：高雄師大國文系。西元1991年3月。

〔註44〕見施人豪〈《說文》所載形聲字誤爲會意考〉，《台北市立女子師範專科學校暑期部
學報》二期，民國61年8月。

〔註45〕見蔡信發《說文商兌·段注會意形聲之商兌》，頁181，台北：萬卷樓圖書。民國
88年9月初版。

〔註46〕見龍宇純《中國文字學》（定本）三章「中國文字的一般認識與研究方法」，頁311。

所謂具孳生關係的語言，既本是語言意義的引申，兩者便須音同，
至少亦須音近，而所謂音同音近，必是聲母韻母雙方面的，單方面
的聲母或韻母同近，決不得為同一語言，故亦不得為一語之孳生。
兩者間又須意義上密切相關，而不得相等；關係不密切，不得為義
的引申；相等則是語義未有引申，都不得為孳生語。由此言之，孳
生語言的衡量標準，簡單說便是「音近義切」。〔註47〕

龍氏舉出六項論點指出許慎的錯誤，並云：

可見許君所說亦聲字缺失甚多，其中乙、丙、戊三類例，尤其顯示
此種缺失的形成，乃是基於其說亦聲只是文字的觀點，並未真切認
識亦聲字的本質。〔註48〕

龍氏在第四項舉出「甫」與「父」字並不具孳生語關係，然「父」的本義是「父
親」，引申做「男子之美稱」，孳乳成「甫」字，故「甫」字乃是從「父」字引
申義而成的孳乳字；又如在第五項舉出禮、豊之間非有二語，禮字《說文》：

履也。所以事神致福也。从示从豐、豐亦聲。〔註49〕

「豐」字釋義：「行禮之器也。从豆，象形。」〔註50〕故「豐」為「禮」之初文，
前者「不具孳生語關係」，後者僅是「累增寫法」，皆不符合龍氏「音近義切」
的標準。〔註51〕

　　筆者不去斷定各家說法孰是孰非，若以最單純之方法劃分會意及形聲即
是：舉凡包含聲符者即是「形聲」，因此將亦聲字歸納為「形聲」之系統應是較

〔註47〕見龍宇純《中國文字學》（定本）三章「中國文字的一般認識與研究方法」，頁 318。

〔註48〕見龍宇純《中國文字學》（定本）三章「中國文字的一般認識與研究方法」，頁 325。
　　　　龍氏列舉六項觀點詳見《中國文字學》（定本）頁 319，此處不再列舉。

〔註49〕大徐本見卷一「示」部，頁 2；小徐本見卷一「示」部，頁 3。

〔註50〕大徐本見卷五「豐」部，頁 154；小徐本見卷十「豐」部，頁 93。

〔註51〕蔡信發舉出有六項原則不得為「轉注」：「1、為避免混淆而孳乳的字，如爿、片因
　　　　形近而孳乳『牀』字；2、由無聲字演變成有聲字，如孳乳為『涓』；3、一字之異
　　　　體，如晃、曠、景三字音義相同；4、由某字引申義而孳乳的字，如父孳乳成『甫』
　　　　字；5、義同音異的字，如目和眼意義相同，差別在聲韻彼此不同類；6、本義不
　　　　同的字，如暇及閒字，雖同音韻，但本義各有所指。」見《說文答問》，頁 206，
　　　　台北：萬卷樓圖書。民國 84 年 11 月二版。

無異議。此外對於有學者將「會意兼聲」釋爲「意符兼表讀音的會意字」，如詹鄞鑫，其說道：

> 讓我們重溫一下會意字的定義：「凡是會和兩個或兩個以上的符號（即意符）來表示一個跟這些意符本身的意義都不相同的意義，即屬於會意字。」聲符表意的形聲字顯然不符合這個條件，如「暮」的意義與聲符「莫」的本義完全相同，「娶」的意義則包含在聲符「取」的意義範圍之中。可見，聲符表意的形聲字不具有會意字的構成條件，不能歸入會意兼聲字或形聲兼會意字。至於上文所舉的眞正的會意兼聲字則不是這樣。例如「受」字從𠬪從舟，「𠬪」和「舟」是按會意字的原則來組合成字的，如果缺掉一方，另一方就構不成授受物品的意義。可見「受」字只能是會意字，只是由於「舟」兼表音，才稱之爲「會意兼聲字」的。〔註52〕

考《說文》「受」字釋形應爲「从𠬪舟省聲」，〔註53〕爲形聲字，和詹氏所言有些出入，故單純以「聲符」界定會意、形聲系統，就不會造成會意、形聲之混淆，既是如此，將「兼聲字」歸爲形聲應是可行的。〔註54〕

〔註52〕見詹鄞鑫《漢字說略》三章「漢字的結構」，頁189，台北：洪業書局。西元1995年12月初版一刷。

〔註53〕見《說文解字・𠬪部》卷四「受」字，頁126。

〔註54〕清桂馥認爲亦聲字是從部首得聲，其曰：「凡言亦聲，皆從部首之字得聲。既爲偏旁，又爲聲音，故加亦字。」（卷一「一」部「吏」字，頁3。）又曰：「諧聲字有曰亦聲者，其例有二：從部首得聲曰亦聲：如八部兆下云從重八。八，別也，亦聲⋯⋯或解說所從偏旁之義，而曰亦聲：如示部禬下云會，福祭也。從會、會亦聲⋯⋯非此二例而曰亦聲者，或後人加之。」（卷五〇〈附說〉，頁1342。）以上均見《說文解字義證》，山東：齊魯書社。西元1994年3月一版二刷。孫海波認爲：「亦聲之字，以意爲重，表意之體爲主義，應入之會意。以聲爲重，表聲之體爲兼義，則仍爲形聲，故字雖統曰亦聲，而實有別。桂氏所舉二例，及依此二者言之，所謂從部首得聲曰亦聲例，即形聲兼意之字也。解說所從偏旁之義而曰亦聲例，即會意兼形聲之字也。」見《中國文字學》下篇「文字的構成」，頁189，台北：學海出版社。唐蘭則認爲：「桂馥說亦聲有兩種，一種是從部首得聲的，一種是解釋所從偏旁的意義的。其實前一種都是《說文》分部的不當所引起來的，例如：『胖』字明明是從肉半聲，『鉤』字明明是從金句聲，許氏卻要放在半部跟句部。也有是錯誤的，如『單』和『干』，古文本是一字，只是讀 tan 跟 kan 的不

縱覽上述各家說法，作一簡表以茲說明：

各家說法 / 亦聲字歸屬	歸為會意	兼用會意、形聲	歸為形聲	備 考
南唐 徐鍇	○			
南宋 鄭樵		○		
南宋 戴侗		○		
清 段玉裁		○		
清 桂馥	－	－	－	將亦聲歸屬兩類：一是從部首得聲，一是解說所從偏旁之義
清 王筠		○		
清 張度	○			
民國 王力		○		認為亦聲字都是「同源字」
民國 馬敘倫			○	其又言「凡言亦聲者，必為會意字」
民國 林尹	○			強調表義功能
民國 李國英			○	否定亦聲字之存在
民國 龍宇純	－	－	－	歸為「轉注字」，前提是「音近義切」
民國 蔡信發			○	
民國 施人豪			○	否定亦聲字之存在
民國 王英明			○	

　　將「亦聲字」及「兼聲字」視為形聲的範圍，因此在討論聲符兼義的問題時，「亦聲字」實已包含字義部分，然後再說明「亦」含聲音部分，「不能因為使用了『亦聲』這個術語，就認為該符號主要作用是表義，表音作用是附屬的，從而進一步得出亦聲字是會意字的錯誤結論。」〔註 55〕故透過聲音將文字的形義結合，在許書使用的說解條例即是一亦聲。

　　同，正是聲母轉讀的一個例子，許氏說『從吅，從甲，吅亦聲，闕』。甲不成字，吅也不是聲。所以『亦聲』的字，實際上只有一種。」見《中國文字學·文字的構成》十三「形聲文字」，頁 92，上海：上海古籍出版社。西元 2001 年 6 月一版一刷。

〔註55〕援引王英明〈對「聲符兼義」問題的再認識〉，頁 28。

二、右文說──「聲兼意」理論的提出

「聲兼意」到宋代有著重大的突破，王聖美提出「右文」的理論將「聲兼意」說進一步歸納整合。

「右文」是指形聲字的偏旁，也就是聲符而言，〔註56〕因爲聲符在形聲字的組合結構中多居右邊的位置，形成「左形右聲」的結構，故稱之爲「右文」。〔註57〕

（一）「右文說」源流

「右文說」提出形聲字聲符帶義的理論，認爲聲符與形聲字義有聯繫，這種認識，晉楊泉已開端緒，不過正式提出「右文說」者乃北宋王聖美，《宣和書譜》記載：

> 文臣王子韶，字聖美，浙右人。官至秘書少監。宿學醇儒，知古今，以師資爲已任。方王安石以字書行於天下，而子韶亦作《字解》二十卷，大抵與王安石之書相違背，故其《解》藏於家而不傳。〔註58〕

在王聖美此之前，王安石《字說》已注意到形聲字聲符的問題，此書已佚，然在陸佃《埤雅》仍有引用王安石的說法，故從此書約略可看出王安石的主張：

> 兔，吐也。舊說兔者明月之精，視月而孕。〔註59〕
>
> 貍，豸在里者。里，人所居也。〔註60〕
>
> 楓，木厚葉弱，枝善搖，故字從「風」作，音从風也。〔註61〕

〔註56〕孫雍長指出：「『右文』的基本原理是語言中的聲義同源規律。但『右文』說的著眼點卻是文字的形體，而不是文字所代表的語詞。所以，關於『右文』以及『右文』說的研究，既有訓詁學的問題，也有文字學的問題；嚴格地說，更應屬於文字學研究範疇。」見《訓詁原理》三章「聲義同源」，頁257，北京：語文出版社。西元1997年12月一版一刷。

〔註57〕如《說文解字‧耳部》卷十二「耿」字：「耳箸頰也。从耳烓省聲。杜林說『耿，光也。从光聖省。』凡字皆左形右聲，杜林非也。」（頁399）徐鉉並云：「徐鍇曰：『凡字多右形左聲，此說或後人所加或傳寫之誤。』」

〔註58〕見學津討原《宣和書譜》卷六「正書‧宋」，頁7，台北：藝文印書館。

〔註59〕見陸佃《埤雅》卷三，頁49，台北：藝文印書館。

〔註60〕見陸佃《埤雅》卷四，頁83。

〔註61〕見陸佃《埤雅》卷十三，頁327。

王安石等人從聲符解釋字義，的確建立「聲兼意」的初步架構，正因如此，王氏等人就字解字牽強曲解字義，因此王聖美的「右文說」則是合於聲符表義的特點——縱使「右文說」的理論不全然正確，卻爲文字的孳生提供重要線索。〔註62〕

　　王安石將形符與聲符相合強加曲解，王聖美的「右文說」則爲「聲符兼義」開闢新徑，〔註63〕《字解》今已佚，不過沈括《夢溪筆談》曾有介紹：

> 王聖美治字學，演其義以爲右文。古之字書，皆從左文。凡字，其類在左，其義在右，如水類，其左皆從水，所謂右文者，如戔、小也。水之小者曰淺，金之小者曰錢，歺而小者曰殘，貝之小者曰賤，如此之類，皆以戔爲義也。〔註64〕

這段話說明「右文說」兩個概念：一是「類」的屬性，一是「義」的範疇，所謂「其類在左，其義在右」即是說明形聲字的意符（左文）表示事物的類別屬性，而聲符（右文）才是核心意義，因此對於王聖美而言，舉凡聲符相同之字，認爲皆有共同之意義。

〔註62〕劉又辛認爲王聖美與王安石的理論不同處在於：「1、王聖美專從聲符著眼，不像王安石那樣把形符和聲符合在一起加以曲解，2、王聖美用許多聲符相同而形符相異的字加以比較，可看出這些字的共同義。」見劉又辛、李茂康《訓詁學新論》十一講〈右文說〉，頁155，四川：巴蜀書社。西元1989年11月一版一刷。此外，胡雙寶說道：「談論聲旁的表義作用，不能不說道『右文說』。『右文說』本身，並無專著傳世，論者常引沈括《夢溪筆談》卷十四的話：『（原文略）』如果這話能代表倡『右文說』之王子韶的理論，我們應當從兩方面加以限制。首先，這個道理只適用於形聲字，上文所引及戴侗所舉之『昏、熏、蜀』等旁，都屬形聲字範疇。其次，『右』只宜理解爲聲旁，因爲形聲字雖然左形右聲者居多，但他種配置者亦不少，例如木類之『梨、梁、柴』等及『戔』之『箋』（正有小義）。加上這些限制之後，和我們說的形旁定位，分化同音語素還有一點重要的不同，即我們任爲一音多語素（雖不排斥單語素），『右文說』則似乎認爲一個音只含一個語素（淺、錢、殘、賤，義皆爲小）。」見〈聲旁的表義作用〉，《語言文字學》，頁35，西元1985年五期。

〔註63〕黃侃等人認爲王聖美的說法源於王安石《字說》（見黃侃述、黃焯編《文字聲韻訓詁筆記》，頁49，台北：木鐸出版社。民國72年9月初版），然二人說法差異甚大，且王安石的穿鑿之談亦非合乎「聲兼意」之理，故只能言王安石提供了「聲兼意」的現象，實際上加以闡明者乃是王聖美。

〔註64〕見宋沈括《夢溪筆談》卷十四，頁95，台北：臺灣商務印書館。

南宋張世南進一步推衍「右文說」之理論：

> 自《說文》以字畫爲類，而《玉篇》從之，不知其右旁，亦多以類
> 相從；如「戔」有淺小之義，故水之可涉者爲「淺」，疾而有所不足
> 者爲「殘」，貨而不足貴重者爲「賤」，木而輕薄者爲「棧」。「青」
> 字有精明之義，故日之無障蔽者爲「晴」，水之無涸濁者爲「清」，
> 目之能明見者爲「睛」，米之去粗皮者爲「精」。凡此皆可類求，聊
> 述兩端，以見其凡。〔註65〕

其後王觀國及戴侗皆有論述相關之理論，〔註66〕到了明代的趙古則、王應電及
朱謀瑋等人亦有論述「聲符兼義」之現象，〔註67〕其中吳元滿、黃生等人倡「以
聲爲綱」說，雖無新論，然亦是承繼「右文說」的理論。吳氏之說，清焦循《易
餘籥錄》記載：

> 余家有《六書總要》五卷、《諧聲指南》一卷，爲吳元滿撰……閱其
> 《諧聲指南》，本楊桓《六書統》，以聲爲綱。如以「公」聲爲綱，
> 而系以「含」「蚣」「伀」「松」「訟」「頌」「瓮」；以「戶」聲爲綱，
> 而系以「雇」「旷」「扈」「妒」「所」，雖未能精，而在明人中可謂錚
> 錚。〔註68〕

到了清代，眾多學者在其著作或是解釋字例時皆有蘊含「右文說」的理論，黃
生《字詁》更是闡明「音近義通」的說法：

> 串即古貫字，《爾雅》與貫同訓，習此借義。謝惠連詩聊用布親串言
> 其所親識熟狎之人也，又《詩》「串夷載路」，串夷即昆夷借字轉音，
> 俗仍讀古患切，非也。《爾雅》注「五患切」，則以此爲毌字，亦非
> 俗用串爲尺絹切，則以此爲穿字，亦非貫習之貫。《說文》又作摜遺
> 二字，古玩切，在翰韻；工患切，在諫韻，二音有開合之義。〔註69〕

〔註65〕見南宋張世南《游宦紀聞》卷九，頁79，北京：中華書局。西元1997年12月一
　　　版二刷。

〔註66〕見本文第二章「形聲釋名」一節「形符與聲符的會合」條。

〔註67〕同上，不過其說雖有聲符兼義說，然筆者分類乃按照其整體論述而言，故有所差異。

〔註68〕見焦循《易餘籥錄》卷四，頁86，收錄《國學集要初編》，台北：文海出版社。

〔註69〕見黃生《字詁》「串貫摜遺毌」條，頁17，收錄《四庫全書珍本》十一集，台北：

物分則亂，故諸字从「分」者皆有亂義：「紛」，絲亂也；「雱」，雨雪
之亂也；「衯」，衣亂也；「漀」，鳥聚而亂也；「棼棼」，亂貌也。〔註70〕

清黃承吉注云：

按，凡諧聲字以所从之聲爲綱義，而偏旁其逐事逐物形迹之目，此
則公已先見及之。〔註71〕

段玉裁「凡字之義必得諸字之聲」及「凡从某聲皆有某義」的理論直接揭示「右
文說」的現象：

凡從句之字皆曲物，故皆入句部。胸不入句部，何也？胸之直多曲
少，故釋爲脯挺，但云句聲也。云句聲則亦形聲包會意也。〔註72〕

凡農聲之字皆訓厚。釀，酒厚也；濃，露多也；襛，衣厚皃也，引
申爲凡多厚之稱。〔註73〕

凡从曾之字皆取加高之意。會部曰「曾者，益也」，是其意也。凡从
卑之字皆取自卑加高之意，所謂「天道虧盈益謙，君子桴多益寡也。」
凡形聲中有會意者例此。〔註74〕

許正謂大鑿入木曰斵，與種植舂杵聲義皆略同……囪者多孔，蔥者
空中，聰者耳順，義皆相類。凡字之義必得諸字之聲。〔註75〕

　按：段氏其中心主旨在於揭示「聲義相因」之理，透過聲符兼意的關係，在
　　　某字族中其意義必寓之於聲，且段氏提出「聲義同原」之理，解決前人
　　　平面地論述「母子說」之缺失，說明語詞的命名和意義，亦即是強調「凡
　　　字之義必得諸字之聲」之觀點。

臺灣商務印書館。

〔註70〕見黃生《字詁》「紛雱漀衯棼」條，頁19。

〔註71〕見黃承吉合按《字詁義府合按》，頁20，台北：洪業文化事業。西元1992年10月
　　　　初版一刷。

〔註72〕見《說文解字注·肉部》篇四，頁174，台北：天工書局。民國81年11月再版。

〔註73〕見《說文解字注·衣部》篇八「襛」字，頁393。

〔註74〕見《說文解字注·土部》篇十三「埤」字，頁689。

〔註75〕見《說文解字注·金部》篇十四「斵」字，頁710。

桂馥曰：

> 祈，求福也。從示斤聲。馥按：斤聲者，祈、斤聲相近。祭法相近於坎壇。〔註76〕

> 菫，艸也。根如薺，葉如細柳，烝食之甘。從艸堇聲。馥案：〈釋草〉菫字當為「蘵」。《本草》「菫，汁味甘寒、無毒。」唐本注云「此野生，非人所種，俗謂之菫菜。葉似戟，花紫色。」〔註77〕

焦循曰：

> 近者學《易》十餘年，悟得比例引申之妙，乃知彼此相借，全為《易辭》而設，假此以就彼處之辭……如豹璐為同聲，與虎連類而言，則借璐為豹；與祭連類而言，則借豹為璐……各隨其文以相貫，而聲近則以借而通。〔註78〕

又曰：

> 古者命名辨物，近其聲即通其義，如天之為顛，日之為實，春之為蠢，秋之為愁，嶽之為聚，岱之為代，華之為穫，子之為滋，丑之為扭，卯之為冒，辰之為振……無不以聲義之通，而為字形之借，故聞其名，即知其實；用其物，即思其義。欲其夷也，則以雉命官；欲其聚也，則以鳩名官；欲其戶止也，則以扈名官。以曲文其直，以隱蘊其顯，其用至精。〔註79〕

> 《說文》「周，密也。」故字之從周。稠訓多也，髫訓髮多也，《賈子・道術篇》云「合得密周謂之調（按：應是「稠」之誤）。」《毛詩・鹿鳴傳》云「周，至也。」《考工記・函人》注云「周，密致也。」「至」同「致」，稠密則聚，故〈王制〉注云「州，聚也。」「州」通於「周」，《襄二十三年・左傳》「華周古今人表」作「華州」，《風俗通》云「州，周也。」州有長，使之相周足也。〔註80〕

〔註76〕見桂馥《說文解字義證》卷一「祈」字，頁15。

〔註77〕見桂馥《說文解字義證》卷四，頁103。

〔註78〕見焦循《雕菰集》卷八〈周易用假借論〉，頁125，台北：鼎文書局。民國66年9月初版。

〔註79〕見焦循《雕菰集》卷八〈周易用假借論〉，頁125。

〔註80〕見焦循《易餘籥錄》卷四，頁76。

王念孫曰：

> 凡遠與大同意，遠謂之荒，猶大謂之荒也；遠謂之遐，猶大謂之假
> 也；遠謂之迂，猶大謂之搗也。〔註81〕

> 扜與羿通。《說文》：「盱、張目也。」盱與羿義同。憮亦羿也，方
> 俗語有侈弇耳。《爾雅》：「憮、大也。」《小雅・六月傳》云：「張、
> 大也。」是憮與張同義……凡張與大同義，張謂之憮、亦謂之扜，
> 猶大謂之憮、亦謂之訏也。〔註82〕

按：王氏或言某字與某字同聲，〔註83〕皆以經籍相互舉證，以聲為綱，其同
　　聲之字義亦相通，不受形體所限，〔註84〕亦即王氏於〈序〉所言：「今
　　則就古音以求古義，引伸觸類，不限形體。」〔註85〕實已明「聲兼意」
　　之旨，且在行文亦觸及「假借」之理，王氏說法繼段氏之後將「聲兼意」
　　說更為貫徹。

王引之曰：

> 夫古字通用，存乎聲音。今之學者不求諸聲而但求諸形，固宜其說
> 之多謬也。〔註86〕

又曰：

> 夫訓詁之要，在聲音、不在文字，聲之相同相近者，義每不甚相遠。
> 〔註87〕

〔註81〕見王念孫《廣雅疏證》卷一〈釋詁〉：「邈別……高荒裔，遠也。」條，頁 31，台
　　　　北：臺灣商務印書館。民國 57 年 6 月臺一版。

〔註82〕見王念孫《廣雅疏證》卷一〈釋詁〉：「抗、羿、憮……，張也。」條，頁 38。

〔註83〕見王念孫《廣雅疏證》卷三〈釋詁〉：「氾、醮、洼……，污也。」條注：獲與濩義
　　　　相近。頁 82。

〔註84〕王氏所言即同一字根孳生之字皆含共通意義，不因字形劃分所限。如卷一〈釋詁〉：
　　　　「閑埠楷式……，法也。」（頁 21）中提及：「貌謂之形亦謂之容，常謂之刑亦謂
　　　　之庸，怯謂之刑亦謂之容，義並相近也。」

〔註85〕見王念孫《廣雅疏證・序》，頁 1。

〔註86〕見王引之《經義述聞》卷三「平章百姓」條，頁 29，台北：臺灣商務印書館。民
　　　　國 68 年 1 月臺一版。

〔註87〕見王引之《經義述聞》卷二三〈春秋名字解詁〉下「王肅家語所列名字，亦於他

又曰：

> 是通與道同義。通道一聲之轉；道言之道轉爲通，由通達之通轉爲
> 道矣。〔註88〕

郝懿行曰：

> 《説文》云：始，女之初也。《釋名》云：始，息也。言滋息也。按
> 始與治通。《書》云：在治忽。《史記・夏紀》作「來始滑」，《漢書・
> 律厤志》作「七始詠」，是始治通也。初者，裁衣之始；哉者，草木
> 之始；基者，築牆之始；肇者，開戶之始；祖者，人之始；胎者，
> 生之始也。每字皆有本義，但俱訓始。例得兼通，不必與本義相關
> 也。……凡聲同之字，古多通用。〔註89〕

阮元曰：

> 凡物縣空之義，皆從此之㲳字之聲出矣。〔註90〕

又曰：

> 義從音生也，字馳音義造也。試開口直發其聲曰迱，重讀之曰矢。
> 施矢之音，皆有自此直施而去之彼之義，……尸與施同音，故《禮
> 記》「在牀曰尸，人死平陳也。」《左傳》「荆尸而舉。」尸、陳也，
> 即俗陣字也……矢爲弓弩之矢，象形字，而義聲於音。凡人引弓發
> 矢，未有不平引延陳而去止於彼者，此義即此音也……雉、野雞也。
> 其飛形平直而去，每如矢矣，故古人名鳥之音與矢相近，且造一從
> 隹從矢之字曰雉也。雉與豸篪同音，每相假借。〔註91〕

又曰：

> 凡誤解古書者，皆舉燭鼠璞之類也。古書之最重者，莫於逾經。經

　　書者，皆不可信」條，頁944。

〔註88〕見王引之《經義述聞》卷二四「通可以已也」條，頁958。

〔註89〕見郝懿行《爾雅義疏・釋詁》「始」條，頁1，商務印書館。民國28年9月簡編印
　　　　行。

〔註90〕見阮元《揅經室集》（一）卷一〈釋磬〉，頁7，台北：臺灣商務印書館。民國56
　　　　年3月臺一版。

〔註91〕見阮元《揅經室集》（一）卷一〈釋矢〉，頁18。

自漢晉以及唐宋，固全賴古儒解注之力，然其間未發明而沿舊誤者尚多，皆由於聲音文字假借轉注未能通徹之故，……使非究心於聲音文字，以通訓詁之本原者，恐終以燕說為大寶，而嚇其腐鼠也。

〔註92〕

按：阮元於書中多闡明「聲兼意」之旨，其中某些篇章更是發前人所未發，
〔註93〕除針對「聲兼意」有所闡發外，對於文字的假借現象亦有深闢見解，因為形聲字聲符之假借亦會造成文字的分化（如從「彔」聲與「鹿」聲所衍生之字群）

黃承吉曰：

六書之中，諧聲之字為多。諧聲之字，其右旁之聲必兼有義，而義皆起於聲，凡字之以某為聲者，皆原起於右旁之聲義以制字，是為諸字所起之綱。〔註94〕

又曰：

要以凡字皆起於聲，任舉一字，聞其聲即已通知其義。是以古書凡同聲之字，但舉其右旁之綱之聲，不必拘於左旁之目之迹，而皆可通用。並有不必舉其右旁為聲之本字，而任舉其同聲之字，即可用為同義者。蓋凡字之間聲者，皆為同義，聲在是，則義在是，是以義起於聲。〔註95〕

朱駿聲曰：

〔註92〕見阮元《揅經室集》（一）卷五〈王伯申經義述聞序〉，頁104。

〔註93〕如卷一〈釋門〉（頁25）云：「凡事物有間可進、進而靡已者，其音皆讀若門……」將字義引申，擴大詞義範圍；卷一〈釋相〉云：「自周秦以來，凡宰輔之臣，皆名曰相。相之取名，必是佐助之意……。」頁27。從字義相假借之關係以聯繫聲符，說明音近義必相因之理；卷六〈考工記車制圖解上〉云：「察車自輪始，所以運車謂之輪。」頁111。其後再論述從車聲之字群，並輔以圖形，充分運用「聲兼意」說以證之。〈釋門〉例說解亦可參照黃永武《形聲多兼會意考》，頁29，台北：文史哲出版社。民國81年10月初版六刷。

〔註94〕見黃承吉《夢陔堂文集》卷二〈字義起於右旁之說〉，收錄馬小梅編《國學集要》初編，台北：文海出版社。民國56年5月臺初版。

〔註95〕見黃承吉《夢陔堂文集》卷二〈字義起於右旁之說〉。

東重童龍，數傳衹循其舊；束帝卨適，萬變不離其宗。〔註96〕

訓詁之旨，與聲音同條共貫、共用爲勇，儷自狼庶、咨親爲詢，釋于叔豹，射言繹、或言舍，禮經箸其文；刑爲俐、即爲成，王制明其義……〔註97〕

按：朱氏按古韻十八部分類，其編排主旨是「舍形取聲，貫穿聯綴」，舉上古韻文中的用韻爲來證明古音，共立 1137 個「聲母」，朱氏立的「聲母」即是從形聲字中抽繹出的聲符，如「豐」部「東」字下共有 51 個从東聲孳生的字群；〔註98〕「同」字下有 15 個从同聲孳生的字群。在「形聲兼會意」一類中，列舉 337 字，足以證明「聲兼意」對於清代文字學家而言亦是探究形聲字源流重要之依據。

龔自珍曰：

段先生曰：古今先有聲音而後有文字，是故九千字之中，從某爲聲音，必同是某義，如從「非」聲者定是赤義，從「番」聲者定是白義，從「于」聲者定是大義，從「酉」聲者定是臭義，從「力」聲者定是文理之義，從「劦」聲者定是和義，全書八九十端，此可以窺上古之語言。于劦部發其凡焉。〔註99〕

菦，从艸，并聲。凡并聲之字，皆有使義。典引之諺萬嗣，亦使也。
〔註100〕

訶，大言而怒也。馳言可聲。凡从可聲之字，亦往往訓大，荷亦大葉駭人也。〔註101〕

〔註96〕見朱駿聲《說文通訓定聲·自敘》，頁 4，北京：中華書局。西元 1998 年 12 月一版二刷。

〔註97〕見朱駿聲《說文通訓定聲·凡例》，頁 13。

〔註98〕如朱氏於「每」字紐下皆注曰：凡某之派皆衍某聲。如「東」字：凡東之派皆衍東聲。

〔註99〕見清龔自珍〈最錄段先生定本許氏說文〉，收錄《龔自珍全集》第三輯，頁 259，台北：河洛出版社。民國 64 年 9 月臺景印初版。

〔註100〕見〈說文段注札記〉艸部「菦」字，收錄《龔自珍全集》第四輯，頁 269。

〔註101〕見〈說文段注札記〉言部「訶」字，收錄《龔自珍全集》第四輯，頁 272。

翡，赤羽雀也。从羽，非聲。凡从非之字，枯皆有赤義，若緋之爲
赤帛，鴄之爲赤珠。雖許書所未收，要之古也。〔註102〕

到了近代學者多觸及「聲兼意」之理論，和「右文說」亦有相近之處，如章太
炎云：

犀之言矢也。《說文》「矢，頭會腦蓋也。」聲轉則「思」從囟聲，
有思理誼。《說文》「䚡，角中骨也。」亦取聲。于囟而有䚡理之誼。

〔註103〕

又曰：

語言之始，誼相同者，多從一聲而變；誼相近者，多從一聲而變；
誼相對相反者，亦多從一聲而變。〔註104〕

按：章氏除認同「聲兼意」外，更從「音轉」的角度闡述聲符與形聲字之關
係，〔註105〕能全面性、立體化地照顧文字孳生之現象。

劉師培曰：

……足證造字之初，先有右旁之聲，後有左旁之形，聲起於義，故
右旁之聲既同，則義象必同。〔註106〕

按：劉氏說法實已將「右文說」及「聲義同源」的理論加以闡釋，從殷周吉
金文字、《說文》古文及先秦古籍證明形聲字乃先有聲符，故義寓於聲；
並能詳徵考實同一韻部之字其義多相近，故劉氏曰：「音同之字，形義
亦大抵相同，此聲音文字之本原也。」，〔註107〕將「聲兼意」說明析申

〔註102〕見〈說文段注札記〉羽部「翡」字，收錄《龔自珍全集》第四輯，頁273。

〔註103〕見章太炎《小學答問》，頁6，台北：廣文書局。民國59年10月初版。

〔註104〕見章太炎《小學答問》，頁101。

〔註105〕如章氏云：「凡言部曲鄉曲者，皆局字分也。萁局之字亦或耤曲爲之。《方言》所
以行萁謂之局或謂之曲道是也。曲聲轉則爲區，區本跨區藏匿也。言區分區處者，
亦局之耤矣。」頁10。又曰：「祭義以頃步爲蹞步，《韓詩傳》云『頃、筐敧器也。』
敧本作攲，此皆支、清對轉，則百畮爲頃，耤爲畦也。」頁51。

〔註106〕見劉師培《左盫集‧小學發微補》，頁516，收錄《劉申叔先生遺書》（一），台北：
華世出版社。民國64年4月初版。

〔註107〕見劉師培《左盫集‧小學發微補》，頁514，收錄《劉申叔先生遺書》（一）。

述。〔註108〕

黃侃曰：

> 同韻部者，既可審音以推義；同聲紐者其用則似爲尤神。惟分韻之
> 道，闡一足以知十……於是經之以同韻，緯之以同聲，索義於音，
> 義莫能隱矣。〔註109〕

按：黃氏將段氏的「凡字之義必得諸字之聲」理論加以闡發，對於「聲義同原」亦主可不拘執於漢字之形體，並對「同源詞」提出看法，〔註110〕強調隨著詞義不斷引申，就必須在原字的基礎上分化出新字以滿足新義，新字在語音上必然與原字相同或相近，如此義同之字，音亦往往相通。

梁啓超曰：

> 自來言六書者，每謂形聲爲易解，忽而不講……吾嘗略爲探索，謂
> 宜從音原以求字原，輒擬爲兩公例：
>
> （一）凡形聲之字，不惟其形有義，即其聲亦有義。質言之，則凡
> 　　　形聲字什九皆兼會意也。
>
> （二）凡轉注假借字，其遞嬗孳乳，皆用雙聲。〔註111〕

又曰：

> 戔，小也，此以聲函義者也。絲縷之小者爲「綫」，竹簡之小者爲「箋」，
> 木簡之小者爲「牋」，農器及貨幣之小者爲「錢」，價值之小者爲「賤」，
> 竹木散材之小者爲「棧」，車之小者亦爲「棧」，鐘之小者亦爲「棧」，
> 酒器之小者爲「盞」、爲「琖」、爲「醆」，水之少者爲「淺」，水所

〔註108〕關於劉師培的說法可詳見第二章「形聲釋名」一節「形符與聲符的會合」條。

〔註109〕見黃侃《文字聲韻訓詁筆記·古韻同部之字及古聲同紐之字義多相近》，頁214，台北：木鐸出版社。民國72年9月初版。

〔註110〕黃侃云：「按同音者雖有同義，而不可以言『凡』。《淮南》『虱』與『瑟』同音，周人謂玉爲『璞』，鄭人謂鼠爲『璞』，此音同而不必義同也。物有同音而異語者，亦有同語而異音者。」（見〈形音義三者不可分離〉，頁49）黃氏雖無具體條例說明「同源詞」的判斷標準，卻提供後人針對「同源詞」有參考依據。

〔註111〕見梁啓超《飲冰室文集》卷三六〈從發音上研究中國文字之源〉，頁38。台北：臺灣中華書局。民國49年5月臺一版。

揚之細沫爲「濺」，小巧之言爲「諓」，物不堅密爲「俴」，小飮爲「餞」，輕踏爲「踐」，薄削爲「剗」，傷毀所餘之小部爲「殘」。右凡「戔」聲之字十有七，而皆含有小意，《說文》皆以此爲純形聲之字，例如「綫」下云「从糸戔聲」。以吾觀之，則皆形聲兼會意也，當云「从糸从戔戔亦聲。」舊說謂其形有義，其聲無義，實乃大誤，其聲所表之義，蓋較其形爲尤重也。〔註112〕

沈兼士曰：

文字爲語言之符，語言不能無變化，斯文字不能無訓詁。語言之變化約有二端：（一）由語根生出分化語，（二）因時空或空間的變化發生之轉語。二者多依雙聲疊韻爲其變化之軌釋……〔註113〕

　按：沈氏薈萃歷代各家理論，全面檢討「右文說」，得出八項論點，〔註114〕

〔註112〕見梁啓超《飲冰室文集》卷三六〈從發音上研究中國文字之源〉，頁39。

〔註113〕見沈兼士〈右文說在訓詁學上之沿革及其推闡〉，收錄《沈兼士學術論文集》，頁76，葛信益、啓功整理，北京：中華書局。西元1986年12月一版一刷。

〔註114〕茲摘錄八項論點如下：「1、自古諸家所論，多不知從此種學說之歷史上著眼觀察其作者何代、述者何人。徒憑一己一時之見到，騰諸口說，詡爲發明，實即古人陳說，第有詳略之不同，絕少實質之差別，此爲學說不易進步之最要原因。2、諸家所論，或偏重理論，或僅述現象，或執偏以該全，或含本而逐末，若夫具歷史的眼光，用科學的方法，以爲綜合歸納之研究者，殊不多觀。3、夫右文之字，變衍多途，有同聲之字而所衍之義頗歧別者，如『非』聲字多有分背義，而『菲』、『翡』、『痱』等字又有赤義；『吾』聲字多有明義，而『齬』、『語』（〈論難〉）『圄』、『敔』、『牾』等字又有逆止義，其故蓋由於單音之語，一音素孕含之義不一而足，諸家于此輒謂『凡從某洱，皆有某義』，不加分析，率爾牽合，執其一而忽其餘矣。4、上文所舉聲母『非』訓『違』，其形爲『從飛下翅，取其相背』，故其右文爲分背義，此聲母與形聲字意義相應者。至『非』之右文又得赤義，則僅借『非』以之表音，非本字也。又『吾』之右文爲『逆止』義，或借爲『午』字。至又有明義，則其本字復不可得而碻知矣。諸家於此又多胡嚨言之，莫爲別白。5、又有義本同源，衍爲別派。如『皮』之右文有：1分析義如『詖』、『簸』、『破』諸字，2加被義如『彼』、『鞁』、『帔』、『被』諸字，3傾衰義如『頗』、『跛』、『陂』、『波』、『披』、『陂』、『坡』諸字。6、復有同一義象之語，而所用之聲母頗歧別者。蓋文字孳乳，多由音衍，形體異同，未可執著。故音素同而音符雖異亦得相通，如『余』、『予』之右文均有寬緩義，『今』、『禁』之右文均有蘊含義。7、訓詁家利用右文

此八點亦是檢視「聲兼意」之法，沈氏並以圖表示之：〔註115〕

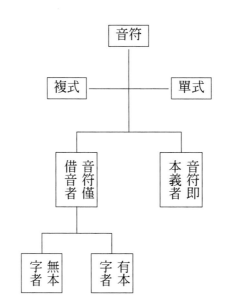

其中以「x」釋爲「最大公約數性之意義」，實際上就是語根，沈氏將右文的界定擴大，不拘泥字形，從語根闡明聲義相因之理，這種原本僅以一字表一音的有限環境，在不斷增加新內容以適應表達的需求，勢必繁衍新的語詞。雖然繁衍之字群指稱不盡相同，但因取象立意相近，故往往存在此字群中某共同意義，這種相互依存的關係，亦即是文字發展的重要因素。

朱宗萊言：

形聲字以純形聲爲正也。此外復有表音之體，不獨取其聲，兼取其義者，謂之「形聲兼會意」。如侖，理也，而從「侖」聲之「論」、「淪」、「綸」、「輪」諸字，皆有條理成文之義；分，別也，而從「分」聲

以求語言之分化，訓詁之系統，固爲必要。然形聲字不盡屬右文，其理至明，其事至顯。而自來傾信右文之說者，每喜抹殺聲母無義之形聲字，一切以右文說之，過猶不及，此章氏之所以發『六書殘而爲五』之嘆也。8、《說文》本爲一家之言，其說字形字義，未必盡與古契。自宋以來，小學漸定一尊于《說文》。及清而還，訓詁家更尊其說解以爲皆是本義，殊爲偏見。今擘右文，故不能不本諸《說文》，然亦移旁參古訓，溝通音理，以求其從橫旁達之勢。見〈右文說在訓詁學上之沿革及其推闡〉，收錄《沈兼士學術論文集》，頁120。

〔註115〕見沈兼士〈右文說在訓詁學上之沿革及其推闡〉，收錄《沈兼士學術論文集》，頁124。

之「芬」、「盼」、「粉」、「份」、「坋」諸字，皆有細末分別之義是也。
〔註116〕

其後林尹、孫海波、李國英及唐蘭亦有敘述（說詳見二章），凡以上說法即是各家學人對「右文說」的認識，沈兼士並爲此制訂二原則：（一）於音符字須先審明其音素，不應拘泥於字形，（二）於音素須先分析其含意，不當牽合於一說。事實上沈氏說法實已將「右文說」範圍擴大，成爲「音近義通」說的材料，然兩者是否可以等量論之，留待下一節討論。

　　自清代開始，已有學人將「右文說」的理論納入文字孳乳的範疇，〔註117〕如錢塘曰：

> 嘗以爲文字之作，雖別爲六書，求其要領，實不越乎形聲而已。建首之文，形之本也，亦聲之本也。有形即有聲，至於聲形相切，文字日緊，而其條理要自，雜而不越……〔註118〕

又曰：

> 文者，所以飾聲也；聲者，所以達意也。聲在文之先，意在聲之先。至制爲文，則聲具而意顯，以形加之爲字，字百而意一也。意一則聲一，聲不變者，以意之不可變也。此所謂文字之本音也。〔註119〕

所謂「至制爲文，則聲具而意顯」即指初文（聲符）和字義有繫聯的關係，故「以形加之爲字」則是加注意符（形符）孳乳和該字義有關連的字群，縱使衍生出眾多字群，然其中心意義仍未改變，故「字百而意一也」。黃承吉則從語根

〔註116〕見朱宗萊《文字學形義篇・形篇》二「六書釋例・形聲釋例」，頁 16，台北：學生書局。民國 58 年 3 月三版。

〔註117〕沈兼士認爲在南宋時戴侗《六書故》中「六書推類」之說即是「右文」（說詳見〈右文說在訓詁學上之沿革及其推闡〉，收錄《沈兼士學術論文集》，頁 85。），孫雍長則持不同意見，他認爲：「右文說的基本要點只是從平面的角度考察具有同一『右文』（聲符）的形聲字在含義上的某種共性，並不是從文字孳乳發展的歷史角度來看待『右文』與『初文』（字母）的關係。」見孫雍長《訓詁原理》三章「聲義同源」，頁 264。

〔註118〕見清錢塘《溉亭述古錄》卷二〈與王無言書〉（清嘉慶阮元輯刊），頁 27，收錄《文選樓叢書》，台北：藝文印書館。民國 56 年初版。

〔註119〕見錢塘《溉亭述古錄》卷二〈與王無言書〉，頁 27。

的探求論述，遠已超出「右文說」的範圍：

> 諧聲之字，其右旁之聲必兼有義，而義皆起於聲，凡字之以某爲聲
> 者，皆原起於右旁之聲義以制字，是爲諸字所起之綱。其在左之偏
> 旁部分，或偏旁在右在上之類皆同。則即由綱之聲義而分爲某事某
> 物之目。綱同而目異，目異而綱實同。如右旁爲某聲義之綱，而其
> 事物若屬於水，則其左加以水旁而爲目；若屬於木火土金，則加以
> 木火土金之旁而爲目；若屬於天時人事，則加以天時人事之旁而爲
> 目；若屬於草木禽魚，則加以草木禽魚之旁而爲目：其大較也。蓋
> 古人之制偏旁，原以爲一聲義中分屬之目，而非爲此字聲義從出之
> 綱。綱爲母而目爲子，凡制字所以然之原義，未有不起於綱者。古
> 者事物未若後世之繁，且於各事各物未嘗一一制字，要以凡字皆起
> 於聲，任舉一字，聞其聲即已通知其義。〔註120〕

黃承吉的說法大致承襲段玉裁，然黃氏比段氏多出「同韻」的條件，即黃氏認
爲在具有同一聲符及同韻的情形下，諸字方有皆含某種意義，因此今人孫雍長
針對黃氏說法予以解析：

> 「諧聲之字，其右旁之聲，必兼有義，而義皆起於聲」幾乎是清代
> 學者的一種共識。雖然主要是談文字問題，但實際上已深入到文字
> 代表語言這一本質問題。所以，像黃氏所說「凡制字所以然之原義」，
> 未嘗不可以聯繫到語源義；而所謂「諸字所起之綱」，便即是字源，
> 也是語源了。〔註121〕

此外，清代另一學人王筠雖未直接觸及「右文」的問題，然其書《說文釋例》
提及「分別文」說，亦可解釋右文現象：

> 字有不須偏旁而義已足者，則其偏旁爲後人遞加也。其加偏旁而義
> 遂異者，是爲分別文。〔註122〕

王筠站在歷時的角度看待文字發展的問題，雖少談及聲符載義之理，然王氏不

〔註120〕見黃承吉《夢陔堂文集》卷二〈字義起於右旁之說〉，頁23。

〔註121〕見孫雍長《訓詁原理》三章「聲義同源」，頁265。

〔註122〕見王筠《說文釋例》卷八〈分別文、累增字〉，頁173，北京：中華書局。西元1998
年11月一版二刷。

限於單字研究，從文字的形體及演變原則討論相關的字群，並加以繫聯，分析文字繁衍之現象，〔註123〕亦即王筠能掌握音與形的整體性，不致使「右文說」的研究牽連到漫無邊際，更能貼近「右文說」的旨趣。

（二）當代研究「右文說」的成果

近二十年來，研究「右文說」的學者多將其範圍擴大，舉凡文字的孳乳、音近義通甚或同源關係皆可談及，不過發表相關論文的學者仍以大陸方面居多，本地方面據筆者找尋資料的結果僅姚榮松一位，以下茲以學者刊登（或出版）論文時間順序排列作一敘述：自八〇年代初期，其中劉宗德的說法「引發『右文說』的是非之爭」，〔註124〕他說道：

> 語音和字義的聯繫，主要根據約定俗成的原則。因此有些字的讀音帶有很大的偶然性。有些形聲的聲符也可能僅僅起標音作用，而並不表示意義。同一個聲符對一部分形聲字可能是語源，對另一部分形聲字則可能不是語源。〔註125〕

又說：

> 有時，聲符字並不是語源，它只是借用了別的聲付字的意義才成爲語源的。這種聲符稱爲假借聲符。〔註126〕

正因聲符假借成爲語源後，劉氏才認爲「右文說」有「很大的局限性」，他說：

> 它只從形聲字的聲符尋求語詞的音義聯繫，表明在很大的程度上仍然受到字形的束縛。「右文說」者只承認同聲符的字意義可能相通，卻認識不到形異而音同的字也可能出於同一語源……這些音同音近的字不一定有共的聲符，但卻可以算是同源語族。但是「右文說」

〔註123〕如王筠於「風」字說解爲：「蟲以風化，而風字從虫，是以從之者轉而爲所從也。蓋風雲分雨，惟風分爲無形，然分猶有回轉可象也，風之飄忽，何以象之？其來無始，其去無終，何以會之？形不可象，意無從會，乃至諧聲，必先有以寄其形而後聲附焉。風將以何爲形哉？風無形，而所化之蟲有形，故轉而以其子母定其母也。」藉「虫」形將「風」字轉爲所從，且孳生「飆」字。

〔註124〕援引鍾如雄《説文解字論綱》十五章「《説文解字》諧聲系統與『右文說』」，頁338，四川：四川人民出版。西元 2000 年 4 月一版一刷。

〔註125〕見劉宗德〈「右文說」探討〉，頁45，《語言文字學》西元 1982 年六期。

〔註126〕見劉宗德〈「右文說」探討〉，頁45。

囿於字形，卻無法正確認識這種沒有共同聲符的同源關係，它沒有打破字形隔閡，窺見詞匯之間内部的聯繫規律，這是「右文説」局限性之所在。〔註127〕

劉氏將「右文説」擴及到文字的同源關係，這和原本宋時僅討論聲符表義的「右文説」有認知的差距，因爲在探討「右文説」必須針對當時的說法予以剖析，而非觸類旁通地擴大其說，本乎此原則，關於字形的局限性似乎不是那麼重要了。

之後劉又辛的說法基本上承襲沈兼士，〔註128〕並且解決沈氏遺留的問題，其一是針對聲符兼表義的形聲字提出兩項論點：一是由本義引申而孳生的形聲字。這類字先由本義引伸爲若干義項；到了形聲字階段，有的義項便由初文加形符孳生出專用形聲字，因而形成聲符相同、意義相關的一組同源字，〔註129〕二是聲符本身並無某義，同聲符的形聲字卻有某義；〔註130〕其二是聲符不表義

〔註127〕見劉宗德〈「右文説」探討〉，頁46。

〔註128〕劉氏早先發表文章是〈「右文説」說〉，提到 1、主張把漢字劃分爲三個階段，即表意字階段（商代初期，甲骨文字以前）——完全不表音的純粹表意表形的文字、假借字階段（從甲骨文、金文到秦以前）——表形向表音方向發展、形聲字階段（秦以後）——多由形意字和假借字演變而來，而「右文説」理論即是從第二階段開始萌生；2、研究「右文説」同研究形聲字的產生過程，要用歷史的方法予以歸類和分析。見《語言研究》，頁171，西元1982年一期。

〔註129〕劉氏舉「共」字爲例：「《說文》云：『共，同也。從廿、廾。』此字金文，像兩首奉器供奉之狀。金文『共』字可用作『供奉』、『恭敬』等義，當是『供』字初文，後加『人』旁成爲形聲字，與『共』字義同。供奉時必恭敬，所以加『心』成『恭』。又孳生爲『拱』，《說文》：『拱，斂手也。』古人表示敬意時，兩手合抱當胸，即『斂手』。《論語·微子》：『子路拱而立。』……這些『共』聲的字，都從兩手捧物以表供奉的初義引伸而來。『共』字是初文，供、拱、恭、珙、拳等字都是『共』字的孳生字。」見劉又辛、李茂康《訓詁學新論》十一講「右文説」，頁163。

〔註130〕劉氏舉「農」字爲例：「《說文》釋作『耕也』，即農耕、農民之農，本身並無『濃厚』義，而濃（露多）、膿（腫血）、醲（厚酒）、獷（多毛犬）、穠（草木茂盛）、襛（衣厚）等字卻都有『濃厚』義。這是什麼緣故呢？按照漢字發展的歷史推測，在假借字階段，『農』被用來假借作某一個詞，如《尚書·洪範》：『農用八政。』偽孔傳：『農，厚也。』孔穎達疏：『鄭玄云：「農讀爲醲。」則「農」是「醲」意，故爲厚也。』到形聲字階段，再加形符造出醲、濃等字。金文中祇有『農』字，《說文》『濃』字下說：『露多也。』引《詩》：『零露濃濃。』……按照我們的設想，可以構擬出這一組字演變的經過。在假借字階段，祇有『農』這個會意字（『農』

的形聲字，認爲這類字的聲符常作爲記音符號假借爲某一語詞，以後才加上形符，成爲專用形聲字。〔註131〕由此得知劉氏分析形聲字聲符表義的情形，並以科學性的方法解釋「右文說」，更正劉宗德將「右文說」視爲文字同源關係的說法。姚榮松從「語源學」的角度縱覽「右文說」和「聲義同源」的關係：

> 然右文是否成立，實以形聲兼意爲基礎，則有賴聲義同源理論之確立，蓋二者實互爲表裏。而聲義同源論實亦由右文所啓。〔註132〕

而後張慶綿有著持平客觀的說法，針對聲符表義與否皆有全面的論述，對於「右文」和「同源字」的關係，張氏如此說：

> 同源字之間的音近義通與「右文說」的聲符表義，是兩個範疇的概念。同源字是反映同源詞的，是同源詞的書寫形式，因而同源字之間意義相通；聲符表義是因爲某些形聲字與聲符之間有同源關係，而客觀上有表義作用。〔註133〕

由此他得出兩結論：一是「右文說」認爲凡同聲付的形聲字則意義相通，由於它缺少同源字這個前提，勢必將那些聲符相同而意義不同源的形聲字，都誤爲意義相通了；二是根據同源字的理論，同源字之間是音近義通的。但同源字之間的音近，並不限於形聲字，即使是形聲字，也不限於同聲符。如「魚」與「漁」是同源字，「魚」爲象形字、「漁」爲會意字；「依」與「倚」是同源的形聲字，「依」以「衣」爲聲符、「倚」以「奇」爲聲符。張氏接著指出：

字甲骨文作𦣞、𦣞，像以唇殼除草形）……到秦漢形聲字階段，才把『農農』寫成『濃濃』，成爲『露多』的專用字。然後又派生出醲、禮、穠、膿、獳等字。這一組字的層次關係跟『共』組字不同。『共』與『拱』、『恭』等字是母子關係，『濃』與『醲』、『膿』等字是姊妹關係。前者可以叫作初文和孳生字，後者則是同輩的派生字。」見劉又辛、李茂康《訓詁學新論》十一講「右文說」，頁164。

〔註131〕劉氏舉「易」字爲例：「金文用作『賜予』字。『易』本蟲名，因爲讀音和『賜』相同，而當時又沒有『賜』字，『本無其字，依聲託事』，就用『易』表『賜予』義。後來加形符『貝』造了『賜』字，成爲專用形聲字。『易』字與『賜予』義完全無關，這就不能用『右文說』加以曲解。」見劉又辛、李茂康《訓詁學新論》十一講「右文說」，頁165。

〔註132〕見姚榮松〈古代漢語同源詞研究探源──從聲訓到右文說〉，頁300，《國文學報》（臺灣師大）十二期。民國72年6月。

〔註133〕見張慶綿〈對右文說再認識〉，頁141，《語言文字學》西元1985年五期。

如果按著「右文說」聲符相同意義才能相通的理論去繫聯同源字，
那麼那些非形聲字的同源字，比如：……「魚」、「漁」等就被排斥
掉了，那些不同聲符的同源字，比如……「依」、「倚」等也被排斥
掉了。從這兩方面說，「右文說」犯了以點代面，以偏蓋全的錯誤，
因而失去它的科學性。〔註134〕

張氏指出「右文說」的局限性，並強調「右文說」僅是「音近義通」理論的其
中現象，因為「音近義通」必須以「同源字」為前提，故「右文說」是研究「同
源字」的方法之一，張氏的論點可說是回歸宋代「右文說」的說法，並能從中
找出宋代當時為察覺的現象。

　　隨後王以公發表論文的內容亦涉及「右文說」的相關問題。王氏強調「右
文說」是從聲符求字義的理論，「是在對同一諧聲偏旁進行歸納，已經有了探求
諸詞音義源流關係的意向。」〔註135〕雖然王氏舉出「右文說」的缺失，卻異於
前者劉宗德將「右文說」視為同源語族的說法，而是認為透過原本的文字再孳
生出與這個字有音義關係，但是它不能作為一種規律來制約所有文字，它的價
值在於：

對某些有同音關係（同聲符）的字組來說，聲符確實表示了這組字
的共同意義。因此，「右文說」僅僅是在某些具有共同諧聲旁的同音
字組中的相對真理。〔註136〕

其後蔡永貴及李岩聯合發表的文章，〔註137〕提出新的觀點，他們說道：

我們認為「右文」不是指形聲字的聲符，而是一個形音義皆備的、
具有分化孳乳新字能力的母文。所謂母文，只是相對其孳乳、分化
出的新字而言的，不一定就是初文。故「右文說」研究的對象不是
形聲字，而是一種特殊的字，用傳統的六書名目無法概括，我們姑
稱之為「母文外化字」。即在母文上加注表示具體事類的偏旁為外部

〔註134〕見張慶綿〈對右文說再認識〉，頁145。

〔註135〕援引王以公說法，見〈詞的音義關係——從「右文說」到同源詞〉，頁64，《語言
　　　　文字學》西元1986年七期。

〔註136〕見王以公〈詞的音義關係——從「右文說」到同源詞〉，頁64。

〔註137〕見蔡永貴、李岩〈「右文說」新探〉，《語言文字學》西元1988年五期。

標誌而孳乳分化出來的字。〔註138〕

他們認爲王聖美所說的「右文」和王觀國所說的「字母」性質是一樣的，都是指「母文」，所有孳生分化的新字皆是從母文意義的基礎上產生，這是他們的結論，然他們又說：

> 母文外化字的「右文」即外化符號。與後世眞正的形聲字的形符作用不同，它有具體化、外化母文意義的作用。因此，它在一個新字裡，只是一種輔助成份，新字的意義原則上是靠母文表示的，所謂「其義在右」也。〔註139〕

「右文」若是本字，何以又會成爲「母文外化字」，且他們稍後又將偏旁視爲「外化符號」，如此說法反而讓人模糊「右文說」的定義。不過他們提到關於形聲字產生的情形是簡明易瞭的：

> 一種是一個字原有幾個相關的意思，靠加若干聲符而分化出幾個形聲字，來分擔原字所載的部分意義。一種是造字時，同時取一形符、一聲符而造的字。二者雖同屬形聲字，但並不完全相同：前者的聲符最初還未完全取得和原字（意符）平等的地位，只有別義的作用，還不能算是很標準的形聲字；而後者則是標準的形聲字，形符、聲符相輔相成：靠形符表示一個大共名，以別其於其他同聲之字，靠聲符以其音確定一個具體的、與聲符之音有聯繫的特定的意義，以別於同類之義。〔註140〕

擇舉其示意圖說明：

照他們的說法即是在母文上加注若干相關的外化符號孳乳出母文外化字以

〔註138〕見蔡永貴、李岩〈「右文說」新探〉，頁145。

〔註139〕見蔡永貴、李岩〈「右文說」新探〉，頁147。

〔註140〕見蔡永貴、李岩〈「右文說」新探〉，頁151。

明義，因此「共」字加人旁爲「供」字，表示人的動作，有「供奉」意；加心旁爲「恭」字，表示人內心的活動，有「恭敬」意。從他們的說法得知：將「右文」釋爲「母文」（也就是聲符）是可以被接受的，「外化符號」應指偏旁；所謂「母文外化字」實際上就是孳乳分化的新字，將此三名詞釐清，也就可以瞭解此篇論文的旨趣。

當時白兆麟亦曾對「右文說」表示一些看法，認爲從先秦「聲訓」到宋代「右文說」再到清代「音近義通」這條源流是從支離散漫到有系統化的縝密思考，透過「右文說」的過渡時期，對字族研究語言指示一條新道路。〔註141〕

陳五云提出新思維，並將他的觀點名之爲「廣右文說」，他說：

> 漢字形聲字的聲旁具有表意功能，但聲旁的表意功能並非「右文說」論者所謂「凡從喬得聲之字皆有高大義」之類，我們說的表意功能遠比它廣泛。〔註142〕

又說：

> 聲旁對於形旁來說，它是一個字音的識別符號，同時也是字義的區別符號。同形旁字在廣義上屬於一個義類，但由於聲旁的介入，才使每個形聲字具有獨立的意義。就這一點來說，聲旁用以區別意義的作用是明顯的，但這種區別意義的作用還是以聲旁的表音功能來實現的。如從「木」之字在字義上與木有關，但「松」不同於「柏」，聲旁決定了二者在屬種上的差異；「松」「柯」不同，「松」是木名，「柯」是「斧柄」，屬於木器，二者由聲旁區別了義類。這都是通過語音形式的不同來起區別字義的作用的。〔註143〕

又說：

〔註141〕白兆麟說：「它雖然還沒有從根本上擺脫形體的束縛，但是，此說的倡導者不僅認識到聲符有義，而且進一步循此探明諧聲偏旁的『意義公約數』。應該承認，這不能不是訓詁學史上的一個飛躍。」見〈「右文說」是對早期聲訓的反動〉，頁20，《語言文字學》西元1988年十期。

〔註142〕見陳五云〈論形聲字的結構、功能及相關問題〉，頁144，《語言文字學》西元1992年七期。

〔註143〕見陳五云〈論形聲字的結構、功能及相關問題〉，頁144。

聲旁在漢字中同樣具有表意作用。聲旁之對於形旁，猶如指事字中指事符號之對於其所指的獨體象形字（如「夾（亦）」的二點之對於「大」，「末」的上一橫之對於「木」），都是用來區別字義的符號。〔註144〕

又說：

> 我們所持的觀點可簡稱爲「廣右文說」，它承認聲旁區別意義的作用，而不拘泥於「右文說」所標榜的聲旁義與形聲字字義相通的說法。「右文說」揭示了一部分漢字的同源現象，但無法解釋全部形聲字聲旁的作用；「廣右文說」則在共時的條件下解釋全部形聲字聲旁的作用，這是與舊學說的不同之處。〔註145〕

陳五云強調聲旁在字音字義上皆具有區別的作用，因此聲旁所表示的是具體而微的意思，爲此超越了「右文說」聲符表意的現象，這就是「廣右文說」的理論。〔註146〕

孔秀祥的說法基本上承襲前幾位先生的論點，認爲「右文說」既使有不足之處，卻能廓清語音、文字流變的脈絡，因此應該變通地接受：

> 至於「右文說」不能貫徹到全部形聲字，這是因爲「根詞不確定，加之詞在派生時多枝多蔓，悠久的歷史和紛雜的方言誘使詞音及字形變化多端。」（陸宗達《論字源學與同源字》）而「表類、表義」的形式卻是確確實實存在於漢字，而且在漢語中也存在著。〔註147〕

孔氏認爲由於形聲字聲符的意義與文字孳乳以前的義域相當，加上形符以分門別類，表述更爲精細，因此在新的語詞不斷產生下，仍然和原來的語詞有音義方面的聯繫，有如此的語言和文化背景交錯下，遂產生王聖美的「右文說」。

總結以上研究「右文說」的現代學者之說法，可歸納出以下結論：

〔註144〕見陳五云〈論形聲字的結構、功能及相關問題〉，頁144。

〔註145〕見陳五云〈論形聲字的結構、功能及相關問題〉，頁144。

〔註146〕鍾如雄認爲：「我們不能接受『右文說』、『無法解釋全部形聲字聲旁的作用』的提法。因爲『右文說』和『廣右文說』不存在本質的區別。」見鍾如雄《說文解字論綱》十五章「《說文解字》諧聲系統與『右文說』」，頁345。

〔註147〕見孔秀祥〈漢語與漢字的關係及「右文說」〉，頁53，《浙江師大學報》（社科版）西元1995年三期。

　　（一）眾多學者皆將「右文說」與「同源字」混爲一談，然「右文說」理論原本僅限於同聲符之字，研究範圍乃是在同聲符之形聲字進行分析；而「同源字」的研究則擴大成文字孳生分化、和本字同源關係的基礎上，故「右文說」是研究文字同源關係的一環，兩者並非等同概念。

　　（二）研究「右文說」時，必須掌握聲符表義的特性，因爲聲符與形符結合成新的形聲字時，原本聲符可能會隨之改變其字義，如從「農」之字，段注云：「凡農聲之字皆訓厚。」〔註148〕「農」字《說文》：「耕也。从晨囟聲。」，〔註149〕爲形聲字，當它以聲符的條件和其它形符組合形聲字時，以下即檢視是否符合段氏的說解（以下列舉之字例皆以段玉裁《說文解字注》出現者爲範圍）

　　膿，〔註150〕《說文》：「腫血也。从血農省聲。」（卷五，頁158。）

　　癑，《說文》：「痛也。从疒農聲。」（卷七，頁247。）

　　襛，《說文》：「衣厚皃。从衣農聲。」（卷八，頁272。）

　　獰，《說文》：「犬惡毛也。从犬農聲。」（卷十，頁392。）

　　濃，《說文》：「露多也。从水農聲。」（卷十一，頁372。）

　　醲，《說文》：「厚酒也。从酉農聲。」〔註151〕（卷十四，頁494。）

由以上六字可得出三組字義：

　　甲、訓有厚義：膿、襛、濃、醲四字

　　乙、訓有痛義：癑

　　丙、訓有長義：獰

　　從形聲系統來看，從農之形聲字字義就有三項，故掌握聲符表義的多樣性即可正確地探究問文字的字義。以下再看一組字例，從「曷」〔註152〕聲之字群：

　　喝，《說文》：「瀿也。从口曷聲。」（卷二，頁44。）

　　遏，《說文》：「微止也。从辵曷聲。」（卷二，頁54。）

〔註148〕見《說文解字注·衣部》篇八「襛」字，頁393。

〔註149〕見《說文解字·晨部》卷三「農」字，頁82。

〔註150〕「膿」爲俗字，「𦝠」爲本字。

〔註151〕見《說文解字·酉部》。

〔註152〕《說文》：「何也。从曰匃聲。」見《說文解字·曰部》卷五「曷」字，頁149。

謁，《說文》：「白也。从言曷聲。」（卷三，頁 69。）

羯，《說文》：「羊羖犗也。从羊曷聲。」（卷四，頁 115。）

鶡，《說文》：「似雉出上黨。从鳥曷聲。」（卷四，頁 120。）

餲，《說文》：「飯餲也。从食曷聲。」（卷五，頁 165。）

楬，《說文》：「楬桀也。从木曷聲。」（卷六，頁 194。）

稉，《說文》：「禾舉出苗也。从禾曷聲。」（卷七，頁 229。）

褐，《說文》：「編枲韈，一曰粗衣。从衣曷聲。」（卷八，頁 274。）

歇，《說文》：「息也，一曰气越泄。从欠曷聲。」（卷八，頁 286。）

齃（「額」之或體字），《說文》：「鼻莖也。或从鼻曷。」（卷九，頁 292。）

廅，《說文》：「屋迫也。从广曷聲。」段注：「廅之言遏也。」（卷九，頁
　　309。）

碣，《說文》：「特立之石。从石曷聲。」（卷九，頁 312。）

猲，《說文》：「短喙犬也。从犬曷聲。」（卷十，頁 329。）

竭，《說文》：「負舉也。从立曷聲。」（卷十，頁 348。）

愒，《說文》：「息也。从心曷聲。」（卷十，頁 353。）

渴，《說文》：「盡也。从水曷聲。」段注：「渴、竭古今字。」（卷十一「渴」
　　字，頁 372。）

揭，《說文》：「高舉也。从手曷聲。」（卷十二，頁 404。）

毼，《說文》：「不成遂急戾也。从弦省曷聲。」（卷十二，頁 428。）

蠍，《說文》：「蝤蠤也。从虫曷聲。」（卷十三，頁 442。）

堨，《說文》：「壁閒隙也。从土曷聲。」（卷十三，頁 453。）

　　由此組字例可看出聲符「曷」與不同形符構成的形聲字產生之字義多不相
同，若是按照批評「右文說」學者的說法即是：「右文說」誤將形聲系統與同源
系統相爲一，以爲「凡从某聲多有某義」，然在此組字例卻無法印證此結果，故
「右文說」的侷限性即在於此。這樣的說法的確中肯，然這種聲符只作爲注音
符號，和所屬形聲字卻沒有意義的關連亦是常見現象，這種情形不適用「右文
說」，而「右文說」本來也不是在此情形下使用的，筆者仍需強調：「右文說」
僅是說明諧聲系統下聲符表義的特質，它是研究同源系統的支脈，因此鎖定聲
符相同的範圍談論「右文說」，就不會認爲其說是一項「不科學」的理論。

（三）亦聲與右文說

前文已提，「亦聲」是「聲符兼義」理論的首次發現，〔註153〕「右文說」則是將「聲符兼義」理論歸納性的提出，因此可以說「亦聲」是「右文說」的濫觴，而「『右文說』是在『亦聲』基礎上的提高和發展」，〔註154〕二種性質相近的現象造就「聲符兼義」的存在，如：《説文》：

> 吏，治人者也。从一从史、史亦聲。〔註155〕

史字《説文》釋爲「記事者也。从又持中。」〔註156〕「吏」字反切「力置切」，〔註157〕古音屬來紐、之部；「史」字「踈士切」，〔註158〕古音屬疏紐、之部，二字同爲齒音，古韻同部，《禮記・玉藻》：

> 動則左史書之，言則右史書之。〔註159〕

「史」的詞義由專司記載君王言行的史官擴大爲管理百姓的官吏，故孳生新字「吏」，崔樞華說道：

> 「吏」與「史」、「事」、「治」、「理」等古聲紐同屬舌頭音，古韻同
> 在咍部，意義也都相通，彼此同源。〔註160〕

〔註153〕王英明認爲「亦聲」與「聲符兼義」的關係爲：「『亦聲』是我們迄今爲止，在書面材料上所見到的最早的對漢字的聲符兼表意義現象的總結。」見〈對「聲符兼義」問題的再認識〉，《語言文字學》，頁28，西元1990年三期。

〔註154〕援引王英明〈對「聲符兼義」問題的再認識〉，頁29。

〔註155〕見《説文解字・一部》卷一「吏」字，頁1。

〔註156〕見《説文解字・史部》卷三「史」字，頁90。段注云：不云記言者，以記事包之也。見《説文解字注・史部》篇三「史」字，頁116。

〔註157〕見陳彭年等重修《廣韻・志韻》卷四，頁357，台北：黎明文化。民國87年8月初版十六刷。

〔註158〕見《廣韻・止韻》卷三，頁252。

〔註159〕見《禮記注疏》卷二九，頁545，重刊宋本《十三經注疏校勘記》。

〔註160〕見崔樞華《説文解字聲訓研究》二章「《説文》聲訓的基本情況」，頁46，北京：北京師範大學。西元2000年9月一版一刷。筆者按：事，側吏切，古音屬莊紐，古韻爲段氏〈古十七部諧聲表〉中第一部。治，直吏切，古音屬澄紐，古韻屬第一部。理，良士切，古音屬來紐，古韻屬第一部。崔氏認爲以上四字皆屬舌頭音乃根據錢大昕「古無舌上音知、澈、澄」三組及章太炎「古無娘、日」二組，故「事」及「治」字的聲紐爲變聲，按照發音部位新稱則皆是「舌音」（參照林尹《中

故以「史」釋「吏」，充分顯示「史」字既表音又顯義的功能。因此崔樞華認爲：

> 形聲字聲符兼義是漢字體系中所固有的一種相當普遍的現象，它反映了新詞派生和新字孳乳的歷史積淀。許慎創立「亦聲」這一條例，是對新詞派生的新字孳乳規律的揭示。〔註161〕

這種透過派生和孳乳以傳遞訊息的構詞理據，李國英說道：

> 詞的派生往往會推動字的孳乳，即從書寫形式上把源詞與派生詞區別開來。漢字孳乳的重要方式之一就是在記錄源詞的源字的基礎上增加義符造出分化字來記錄派生詞，這是早期形聲字的主要來源。〔註162〕

所謂「源字」據李國英的說法即是在添加構件前可獨立運用的漢字，也就是形聲字的聲符；「派生詞」「是詞分化的結果，是由舊詞產生的新詞。」〔註163〕因此某些聲符對形聲字有意義上的功能，在「亦聲」與「右文說」皆可顯現此特點，學者們亦針對這兩種現象進行不同的解釋，〔註164〕例如王英明主張兩者之間存在相同的意涵。他說：

> 用「右文說」理論及所舉的例子與「亦聲」字相對照，就會發現亦聲和右文的性質其實是相同的。如：
>
> 右文：「淺，小水。」左邊意符表示該字義屬於「水」的範疇。右邊聲符則具體表「少」。
>
> 亦聲：「坪，地平也。」左邊意符表該字義屬於「土地」的範疇。右邊聲符則具體表「平」。

國文字學通論》二章「聲」，頁101，民國85年9月改版）

〔註161〕見崔樞華《說文解字聲訓研究》二章「《說文》聲訓的基本情況」，頁47。

〔註162〕見李國英《小篆形聲字研究》三章「小篆形聲字的構件功能」，頁31，北京：北京師範大學出版社。西元1996年6月一版一刷。

〔註163〕見李國英《小篆形聲字研究》三章「小篆形聲字的構件功能」，頁31。

〔註164〕如龍宇純認爲：「轉注字中因語言孳生形成的專字，實際便是亦聲字。」見《中國文字學》（定本）三章「中國文字的一般認識與研究方法」，頁311。弓英德認爲亦聲的存在「實不足爲法」，其所持理由：「有聲符、意符相配成之文字，爲形聲字。換言之，形聲字之構成，爲一半主義，一半主聲，原以聲意兼備，尤不必畫蛇添足，另立聲兼意，意兼聲之『兼生』說。」見《六書辨正》附錄「段注《說文》亦聲字探究」，頁205，台北：臺灣商務印書館。西元1995年6月二版一刷。

可見，「右文」現象和「亦聲」現象是不同歷史時期對同一語言現象
的歸納和整理。〔註165〕

若說「亦聲」與「右文說」是同一性質的話，筆者先前所舉從「農」聲之字例仍
有和「農」義無關者，且許慎對淺、殘及賤字並沒有用「亦聲」的術語，〔註166〕
因此既使從「戔」得聲之字例具有「少」義，僅是強調同一聲符具有某種可以貫
串這謝字例的意義，故「亦聲」與「右文說」僅能說在「聲符表義」上具有共同
的性質，體例上仍是不同的。

許慎明示《說文》的體例是「據形系聯，引而申之。」〔註167〕也就是透過
字形的結構分析來認識文字，金鐘讚說道：

許慎解字是根據字的結構以尋求其意義和字音，是適應其撰寫動機
的結果。而且，字形分析的方法經週秦的萌芽，兩漢的發展，到許
慎已有了頗為成熟的結果。許慎的功績，根據六書的原理以分析文
字的結構，並且以這種方法統貫《說文》的全部內容。〔註168〕

這種「分別部居，不相襍廁」的編排次第即是許慎「據形系聯」的主旨，故依
此論點來探究亦聲字之歸屬：

石，《說文》：「山石也，在厂之下。□，象形。」（卷九，頁311。）

祏，《說文》：「宗廟主也，《周禮》有郊宗石室，一曰大夫以石為主。從示
從石、石亦聲。」（卷一，頁3。）

跖，《說文》：「足下也。從足石聲。」（卷二，頁60。）

柘，《說文》：「桑也。從木石聲。」（卷六，頁183。）

䄷，《說文》：「百二十斤也。從禾石聲。」（卷七，頁231。）

袥，《說文》：「衣衸。從衣石聲。」（卷八，頁272。）

碩，《說文》：「頭大也。從頁石聲。」（卷九，頁292。）

〔註165〕見王英明〈對「聲符兼義」問題的再認識〉，頁28。

〔註166〕《說文解字·歺部》：「殘，賊也。從歺戔聲。」（卷四，頁127。），《說文·貝部》：
「賤，賈少也。從貝戔聲。」（卷六，頁205。），《說文·水部》：「淺，不深也。
從水戔聲。」（卷十一，頁368。）

〔註167〕見《說文解字·敘》卷十五，頁519。

〔註168〕見金鐘讚《許慎說文會意字與形聲字歸類之原則研究》五章「說文亦聲字總論」，
頁189，國立臺灣師範大學國文所博士論文。民國81年5月。

鼫，《說文》：「五技鼠也。从鼠石聲。」（卷十，頁 332。）

拓，《說文》：「拾也。从手石聲。」（卷十二，頁 405。）

妬，《說文・注》：「婦妬夫也。从女石聲。」〔註169〕

斫，《說文》：「擊也。从斤石聲。」（卷十四，頁 472。）

從此組字例得知亦聲字「祏」的聲符「石」其形體與字義都和本字「石」有關連，也就是由本字增加意符爲區別作用者（即王筠所謂「分別文」），其餘形聲字例僅取「石」音，並無字義上的關連，故亦聲字「基本上是以本形之義爲主的歸類結果。」〔註170〕

至於在「右文說」中的從「戔」得聲之字，許愼並沒有把這些字群說解爲「○亦聲」的原因，金鐘讚提供中肯的見解：

> 那是因爲許愼雖然知道「賤、淺」等字中含有「少」之義，但其聲
> 符「戔」字之形體本身並無「少」之意思。〔註171〕

因此兩者的差異在於「右文說之義是訓詁學上之意義而《說文》亦聲字之意義則是文字學上之意義」，〔註172〕其共同性質表現在「聲符兼義」的作用上。

三、音近義通〔註173〕

隨著社會的發展和人們使用語言的豐富，詞彙的需求增多，對語言而言，「字形」僅是外在的書寫形式，「聲音」才是繫聯語言中的詞彙重要依據，因爲時有古今，地有南北，文字可能產生叚借、字形分化或方言異讀等現象，這些現象在字形上可能不盡相同，然透過聲音的探求即可發現彼此具有同源關係。〔註174〕

〔註169〕見《說文解字注・女部》段注云：「各本作户聲，篆亦作妒，今正。」

〔註170〕援引金鐘讚《許愼說文會意字與形聲字歸類之原則研究》五章「說文亦聲字總論」，頁 191。

〔註171〕見金鐘讚《許愼說文會意字與形聲字歸類之原則研究》五章「說文亦聲字總論」，頁 192。

〔註172〕援引金鐘讚《許愼說文會意字與形聲字歸類之原則研究》五章「說文亦聲字總論」，頁 193。

〔註173〕洪誠說道：「聲近義通，實際是由於義近故聲近。義近聲近起因於聲音與聲音、事物與事物各有其聯繫性。」見《洪誠文集・訓詁學》三章「閱讀必須掌握的基本規律」，頁 68，江蘇：江蘇古籍出版社。西元 2000 年 9 月一版一刷。

〔註174〕如《說文解字・水部》卷十一：「洪，洚水也。」，頁 365。《說文解字・鳥部》卷四：

那麼，音與義的關係究竟可以在語言中呈現出怎樣的情形呢？陸宗達說道：

> 一種情況，在語言發生的起點，音與義的繫聯完全是偶然的……同一個聲音可以表達多種完全無關的意義，語言中因此產生大量的同音詞；而相同或相近的意義又完全可以用不同的聲音來表達，語言中因此又產生大量的同義詞。這都說明音義聯繫的偶然性。
>
> 另一種情況，隨著社會的發展和人類認識的發展，詞彙要不斷豐富。在原有語詞的基礎上要產生新詞。新詞產生的一條重要的途徑，就是在舊詞引申到距離本義較遠之後，在一定條件下脫離原詞而獨立。有的音雖無變，已成他詞，也有的音有稍變，更為異語。這就是語詞的分化，也就是派生詞。同一語根的派生詞——即同根詞——往往音相近，義相通。在同一詞族中，派生詞的音和義是從其語根的早已經約定俗成而結合在一起的音和義發展而來的。因此帶有了歷史的可以追索的必然性。這就是所謂的「音近義通」現象。〔註175〕

「音近義通」的理論乃是從清代文字學家對於音與義關係所衍生的課題，此課題本屬於「語源學」範疇，然而文字的歷時性變化又受到語言的影響，若是文字的發展與語言不同步調，就會產生字與詞的差異，縱使以形索義不失為探究文字本義的好方法，然而「望文生義」而穿鑿附會曲解文獻的原意亦是可能發生的情形，陸宗達說道：

> 宋代是訓詁創新時期，宋人往往能突破前人的傳統之說而闡發新義。但是，宋人又常脫離訓詁的法則，違反詞義的社會約定性來釋詞，望形生訓之說很不少。例如，《楚辭・涉江》：「乘舲船余上沅兮，齊吳榜以擊汰。」朱熹《楚辭集註》：「吳，謂吳國也。榜，櫂也。蓋效吳人所為之櫂，如云『越舲』『蜀艇』也。」案宋人張載曾云『吳榜越船不能無水而浮。』此朱熹所本。其實張、朱以吳為國名，正是『望形生訓』。首先，「榜」訓「櫂」未妥。唐代李舟《切韻》榜讀「北孟切」，訓「進船也」。《廣韻》也音「北孟切」，並說「榜人，船人也」。

「鴻，鵠也。」，頁118。二字乍看形異音同義異，然二字的引申義皆有「大」義。

〔註175〕見陸宗達〈因聲求義論〉，頁69，《中國語文研究》七期，香港：香港中文大學。西元1985年3月一版一刷。

可見「榜」是進船的動作，是動詞。而「櫂」是「船槳」（見《説文》
木部新附字，訓「所以進船也」），是進船的工具，是名詞。「榜」與
「櫂」詞性不同，以吳人所爲之「櫂」解釋「吳榜」，顯然是不通……
《楚辭》「齊吳榜以擊汰」的「吳」字，「吳」就是「鋘」，也就是「茶」，
即划船的工具，相當於今天的船槳。「吳榜」就是「以槳進船」。可見
拘於字形，則義未能盡通，還要靠聲音來貫徹語義。〔註176〕

因此爲消弭形義之間的矛盾，透過聲音以求文字本義就成爲一重要途徑，故陸
氏又說：

從漢代起，文字學家和注釋家就關心到聲音這個重要因素。《説文解
字》中保留了大量的語音材料，《釋名》、《方言》等書大量運用聲訓，
注疏中以音別義的條例隨處可見。然而直到清代，「因聲求義」作爲
訓詁的一個重要方法，才臻於系統化、理論化。〔註177〕

清代乾嘉時期的學者皆非常重視聲音的問題，如戴震言「訓詁音聲，相爲表裏。」
〔註178〕又言「疑於義者以聲求之，疑於聲者以義正之。」，〔註179〕邵晉涵說：

聲音遞轉，文字日擘，聲近之字，義存乎聲。〔註180〕

阮元曰：

義從音生也，字從音義造也。〔註181〕

王念孫曰：

詁訓之旨，本於聲音，故有聲同字異、聲近義同；雖或類聚群分，實
亦同條其貫……今則就古音以求古義，引申觸類，不限形體。〔註182〕

其子王引之亦有相關論述：

〔註176〕見陸宗達〈因聲求義論〉，頁68，《中國語文研究》七期。

〔註177〕見陸宗達〈因聲求義論〉，頁68，《中國語文研究》七期。

〔註178〕見戴震《六書音韻表・序》，頁801，收錄段玉裁《説文解字注》，台北：天工書局。

〔註179〕見戴震《轉語二十章・序》，頁305，收錄《戴震全書・東原文集》卷四，安徽：
黃山書社。西元1995年10月一版一刷。

〔註180〕見邵晉涵《爾雅正義・序》，頁35，收錄《續修四庫全書》經部一八七部。

〔註181〕見阮元《揅經室集》卷一〈釋矢〉，頁18。

〔註182〕見王念孫《廣雅疏證・序》，頁2。

夫訓詁之要，在聲音、不在文字，聲之相同相近者，義每不甚相遠。

〔註183〕

郝懿行云：

疊韻之字，其義即存乎聲也。〔註184〕

段玉裁云：

小學有形、有音、有義，三者互相求，舉一可得其二。有古形、有今形，有古音、有今音、有古義、有今義，六者互相求，舉一可得其五……學者之考字，因形以得其音，因音以得其義。治經莫重於得義，得義莫切於得音。〔註185〕

可見在清代的學者已經發現「義存乎聲」的現象。晚清王國維說道：

凡雅俗古今之名，同類之異名與夫異類之同名，其音與義恆相關。

〔註186〕

民初時期，章太炎及黃侃的說法則將音與義的關係「提高到『語言學』的理論」。〔註187〕章氏曰：

欲治小學，不可不知聲音通轉之理。段注《說文》，每字下有古音在第幾部字樣，此即示人以古今音讀之不同。音理通，而義之轉變乃明。〔註188〕

章氏以「聲音相轉」之理著《文始》一書，確定孳乳及變易的條例，〔註189〕

〔註183〕見王引之《經義述聞》，卷二十三〈春秋名字解詁〉下「王肅家語所列名字，亦於他書者，皆不可信」條，頁944，台北：臺灣商務印書館。民國68年1月臺一版。

〔註184〕見郝懿行《爾雅義疏·釋言》上之二「賑，富也」條，頁29。

〔註185〕見段玉裁《廣雅疏證·序》，頁2，收錄王念孫《廣雅疏證》。

〔註186〕見王國維《觀堂集林·藝林》卷五「爾雅草木蟲魚鳥獸名釋例」下，頁221，北京：中華書局，西元1999年6月一版七刷。

〔註187〕援引陸宗達「訓詁簡論」「訓詁的方法」，頁106，北京：北京出版社。西元1983年11月一版二刷。

〔註188〕見章太炎《國學略說·小學略說》，頁6，台北：河洛出版社。民國63年10月臺景印出版。

〔註189〕章氏言：「音義相讎，謂之變易；義自音衍，謂之孳乳。」見《國故論橫·小學略說》。陸宗達認為所謂「變易」即是「異體字」，「孳乳」即是「派生字」。見《訓

其「成均圖」更是將音韻學的成果運用到字源的研究當中，〔註190〕以「旁轉」、「對轉」等術語描繪同源字之間的語音變化，是闡述語源、歸納同源字的專著；〔註191〕其後黃侃說道：

> 聲義同條之理，清儒多能明之，而未有應用以完全解說造字之理者。侃以愚陋，蓋嘗陳說於我本師，本師采焉，以造《文始》。於是「轉注」「假借」之義大明。今諸夏之文，少則九千，多或數萬，皆可繩穿條貫，得其統紀。此音學之進步也。〔註192〕

因此在語言不斷增多的情形下，勢必產生「一詞多義」及「一義多詞」的現象，〔註193〕這種因引申的作用使詞義之間都有聯繫，語音上必然是有相關的，〔註194〕因此陸宗達說：

> 聲音近似而意義相關的詞，往往是同源詞。〔註195〕

話簡論》「訓詁的方法」，頁 114。

〔註190〕或言章氏「成均圖」無所不轉，有取巧之嫌。爲此王力解釋：「章氏只根據通轉說以談文字之轉注假借及孳乳之理，並未因此而完全泯滅古韻二十三部的疆界。所以我們可以說『成均圖』與他的古韻分部的理論沒有很大的關係，只表示某韻與某韻相近或相對而已。」見《漢語音韻學》本論中五章「古音」，頁 399，台北：藍燈文化事業。民國 80 年 6 月初版。

〔註191〕陸宗達、王寧譽爲「以初文、准初文爲起點來歸納《說文解字》的字族。」見《訓詁與訓詁學》丙編「訓詁學的理論與應用」，頁 405，山西：山西教育出版。西元 1996 年 7 月一版二刷。

〔註192〕見黃侃《黃侃論學雜著・聲韻略說》，頁 94，台北：臺灣中華書局。民國 59 年 10 月臺二版。

〔註193〕「一詞多義」如：「亞」字，至少有三種意義：（1）居喪之屋室（「堊」字初文）（2）醜（3）次第；「一義多詞」，如《爾雅・釋詁》：「初、哉、首、基、肇、祖、元、胎、俶、落、權輿，始也。」（見郭璞注《爾雅》卷上，頁 1，台北：故宮博物院。民國 60 初版）即是。此外，胡楚生認爲「避諱」亦是造成「一義多詞」的現象，如漢明帝姓莊，故東漢改「莊光」爲「嚴光」；唐高祖名淵，故唐代改「龍淵」爲「龍泉」等。見《訓詁學大綱》二章「詞義的變遷」，頁 34，台北：華正書局。民國 86 年 9 月七版。

〔註194〕事實上「假借」和聲音有密切關連的，不過借字和本字之間在字義上並沒有關連，既使造成「一詞多義」的現象，卻不能視爲具同源關係。

〔註195〕見陸宗達《訓詁簡論》「訓詁的方法」，頁 116。「同源字」與「同源詞」王力視爲等

明乎此，可知「聲近義通」的理論需建立在文字的同源關係上，例如益與盈字，《說文》：「益，饒也。从水皿。」，[註196] 伊昔切，古音屬「影」紐，韻屬「鐸」部；《說文》：「盈，滿器也。从皿夃。」，[註197] 以成切，古音屬「喻」紐，韻屬「耕」部。「益」字甲文寫作 （《鐵 223.4》），象皿中水滿外溢形（爲「溢」字初文），益與盈二字爲同源關係，因此「音近義通」反映了原詞和所孳生新詞之間的音義關係，卻不適用雖源出同一語根然意義毫無關連之詞，故陸宗達與王寧說：

> 約定俗成是音義關係的總規律，音近義通則是詞匯發展某一種方式所造成的局部規律，二者在理論上是不能列入同一層次看待的。[註198]

也就是說在同源關係的前提下，由原字孳乳的新字記錄的是具有音近義通的語言，故「同源字之間的本質是聯繫是音近義通，與字的形體本來沒有什麼關係。」[註199]

第二節　形聲字「聲符兼義」產生原因

筆者需澄清的是「同源字」的出現亦是產生「聲符兼義」的現象，然「同

同概念（見《同源字典》，頁 5），然現今學者皆認爲二者異殊，如陸宗達與王寧認爲「同源字是同源詞的表現形式」（見〈淺論傳統字源學〉，頁 370，《中國語文》西元 1984 年五期），邵文利認爲「同源詞一經書寫，就需要一定的書寫形式來記錄它，從而引起了資的孳乳繁衍，產生了同源字。」因此「同源字是同源詞的載體。」（見〈試論同源字〉，頁 138，《語言文字學》西元 1989 年九期）張興業認爲「同源詞就是含有同一語源或語根的詞。」是音義結合有同一來源的詞，而「從同一字根孳乳出來的字是含有同一來源的字，就是有字形結構上的淵源關係的字，就是同源字，而不管它表示的詞是不是同源詞。詞的同源關係不是確定同源字的基本依據。只有字形結構上的淵源關係才是漢字同源關係的根據。」（見〈簡論同源詞和同源字〉，頁 88，《殷都學刊》，西元 1996 年三期）筆者認爲二者分殊應是恰當說法，因爲文字記錄詞彙，是語言的書寫形式，故同源字反映詞彙孳乳的現象。

〔註196〕見《說文解字·皿部》卷「益」字，頁 157。
〔註197〕見《說文解字·皿部》卷「盈」字，頁 157。
〔註198〕見陸宗達、王寧《訓詁與訓詁學》丙編「訓詁學的理論與應用」，頁 369。
〔註199〕援引陸宗達、王寧〈淺論傳統字源學〉，頁 370。

源字」之間強調的是音義關係，沒有形體的要求，故「麗、離」同源（皆有「耦」義）、「佐、贊」同源（皆有「助」義），字形結構可以是象形、指事、會意及形聲；「聲符兼義」字除初文外，其孳乳分化的字都是形聲字，因此只能說「同源字」反映「聲符兼義」的其中現象。前文已談論形聲字形成的原因，以下主要是談論聲符兼義產生之原因：

一、社會文化面

人們不斷認識客觀事物，而新的認知必須由新的文字來表達。文字是詞彙的基礎，詞彙是語言的表徵，語言既是社會溝通的工具，因此會隨著社會變遷紀錄許多新興的概念；況且許多「異名同實」的概念亦造就許多形聲字，茲舉詞義相近者爲例：

1、訓「山岸」義者

《說文》:「巖，岸也。从山嚴聲。」（卷九，頁 306）

《說文》:「嵒，山巖也。从山品。」（卷九，頁 306。）

《說文》:「嵒，岸高也。从山厂、厂亦聲。」（卷九，頁 307）。

由此組字例發現「巖」訓「厓」（岸），「嵒」訓「山巖」，故「山巖」即是「山岸」。

2、訓「山邊」者

《說文》:「岸，水厓而高者。从屵干聲。」（卷九，頁 308。）

《說文》:「崖，高邊也。从屵圭聲。」（卷九，頁 308。）

《說文》:「厓，山邊也。从厂圭聲。」（卷九，頁 310。）

王筠《說文釋例》解釋：

> 然厓下云「山邊也」、崖下云「高邊也。」蓋即一字。〔註 200〕

《說文》:「⿺辶咭，行垂崖也。从辵咭聲。」（卷二，頁 55。）

〔註 200〕見王筠《說文釋例・存疑》卷二〇，頁 493，北京：中華書局。西元 1998 年 11 月一版二刷。

《説文》：「坔，遠邊也。从土巫聲。」（卷十三，頁 456。）

可見「山邊」義同於「山岸」。

3、訓「水厓」者

《説文》：「泘，水厓也。从水午聲。」（卷十一，頁 369。）

《説文》：「潚，水厓也。从水脣聲。」（卷十一「漘」字，頁 369）

《説文》：「隒，崖也。从𨸏兼聲。」（卷十四，頁 480）

透過以上三個組詞例可以發現其意義是相通的，因此宋永培説道：

> 「山岸、山邊、山厓」異名而同實。三者各有其特點：山岸是就其
> 主體而言，山邊是就其四周邊緣而言，水厓是就其與水相接、被水
> 圍繞而言。〔註201〕

爲何會產生不同的字例，可能是由於居住環境不同所致，先民或居山側（如「巖」、「崖」），或居山與水交會處（如「岸」），且文字非一人一時一地而造，故按照當初最先接觸的概念而造字是可以理解的。〔註202〕

二、文字歷程方面

文字最大的特徵即是帶有表意功能，這從文字發生初期的象形及指事字可看出端倪，象形者如木、水、山及火，指事者如小、ㄐ及冂等，這些「文字」〔註203〕前者可以直接描繪其形象，後者則透過圖形加些點畫使其形象完整，因此在初期這些具有某種意義的文字擔負者溝通的橋樑。形聲字又是取材這些這些具有表意性的文字作爲該字的屬性，因此作爲形符者具有表類屬

〔註201〕見宋永培《〈説文〉漢字體系與中國上古史》三章「堯時洪水懷山襄陵——中國歷史的起點」，頁 37，廣西：廣西教育出版。西元 1996 年 10 月一版一刷。

〔註202〕宋永培另舉一組字例爲例——陀、地、阤。並云：「陀、地、阤，這三個字的組合方式及其形體構件都是相通的。其左邊的偏旁『阝』是阜，阜與土同義，指高山大陵頂上之土。其右道的『它』即是『也』。二者在字形上可以互換……『它』的意義特點是『長』，而『也』的意義特點是『在下』、『向下』，因而石與阜在高岸上寫作『陀』，向下崩隕寫作『阤』，石與阜墜落至山底寫作『地』。」見《〈説文〉漢字體系與中國上古史》三章「堯時洪水懷山襄陵——中國歷史的起點」，頁 46。

〔註203〕此處「文字」指稱的是一種依照事物形體的方式所構造出的「字」。

的功能；作為聲符者除了沿用該字的聲音外，實也包含該字的意義。本項可再細分兩點：

（一）文字也可以在原有的詞義上不斷擴大，其中一項就是在原有的本字孳生許多有音義關連的形聲字，如：「翟」的本義是山雉，山雉羽毛光彩，引申有「光明美好」；[註204] 從翟得聲之字如濯、曜及燿等形聲字皆有「光明美好」義；「光明美好」義又再引申出有「上引」義的躍、擢及趯等字；「上引」義再引申出有「出」義的糴、糶等字，以圖示之：

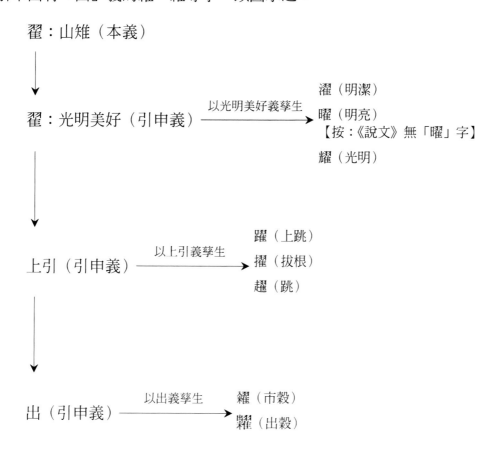

翟：山雉（本義）

翟：光明美好（引申義） ——以光明美好義孳生→ 濯（明潔）
曜（明亮）
【按：《說文》無「曜」字】
燿（光明）

上引（引申義） ——以上引義孳生→ 躍（上跳）
擢（拔根）
趯（跳）

出（引申義） ——以出義孳生→ 糴（市穀）
糶（出穀）

透過圖示表明「翟」字字義不斷引申，新字亦隨之出現，溯其源流皆從「翟」義出發，因此聲符不但示義，甚至可以作為同源詞的語根。

（二）文字的「形聲化」使原本表意的部件因增加形符產生區別意義的形

〔註204〕桂馥云：「胡渭曰：《師曠禽經》『五采備曰翬，亦曰夏翟。』注云：『雉尾至夏則光鮮也。』」又云：「《博物志》『鸐雉尾長，雨雪，惜其尾，栖高樹杪，不敢下食，往往餓餐。』」，見《說文解字義證·羽部》「翟」字，頁285，山東：齊魯書社。西元1994年3月一版二刷。

聲字，因此在「以事爲名」的前提下，在「取譬」時盡可能融合形符與聲符的特點而「相成」，如「帚」字，甲文寫作 ⚏（《甲 668》），金文作 ⚏（《女歸卣》）、⚏（《女歸卣》），均象掃帚形，爲獨體象形字，〔註205〕後增形符「女」成「婦」字，以示女子勞作所用之工具，〔註206〕卜辭常以「帚」代「婦」，故「帚」爲「婦」之初文；此外，某些文字兼含二種（或以上）詞性，後來的詞性就由新字承擔，如「臭」字：

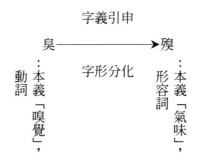

因「臭」之引申義使詞性改變，故另造新字「嗅」以保存「臭」本義，故「臭」爲「嗅」字初文。

由此可知「聲符兼義」是一種表意字到形聲字的「過渡體」，所謂「過渡體」即是早期形聲字多是由形意字加上偏旁而成，形成既有會意字的性質，又有形聲字的特點，這種具有承先啓後的構字形式，王英明認爲至少歷經三種過程：〔註207〕

> 初期：以聲符爲本選擇意符，組成新字。
>
> 中期：意符和聲符都具備表意功能，字的內部長期保持著不均衡的
>
> 態勢。
>
> 後期：聲符的表意作用逐漸退化。

因此不論是分別文、累增字或是孳乳字、分化字，其實都是聲符兼義字，而且

〔註205〕《說文解字・巾部》卷七「帚」字：「糞也。从又持巾冂內。」，頁 253。許慎誤象形爲會意。

〔註206〕《說文解字・女部》卷十二「婦」字：「服也。从女持帚灑掃也。」，頁 412。

〔註207〕見王英明〈對「聲符兼義」問題的再認識〉，頁 32，《語言文字學》西元 1990 年三期。

這些字不斷產生正是詞義不斷孳乳分化所致。〔註208〕

第三節　「會意兼聲」是否存在

前章已談及「會意」的相關論題，這裡主要在探討「會意兼聲」的問題。贊成此說者認為既然形聲字聲符可兼義，會意字的形符（或意符）亦可兼聲，反對此說認為會意既然是由二個形符（意符）組成，和聲音無關連，自然沒有「會意兼聲」的類別。

一、「會意兼聲」的探究

大、小徐本對於形聲、會意字例的釋形有許多出入，小徐本作「从某某聲」者，大徐往往釋為「从某某」、「从某从某」及「某亦聲」等，這說明二人在文字判準上因認知不同而造成標準不一，清嚴可均指出：

> 《說文》聲兼意者過半，大徐不知聲皆亦聲，擅刪聲字二百五十五。
>
> 〔註209〕

文字既是語言的書寫方式，隨著語言發展，使用的詞彙日益增多，於是透過「聲音」以記錄新詞，然而必須有節制的使用，否則無節制地不斷新造文字，反而造成使用者的困擾，因此以原有文字的讀音為基礎，孳乳或分化產生新字，使新字既可表示新的意涵又和原字有音義關係，「這就是語言經濟原則的體現。」

〔註208〕曾世竹認為聲符兼義途殊義異，並分析有六途經：「一、同聲符的一組形聲字直接受義於該聲符字，如以『此』為聲符的字，多含有『小』的意思；二、同一聲符自可以有幾個不相關聯的語源義，如从票聲的字，能表發白色，又表末義；三、同一聲符字可以有關聯的幾個義，如兼義聲符『皮』有加被、分析、傾科三義，皆與聲符『皮』的本義有源流關係；四、聲符字有假借義，如濃、釀、膿、襛、醲等字都有厚義，然聲符『農』為耕義，無濃厚義；五、同一聲符字有反訓成義者，如以『冘』為聲符的形聲字有兩組，一組有高上義，另一組有淫下義；六、聲音相近的兩個聲符字，聲符的語源義乭能相通，如分、貧古音同，同為幫母文韻，以分、貧為聲符的形聲字，均有大義。」（以上所舉字例援引自作者）見〈形聲字聲符兼義規律之探微〉，頁43，《遼寧師範大學學報》（社科版）西元1995年六期。

〔註209〕見嚴可均《說文校議・示部》「裕」字，頁13，台北：廣文書局。民國61年11月初版。

〔註210〕

　　會意字的組成部件若以公式表示即是 A＋B→C，〔註211〕A、B 表組成部件，C 表生成的新字，抽離其中的部件即無法表達完整的概念，〔註212〕故每個組成的部件等同重要，沒有主從之分，〔註213〕因此會意字的意符具備參與整合新字義的功用，之所以有「兼聲」乃因意符兼表讀音，〔註214〕然會意與形聲最大差別即在於聲符與否，當某字之字形說解出現「某聲」或「某亦聲」時，歸屬於形聲範圍較爲妥善。

　　許愼將拘、笱及鉤歸入「句」部即是發現此三字之意義重點在「句」，〔註215〕另外的部件只是形容該字的特點罷了，當然許愼在歸部時也會有矛

〔註210〕援引石定果《〈說文〉會意字研究》，頁 27，北京：北京語言學院出版。西元 1995 年 5 月一版一刷。

〔註211〕會意字的組合情形不只單純兩個部件結合成新字，列舉此公式乃是組成會意字基本的組合方式。

〔註212〕筆者意謂「會意字」必須先有文或字的組成一新字，而後此新字可能因時空變遷及文字演進歷程等因素造成筆畫減省的現象，因此最初的形成會意字仍屬於「合體字」。

〔註213〕王立軍亦言：「所有參構部件（此指直接部件）在會意字中的地位是平等的，沒有輕重之分。所謂『主意符』——說只在分析會意字的意義類別時起作用，並不是說該意符的表意作用比其它意符更重要。」見〈談王筠「會意字」分類問題〉，頁 25。

〔註214〕詹鄞鑫指出「會意兼聲字」有三種情形：「一是意符同源兼聲，如右、左等字；二是意符異源兼聲，如受、奉等字；三是意符聲化兼聲，如孕、隻等字。」（見《漢字說略》三章「漢字的結構」，頁 183。）江舉謙分爲：「一『聲在意外』，說解有『從某某，某聲』（如碧字）、『从某从某，某聲』（如梁字）及『从某从某从某，某聲』（如寶字），二是『聲在意中』，說解有『从某某，某亦聲』（如瑁字）、『从某从某，某亦聲』（如祐字）及『从某从某从某，某亦聲』（整字）。」（見《說文解字綜合研究》四篇「說文解字分論」，頁 403，台中：東海大學，民國 59 年 1 月初版）。從詹氏及江氏的分類與所舉字例來看，其實都屬於「形聲」系統（江氏第一類應可納入形聲分類中「多形一聲」類），因爲這些字例的組成部件和新字皆有音義關係，甚至彼此之間有「孳乳」關係（如奉→捧、隻→獲），故應將此說列入形聲範圍。

〔註215〕《說文》：「句，曲也。从口丩聲。」見《說文解字‧句部》卷三「句」字，頁 67。此外，段玉裁在「鉤」字注：「按句之屬三字皆會意兼形聲，不入手、竹、金部者，會意：合二字爲一字必以所重爲主，三字皆重句，故入句部。」見《說文解字注‧

盾的現象，〔註216〕故薛克謬說：

> 合體會意字本身形體複雜，歸部時要考慮字形、字義，還要考慮字
> 與字的關係、歸部的標準、前後的一致等等。但這些是很難同時作
> 到的，稍有不慎，就會出錯。重出字就是許書的一大明顯錯誤。重
> 出字即一個字兩次出現，一般是分歸兩部，兩部的訓釋大略相同，
> 但也有不大一致的。〔註217〕

既然以義所重爲主體的會意字都有歸部的困擾，對於「兼聲」更是讓後代學者
有莫衷一是的看法，石定果說：

> 從字源上看，所謂「兼聲」字因其聲符而成；從結構上看，所謂「兼
> 聲」字是形聲字，而不是會意字。〔註218〕

石氏的說法闡明了會意兼聲的要點，沈邱雄亦言：

> 至其「會意包形聲」之例，則因《說文》一書多有本爲形聲字而不
> 言聲者（如茁、蔭、睡、瞑、耕、笙、華、明……），而爲之曲說。
> 實則此類字皆本作从某、某聲，由後人竄改聲字，或傳寫奪譌，段
> 氏未能諟正，而反謂會意可包形聲，誤矣。〔註219〕

黃永武則言：

> 凡形聲字多先有聲符，形符爲後加。段注於茁字、蔭字、睡字、瞑
> 字、耕字、笙字、華字、明字、跱字、偫字、仰字、俔字……皆曰
> 會意兼形聲，字既有聲，此聲符必先字而有（如南北語有殊後加音
> 符以注別之字則例外），始與語先於文，文先乎字之進程相合。故如
> 此類字多爲形聲字，以後人竄改聲字，致使六書譌亂，段氏未加諟

句部》篇三「鈞」字，頁88。

〔註216〕如「吹」字，許慎已歸入「口」部，又重複出現在「欠」部；「敖」字許慎已歸入
「放」部，又重出「出」部。

〔註217〕見薛克謬〈論非形聲字的歸部及《說文解字》部首的形成〉，頁 144，《語言文字
學》西元 1988 年二期。

〔註218〕見石定果《說文會意字研究》──「概說」，頁 29。

〔註219〕見沈秋雄《《說文解字》段注質疑》一章「段說六書質疑」，頁41，國立臺灣師大
國文所碩士論文。民國 62 年 6 月。

正，而反謂會意可兼形聲，如盛从皿成聲下段注曰「形聲包會意，
小徐無聲字，會意兼形聲也。」形聲會意之分限有任意混淆若是者，
段氏以許慎有會意亦聲之例，故以爲會意可包形聲，今者文字演進
之序大明，本與形聲字無異也。〔註220〕

王立軍亦言：

至於「會意兼形聲」一類，除了廣義分形字，而廣義分形字都是以
歷時遞加的方式產生的。原意一經添加意符，便自動轉化爲示音符
號，從而使整個新字成爲形聲字……這種字只能歸入形聲字，而不
能歸入會意字，因爲它們不符合會意字必須通過共時組合方式產生
的要求。〔註221〕

明乎此，「會意兼聲」的術語既混淆形聲、會意之界定原則，又被誤認其等同
「形聲兼會意」的情形，殊不知聲符兼義是既定的事實，故「會意兼聲」的
術語不存在六書系統，但不可否認的是這種「兼聲」字的產生，「實際上是與
聲符同源的形聲字」。〔註222〕

二、王筠的「會意兼聲」探究

前言論述王筠對「會意」的分類有著標準不一的情形，事實上，對於「會
意兼聲」的說法，和段玉裁皆持贊同的意見，認爲字可兼六書之二者。石定果
認爲這種「兼聲」字，就是「聲符的廣義分形字」，〔註223〕並說道：

因此看上去「聲母」（即聲符）和「聲子」（由聲符派生的後起字）
在意義上有聯繫，遂成「右文」。王筠在《説文釋例》中提出了「分
別文」和「累增字」的概念……〔註224〕

然而「右文」是強調聲符與本字詞義的一致性，「分別文」和「累增文」的主體
皆是形聲字，王筠對於文字歸類過份強調以義辨之，故相互扞格之情形出現在

〔註220〕見黃永武《形聲多兼會意考》一章「形聲多兼會意說略史」，頁24。

〔註221〕見王立軍〈談王筠「會意字」分類問題〉，頁25。

〔註222〕援引石定果語，見《説文會意字研究》——「概說」，頁33。

〔註223〕援引石定果語，見《説文會意字研究》——「概說」，頁28。

〔註224〕見石定果《説文會意字研究》——「概說」，頁28。

其著作中，宋師建華說道：

> 會意兼形聲之說，菉友歸字極亂，譬如「亦聲」之類，菉友於《說文釋例》歸於會意而於《文字蒙求》則歸於形聲，然以六書而言，象形、指事、會意、形聲爲基本造字之法，一字兼有二法，實爲不倫，且會意、形聲之別在於聲，王筠自亂其例矣。〔註225〕

因此儘管王筠解釋「會意兼聲」屬「亦聲」的一種，並加以說明，〔註226〕這種聲符表意作用較強的說解形式本質上仍屬於形聲。

《說文字句讀》出現關於「會意兼聲」者有八字例，分別是：

鬩，恆訟也。《詩》云：「兄弟鬩于牆。」從鬥從兒。王筠注：「以爲會意兼聲則可。」（卷七「鬥」部，頁101）

管，如篪六孔，十二月之音。物開地牙，故謂之管。從竹官聲。王筠注：「凡云故謂之者，皆兼聲。」（卷九「竹」部，頁165）

曶，告也。從冊曰。從冊曰。王筠注：「以諸分別文推之，此當作從曰冊聲，如大徐本則是會意兼聲字矣，故姑從小徐。」（卷九「曰」部，頁168）

贊，見也。從貝從兟。王筠注：「兟當兼聲」（卷十二「貝」部，頁228）

皁，高也。早匕爲皁。匕卪爲印，皆同義。王筠注：「早亦兼聲。」（卷十五「匕」部，頁305）

頋，頭不正也。從頁從耒。耒，頭傾也，亦聲。王筠注：「會意兼聲也。」（卷十七「頁」部，頁334）

𡧩，回飛疾也。從害從營省聲。王筠注：「義兼聲也。」（卷二二「害」部，頁462）

協，同心之和也。從劦從心。王筠注：「不云劦亦聲。凡會意兼洱而聲即是部首者，則退部首在下。」（卷二六「劦」部，頁559）

〔註225〕見宋師建華〈王筠說文學探微〉（一）二章「說文通例探微」，頁107。

〔註226〕王筠曰：「會意字之從義兼聲者爲正，主義兼聲者爲變；若分別文則不然，在異部者，概不言義；在本部者，蓋以主義兼聲也。」見《說文釋例・亦聲》卷三，頁54。

三、小 結

綜上所述，得知以下結論：

（一）「聲符兼義」是文字客觀存在的事實，但並不表示「會意兼聲」亦可存在文字源流中。

（二）「聲符兼義」的類型包含「右文說」、「同源字」、「亦聲字」及「音近義通」，此四項文字理論對於文字的詞義研究有著重要的功用，並能掌握語言與文化之間的脈絡。

（三）「會意兼聲」的說法不存在六書系統，因爲這種與參構部件同音的會意字，以遞加方式添加意符，原字便自動轉化成示音符號，使整個字成爲形聲字，因此原本表意的會意字成爲聲符後，其原本載義的功能和後來的形聲字相同，使二字具有異體關係，如：

意符	會意字	意符	形聲字
耳	取+女		娶（从女取聲）
又			

又如「卬、仰」，「家、嫁」及「曾、增」等皆是相同的情形。〔註227〕

第四節　「會意兼聲」應視爲形聲或會意

「會意兼聲」違背造字法則，其理由如下：

一、「會意」屬於「六書」中之一書，爲基本造字之法之一，若兼具二書，既破壞六書制訂原則，亦造成文字分類的混亂。

二、「會意兼聲」與「會意附加象形」、「會意附加指事」〔註228〕無法等同視之，後二者之「象形」、「指事」非指「六書」定義中的象形、指事，此象形應指「具象性圖形」、指事則指「抽象性符號」，二者皆是不成文。

三、段玉裁云：

> 聲與義同原，故諧聲之偏旁多與字義相近，此會意形聲兩兼之字致
> 多也。《說文》或偁其會意，略其形聲；或偁其形聲，略其會意，雖

〔註227〕這種在原有的會意字再增加意符，黃侃稱爲「雜體」。見黃侃《黃侃論學雜著・說文說略》，頁4。

〔註228〕此二術語見蔡信發《說文答問》，頁182。

則渻文，實欲互見。〔註229〕

因此段注的說解中關於「會意兼聲」之字例即是「略其形聲」，而「聲符兼義」之字例即是「略其會意」，一言蔽之，都是「聲義同源」的表現型態，「表現出漢字結構互為形旁，聲旁而以表意為主的特點。」〔註230〕

四、段氏在某些「會意兼聲」的字例刪除「聲」字，〔註231〕然細審這些字例，其聲符示意功能至為明顯，能透過自身的形象表現出字義。

五、一聲符若同時具有示音與示意的功能，則表意功能是主要的，因為這種表意更為明確的特性，可以幫助後人瞭解具有同源詞族的形聲孳乳過程及演變，對於形聲字的研究有著重要的意義。

基於以上五點理由，「會意兼聲」不存在文字法則中，對於會意字之形符表音者仍應視為形聲體系。〔註232〕

〔註229〕見段玉裁《說文解字注・示部》篇一「禛」字，頁2。

〔註230〕黃宇鴻語，見〈試論《說文》中的「聲兼義」現象〉，頁125。

〔註231〕如段玉裁《說文解字注・艸部》篇一「薖」字：「扶渠根。从艸水、禹聲。段注：今訂之乃從艸從稿。」，頁34。大、小徐本皆作「从艸水、禹聲。」；《說文解字注・艸部》篇一「茁」字：「艸初生地兒。从艸出。」，頁37。大、小徐本皆作「从艸出聲」。

〔註232〕蔡信發認為「形聲字的聲符本來就是用來表義的」（見《說文答問》，頁186。）故「聲符兼義」方為形聲之正例。然亦有「聲不示義」之例外情形，魯實先先生認為有四種形：「一曰狀聲之字聲不示義。若玉聲玲瑯玎琤，鼓聲曰鼕鞺鞳鼟……，凡其聲文，唯以肖聲，無取本義……二曰識音之字聲不示義。所謂識音之字，別其畦町，蓋有二類，其一附加聲文，其二名從異俗。所謂附加聲文者，考之重文，若玨之作瑴見《說文》玨部……凡此皆自象形、指事，或會意而衍為形聲。所以然者，蓋以象形指事結體惟簡，附以聲文，俾知音讀。或以本字形似它字，或以本字借為它義，因是改益形聲，以示形義有別。或以方俗殊語，略異中夏雅言，亦增聲文，其與方言相合……所謂名從異俗者，湖越蠻夷地絕中夏，物產魁殊，語言倬詭，先民耳目所及，因亦隨事立名……三曰方國之名聲不示義。通檢殷虛卜辭，及殷周之際吉金款識，所記方國之名，其別有本義者，多增絫文，構為形聲之字，以見為方域之嫥名。綜理絫文，荃緒部類，以示為方域，則從山水土邑，或艸木茻林……凡諸形文，記相互可通，亦增損無定，要皆後世所附益，而以聲文為本名。審其聲文，無不別有本義，用為方國與姓氏，俱為假借立名……四曰假借之文聲不示義……嘉善為譆，我乃嘉之借。傳言為諺，彥乃傳之借……」見《假借溯原》頁36、39、45及65。蔡信發認為綜輯魯先生說法，認為有以下四類：「一是以聲命名。二是狀聲之字。三是識音之字。四是方國之名。所謂『以聲

命名』，即據禽獸或事物的發聲，以爲其名。這類形聲字的形符是表其類別義，聲
符是摹擬其聲，以命其名（餘下除「假借之文」，說法皆從魯先生，此不再贅述。）。」
見《說文商兌‧形聲字種類的區分》，頁 134。

第四章　王筠形聲之術語

　　王筠主要在闡發《說文》字形的研究，不同於同為「《說文》四大家」的段玉裁、桂馥及朱駿聲三人以研究《說文》的字義為主，王筠進行純文字學研究，就字論字，他是繼南宋鄭樵之後對於「六書」有著系統性的研究。關於六書體例的闡釋，主要集中在《說文釋例》，《說文解字句讀》及《文字蒙求》則是針對初學《說文解字》者而作，前者採擷段玉裁、桂馥及嚴可均的見解並參以己意完成，後者則應朋友請求，教其孫識字而作。茲將王筠著述擇要四本作一概述：〔註1〕

書名：說文繫傳校錄

成書年代：初完成道光 14 年（西元 1834 年），後至 23 年（西元 1843 年）王氏
　　　　　自作校改。

卷數：三○卷

寫作動機：1、見朱文藻《繫傳考異》正謬誤、覈故實，惟「卷首所列不致說數
　　　　　　事似尚有可駁者」。

　　　　　2、駁朱氏言「部中列文次弟多與今《說文》前後到互，各卷列部亦
　　　　　　閒與今《說文》分合不同」，認為「部中列文以義為次，大部無
　　　　　　不森嚴，惟一部數字者乃無區別……列部初無分合，不過開挩部

〔註 1〕擇四本專書概述乃因王筠眾多著述當中以此四本流通最廣，影響後人亦為深遠。

首合於前部耳。」

3、駁朱氏「篆文偏旁移置、形體小異不合者者改之。」語，說明「篆
文之異可於它部檢所从者及从之者為之諟正。」

4、駁朱氏「說中傳中增減形似之處無關重輕者仍之，信知謬誤者改
之。」之言，強調「漢人著書雖不遵經典，然不似後人隨手填寫，
況許君說解如此之簡，無關重輕之詞安多能見。」且朱氏引大徐
說，「質之原書，或不相讎，是按籍而稽尚不免誤，可輒云信知
謬誤乎。」

5、孫氏、鮑氏所翻宋本皆在朱氏著書之後，而宋本又未得見，所據
者汲古五次改本而已，是書之所據改者《說文繫傳》即其一種，
其異同之釋多以滅沒。

6、今各本並出，其中佳處多可采擇，而汪氏所刻小徐本又與朱氏所
據本不同，今將以《說文繫傳攷異》校汪本，幾如執唐律以瀾漢
獄。

內容：1、有作者自序及「記」三則。

2、卷 1 至卷 28 為內文，為改正朱書體例；卷 29 為校正大徐本部目；卷
30 收錄李燾《五音韻譜序》，《十國春秋・徐鉉傳》，朱文藻《繫傳考
異序》、《說文繫傳考異後》及《復馬臥廬先生書》，後有其子彥侗書
「識。」

特色：1、參《說文韻譜》、《五音韻譜》、《玉篇》、《廣韻》、《汗簡》等書，可疑
者以己意判斷。

2、大徐本訛誤之處不見於小徐者亦記之。即附各卷之後，以毛氏本為
主，而以孫氏平津館本、鮑氏藤花謝本、《五音韻譜》校正其誤。

現存版本：〔註2〕

1、咸豐 7 年（西元 1857 年）王彥侗家刻本。

2、北京大學圖書館：為李氏木犀軒之物，為手稿本。

〔註 2〕版本收錄除圖書館館藏外，收錄標準以有明確時間刻本為主，時間或館藏地未確
者概不收錄。資料源引於劉志成撰《中國文字學書目考錄》，頁 217，四川：巴蜀
書社。西元 1997 年 8 月一版一刷。

3、上海圖書館：手稿本殘卷，存卷 11 至卷 30，共二○卷。

4、山東省圖書館：稿本一部。

5、福建省圖書館：謝章鋌校咸豐 7 年王彥侗刻本。

書名：說文釋例

成書年代：道光 17 年（西元 1837 年）

卷數：二○卷

寫作動機：1、自謂「少喜篆籀，王辨正俗，年近三十，讀《說文》而樂之。每見一本，必讀一過，即俗刻《五音韻譜》，亦必讀也。羊棗膾炙，積二十年，然後於古人制作之意。許君著書之體，千餘年傳寫變亂之故，鼎臣以私意竄改之謬，犁然辨晢，具于匈中。爰始調分縷析，爲之疏通其意。體例所拘，無由沿襲前人，爲吾一家之言而已。」

2、自認「生平孤行一意，不熹奪人之席、剿人之說，此《說文釋例》之所爲作也。」〔註3〕

3、當時治《說文》者雖多，惟以段玉裁《說文解字》風行天下，然段氏爲體裁所拘，未能詳備，故「輯爲專書，與之分道揚鑣，冀少明許君之奧旨，補茂堂所未備。」〔註4〕

4、強調唯有從體例入手，方能窺《說文》之全貌，故言「觀其會通，則《說文》通矣；枝枝葉葉而雕之，則《說文》塞矣。」

內容：1、卷 1 至卷 5 爲說明六書理論及其分類；卷 6 至卷 9 爲說解文字形體及次第；卷 10 至卷 12 爲闡釋《說文》釋義條例；卷 13 至卷 20 爲校勘《說文》用語。

2、每卷之後均附有「補正」，針對某些字例再次說解。

特色：1、對小徐的「六書三耦」說進行補正。

2、分析字形孳衍規律，提出「姪飾」、「籀文好重疊」、「分別文」、「累增字」及「展轉相從」等概念。

3、結合金文等古文字資料說解字形演變規律。

〔註 3〕見《說文解字句讀・序》，頁 1，北京：中華書局，西元 1998 年 11 月一版二刷。

〔註 4〕見《說文解字句讀・序》，頁 1。

現存版本：〔註5〕

　　　　1、同治4年（西元1865年）江蘇吳縣翻刻本；光緒9年（西元1883
　　　　　　年）成都御風樓重刻本；光緒13年（西元1887年）上海積山書
　　　　　　局石印本；民國4年上海掃葉山房石印本。

　　　　2、北京圖書館：稿本，題八卷。

　　　　3、北京師範大學圖書館：稿本，題八卷，殘存七卷（缺卷7）。

　　　　4、湖南省圖書館：稿本，題八卷。清何紹基、張穆批校。

　　　　5、南京圖書館：稿本，題二〇卷。

　　　　6、福建省圖書館：稿本，題二〇卷，殘存十八卷（缺卷19、20）

　　　　7、山東省圖書館：刻本，題二〇卷，道光17年（西元1837年）

書名：文字蒙求

成書年代：道光18年（西元1838年）初名《字學蒙求》，26年（西元1846年）
　　　　　改用今名。

卷數：四卷

寫作動機：1、王筠引陳山嵋之語曰：人之不識字也，病於不能分。苟能分一字
　　　　　　　爲數字，則點畫必不可以增減、且易記而難忘矣。

　　　　　2、從《說文》字例擷取二千餘字以教童蒙，「當小兒四五歲時，識
　　　　　　　此二千字非難事也。」

　　　　　3、雪堂兩孫已讀書，小者尤慧，促我作此教之識字。

內容：1、全書按象形、指事、會意、形聲四書分卷，每書一卷。〔註6〕

　　　2、附補闕14字，針對《說文・序》出現之偏旁而撰文未收者補輯。

特色：1、象形、指事、會意三書皆詳細分類正例及變例。

　　　2、四書的解釋置於每卷卷首，每字皆以正體和篆文排序。

　　　3、各卷收字並非採用《說文》的部首排序，而是從漢字構造原理考量的：

　　　苟於童蒙時先令知某爲象形、某爲指事，而會意字即合此二者以成

　　　之、形聲字即合此三者以成之，豈非執簡御環之法乎？

〔註5〕見劉志成撰《中國文字學書目考錄》，頁260。

〔註6〕王筠自言：「於象形、指事、會意字，雖無用者，亦皆搜輯，形聲字所收者四類，
　　　　總二千餘字。」見〈序〉，頁4，台北：藝文印書館。民國83年1月初版六刷。

現存版本：〔註7〕

　　　　1、光緒 5 年（西元 1879 年）常熟鮑氏刊《後知不足齋》叢書第六
　　　　　　函；光緒 5 年會稽章氏成都刊本；13 年（西元 1887 年）江蘇梁
　　　　　　溪浦刊本。

　　　　2、山東省博物館：稿本。

　　　　3、山東省圖書館：清陳山嵋跋稿本。

　　　　4、北京大學圖書館：殘稿本二卷；楊濠叟校道光本。

　　　　5、福建省圖書館：清謝章鋌跋抄本。

書名：說文解字句讀

成書年代：道光 30 年（西元 1850 年）

卷數：三〇卷

寫作動機：1、主要在段玉裁《說文解字注》、桂馥《說文解字義證》及嚴可均
　　　　　　等人著作的基礎上刪繁舉要以成書。

　　　　2、王筠自謂「余又以《說文》傳寫多非其文，群書所引有可補苴，
　　　　　　遂取茂堂及嚴鐵橋、桂末谷三君子所輯，加之手集者，或增、或
　　　　　　刪、或改，以便初學誦習，故名曰『句讀』。不加疏解，猶初志
　　　　　　也。」

　　　　3、其後在友人陳雪堂及陳頌南「迫使通纂」下，進而采錄鈕樹玉、
　　　　　　王煦及王玉樹等人的研究成果，自考說之千餘處，完成此書。

內容：卷 1 至卷 28 為說解《說文》正文；卷 29 為說解《說文》「敘目」和許沖
　　　《上說文表》；卷 30 為「附錄」，收錄了包括蔣和《說文部首表》、嚴可
　　　均《許君事釋考》及《說文校議通論》、毛扆《毛氏節錄》等九篇研究成
　　　果。

特色：1、本為初學《說文》者而編書，是故資料豐富、釋義簡明；博采眾說、
　　　　　補充訂正，雖是入門之書，確有極高的學術價值。

　　　　2、自云與段氏不盡同者凡五事：一曰「刪篆」、二曰「一貫」、三曰「反
　　　　　經」、四曰「正《雅》」、五曰「特識」，既是推崇段氏卻不一味跟從。

現存版本：〔註8〕

〔註 7〕見劉志成撰《中國文字學書目考錄》，頁 417。

1、道光 30 年至同治 4 年（西元 1865 年）王氏家刻本；光緒 8 年四川尊經書局重刻本；民國上海涵芬樓影印王氏家刻本。

2、青島市博物館：稿本，題《說文解字句讀》未定稿，不分卷。

3、北京大學博物館：稿本，題十四卷。

4、福建廈門市圖書館：稿本，題十四卷。

5、北京大學博物館：稿本，題十五卷，清張穆訂注。

6、湖南師範大學圖書館：稿本，題三〇卷，殘存二十二卷（卷 1 至卷 16，卷 21 至卷 26），清何紹基、張穆批校。

7、復旦大學圖書館：題《說文句讀》30 卷、《句讀補正》30 卷。

王筠著作豐富，遍及經史子集，不專主《說文》一類，然畢其功研究於文字學，況且以上四書各有相通之處，觀覽此四書，即可窺見王筠治《說文》之要旨。

第一節　王筠對「形聲」之定義

王筠對於花數十年的精力研究《說文解字》，除在《說文句讀》說明外，《說文釋例》中亦有深刻的體認：

> 今天下之治《說文》者多矣，莫不窮思畢精，以求爲不可加矣。就吾所見論之，桂氏未谷《說文義證》、段氏茂堂《說文解字注》，最其盛也。桂氏書徵引雖富，脈絡貫通，前說未盡，則以後說補苴之；前說有誤，則以後說辨正之，凡所偁引皆有次第，取足達許說而止，故專臚古籍，不下己意也，讀者乃視爲類書，不以眛乎？惟是引據之典，時代失於限斷，且氾及藻繢之詞，而又未盡加校改，不皆如其初恉，則其蔽也。段氏書體大思精，所謂通例，又前人所未知，惟是武斷支離，時或不免，則其蔽也。大徐之識遜於小徐，小徐之識又遜二家，治《說文》者以二書爲津梁，其亦可矣。[註9]

王筠認爲清代治《說文》最有成就者莫過於段玉裁與桂馥，然段氏「武斷支離，時或不免」、桂氏「引據之典，時代失於限斷，且氾及藻繢之詞」，因此王筠輯

〔註 8〕見劉志成撰《中國文字學書目考錄》，頁 251。

〔註 9〕見王筠《說文釋例·序》，頁 1，北京：中華書局。西元 1998 年 11 月一版二刷。

書與之分道揚鑣，以「少明許君之奧旨，補茂堂所未備」。〔註10〕

　　王筠以形、事、意、聲四要素為其說解六書之旨，其中對於形聲的理解為：

> 故其始也，呼為天地，即造天地字以寄其聲；呼為人物，即造人物
> 字以寄其聲。是聲者，造字之本也，及其後也，有是聲，即以聲配
> 形而為字，形聲一門之所以廣也。……是聲者，用字之極也，聲之
> 時用大矣哉。〔註11〕

強調「聲」為造字之本，推及為用字之極，故轉注及假借之門得以薈萃取之。
王筠針對《說文》形聲之定義，闡述其意：

> 以造字之本言之，則云諧聲自可。蓋先有江河之名，而後有江河之
> 字，其所以成字者，在工、可之聲，故曰可也。若以用字之法論之，
> 則云形聲乃為賅備，如杠、柯亦以工、可為聲，而既以木定其形，
> 則杠為步渡、柯為斧柄矣，不得偏重聲也。〔註12〕

宋師建華將王筠此段話解析為：

> 依菉友此言，則形聲之形成條件有三：杠柯之從水，水、木表其形
> 符，示類別義，故又名義符，此其一也；工、可為聲，表其音讀，
> 故杠、江同為工聲，河、柯同為可聲，故又名聲符，此其二；杠柯、
> 江河雖同取工、可為聲，然形符、義符相合，則江河為水名，杠柯
> 取木用，二者義別，而聲為轉折之樞紐，此其三，綜此三則，則形
> 聲之用顯矣！〔註13〕

此外，《文字蒙求》亦將「形聲」分為四類，分別是：（一）楷已變篆者，（二）
為它字之統帥者，（三）聲意膠葛及聲不諧者，（四）從省聲者，其中只有第四
項和「形聲」類例有關，其餘三項皆是討論字形變化，無關類例之別，〔註14〕
而《說文釋例》雖有標目「形聲」條，然類目分散不一，流於蕪雜，宋師依王

〔註10〕「少明」句見《說文解字句讀‧序》，頁1。

〔註11〕見王筠《說文釋例》卷一「六書總說」，頁9。

〔註12〕見王筠《說文釋例》卷一「六書總說」，頁6。

〔註13〕見宋師建華《王筠說文學探微》二章「說文通例探微」，頁114，中國文化大學中
　　　　文所博士論文。民國82年5月。

〔註14〕說詳見宋師建華《王筠說文學探微》二章「說文通例探微」，頁115。

筠類目，分爲二大類六大目七小目：〔註15〕

一、正例——聲不兼意

二、變例——1、聲兼意：①本義；②引申義

2、微兼意

3、形聲兼象形會意之法

4、一字兩聲

5、一字遞加

王筠曰：

> 許君敍曰：「三曰形聲。形聲者，以事爲名，取譬相成，江河是也。」
> 案工可第取其聲，豪（毫）無意義，此例之最純者。推廣之，則有
> 兼意者矣。亦聲必兼意，省聲及但言聲者，亦多兼意。形聲字而有
> 意謂之聲兼意，聲爲主也；會意字而有聲，謂之意兼聲，意爲主也，
> 說解之詞雖同，而意固有不同矣。夫聲之來也，與天地同始，未有
> 文字以前，先有是聲，依聲以造字，而聲即寓文字之內，故不獨形
> 聲一門也。〔註16〕

又曰：

> 義寄於聲，誠爲造字之本，亦爲用字之權，故偏於聲者從末減也。
>
> 〔註17〕

王筠分別從字形及字義上解讀形聲字聲符兼意的問題。他認爲：聲不兼意爲形
聲字例最單純者，因此王筠從許愼的定義強化造字及用字皆爲一體，舉例如下：

> 帝下云從上朿聲。此聲之全不取義者，與江河一類，正例也。抑余有疑
> 焉，朿篆作朿，而帝字中直不上出，既無所取義，何以變形？恐字形失

〔註15〕宋師分類標準以李圭甲《六書通釋》及金錫準《王筠的文字學研究》爲基礎重新
釐定而成。李圭甲《六書通釋》析其類別爲：「（一）正例，（二）變例：1、聲兼
義2、聲兼形與意3、一字兩聲，見《六書通釋》章，頁159，金錫準分爲：（一）
正例，（二）變例：1、聲兼意2、形聲兼象形會意3、一字兩聲4、似省聲而不云
省聲者。」見《王筠的文字學研究》二章「釋例篇」，頁34，臺灣師範大學國文所
博士論文。民國77年4月。

〔註16〕見王筠《說文釋例》卷三「形聲」，頁50。

〔註17〕見王筠《說文釋例》卷三「形聲」，頁50。

傳，許君以意爲之也。[註18]

襧字下，許君之說字義也。已云以事類祭天神，即足見從類之意矣，
故其說字形也。第云類聲而不加從類，此當爲許君本文，又用類字
引伸之意而非本義，是謂聲兼意。

禳從襄聲，《詩》不可襄也，《傳》「襄，除也」，與「禳，除癘殃也」
義正合，而祇言襄聲者，以除乃襄之借義也。

帝字聲符「朿」不表義，然王筠又疑非「從丄朿聲」，考「帝」字甲文作𣏢（《甲
779》）𣏢、（《乙6666》），金文作𣏢（《井侯簋》）𣏢（《寡子卣》），帝字並未從
上，爲獨體象形，爲「蒂」字初文，王筠的懷疑是合理的，因此「帝」字和江、
河一般，皆是形符表類別義、聲符表音之最簡及單純之形聲字。再看襧字，王筠
謂該字使用「類」字的引申義；禳字則謂使用「襄」字之借義，這種使用文字本
義以外的情形，王筠一概稱之爲形聲「變例」。王筠將造字用字視爲一體，故得
知王筠同段玉裁承襲戴震「四體二用」的理論，因此當字義轉移時，字形及字音
義亦跟著轉變，這種從本字爲基點向外延伸的情形，即是王筠所謂的「變例」。

　　王筠未觀察出形聲衍化之跡象，認爲聲符但狀其聲爲最純之例，今從形聲
衍聲過程考王筠所言是否無誤。

　　許錟輝先生析論形聲衍化過程有四，[註19]分別是：

　　（一）形文不成文：此謂先民造字之初，蓋先依類象形，而有象形、指事
之文，其後比類合誼，而有會意之字，終則形聲相益，孳乳而浸多，是形聲之
字，考鳳於甲文作𩁿（《藏》41.4），象形，後又縱益凡聲作𩁿（《拾》7.9），所
以𩁿，亦象形，篆文乃嬗爲「鳳」，從鳥凡聲（鳥部）。

　　（二）形文加聲：此謂先有形文，其後因古今音變及方言異讀而縱益聲文，
如象形加聲者，网或作「罔」（网部），网象繩網之形，此初文也，復以网爲形
文，附加亡聲，孳乳爲或體「罔」。所從聲文，但緣語言而孳生，表聲而不示
義，此形聲字之變例也；如會意加聲者，鼓，籀文作「鼖」（鼓部），鼓從壴從
又會意，屮象丞飾，此初文也，後即以鼓爲初文，附加古聲，孳乳爲「鼖」。所

〔註18〕見王筠《説文釋例》卷三「形聲」，頁50。餘下二字皆同。

〔註19〕參照許錟輝先生《形聲釋例》（上）《國文學報》三期（臺灣師大），頁1，民國63
　　　　年6月及《形聲釋例》（中）《國文學報》十期（臺灣師大），頁1，民國70年6月。

从古聲，緣言言而孳生，但表聲而不示義，此形聲字之變例也；如形聲加聲，如「堂」从土尚聲，籀文作𡔈（土部）緟益京省聲。

（三）聲文加形：此謂先有聲文，而後緟益形文，此以聲文爲主，形文附加，如象形加形者，丘古文作「𡊢」，丘爲聲文，孳乳爲「𡊢」，所以丘聲義在聲中；如指事加形者，靁古文作「畾」（雨部），畾象雷聲迴轉之形，此虛象，獨體指事也，其後即以「畾」爲聲文，緟益「雨」爲形文，孳乳爲篆文「靁」，所从畾聲，義在聲中；如會意加形，二糸爲「絲」，从二糸會意，甲文茲益之字，假絲爲之，作（《藏》69.4），後又緟益艸作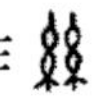（《石鼓》），此亦緣假借而滋生，所从絲聲但通語言而不表義；如形聲加形，氣字从米气聲（米部），本義爲「饋客之芻米」，其後借爲「雲气」之義，因又緟益食作「餼」，以爲芻米之專字。〔註 20〕

（四）先有初文，別出形聲：其初文可爲象形、指事、會意，故「看」爲會意，「䁯」爲從目倝聲；「玨」爲會意，「瑴」爲從玉㱿聲；其聲符純爲音讀，聲不兼義。

許先生雖言形聲衍化之法有四，然其論述中筆者認爲尚可增列一項：聲文減省，如「禦」，从示御聲（示部），甲文或作（《鄴下 3 下.37.4》）、（《鄴下 3 下.37.4》），从御省聲；「𧟌」爲從衣龖聲，後省爲「襲」；「𦒫」爲從老毛聲，後省爲「耄」皆其例也。〔註 21〕

對王筠而言，雖不盲目崇拜《說文》，然宗許說爲王氏一貫風格，故許慎對「形聲」的定義也就成爲王筠遵循的標準，然王筠昧於形聲衍化之迹，忽視文

〔註 20〕許先生認爲形聲字緐緟其形文者，其故有三：「一是形文所示之義，未盡詳明，故緟益形文，補足其義，若『諫』之緟益門作『闌』，二是其字借爲他字，而緟益形文，以爲區別，如『康』本穀皮之義，其後借爲姓氏，而緟益禾作『穅』，以爲穀皮之專字（正文之例即此項，其三是其字與他字形近亦混，而緟益形文以爲區別），若『封』之古文作『㞷』（土部），从土丰省聲，與草木妄生之『㞷』（之部），形體相近，因又緟益寸作『封』，俾免於混淆，是其例。」見《形聲釋例》（上）《國文學報》三期（臺灣師大），頁 7，民國 63 年 6 月。

〔註 21〕許先生認爲形聲字聲文減省者，其故有三：「一是形體繁複，書寫不便，是以減省聲文，以求簡化，若鬱之从鬱省聲（林部），二是求文字之方正美觀，若珊之从刪省聲（玉部），三是其字與他字形體相同而易混，故減省其聲文，以爲區別，若小雨之溟，从水冥聲；而水名之字本亦作『溟』，今从冥省聲作汩（水部）。」

字本來存在之現象，反將「聲不兼意」視爲變例，透過許先生將形聲衍化歷程後得知：「聲兼意」方爲形聲正例，「聲不兼意」才是形聲變例。

第二節　王筠關於「聲兼意」字例之術語

王筠在《說文解字句讀》（以下簡稱《句讀》中對於形聲字出現「兼意」、「聲兼意」及「聲兼義」等不同術語，這些術語的差異性爲何，以下即針對王筠所注的術語進行分析，以期找出王筠作這些術語的根本分界。

（一）言「聲亦兼意」者，僅一例

宛，屈草自覆也。從宀夗聲。王筠：「夕部夗：轉臥也。則聲亦兼意。」（卷十四「宀」部，頁271）

　按：宛，於袁切，古音屬「影」紐，韻屬「元」部；夗，於阮切，古音屬「影」紐，韻屬「元」部，聲符與所屬形聲字聲韻俱同。夗字大、小徐本皆釋作「轉臥也。」《廣雅·釋言》：「夗、專，簿也。」〔註22〕從夗得聲皆有「委屈」義，〔註23〕清徐灝曰：

凡從夗之字，其義皆爲柔弱，爲宛曲。〔註24〕

宛字《史記·司馬相如列傳》：

宛宛黃龍，興德而升。〔註25〕

唐司馬貞《索隱》引胡廣：「宛宛，屈伸也。」

《漢書·揚雄傳》：

言奇者見疑，行殊者得辟，是以欲談者宛舌而固聲。〔註26〕

〔註22〕見魏張揖《廣雅·釋言》卷五，頁52，台北：臺灣商務印書館，民國55年6月臺一版。清王念孫注云：「簿通作博，各本皆作『夗、專，轉也。』」見《廣雅疏證·釋言》卷五，頁135，江蘇：江蘇古籍出版。西元2000年9月一版一刷。

〔註23〕見《說文解字注·夕部》篇七「宛」字，頁315。

〔註24〕見清徐灝《說文段注箋·宀部》第七「宛」字，頁2432，台北：廣文書局。民國61年11月初版。

〔註25〕見漢司馬遷《史記》卷一一七（清乾隆武英殿刊本），頁1250，台北：藝文印書館。

〔註26〕見漢班固《漢書》卷八七（汲古閣本），頁1536，台北：藝文印書館。

唐顏師古曰：「宛，屈也。」故夗及宛皆有「委曲」義。清王紹蘭云：

> 夕部「夗，轉臥也。」中下云「古文以爲艸字。」折中而屈之即爲宀。
> 宀，交覆深屋也。捨下云「中，象屋也。」即中爲宀之證。宛从宀，
> 故云「屈草自覆」，謂夗轉臥於宀下，是屈艸以自覆蓋也。〔註27〕

將夗的字義入宛字，即可顯示宛字義。

（二）言「兼意」者，共五十例

蓤，艸萎蓤。從艸移聲。王筠注：「兼意。」（卷二「艸」部，頁29）

按：蓤，弋之切，古音屬「喻」紐，韻屬「之」部；移，弋支切，古音屬「喻」
紐，韻屬「支」部，聲符與所屬形聲字聲同韻近。移字大、小徐本皆釋
作「禾相倚移也。」，《國語‧齊語》：

> 相地而衰征，則民不移；政不旅舊，則民不偷。〔註28〕

韋昭注：「移，徙也。」《史記‧田叔列傳》：

> 鞅鞅如有移德於我者，何也。〔註29〕

馬敘倫云：

> 移爲禾之轉注字，則禾倚移者字當作蓤。〔註30〕

且「移」和「姷」音韻皆同，形音義皆有關連，將艸及移字義結合，即可
顯示姷義。

犕，兩壁耕也，一曰：覆耕穜也。從牛非聲。王筠注：「亦兼意。」（卷二「牛」
部，頁44）

按：犕，方味切，古音屬「非」紐，韻屬「沒」部；非，甫微切，古音屬「非」
紐，韻屬「微」部，聲符與所屬形聲字聲同韻異（以《切韻指南》分類
則皆屬「止攝」）。非字大、小徐本皆釋作「違也，從飛下翄，取其相背

〔註27〕見清王紹蘭《說文段注訂補》卷七，頁320，收錄《續修四庫全書》經部二一三部。
上海：上海古籍出版。

〔註28〕見《國語》卷六（士禮居黃氏重雕本），頁7，台北：臺灣中華書局。

〔註29〕見《史記》卷一〇四，頁1133。

〔註30〕見馬敘倫《說文解字六書疏證‧艸部》卷二，頁221，台北：鼎文書局。民國64
年10月初版。

也。」非字篆形作非，象鳥羽飛動貌，取其振翅之形引申有「相背」
義。〔註31〕張揖云：「耦、辈……、墾、耒圭，耕也。」〔註32〕「非」義
帶入「辈」字，顯示「兩壁耕」義。〔註33〕

嚏，悟解氣也。從口疐聲。王筠注：「疐、礙也。兼意。」（卷三「口」部，頁
　　47）

　　按：嚏，都計切，古音屬「端」紐，韻屬「質」部；疐，陟利切，古音屬「知」
　　　　紐，韻屬「質」部，依錢大昕「古無舌上音」之理，〔註34〕知紐古讀端
　　　　紐，故聲符與所屬形聲字聲韻俱同。疐字大、小徐本皆釋作「礙不行也。」
　　　　悟亦作「牾」，《說文》：「牾，逆也。」〔註35〕也就是鼻有所觸逆而噴氣，
　　　　《爾雅·釋言》：「疐，仆也。」，〔註36〕嚏字小徐釋云：

　　　腦鼻中气壅塞，噴嚏則通，故云悟解气。〔註37〕

　　《釋名·釋姿容》：「嚏，踕也，聲作踕而出也。」〔註38〕《玉篇》：「噴鼻
也。」〔註39〕《詩經·終風》：

〔註31〕高鴻縉《中國字例》四篇「會意」言：「鳥飛羽動，象人之揮手示不，故从飛下悸。」
　　　　頁13，台北：三民書局。民國65年1月五版。

〔註32〕見張揖《廣雅·釋言》卷九，頁27。清王念孫注云：「《說文》辈，兩壁耕也。一曰：
　　　　覆耕種也。」見《廣雅疏證·釋地》卷九，頁297。

〔註33〕段玉裁註解爲：「壁當作辟，辟是旁側之語。兩辟耕謂一田中有兩牛耕，一從東往、
　　　　一從西來也。」（篇二，牛部「辈」字，頁52，台北：天工書局。民國81年11月
　　　　再版）若爲兩牛，從字形觀看實無「二牛」形，從「牛」字演變觀看，從無出現
　　　　「从二牛」之字形，故若說省形字亦欠妥，段氏誤解此字。

〔註34〕見清錢大昕《十駕齋養新錄》卷五〈舌音類隔之說不可信〉，頁108。其原文：「古
　　　　無舌頭舌上之分。知、徹、澄三母以今音讀之，與照、穿、床無別也，求之古音
　　　　則與端、透、定無異。」江蘇：江蘇古籍出版。西元2000年5月一版一刷。

〔註35〕見徐鉉《說文解字·午部》卷十四「牾」字，頁493。

〔註36〕郭注：「頻躓倒仆。故疐、躓通。」見晉郭璞注《爾雅》（宋監本）卷上，頁16，
　　　　台北：國立故宮博物院。民國60年初版。

〔註37〕見徐鍇《說文解字繫傳·口部》卷三「嚏」字，頁27，北京：中華書局。西元1998
　　　　年12月一版二刷。

〔註38〕見漢劉熙《釋名》卷三，頁41，台北：臺灣商務印書館。

〔註39〕見梁顧野王《玉篇·口部》卷上（小學彙函本），頁37，台北：臺灣中華書局。民

寤言不寐，願言則嚏。〔註40〕

　　毛《傳》：「嚏，跲也。」漢鄭玄箋：「嚏讀當爲不敢嚏咳之嚏。」唐陸德明《經典釋文》：

　　疌，作嚏，又作嚔。〔註41〕

《禮記‧月令》：

　　季秋行夏令，則其國大水，冬藏殃敗，民多鼽嚏。〔註42〕

　　孔穎達疏：「《正義》曰『其國大水，天災；冬藏殃敗，地災；民多鼽嚏，人災。』」故鼻因窒礙不通塞，經由「嚏」則使气通。

嚜，野人之言。從口質聲。王筠注：「兼意。」（卷三「口」部，頁47）

　　按：嚜，之日切，古音屬「照」紐，韻屬「質」部；質，之日切，古音屬「照」紐，韻屬「質」部，聲符與所屬形聲字聲韻俱同。質字大、小徐本皆釋作「以物相贅。」《玉篇》：「質，信也、主也、平也、樸也、軀也。」〔註43〕《廣韻》：「質，樸也、主也、信也、平也、謹也、正也。」〔註44〕《論語‧雍也篇》：

　　子曰：質勝文則野，文勝質則史。〔註45〕

　　「野」在此當「民間」，平民之語言是淺顯質樸，「以物相贅」乃「質」字引申義，即是百姓透過口頭制約即可完成交易。

趨，走顧皃。從走瞿聲。讀若劬。王筠注：「兼意。」（卷三「走」部，頁54）

　　國 57 年 12 月臺二版。

〔註40〕見《毛詩正義‧邶風‧終風》卷二，頁 79，重刊宋本《十三經註疏校勘記》，台北：藝文印書館。

〔註41〕見唐陸德明《經典釋文‧毛詩音義》卷五，頁 58，台北：鼎文書局民國 64 年 3 月再版。

〔註42〕見《禮記注疏》卷十七，頁 340，重刊宋本《十三經註疏校勘記》，台北：藝文印書館。

〔註43〕見《玉篇‧貝部》卷下，頁 39。

〔註44〕見宋陳彭年等修《廣韻‧質部》（澤存堂本）卷五，頁 467，台北：黎明文化。民國 84 年 3 月初版十五刷。

〔註45〕見《論語注疏》卷六，頁 54，重刊宋本《十三經註疏校勘記》，台北：藝文印書館。

按：趨，其俱切，古音屬「群」紐，韻屬「侯」部；瞿，其俱切，古音屬「群」紐，韻屬「侯」部，聲符和形聲字聲韻俱同。瞿字大、小徐本的釋義皆為「鷹隼之視也。」鷹首不時轉動，保持警戒以捕獲獵物，趨字金文作 ，故和形符「走」結合，正可顯示「走顧」義。

遷，登也。從辵䙴聲。王筠注：「兼意。」（卷四「臱」部，頁 62）

按：遷，七然切，古音屬「清」紐，韻屬「元」部；䙴，七然切，古音屬「清」紐，韻屬「元」部，聲符和形聲字聲韻俱同。䙴字大、小徐本的皆釋「升高也。」，遷字《爾雅·釋詁》：「遷、運，徙也。」〔註 46〕《廣雅·釋言》：「遷、徙，移也。」〔註 47〕《詩經·皇矣》：

> 帝遷明德，串夷載路。天立厥配，受命既固。〔註 48〕

毛《傳》：「徙就文王之德也。」《漢書·郊祀志》：

> 其後十三氏，湯伐桀，欲罷夏社，不可，作夏社。〔註 49〕

故將䙴、辵結合，正可顯示「遷」字義。

劦，材十人也。從十力聲。王筠注：「兼意。」（卷五「十」部，頁 79）

按：劦，盧則切，古音屬「來」紐，韻屬「職」部；力，林直切，古音屬「來」紐，韻屬「職」部，聲符和形聲字聲韻俱同。力字大、小徐本的釋義皆為「筋也。象人筋之形治功曰力，能禦大災。」《廣韻》：「劦，功大。」〔註 50〕《周禮·考工記》賈公彥疏：「是以〈王制〉云『祭用數之劦。』注以為當年之什一，以其下有『喪用三年之劦』，遂以當年經用之什一言之。」〔註 51〕

《禮記·王制》：

〔註 46〕見《爾雅》卷上，頁 8。

〔註 47〕見《廣雅》卷五，頁 52。

〔註 48〕見《毛詩正義·大雅·皇矣》卷十六，頁 568，台北：藝文印書館。

〔註 49〕見《漢書》卷二五，頁 536。

〔註 50〕見《廣韻·德部》卷五，頁 529。

〔註 51〕見《周禮注疏·冬官·考工記》卷三九，頁 600，重刊宋本《十三經註疏校勘記》，台北：藝文印書館。

祭用數之仂者，苟欲計算使合其義，非也。〔註52〕

段氏注：

一當十爲**劦**，故十取一亦爲仂，蓋仂本作**劦**也。〔註53〕

故能力倍於十人即是「劦」字義。結集眾人力量群策群力方可達成事半功倍之效。

諸，辯也。從言者聲。王筠注：「兼意。」（卷五「言」部，頁80）

按：諸，章魚切，古音屬「照」紐，韻屬「魚」部；者，章也切，古音屬「照」紐，韻屬「魚」部，聲符和形聲字聲同韻異。者字大、小徐本皆釋「別事詞也。」〔註54〕《廣雅·釋詁》：「曰、吹、惟……者、其、各……，詞也。」〔註55〕詞義用言出，正好顯示「辯」義。者字到戰國時期有孳乳成「諸」字之例證，〔註56〕諸字《爾雅·釋訓》：「諸諸、便便，辯也。」〔註57〕又〈釋魚〉：「前弇諸果，後弇諸獵。」〔註58〕《小爾雅·廣訓》：「諸，之乎也。」〔註59〕《公羊傳·桓公六年》：

公羊子曰：其諸以病桓與？〔註60〕

《論語·學而篇》：

〔註52〕見《禮記正義》卷十一，頁215，重刊宋本《十三經註疏校勘記》，台北：藝文印書館。

〔註53〕見段注《説文解字注·十部》篇三「衺」字，頁89。

〔註54〕小徐本於「者」字下注云：「凡文有者字者，所以爲分別隔異也。」見清道光祁寯藻刻本《説文解字繫傳·白部》卷七，頁67，北京：中華書局。西元1998年12月一版二刷。

〔註55〕見《廣雅》卷四，頁46。

〔註56〕如冀方彝記「諸侯」。見容庚編《金文編》卷四，頁248。
帛書亦有「會諸厌」之記載。見滕壬生《楚系簡帛文字編》，頁292，湖北：湖北教育出版。西元1995年7月一版一刷。

〔註57〕郭璞注：「皆言辭辯給。」見《爾雅》卷上，頁17。

〔註58〕郭璞注：「諸，辭也。」見《爾雅》卷下，頁15。

〔註59〕見漢孔鮒《小爾雅·廣訓》，頁3。

〔註60〕見《春秋公羊傳注疏》卷四，頁54，重刊宋本《十三經註疏校勘記》，台北：藝文印書館。

夫子之求也，其諸異乎人之求之與？〔註61〕

故引申爲辯義。

詧，言微親察也。從言察省聲。王筠注：「兼意也。」（卷五「言」部，頁81）

按：詧，初八切，古音屬「初」紐，韻屬「質」部；察，初八切，古音屬「初」紐，韻屬「質」部，聲符和形聲字聲韻俱同。察字在，大、小徐本的釋義皆有「審也」義，詧字徐鍇釋曰：

黃帝每問事，先問馬，次及牛，以微言其情也。〔註62〕

《史記‧秦本紀》：

因與由余曲席而坐，問其地形與兵勢盡詧，而後令內史廖以女樂二八遺戎王。〔註63〕

《顏氏家訓‧書證》：

魏李登云：「省詧也。」張揖云：「省，今省詧也。詧，古察字也。」《左傳‧莊公十年》：

公曰：小大之獄雖不能察，必以情。〔註64〕

杜預注：「察，審也。」《論語‧顏淵篇》：

夫達也者，質直而好義，察言而觀色慮以下。〔註65〕

又〈衛靈公篇〉：

子曰：眾惡之必察焉，眾好之必察焉。〔註66〕

將「察」義帶入「詧」字，正可顯示「言微親察」義。

諗，深諫也。從言念聲。《春秋傳》曰：辛伯諗周桓公。王筠注：「依〈釋言〉則兼意。」（卷五「言」部，頁82）

〔註61〕見《論語注疏》卷一，頁7。

〔註62〕見《說文解字繫傳‧言部》卷五「詧」字，頁45。

〔註63〕見《史記》卷五，頁100。

〔註64〕見《春秋左傳注疏》卷八，頁147，重刊宋本《十三經註疏校勘記》，台北：藝文印書館。

〔註65〕見《論語注疏》卷十二，頁110。

〔註66〕見《論語注疏》卷十五，頁140。

按：諗，式任切，古音屬「審」紐，韻屬「侵」部；念，奴店切，古音屬「泥」
紐，韻屬「添」部，聲符與形聲字聲韻俱異。念字大、小徐本皆釋「常
思」義，《廣韻》：「諗，告也、謀也、深諫也。」諗字《爾雅·釋言》：
「諗，念也。」，〔註67〕《詩經·四牡》：

是用作歌，將母來諗。〔註68〕

毛《傳》：「諗，念也。」鄭玄箋：「諗，告也。君勞使臣，述時其情。」《左
傳·閔公二年》：

昔辛伯諗周桓公云：內寵並后，外寵二政，嬖子配適，大都耦國，
亂之本也。〔註69〕

晉杜預注：「諗，告也。」《左傳·桓公十八年》：

初，子儀有寵於桓王，桓王屬諸周公。辛伯諫曰：並后、匹嫡、兩
政、耦國，亂之本也。〔註70〕

諗、諫義同，將「念」義帶入「諗」字，正可顯示「深諫」義。

詮，具也。從言全聲。王筠注：「兼意。」（卷五「言」部，頁82）

按：詮，此緣切，古音屬「清」紐，韻屬「元」部；全，疾緣切，古音屬「從」
紐，韻屬「元」部，清、從古音同屬「齒頭音」，故聲符與形聲字聲韻
俱同，全字大、小徐本皆釋「完也」義，詮字《廣雅·釋詁》：「詮、錄、
贅、撰……，具也。」〔註71〕王念孫云：「詮者，論之具也。」〔註72〕
《淮南子·要略訓》：

詮言者，所以譬類人事之指，解喻治亂之躬也，差擇微言之眇，詮
以至理之文，而補縫過失之闕者也。〔註73〕

〔註67〕見《爾雅》卷上，頁16。
〔註68〕見《毛詩正義·小雅·四牡》卷九，頁318。
〔註69〕見《春秋左傳正義》卷十一，頁193。
〔註70〕見《春秋左傳正義》卷七，頁130。
〔註71〕見《廣雅》卷三，頁33。
〔註72〕見《廣雅疏證·釋詁》卷三，頁90。
〔註73〕見漢劉安《淮南子》卷二一（日本古鈔卷子本），頁644，台北：藝文印書館。民

　　詮字亦作「譔」，《論語・先進篇》：

　　　對曰：異乎三子者之譔。〔註71〕

　　鄭玄注：「譔讀若詮。」故以言語盡徵人事相解喻，即是詮義。

謔，戲也。從言虐聲。《詩》曰：善戲謔兮。王筠注：「據《詩》不爲虐兮。則
　　兼意。」（卷五「言」部，頁86）

　　按：謔，虛約切，古音屬「曉」紐，韻屬「藥」部；虐，魚約切，古音屬「疑」
　　　紐，韻屬「藥」部，聲符和形聲字聲異韻同。虐字大、小徐本皆釋「殘
　　　也。」《廣雅・釋詁》：「畏、仇、憝……虐、誹、謗……，惡也。」〔註75〕
　　　謔字《爾雅・釋詁》：「謔浪笑敖，戲謔也。」〔註76〕郭璞注：「謂調戲也。」
　　　《詩經・節南山》：

　　　憂心如惔，不敢戲談。〔註77〕

　　　《詩經・洪奧》：

　　　善戲謔兮，不爲虐兮。〔註78〕

　　　《漢書・地理志》：

　　　恂盱且樂，惟士與女，伊其相謔。〔註79〕

　　注：「戲言也。」「戲」字本義爲「三軍之偏也。一曰兵也。」段玉裁注：

　　　引申之爲戲豫、爲戲謔。〔註80〕

　　故以言語相狎或輕蔑地中傷對方，即是「謔」義。

䚧，䚧角、鞋屬也。從革印聲。王筠注：「兼意。」（卷六「革」部，頁96）

　　按：䚧，五剛切，古音屬「疑」紐，韻屬「陽」部；印，五剛切，古音屬

　　　國57年2月再版。

〔註74〕見《論語注疏》卷十一，頁100。

〔註75〕見《廣雅》卷三，頁38。

〔註76〕見《爾雅》卷上，頁2。

〔註77〕見《毛詩正義・小雅・節南山》卷十二，頁393。

〔註78〕見《毛詩正義・衛風・淇奧》卷三，頁128。

〔註79〕見《漢書・地理志》卷二八，頁857。

〔註80〕見《說文解字注・戈部》篇十二「戲」字，頁630。

「疑」紐，韻屬「陽」部，聲符和形聲字聲韻俱同。印字大、小徐釋義相近，爲「望欲有所庶及」義，《爾雅・釋訓》：「顒顒印印，君之德也。」〔註81〕君王德行高潔，人民仰之彌高。又《釋名・釋衣服》：「仰角，屐上施履之名也。行不得蹶，當仰履角，舉足乃行也。」〔註82〕史游《急就篇》：

靸、鞮、印、角，褐韤巾。〔註83〕

顏師古注：「印角，屐上施也，形若今之木履，而下有齒焉。欲其下不蹶，當印其角舉足乃行，因爲名也。」

《廣雅・釋詁》：「摳、掀、抗……仰、印、發……，舉也。」，〔註84〕靬字《廣雅・釋器》：「扉、屨、麤……靬角……鞮，履也。」〔註85〕《方言》：「大麤謂之靬角。」〔註86〕

《説文》：「鞮，革躍也。」《急就篇》：

靸、鞮、印、角，褐韤巾。〔註87〕

顏師古注：「鞮，薄革小履也。」將「印」義帶入「靬」字，正可顯示仰其角舉足而行。

雞，雛黃也。從隹黎聲。一曰：楚雀也。其色黎黑而黃也。王筠注：「兼意。」（卷七「隹」部，頁124）

按：雞，郎奚切，〔註88〕古音屬「來」紐，韻屬「脂」部；黎，郎奚切，古

〔註81〕郭璞注：「道君人者之德望。」見《爾雅》卷上，頁19。

〔註82〕見《釋名》卷五，頁83。

〔註83〕見唐顏師古注《急就篇》卷二，頁149，台北：臺灣商務印書館。民國54年12月臺一版。關於「鞮」字顏氏云：「薄革小履也。」故「靬」字因小履揚其角而得名。

〔註84〕見《廣雅》卷一，頁17。王念孫注：「仰、印聲義並同。」見《廣雅疏正・釋詁》卷一，頁35。

〔註85〕見《廣雅》卷七，頁89。

〔註86〕見漢揚雄撰《方言》卷四，頁11，《四庫全書》珍本別輯五一本，晉郭璞注：今漆躍有齒者。台北：臺灣商務印書館。

〔註87〕見《急就篇》卷二，頁149。

〔註88〕王筠曰：「《字林》作『䳆』字。」考《廣韻》有「䳆」無「雞」，兩字之反切下字雖異（前者《廣韻》作「郎奚切」，後者大徐本作「郎兮切」），然同屬同一韻部（齊

音屬「來」紐，韻屬「脂」部，聲符和形聲字聲韻俱同。黎字大小徐本皆釋「履黏」。《爾雅‧釋詁》：「黎、庶、烝……，眾也。」〔註89〕段玉裁注：

眾之義行而履黏之義廢矣。古亦以為黧黑字。〔註90〕

《廣雅‧釋器》：「黝、黷、黯……蕉、黎、黔……，黑也。」。〔註91〕《爾雅‧釋鳥》：「倉庚，商庚。」〔註92〕郭璞注：「即鵹黃也。」又「鵹黃，楚雀。」〔註93〕「耇」字大、小徐本皆釋「老人面凍黎若垢」，段玉裁注：

凍黎謂凍而黑色。〔註94〕

將「黎」之借義帶入「雛」字，正可顯示楚雀形色「黎黑而黃」義。

殤，不成人也。人年十九至十六死為長殤……。從歹傷省聲。王筠注：「兼意也。」（卷八「歹」部，頁140）

按：殤，式羊切，古音屬「審」紐，韻屬「陽」部；傷，式羊切，古音屬「審」紐，韻屬「陽」部，聲符和形聲字聲韻俱同。傷字大、小徐本皆釋「創也。」創字大、小徐本皆釋作「傷也。」《廣雅‧釋詁》：「痂、瘕、疥……傷……，創也。」〔註95〕又「戔、瘌、㿉……創……，傷也。」〔註96〕《禮記‧月令》：

禁止姦，慎罪邪，務搏執。命理瞻傷，察創視折。〔註97〕

韻），故以《廣韻》為正。

〔註89〕見《爾雅》卷上，頁5。

〔註90〕見《說文解字注‧黍部》篇七「黎」字，頁330。

〔註91〕見《廣雅》卷八，頁103。王念孫注：「《眾經音義》卷六引《字林》云：『黧、黑黃也。古通作黎，又作犂。』《史記‧李斯傳》『面目黎黑』、〈秦策〉作『黳』，《韓非子‧外儲說》作『黧』」。見《廣雅疏正‧釋詁》，頁273。

〔註92〕見《爾雅》卷下，頁19。

〔註93〕同上。

〔註94〕見《說文解字注‧老部》篇八「耇」字，頁398。

〔註95〕見《爾雅》卷一，頁5。

〔註96〕見《爾雅》卷四，頁41。

〔註97〕見《禮記注疏》卷十六，頁323。

鄭玄注：「創之淺者曰傷。」殤字《釋名・釋喪制》：「未二十而死曰殤。殤、傷也，可哀傷也。」〔註98〕《小爾雅・廣名》：「無主之鬼謂之殤。」，〔註99〕《廣雅・釋詁》：「悲、悠、悼……痛、嘆、殤，愴也。」〔註100〕《逸周書・謚法》：

> 解短折不成曰殤。〔註101〕

清謝墉注：「有知而夭殤也。」《呂氏春秋・察今》：

> 病變而藥不變，嚮之壽民，今為殤子矣。〔註102〕

高誘注：「未成人夭折曰殤子也。」無論是未冠而死或無主命，皆為悲愴之事，故殤之言傷也。

籀，讀書也。從竹擂聲。《春秋傳》曰：卜籀云。王筠注：「兼意。」（卷九「竹」部，頁160）

按：籀，居祐切，古音屬「見」紐，韻屬「之」部；擂，醜鳩切，古音屬「徹」紐，韻屬「幽」部（依《切韻指南》分類皆屬「流攝」），聲符和形聲字聲異韻同。擂字大、小徐本皆釋為「引也。」《小爾雅・廣言》：「縮、讀，抽也。」〔註103〕王氏於「讀」字下注：

> 段氏據竹部「籀、讀書也。」改誦為籀，是也。《詩》「中冓之言，不可讀也。」《傳》：「讀、抽也。」《說文》抽作擂，籀從擂，即上文諷誦也。誦、諷也，不言《詩》、《書》，亦可證。〔註104〕

〔註98〕見《釋名》卷八，頁131。

〔註99〕見《小爾雅》，頁3。清宋咸注疏：「無主之鬼猶言無後也。」見《小爾雅疏證・廣名》卷三，頁61，台北：臺灣商務印書館。民國54年12月臺一版。

〔註100〕見《廣雅》卷二，頁24。王念孫注：「傷與愴通。」見《廣雅疏正・釋詁》卷二，頁67。

〔註101〕見《逸周書》卷六（抱經堂本），頁22，台北：臺灣中華書局。民國54年11月臺一版。

〔註102〕見高誘注《呂氏春秋・慎大覽・察今篇》卷十五，頁19，台北：臺灣中華書局。民國54年11月臺一版。

〔註103〕見《小爾雅》，頁2。清宋咸注疏：「讀者，《詩・牆有茨》『不可讀也。』《傳》：『讀，抽也。』顏師古《匡謬正俗》曰：『抽當為籀。』籀，讀也。擂即古抽字。」見《小爾雅疏證・廣言》卷二，頁30。

〔註104〕見《說文解字句讀・言部》卷五「讀」字，頁80，北京：中華書局。西元1998

籀字小徐云：

> 諷誦書也。卜籀謂讀卦爻詞也。〔註105〕

《左傳·閔公二年》：

> 成風聞成季之繇，乃事之，而屬僖公焉。〔註106〕

杜預注：「繇，卦兆之占辭。」《左傳·僖公四年》：

> 且其繇曰：專之渝，攘公之羭。〔註107〕

杜預注：「繇，卜兆辭。」《史記·孝文本紀》：

> 卜之龜卦，兆得大橫，占曰：大橫庚庚，余爲天王，夏啓以光。

宋裴駰《集解》：「李奇曰：『庚，其繇文也。』」〔註108〕

唐司馬貞《索隱》引荀悅云：「繇，抽也，所以抽出吉凶之情也。杜預云『繇，兆辭也。』」《漢書·文帝紀》：

> 代王報太后，計猶豫未定，卜之，兆得大橫，占曰：大橫庚庚，余
>
> 爲天王，夏啓呂兀。〔註109〕

顏師古注：「李奇曰：『占謂其繇也。』……繇……本作籀。籀，書也，謂讀卜詞。」，〔註110〕故由長者導引抽撤舊事而次記述，正可顯示「讀書」義。

盍，覆也。從血大聲。王筠注：「兼意。」（卷九「血」部，頁176）

> 按：盍，胡臘切，〔註111〕古音屬「匣」紐，韻屬「盍」部；大，徒蓋切，古
> 音屬「定」紐，韻屬「月」部，聲符與形聲字聲韻俱異。大字大、小徐
> 木皆釋作「天大地大人亦大。」〔註112〕《爾雅·釋詁》：「弌、部、盍……，

年11月一版二刷。

〔註105〕見《說文解字繫傳·竹部》卷九「籀」字，頁86。

〔註106〕見《春秋左傳注疏》卷十一，頁194。

〔註107〕見《春秋左傳注疏》卷十二，頁204。

〔註108〕見《史記》卷十，頁191。

〔註109〕見《漢書》卷四，頁68。

〔註110〕段玉裁注：「繇之譌體作繇。」見《說文解字注·系部》篇十二「繇」字，頁643。

〔註111〕盍、盇字通。《廣韻》：「《說文》作盍、覆也。」見《廣韻·盍部》，頁536。

〔註112〕大徐本於「天大」字下云「故大象人形。」，小徐則云「天大地大人亦大焉，象人
　　　　形。」

合也。」〔註113〕《易經·豫卦》：

九四由。豫大有得，勿疑明盍簪。〔註114〕

王弼注：「盍，合也。」清邵瑛《說文解字群經正字》云：

今經典多為何不義作盍，原其始殆由《熹平石經·論語》殘碑注盍毛包周是也。變从大从血之字，而為从去从皿，失六書之意矣。《五經文字》云：《說文》作盍，《石經》作盍，今依《石經》，此今經典所以盍从去从皿而為盍也。〔註115〕

王筠在《說文釋例》中對爾字解釋：

盍字隸血部，誤也。何取於血而以大覆之乎？盍當為蓋之古文，當入皿部。《說文》每訓大為覆，然則盍字乃器中有物形也。下有皿以承之，上有大以覆之。其中之一，則所盛之物也。〔註116〕

盍字篆形作盍，「大」象蓋形，「-」象物在皿中，「皿」則為器具之底部，將三部件結合，故為有蓋的盛物之器，而「覆蓋」為引申義。

楃，木帳也。從木屋聲。王筠注：「兼意。」（卷十一「木」部，頁210）

按：楃，於角切，古音屬「影」紐，韻屬「屋」部；屋，烏谷切，古音屬「影」紐，韻屬「屋」部，聲符與形聲字聲同韻異。屋字大、小徐本皆釋「居也。」清徐灝曰：

古宮室無屋名。屋者，木帳耳，相承作楃、又作幄。〔註117〕

《周禮·巾車》：

翟車，貝面，組總，有握。〔註118〕

〔註113〕見《爾雅》卷上，頁3。

〔註114〕見《周易正義》卷二，頁49，重刊宋本《十三經註疏校勘記》，台北：藝文印書館。

〔註115〕見邵瑛《說文解字群經正字·血部》卷九「盍」字，頁141，收錄《續修四庫全書》經部二一一冊。

〔註116〕見《說文釋例·存疑》卷十六，頁392（清道光刻本影印），北京：中華書局。西元1998年11月一版二刷。

〔註117〕見徐灝《說文段注箋·木部》第六「楃」字，頁1904，台北：廣文書局。

鄭玄注：「『有握』則此無蓋矣。」段玉裁注：

> 《釋文》及各本從手，非也。……攷〈幕人注〉曰『四合象宮室曰
> 幄。』許書無『幄』有『楃』，『楃』蓋出〈巾車職〉，今本《周禮》
> 轉寫誤耳。〔註119〕

《釋名・釋牀帳》：「幄，屋也。以帛衣板施之，形如屋也。」〔註120〕《小
爾雅・廣服》：「覆帳謂之幄。幄，幕也。」〔註121〕《左傳・昭公十三年》：

> 子產、子大叔相鄭伯以會。子產以幄幕九張行。〔註122〕

杜預注：「幄幕，軍旅之帳。」唐孔穎達正義：「幕大而幄小，幄在幕下張
之。」《史記・太史公自序》：

> 運籌帷幄之中，致勝於無形，子房計謀其事，無知名，無勇功……
>
> 〔註123〕

《漢書・張陳王周傳》：

> 高帝曰：運籌策，帷幄中，決勝千里外，子房功也。〔註124〕

居住之處以帛衣板鋪覆之，即可顯示「木張」義。〔註125〕

椌，柷，樂也。從木空聲。王筠注：「兼意。」（卷十一「木」部，頁215）

> 按：椌，苦紅切，古音屬「溪」紐，韻屬「東」部；空，苦紅切。古音屬「溪」
> 紐，韻屬「東」部，聲符與形聲字聲韻俱同。空字大、小徐本皆作「竅
> 也。」而竅字二人皆作「空也。」「柷」字大徐本釋作「樂，木空也，
> 所以止音爲節。」椌及柷皆爲樂器名，《釋名・釋樂器》：「柷，四角有

〔註118〕見《周禮注疏》卷二七，頁416，重刊宋本《十三經註疏》，台北：藝文印書館。
又〈幕人〉鄭玄注：「帷幕皆以布爲之。四合象宮室曰幄，王所居之帳也。」卷六，
頁92。

〔註119〕見《說文解字注・木部》篇六「楃」字，頁257。

〔註120〕見《釋名》卷六，頁95。

〔註121〕見《小爾雅》，頁4。

〔註122〕見《春秋左傳正義》卷四六，頁809。

〔註123〕見《史記》卷一三〇，頁1357。

〔註124〕見《漢書》卷四〇，頁999。

〔註125〕「帳」字大、小徐本皆釋「張」義，施展於床上。

升鼠，始見柷柷然也，故訓爲始以作樂也。」﹝註126﹞《爾雅・釋樂》：「所以鼓柷謂之止。」﹝註127﹞《玉篇》：「椌，楬柷敔也。」﹝註128﹞《禮記・樂記》：

聖人作爲鞉鼓椌楬壎箎。此六者，德音之音也。﹝註129﹞

《荀子・樂論篇》：

竽蕭笙簫似星辰日月，鞉柷拊鞷椌楬似萬物。﹝註130﹞

將「空」義帶入「椌」字，即可顯示椌爲中空之木質樂器。

櫬，^{附身}棺也。﹝註131﹞從木親聲。王筠注：「兼意。」（卷十一「木」部，頁218）

按：櫬，初覲切，古音屬「初」紐，韻屬「諄」部；親，七人切，古音屬「清」紐，韻屬「眞」部（依《切韻指南》分類皆屬「臻攝」），聲符與形聲字聲異韻同。﹝註132﹞親字大、小徐本皆釋作「至也。」，段玉裁注：

情意懇到曰至。父母者，情之冣志者也，故謂之親。﹝註133﹞

櫬字《左傳・僖公六年》：

許男面縛，銜璧，大夫衰絰，士輿櫬。﹝註134﹞

﹝註126﹞ 見《釋名》，頁108。

﹝註127﹞ 郭璞注：「柷如漆桶，方二尺四寸、深一尺八寸，中有椎柄連底挏之，令左右擊。」同註36，卷中，頁9。

﹝註128﹞ 見梁顧野王《玉篇・木部》卷中，頁18，台北：臺灣中華書局。民國57年12月臺二版。

﹝註129﹞ 見《禮記注疏》卷三九，頁692。

﹝註130﹞ 見唐楊倞注《荀子》，頁197，收錄於清光緒湖北崇文書局影印《荀子集成》（四），台北：成文出版。民國64。

﹝註131﹞ 依宋李昉等奉敕《太平御覽・禮儀部》卷五五一，頁2633，台北：臺灣商務印書館。民國81年1月臺一版六刷。

﹝註132﹞ 「初」與「清」二紐皆爲齒音，後因時代演變，音亦轉移，遂產生「類隔」，唐時守溫據前人修正將齒音區分爲二，一爲齒頭音（「精」系字），一爲正齒音（「照」系字），後宋代《廣韻》之聲類將正齒音再區分爲二：一爲近舌（「照」系字），一爲近齒（「莊8」系字）。

﹝註133﹞ 見《說文解字注・見部》篇八「親」字，頁409。

﹝註134﹞ 見《春秋左傳注疏》卷十三，頁214。

杜預注：「櫬，棺也。」《左傳・襄公四年》：

　秋，定姒薨，不殯於廟，無櫬，不虞。〔註135〕

杜預注：「櫬，親身棺。」孔穎達疏：「《正義》曰：『櫬者，親身之棺，初死即當有之。』」《小爾雅・廣名》：「空棺謂之櫬。」〔註136〕《廣雅・釋器》：「樿、櫝、櫬、檮、柩，棺也。」〔註137〕《玉篇》：「櫬，親身棺也。」〔註138〕爲死去之人製以棺木將葬，正可顯示「櫬」義。

乇，艸葉也。從垂穗上貫一，下有根。象形字。凡乇之屬皆從乇。王筠注：「上句已明晰，然恐人以爲兼意也。」（卷十二「乇」部，頁223）

　按：乇，陟格切，〔註139〕古音屬「知」紐，韻屬「鐸」部。乇字篆形 象艸葉從地面伸出，爲象形字，大徐本作「從垂穗上貫一，下有根，象形。」小徐本作「穗上貫下，有根，象形字。」王筠於《說文釋例》說解：

　乇巫皆全體指事，許君云象形……乇下云艸葉也；巫下云艸木華巫。

　〔註140〕

又曰：

　乇下云從垂穗上貫一，爲 之向左垂者，與巫之向右垂者相似也。
　然巫之古文 ，即從乇。〔註141〕

王筠認爲後人誤以爲形聲字，故於註解中說明以改正。

暈，日光也。從日軍聲。王筠注：「依高誘則兼意。」（卷十三「日」部，頁245）

　按：暈，土問切，古音屬「爲」紐，韻屬「諄」部；軍，舉雲切，古音屬「見」紐，韻屬「諄」部，聲符和形聲字聲異韻同。軍字大、小徐本皆釋作「圜

〔註135〕見《春秋左傳注疏》卷二九，頁505。

〔註136〕見《小爾雅》，頁3。

〔註137〕見《廣雅》卷八，頁103。

〔註138〕見《玉篇・木部》卷中，頁15。

〔註139〕該字《廣韻》未收，大徐本之切語爲「陟格切」，小徐本爲「竹隔反」，今依大徐本。

〔註140〕見《說文釋例・指事》卷一，頁16。

〔註141〕見《說文釋例・互從》卷八，頁193。

圍也，四千人爲軍。」《廣雅·釋言》：「軍，圍也。」〔註142〕暈字《爾雅·釋天》：「弇日爲蔽雲。」〔註143〕郭璞注：「即暈氣五彩覆日也。」《釋名·釋天》：「暈，捲也，氣在外捲結之也，日月俱然。」〔註144〕《玉篇》：「暉，或煇字。」〔註145〕段玉裁注：

> 篆體暉當作暈，《周禮》暈作煇，古文假借字。〔註146〕

《周禮·視祲》：

> 視祲掌十煇之灋，以觀妖祥，辨吉凶。〔註147〕

鄭玄注：「煇謂日光炁也。」又注曰：「煇音運，本亦作暈，音同。」
《淮南子·覽冥訓》：

> 畫隨灰而月運闕，鯨魚死而彗星出，或動之也。〔註148〕

高誘注：「運者，軍也。將有軍事相圍守則月運出也。」《呂氏春秋·明理》：

> 其日有鬭蝕、有倍僑、有暈珥。〔註149〕

高誘注：「倍僑、暈珥皆日旁之危氣也。……暈讀爲君國子民之君，氣圍繞日周帀，有似軍營相圍守，故曰暈也。」故暈、暉及煇實爲一字，王筠說「依高誘則兼意。」即依此。〔註150〕

牒，箬也。從片枼聲。一曰：枼，薄也。王筠注：「兼意。」（卷十三「片」部，頁255）

　　按：牒，徒協切，古音屬「定」紐，韻屬「怗」部；枼，與涉切，古音屬「喻」紐，韻屬「怗」部，聲符與形聲字聲異韻同。枼字大、小徐本皆釋作「楄

〔註142〕見《廣雅》卷五，頁64。

〔註143〕見《爾雅》卷中「月名」，頁12。

〔註144〕見《釋名》卷一，頁7。

〔註145〕見《玉篇·日部》卷中，頁68。

〔註146〕見《說文解字注·日部》篇七「暈」字，頁304。

〔註147〕見《周禮注疏·春官·視祲》卷二五，頁。

〔註148〕見《淮南子》卷六，頁160。

〔註149〕見《呂氏春秋·季夏紀·明理》卷六，頁9。

〔註150〕筆者有另一解讀：「日」依《釋名》的解釋爲「實也，光明盛實也。」光明有所「圍繞」，即是「日光」。

也。」箚字大、小徐本皆釋作「牒也。」小徐注：

牒亦木牘也。〔註151〕

楄為方木，《釋名·釋書契》：「箚，櫛也，編之如櫛齒相比也。」〔註152〕
《戰國策·燕策》：

今臣聞王居處不安，食飲不甘，思念報齊，身自削甲箚。〔註153〕

鮑彪注：「箚，牒也。」吳師道注：「箚，木簡，牒之薄者。」《史記·孝武
本紀》：

卿有札書曰：皇帝得寶鼎宛侯，問於鬼臾區。〔註154〕

《漢書·郊祀志》：

卿有札書曰：皇帝得寶鼎宛侯，問於鬼臾區。〔註155〕

顏師古注：「札，木簡之薄小者也。」牒字《廣雅·釋器》：「牒、牘、牖……，
版也。」〔註156〕《方言》：「其上版衛之北郊，趙魏之間謂之牒。」〔註157〕《左
傳·昭公二十五年》：

右師不敢對，受牒而退。〔註158〕

孔穎達疏：「牒，札也。」《漢書·賈鄒枚路傳》：

溫舒取澤中蒲，截呂為牒，編用寫書。〔註159〕

顏師古注：「小簡曰牒，編聯次之。」《論衡·別通篇》：

不通者空腹，無一牒之誦。〔註160〕

〔註151〕見《說文解字繫傳·禾部》卷十一「箚」字，頁117。

〔註152〕見《釋名》卷六，頁95。

〔註153〕見漢劉向集錄《戰國策》卷二九「蘇秦死其弟蘇代欲繼之」（清嘉慶《士禮居叢書》
　　　　本），頁1055，台北：里仁書局。民國79年9月初版。

〔註154〕見《史記》卷十二，頁212。

〔註155〕見《漢書》卷二五，頁550。

〔註156〕見《廣雅》卷七，頁86。

〔註157〕見《方言》卷五，頁12。

〔註158〕見《春秋左傳正義》卷五一，頁892。

〔註159〕見《漢書》卷五一，頁1117。

　　　　將「枼」義帶入「牒」字，即可顯示「木簡之薄」義。

秔，虛、無食也。從禾巟聲。王筠注：「《玉篇》作秔，蓋是。秔聲兼意。」（卷十三「禾」部，頁260）

　　按：秔，呼光切，古音屬「曉」紐，韻屬「陽」部；巟，呼光切，古音屬「曉」紐，韻屬「陽」部，聲符和形聲字聲韻俱同。巟字大、小徐本皆釋作「蕪也。」，小徐注：

　　　　此饑巟字古多借荒字。〔註161〕

　　徐灝曰：

　　　　此即荒字，相承增偏旁耳。〔註162〕

《廣韻》：「蕪，荒蕪。」〔註163〕《爾雅·釋天》：「果不熟爲荒。」〔註164〕《詩經·桑柔》：

　　　　哀恫中國，具贅卒荒。靡有旅力，以念穹蒼。〔註165〕

毛《傳》：「荒，虛也。」《周禮·大宰》：

　　　　二曰賓客之式，三曰喪荒之式……〔註166〕

鄭玄注：「荒，凶年也。」又〈司服〉：

　　　　大箚大荒，大裁素服。〔註167〕

鄭玄注：「大荒，饑饉也。」字亦作「秔」，《玉篇》：「凶年也，空也，果不熟也。」〔註168〕農作物遇凶年，墾地無法耕種導致收成欠佳，於是年歲恐有飢荒之虞，正可顯示「無食」意。

〔註160〕見漢王充《論衡》卷十三，頁365，台北：廣文書局。民國54年8月初版。

〔註161〕見《說文解字繫傳·禾部》卷十三「芳」字，頁143。

〔註162〕見《說文段注箋·禾部》第七「芳」字，頁2357。

〔註163〕見《廣韻·虞部》卷一，頁73。

〔註164〕見《爾雅》卷中「祥」，頁10。

〔註165〕見《毛詩正義·小雅·桑柔》卷十八，頁655。

〔註166〕見《周禮注疏·天官·大宰》卷二，頁31。

〔註167〕見《周禮注疏·春官·司服》卷二一，頁326。

〔註168〕見《玉篇·禾部》卷中，頁34。

宧，養也。室之東北隅，食所居也。從宀臣聲。王筠注：「兼意。」（卷十四「宀」
部，頁271）

按：宧，與之切，古音屬「喻」紐，韻屬「之」部；臣，與之切，古音屬「喻」
紐，韻屬「之」部，聲符與形聲字聲韻俱同。臣字大、小徐本皆釋作「顄
也。」指腮頰。顄字大、小徐本皆釋作「頤也。」「臣」為「頤」字初文，
口中嚼物以養人，故引申為「養」義。《爾雅‧釋詁》：「頤、艾、育，
養也。」〔註169〕《釋名‧釋形體》：「頤，養也。動於下、止於上，上下
咀物以養人也。」〔註170〕《周易‧序卦》：

頤者，養也。不養則不可動，故受之以大過。〔註171〕

又〈頤卦〉：

象曰：頤貞吉，養正則吉也。〔註172〕

由以上解釋即可證明「養」義。此外，對於「室之東北隅」，《爾雅‧釋宮》：
「東北隅謂之宧。」〔註173〕李巡云：「東北者，陽始起，育養萬物，故曰宧。
宧，養也。」〔註174〕《釋名‧釋宮室》：「東北隅曰宧（宧）。宧，頤也。頤，養
也。東北陽氣始出，布養物也。」〔註175〕東北處育養萬物，可能是古人飲食之
處皆在東北隅以迎養氣。〔註176〕

豐，大屋也。從宀豐聲。王筠注：「以見豐兼意。」（卷十四「宀」部，頁271）

按：豐，敷空切，〔註177〕古音屬「敷」紐，韻屬「東」部；豐，敷空切，古

〔註169〕見《爾雅》卷上，頁9。

〔註170〕見《釋名》卷二，頁28。

〔註171〕見《周易正義》卷九，頁187，重刊宋本《十三經註疏校勘記》，台北：藝文印書
館。

〔註172〕見《周易正義》卷二，頁69。

〔註173〕見《爾雅》卷中，頁1。

〔註174〕見《爾雅注疏‧釋宮》卷五，頁72，重刊宋本《十三經註疏校勘記》，台北：藝
文印書館。

〔註175〕見《釋名》卷五，頁84。

〔註176〕王筠於此字下註解：「案所以度食謂之閣。天子之閣，左達五、右達五，而設於東
北則未聞。」見《說文解字句讀‧宀部》「宧」字下注。

〔註177〕《廣韻》注：「豐，敷空切，空字誤，今據切二、王二、全王正作敷隆切。」豐字

音屬「敷」紐，韻屬「東」部，聲符與形聲字聲韻俱同。豐字大、小徐本皆釋作「豆之豐滿者也。」《方言》：「敦、豐、厖……，大也。凡物之大貌曰豐。」〔註178〕《廣雅‧釋詁》：「弸、懻、憑、……穌、豐，滿也。」〔註179〕《廣韻》：「大也，多也，茂也，盛也。」段玉裁注：

謂豆之大者也，引伸之凡大皆曰豐。〔註180〕

《周易‧豐卦》：

彖曰：豐，大也。〔註181〕

《詩經‧豐年》：

豐年多黍多稌，亦有高廩，萬億及秭。〔註182〕

毛《傳》：「豐，大。」《國語‧周語上》：

奉義順則謂之禮，畜義豐功謂之仁。〔註183〕

韋昭注：「豐，大也。」《周禮‧鄉師》：

及窆執斧，以蒞匠師。〔註184〕

鄭玄注：「匠師主豐碑之事。」賈工彥疏：「豐，大也。」《廣雅‧釋詁》：「道、天、地、……豐……，大也。」〔註185〕且宀字有「屋室」義，〔註186〕將宀及豐二字結合，即可釋為「大屋」。

富，備也。一曰：厚也。從宀畐聲。王筠注：「兼意。」（同上，頁272）

按：富，方副切，古音屬「非」紐，韻屬「幽」部；畐，房六切，古音屬「奉」

亦同。見《廣韻‧東部》「豐」字，卷一，頁27。

〔註178〕見《方言》卷一，頁6。

〔註179〕見《廣雅》卷一，頁3。

〔註180〕見《說文解字注‧豐部》篇五「豐」字，頁208。

〔註181〕見《周易正義》卷六，頁126。

〔註182〕見《毛詩正義‧周頌‧豐年》卷十九，頁731。

〔註183〕見《國語》卷二，頁15。

〔註184〕見《周禮注疏‧地官‧鄉師》卷十一，頁175。

〔註185〕見《廣雅》卷一，頁1。

〔註186〕「牓」字大、小徐本皆釋「交覆深屋也。」

紐，韻屬「覺」部，聲符與形聲字聲同韻異。畐字大、小徐本皆釋作「滿
也。从（從）高省，像高厚之形。」《廣韻》：「滿也。」〔註187〕又「備」
字《廣雅・釋詁》：「詮、錄……備、饌，具也。」〔註188〕《國語・周語下》：

> 聖人保樂而愛財，財以備器，樂以殖財。〔註189〕

韋昭注：「備，具也。」富與福音義同，《釋名・釋言語》：「福，富也。」
〔註190〕《尚書・洪範》：

> 一曰壽，二曰富，三曰康寧……〔註191〕

漢孔安國《傳》：「財豐備。」

《詩經・瞻仰》：

> 天何以刺？何神不富？〔註192〕

毛《傳》：「富，福。」《禮記・郊特性》：

> 富也者，福也。〔註193〕

《禮記・曲禮》：

> 大饗不問卜，不饒富。〔註194〕

鄭玄注：「富之言備也。」無論財貨抑是農作收成皆充盈，都是有福氣之事。

窩，空貌。從穴矞聲。王筠注：「兼意。」（卷十四「穴」部，頁275）

> 按：窩，呼決切，古音屬「曉」紐，韻屬「質」部；矞，餘律切，古音屬「喻」
> 紐，韻屬「沒」部，聲符與形聲字聲同韻異。矞字大、小徐本皆釋作「以
> 錐有所穿也。

> 一曰：滿有所出。」《廣雅・釋詁》：「挺、秀、翩、……、矞、生，出也。」

〔註187〕見《廣韻・屋部》卷五，頁453。

〔註188〕見《廣雅》卷三，頁33。

〔註189〕見《國語》卷三，頁14。

〔註190〕見《釋名》卷四，頁56。

〔註191〕見《尚書正義・周書・洪範》卷十二，頁178。

〔註192〕見《毛詩正義・大雅・瞻卬》卷十八，頁696。

〔註193〕見《禮記注疏》卷二六，頁507。

〔註194〕見《禮記注疏》卷五，頁100。

〔註195〕窞字小徐注：

　　窞之言缺也。〔註196〕

　　《玉篇》：「深皃，或作坎。」穴有「土室」義，將穴與臽結合，即可顯示「空貌」。

寴，病臥也。從寢省夢省聲。王筠注：「兼意。」（卷十四「寢」部，頁277）

　　按：寴，七稔切，古音屬「清」紐，韻屬「侵」部；夢（即籀文「寢」），七稔切，古音屬「清」紐，韻屬「侵」部，聲符與形聲字聲韻俱同。寢字大、小徐本皆釋作「臥也。」《玉篇》：「臥也。寴、寢、寢並同。」〔註197〕《廣雅‧釋言》：「寢，偃也。」〔註198〕偃有「僵」義，病臥既久，則引申有「止息」義。《穀梁傳‧莊公三十二年》：

　　路寢，正寢也。寢疾居正寢，正也。〔註199〕

　　《禮記‧檀弓》：

　　曾子寢疾病，樂正子春坐於牀下。〔註200〕

　　寢從疒夢從聲，有「寐而覺者」義，疒有「病」義，將疒、寢及寢字相結合，即可顯示人有疾而臥病在床之情形。

疝，腹中急痛也。從疒丩聲。王筠注：「兼意。」（卷十四「疒」部，頁277）

　　按：疝，古巧切，古音屬「見」紐，韻屬「幽」部；丩，效攝。居求切，古音屬「見」紐，韻屬「幽」部，聲符與形聲字聲韻俱同。丩字大、小徐本皆釋作「相糾繚也。一曰瓜瓠結丩起。」小徐於疝字下注：

　　今人多言腹中絞結痛也。〔註201〕

　　段玉裁注：

〔註195〕見《廣雅》卷一，頁14。

〔註196〕見《説文解字繫傳‧穴部》卷十四，頁151。

〔註197〕見《玉篇‧寢部》卷上，頁57。

〔註198〕見《廣雅》卷五，頁65。

〔註199〕見《春秋穀梁傳注疏》卷六，頁65。

〔註200〕見《禮記注疏》卷六，頁117。

〔註201〕見《説文解字繫傳‧疒部》卷十四，頁153。

今吳俗語云：絞腸刮肚痛。其字當作疛也。〔註202〕

《玉篇》：「腹中急。」〔註203〕王筠於《說文釋例》云：

疛下雲腹中急痛也。殆方書之絞腸痧也。陰陽不分，糾結作楚，故從丩聲。丩，相糾繚也。〔註204〕

疒字有「因疾病而倚箸」義，腹部疼痛有如腸胃相糾結般痛苦，正可顯示「疛」字義，引申爲因腹部絞痛而緊縮糾繚。

儕，等，輩也。從人齊聲。王筠注：「兼意。」（卷十五「人」部，頁296）

按：儕，士皆切，古音屬「牀」紐，韻屬「脂」部；齊，徂奚切，古音屬「從」紐，韻屬「脂」部，聲符與形字聲異韻同。齊字大、小徐本皆釋作「禾麥吐穗上平也，象形。」《廣雅·釋言》：「齊，整也。」〔註205〕小徐於齊字下注：

生而齊者莫若禾麥也。〔註206〕

儕字《廣雅·釋詁》：「同、儕、等……，輩也。」〔註207〕《左傳·禧公二十三年》：

晉、鄭同儕，其過子弟，固將禮焉，況天之所啓乎？〔註208〕

杜預注：「儕，等也。」又〈宣公十一年〉：

王曰：善哉！吾未之聞也。反之，可乎？對曰：吾儕小人所謂「取諸其懷而與之」也。〔註209〕

杜預注：「儕，輩也。」又〈成公二年〉：

夫文王猶用眾，況吾儕乎？且先君莊王屬之……〔註210〕

〔註202〕見《說文解字注·疒部》篇七「㾄」字，頁348。

〔註203〕見《玉篇·疒部》卷中，頁7。

〔註204〕見《說文釋例·形聲》卷三，頁53。

〔註205〕見《廣雅》卷五，頁62。

〔註206〕見《說文解字繫傳·齊部》卷十三，頁139。

〔註207〕見《廣雅》卷一，頁7。

〔註208〕見《春秋左傳正義》卷十五，頁252。

〔註209〕見《春秋左傳正義》卷二二，頁384。

〔註210〕見《春秋左傳正義》卷二五，頁429。

杜預注:「儕,等。」《禮記・樂記》:

> 故先王之喜怒皆得其儕焉。喜則天下和之,怒則暴亂者畏之,先王
> 之道禮樂可謂盛矣。〔註211〕

鄭玄注:「儕猶輩類。」應用在人事上則有「齊等」義,將人與齊相結合,即可顯示「儕」字義。

僖,樂也。從人喜聲。王筠注:「兼意。」(卷十五「人」部,頁 299)

> 按:僖,許其切,古音屬「曉」紐,韻屬「之」部;喜,虛裏切,古音屬
> 「曉」紐,韻屬「之」部,聲符與形聲字聲韻俱同。喜字大、小徐本
> 皆釋作「樂也。」《爾雅・釋詁》:「怡、懌、悅、……喜、愉、豫……,
> 樂也。」〔註212〕《玉篇》:「樂也、悅也。」〔註213〕《廣韻》:「喜樂。」
> 〔註214〕《詩經・彤弓》:

> 我有嘉賓,中心喜之。〔註215〕

毛《傳》:「喜,樂也。」故人因「喜」而「樂」。

歆,神食氣也。從欠音聲。王筠注:「兼意。」(卷十六「欠」部,頁 328)

> 按:歆,魚金切,古音屬「疑」紐,韻屬「侵」部;音,於金切,古音屬「影」
> 紐,韻屬「侵」部,聲符與形聲字聲異韻同。音字大、小徐本皆釋作「聲
> 也,生於心有節於外謂之音。」戴侗曰:

> 欲食者先歆其氣,故曰歆。羨鬼神饗氣臭而不饗味,故曰歆饗。
> 〔註216〕

小徐於歆字下注:

> 禮周人上臭灌用鬱鬯。又曰有飶其香,神靈先享其氣也。〔註217〕

〔註211〕見《禮記注疏》卷三九,頁 701。

〔註212〕見《爾雅》卷上,頁 2。

〔註213〕見《玉篇・喜部》卷中,頁 41。

〔註214〕見《廣韻・止部》卷三,頁 251。

〔註215〕見《毛詩正義・小雅・彤弓》卷十,頁 352。

〔註216〕見宋戴侗《六書故》卷八「欠之諧聲」,頁 5,收錄《四庫全書珍本》六集。

〔註217〕見《說文解字繫傳・欠部》卷十六,頁 177。

段玉裁注：

> 《大雅》曰：『履帝武敏歆。』《傳》曰：『歆，饗也。』許用毛義而
> 不雲饗也者，嫌食部以鄉飲酒釋饗，故易其文神食氣，故其字從欠
> 也，引申爲熹悅之意。〔註218〕

《詩經・生民》：

> 履帝武敏歆，攸介攸止。〔註219〕

孔穎達疏：「《正義》曰『鬼神食氣謂之歆，故以歆爲饗，謂祭而神饗之也。』」
又〈楚茨〉：

> 苾芬孝祀，神嗜飲食。〔註220〕

毛《傳》：「女之以孝敬享祀也，神乃歆嗜女之飲食。」《儀禮・少牢饋食
禮》：

> 孝孫某來日丁亥用薦歲事于皇祖伯某以某妃配某氏，尚饗，此所謂
> 配也。〔註221〕

鄭玄注：「饗，歆也。」《左傳・僖公十年》：

> 臣聞之：神不歆非類，民不祀非族。〔註222〕

杜預注：「歆，饗也。」又〈僖公三十一年〉：

> 鬼神非其族類，不歆其祀。〔註223〕

杜預注：「歆猶饗也。」又〈襄公二十七年〉：

> 亡曰：尚矣哉！能歆神、人，宜其光輔五君以爲盟主也。〔註224〕

杜預注：「歆，享也。」《論衡・祀義篇》：

> 且夫歆者，內氣也；言者，出氣也。能歆則能言，由能吸則能呼矣。

〔註218〕見《說文解字注・欠部》篇八，頁414。
〔註219〕見《毛詩正義・大雅・生民》卷十七，頁587。
〔註220〕見《毛詩正義・小雅・楚茨》卷十三，頁457。
〔註221〕見《儀禮注疏・少牢饋食禮》卷四七，頁557。
〔註222〕見《春秋左傳正義》卷十三，頁221。
〔註223〕見《春秋左傳正義》卷十七，頁287。
〔註224〕見《春秋左傳正義》卷三○，頁647。

〔註225〕

　　有酒食，由神靈先饗其氣，以示敬畏。「音」字應是饗氣發出讚嘆聲，然從音得聲無法顯示「神食氣」義，若改成「從音欠聲」則能符合歆字義。〔註226〕《釋名‧釋姿容》：「欠，嵌也，開張其口作聲。」〔註227〕欠字小篆作欠，向氣上出，帶入「歆」字，正可顯示「神食氣」義。

崛，山短高也。從山屈聲。王筠注：「兼意。」（卷十八「山」部，頁349）

　　按：崛，魚勿切，古音屬「疑」紐，韻屬「沒」部；屈，區勿切，古音屬「溪」紐，韻屬「沒」部，聲符與形聲字聲異韻同。屈字大、小徐本皆釋作「無尾也。」無尾則短，《埤倉》：「屈，短尾犬也。」〔註228〕崛字《埤倉》：「特立也，特起也。」〔註229〕《玉篇》：「山短高皃，又特起也。」〔註230〕《正字通》：「凡曲而不申者皆曰屈。」〔註231〕《史記‧司馬相如列傳》：

　　巖陀甗錡，摧崣崛崎，振谿通谷，蹇產溝瀆⋯⋯〔註232〕

司馬貞《索隱》：「隆屈眾折貌。」又云：

　　丘墟崛𡿭，隱轔鬱𡾋。〔註233〕

張守節《正義》：「堆壟不平貌。」又〈滑稽列傳〉：

　　今世之處士，時雖不用，崛然獨立，塊然獨處。〔註234〕

　　《漢書‧揚雄傳》：

〔註225〕見《論衡》卷二五，頁679。

〔註226〕欠，去劍切，古音屬「溪」紐，嚴攝，和歆字聲同韻近，比「從欠音聲」更爲貼切。

〔註227〕見《釋名》卷三，頁41。

〔註228〕見魏張揖《埤倉》，頁20，收錄《黃氏逸書考》。台北：藝文印書館。民國59年4月景印出版。

〔註229〕見魏張揖《埤倉》，頁5，收錄《黃氏逸書考》。

〔註230〕見《玉篇‧山部》卷下，頁10。

〔註231〕見明張自烈《正字通‧尸部》寅集上「屈」字，頁361，北京：國際文化出版。西元1996年1月一版一刷。

〔註232〕見《史記》卷一一七，頁1236。

〔註233〕見《史記》卷一一七，頁1236。

〔註234〕見《史記》卷一二六，頁1313。

洪臺掘其獨出分，掖^{北極}之嶻嶭。〔註235〕

顏師古注：「應劭曰：『掘，特皃。』」，清王先謙補注：「掘作崛。」將「屈」義帶入「崛」字，正可顯示「山短高」義。

礔，舂巳復擣之曰礔。從石遝聲。王筠注：「兼意。」（卷十八「石」部，頁358）

按：礔，徒合切，古音屬「定」紐，韻屬「緝」部；遝，徒合切，古音屬「定」紐，韻屬「緝」部，聲符與形聲字聲韻俱同。遝字大、小徐本皆釋作「語多遝遝也。」《小爾雅・廣言》：「遝、襲，合也。」〔註236〕《玉篇》：「重疊也，多言也，合也。」〔註237〕《埤倉》：「沓，金沸出也。」〔註238〕礔字《廣雅・釋詁》：「舀、磋、陽、……礔，舂也。」〔註239〕《玉篇》：「再舂也。」〔註240〕舂反覆擣合猶如語言反覆般地循環，人聲雜如鼎沸，將遝與石結合，「礔」字義即可明瞭。

狄，^{赤犬也}。赤狄本犬種，狄之為言淫辟也。從犬亦省聲。王筠注：「當依《九經字樣》作赤省聲，若不兼意者，則赦或作赦，赤，亦固同聲也。」（卷十九「犬」部，頁377）

按：狄，徒歷切，古音屬「定」紐，韻屬「錫」部；亦，羊益切，古音屬「喻」紐，韻屬「錫」部，聲符與形聲字聲韻俱同。〔註241〕狄字甲骨文寫作 𤝔

〔註235〕見《漢書》卷八七，頁1520。

〔註236〕見《小爾雅》，頁2。

〔註237〕見《玉篇・日部》卷上，頁67。

〔註238〕見《埤蒼》，頁8。

〔註239〕見《廣雅》卷四，頁47。

〔註240〕見《玉篇・石部》卷下，頁14。

〔註241〕依據曾運乾〈喻母古讀考〉謂「喻」母古讀「定」母，並舉典籍為證，如《周易・渙卦》：「渙有丘，匪夷所思。」（見《周易正義》卷六，頁131，台北：藝文印書館），《經典釋文》：「（匪）夷，荀本作（匪）弟。」（見唐陸德明《經典釋文・周易音義》卷二，頁30，台北：鼎文書局。民國64年3月再版）；《老子》：「亭之、毒之、養之。」（見晉王弼注《老子》五一章，頁105，臺北：藝文印書館。民國64年9月三版），《經典釋文》：「毒之今作育。」（見《經典釋文・老子音義》卷25，頁358。）見《音韻學講義・廣韻學》4節「喻母分隸牙舌音」，頁147，北京：中華書局。西元1996年11月一版一刷。

（《誠 235》），甲文「大」★（《甲 387》）與「赤」☆（《鐵 10.2》）皆象正面人形，故從大、赤皆通，至金文乃訛變从火。王筠引用《初學記》說法，〔註242〕段玉裁則更正爲「北狄」，注：

北各本作赤，誤，今正。〔註243〕

狄本爲犬種，先秦時期中國四周皆有外族，《爾雅・釋地》：「九夷、八狄、七戎、六蠻，謂之四海。」〔註244〕《廣雅・釋言》：「狄，辟也。」〔註245〕《周禮・職方氏》：

以掌天下之地，辨其邦國、都鄙、四夷、八蠻、七閩、九貉、五戎、

六狄之人民與其財用、九穀、六畜之數要。〔註246〕

鄭玄注：「東方曰夷，南方曰蠻，西方曰戎，北方曰貉。狄玄謂閩蠻之別也。」故以「蠻荒邪辟」形容居住在中原以外之人。

焍，〔註247〕望火皃。從火曰聲。王筠注：「此讀蓋兼意也。」（卷十九「火」部，頁 385）

按：焍，他歷切，古音屬「透」紐，韻屬「錫」部；曰，烏皎切，古音屬「影」紐，韻屬「宵」部，聲符與形聲字聲韻俱異。曰字大、小徐本皆釋作「望遠合也。」焍字《玉篇》：「望見火。」〔註248〕又焍字讀若「駒驖之駒」，讀音同「旳」，〔註249〕旳有「明」義，遠望光亮灼目之事物，且字之偏旁爲「火」，兩相結合遂有「望火貌」義。

黔，黃黑也。從黑金聲。王筠注：「兼意。」（卷十九「黑」部，頁 387）

〔註242〕見唐徐堅輯《初學記・獸部》卷二九「狗」云：「狄，赤犬也。」，頁 471，收錄《文淵閣四庫全書》子部一九六部。

〔註243〕見《說文解字注・犬部》篇十「狄」字，頁 476。

〔註244〕郭璞注：「九夷在東，八狄在北，七戎在西，六蠻在南，次四荒者。」見《爾雅》卷中，頁 18。

〔註245〕見《廣雅》卷五，頁 62。

〔註246〕見《周禮注疏》卷三三，頁 498。

〔註247〕「焍」字段注本釋形爲「焍」較合乎本義，今從段注本。

〔註248〕見《玉篇・火部》卷下，頁 6，《玉篇》作「𤈦」，誤。

〔註249〕「旳」字都歷切，古音屬「端」紐，梗攝。

按：黭，居吟切，古音屬「見」紐，韻屬「侵」部；金，居吟切，古音屬
「見」紐，韻屬「侵」部，聲符與形聲字聲韻俱同。金字大、小徐本
皆釋作「五色金也，黃爲之長。」《廣雅・釋器》：「金、錯，鐵也。」
〔註250〕《史記・平準書》：

> 金有三等，黃金爲上，白金爲中，赤金爲下。〔註251〕

黭字《玉篇》：「黃黑如金。」〔註252〕將「金」義帶入「黭」字，即顯示「黃
黑」義。

思，容也。從心囟聲。凡思之屬皆從思。〔註253〕王筠注：「兼意。」（卷二○
「思」部，頁399）

按：思，息茲切，古音屬「心」紐，韻屬「之」部；囟，息晉切，古音屬「心」
紐，韻屬「諄」部聲符與形聲字聲同韻異。囟字大、小徐本皆釋作「頭
會腦蓋也。」篆文作囟，象頭形。「思」字《尚書・堯典》：

> 曰若稽古，帝堯曰放勛，欽明文思安安，允恭克讓，光被四表，格
>
> 於上下。〔註254〕

孔穎達疏：「鄭玄云：『敬事節用謂之欽……慮深通敏謂之思。』」又〈洪
範〉：

> 二，五事。一曰貌，二曰言，三曰視，四曰聽，五曰思。貌曰恭……
>
> 思曰睿。〔註255〕

孔穎達疏：「……聽者，受人言察是非也。思者，心慮所行使行得中也。」
《晉書・五行志》：

> 思心不容是謂不聖。思心者，心思慮也。〔註256〕

〔註250〕見《廣雅》卷八，頁96。

〔註251〕見《史記》卷三○，頁565。

〔註252〕見《玉篇・黑部》卷下，頁7。

〔註253〕《玉篇・思部》思字古文作「𤟭」，卷上，頁62。

〔註254〕見《尚書正義・虞書・堯典》卷二，頁19。

〔註255〕見《尚書正義・周書・洪範》卷十二，頁170。

〔註256〕見《晉書》卷二九（清乾隆武英殿刊本），頁421，台北：藝文印書館。

《韻會》:「自囟至心如絲相貫不絕也。一曰:念也。」〔註257〕王筠說解道:

竊謂兼取其義,人之能記在腦,故有遺忘則仰而思之,俗謂之問腦。

〔註258〕

人的記憶在腦,腦部運作使記憶相貫不絕,容納於心,如器之容物,故曰:「思,容也。」

泐,水石之理也。從水防聲。王筠注:「防、地理也。兼意。」(卷二一「水」部,頁439)

按:泐,盧則切,古音屬「來」紐,韻屬「德」部。防,盧則切,古音屬「來」紐,韻屬「德」部。聲符與形聲字聲韻俱同。防字大、小徐本皆釋作「地理也。」小徐並注:地之脈理也。〔註259〕

《玉篇》:「地脉理。」〔註260〕段氏注:

防謂脈理。按力者,筋也。筋有脈絡可循,故凡有理之字皆從力。

〔註261〕

泐字《周禮·考工記》:

……石有時以泐,水有時以凝、有時以澤,此天時也。〔註262〕

鄭玄注:「泐謂石解散也。」《博物志》:

地以石為之骨,川為之脈。〔註263〕

石塊因長期在陸地或水中,無論堅硬與否皆有裂痕現象,此裂痕亦象紋路,將防與水結合成「泐」字,即可顯示「水石之理」義。

〔註257〕見元黃公邵、熊忠《古今韻會舉要·之部》(明嘉靖江西本)卷二,頁52,北京:中華書局。西元2000年2月一版一刷。

〔註258〕見《說文釋例·鈔存》卷十四,頁352。

〔註259〕見《說文解字繫傳·阜部》卷二八,頁275。

〔註260〕見《玉篇·阜部》卷下,頁16。

〔註261〕見《說文解字注·阜部》篇十四「防」字,頁731。

〔註262〕見《周禮註疏·冬官·考工記》卷三九,頁596。

〔註263〕見晉張華《博物志》(士禮居本)卷一,頁1,台北:臺灣中華書局。民國59年1月臺三版。

湎，沈於酒也。從水面聲。王筠注：「《釋文》：飲酒齊色曰湎。即《韓詩》所謂齊顏色也，則面亦兼意。」（卷二一「水」部，頁443）

按：湎，彌袞切，古音屬「明」紐，韻屬「元」部；面，彌箭切，古音屬「明」紐，韻屬「元」部，聲符與形聲字聲韻俱同。面字大、小徐本皆釋作「顏前也。」「顏」字《小爾雅‧廣服》：「顚、顏、頯，額也。」〔註264〕《尚書‧酒誥》：

> 越百姓里居，罔敢湎于酒，不惟不敢亦不暇。〔註265〕

《詩經‧賓之初筵‧序》：

> 幽王荒廢，媟近小人，飲酒無度，天下化之，君臣上下沈湎淫液，武公既入而作是詩也。〔註266〕

毛《傳》：「飲酒齊色曰湎。」又〈蕩〉：

> 天下湎爾以酒，不義從式。〔註267〕

鄭玄箋：「天不同女顏色以酒，有沈湎於酒者，是乃過也，不宜從而法行之。」《禮記‧樂記》：

> 慢易以犯節，流湎以忘本。廣則容姦，狹則思欲。〔註268〕

《荀子‧非十二子》：

> 少言而法，君子也。多少無法而流湎然；雖辯，小人也。〔註269〕

《初學記》引《韓詩》云：

> ……齊顏色，均眾寡，謂之沈；閉門不出者，謂之湎。〔註270〕

過度飲酒者顏面皆呈醺紅色狀，故過份嗜愛杯中物「是乃過也。」

〔註264〕見《小爾雅》，頁3。

〔註265〕見《尚書正義‧周書‧酒誥》卷十四，頁209。

〔註266〕見《毛詩正義‧小雅‧賓之初筵》卷十四，頁489。

〔註267〕見《毛詩正義‧小雅‧蕩》卷十八，頁643。

〔註268〕見《禮記注疏》卷三八，頁681。

〔註269〕見《荀子》，頁46。

〔註270〕見唐徐堅《初學記‧酒》卷二六，頁420，收錄《文淵閣四庫全書》子部一九六部。

瀻，議辠也。從水獻聲。王筠注：「兼意字。亦省作獻。」（卷二一「水」部，

頁 445）

按：瀻，魚列切，古音屬「疑」紐，韻屬「月」部；獻，魚列切，古音屬「疑」

紐，韻屬「月」部，聲符與形聲字聲韻俱同。獻字大、小徐本皆釋作「宗

廟犬，名羹獻。犬肥者以獻之。」從甲骨文觀看，字形所從之鼎或鬲皆

為鼎實，〔註271〕 非單指「犬肥者」，故獻引申有「進獻」義。《爾雅·釋

言》：「獻，聖也。」〔註272〕《廣雅·釋詁》：「供、奉、獻……，進也。」

〔註273〕《玉篇》：「議也，與瀻同。」〔註274〕《詩經·泮水》：

矯矯虎臣，在泮獻馘。淑問如皋陶，在泮獻囚。〔註275〕

鄭玄箋：「僖公既伐淮夷而反，在泮宮使武臣獻馘。又使善聽獄之吏如皋陶

者獻囚。」《禮記·文王世子》：

獄成，有司獻於公。〔註276〕

議辠當如水之平，故從水，《廣雅·釋言》：「瀻，疑也。」〔註277〕王念孫

注：「疑之言擬議也。」〔註278〕今亦寫成從言的「讞」字，《廣韻》：「正獄。」

〔註279〕《周禮·訝士》鄭玄注：「謂讞疑辨事先來詣，乃通之於士也。」孔穎

達疏：「謂四方諸侯有疑獄不決，讞使上王府士師者。」〔註280〕《漢書·景帝

紀》：

諸獄疑，若雖文致於法而於人心不厭者，輒讞之。〔註281〕

〔註271〕獻字甲文一期寫作💠（《前》8.11.2），三期寫作💠（《甲》2082）、💠（《佚》273）、
💠（《甲》3584）。

〔註272〕郭璞注：「《諡法》曰：『聰明睿智曰獻』。」見《爾雅》卷上，頁 14。

〔註273〕見《廣雅》卷二，頁 18。

〔註274〕見《玉篇·水部》卷中，頁 60。

〔註275〕見《毛詩正義·魯頌·泮水》卷二〇，頁 769。

〔註276〕見《禮記注疏》卷二〇，頁 401。

〔註277〕見《廣雅》卷五，頁 60。

〔註278〕見《廣雅疏證·釋言》卷五，頁 158。

〔註279〕見《廣韻·薛部》卷五，頁 498。

〔註280〕見《周禮注疏·秋官·訝士》卷三五，頁 531、532。

〔註281〕見《漢書》卷五，頁 82。

顏師古注：「讞，平議也。」又〈張湯傳〉：

上所是，受而著讞法廷尉挈令，揚主之明。〔註282〕

顏師古注：「書於讞法挈令以為後式也。」又〈雋疏于薛平彭傳〉：

定國食酒至數石不亂。冬月，請治讞，飲酒益精明。〔註283〕

顏師古注：「讞，平議也。」訟獄有疑，則請執法者裁定是非，執法者的立場必須公正不偏頗有如水平般，故以讞為平議。

拊，揗持也。從手布聲。一曰：抪也。王筠注：「依下一義則兼意。」（卷二三「手」部，頁475）

按：拊，博故切，古音屬「幫」紐，韻屬「魚」部；布，博故切，古音屬「幫」紐，韻屬「魚」部，聲符與形聲字聲韻俱同。布字大小徐本皆釋作「枲織也。」小徐注釋：

枲，麻也。古衣帛助之以狐豹熊虎之皮故為巾，唯布為宜也。〔註284〕

《釋名・釋綿帛》：「布，布也。布列眾縷為經，以緯橫成之也。又太古衣皮，女工之始，始於是施布其法，使民盡用之也，亦言豨也，其經緯豨也。」〔註285〕《小爾雅・廣服》：「麻紵葛曰布。布，布通名也。」〔註286〕《廣韻》：「布帛也，又陳也。」〔註287〕由以上解釋得知「布」為布帛為引申用法，王筠說「依下一義則兼意。」即是說明布帛需鋪張平展，故拊字可表示「鋪陳」義，然拊與揗字義相近，皆有「持」義，〔註288〕且布有「敷」義，〔註289〕以手拊循而持

〔註282〕見《漢書》卷五九，頁1222。

〔註283〕見《漢書》卷七一，頁1358。

〔註284〕見《說文解字繫傳・巾部》卷十四，頁158。

〔註285〕見《釋名》卷四，頁68。

〔註286〕見《小爾雅》，頁3。

〔註287〕見《廣韻・暮部》卷四，頁369。

〔註288〕《廣雅・釋詁》：「縉、義、麗……布、張……，施也。」見《廣雅》，頁32。又〈釋詁〉：「鋪、㪠、㪭、拊……，布也。」頁36。《小爾雅・廣詁》：「頒、賦、鋪、敷，布也。」頁1。漢班固《漢書・景十三王傳》：「塵埃拊覆，昧不泰山。」顏師古注：「拊亦布散也。」（見《漢書》卷五三，頁1136。）《詩經・小旻》：「旻天疾威，敷於下土。」毛《傳》：「敷，布也。」（見《毛詩正義・小雅・小旻》卷十二，頁142。）《左傳・昭公十六年》：「僑若獻玉，不知所成，敢私布之。」杜預

之，即可表示「拊」義，故王筠說「依下一義」。

挾，俾持也。從手夾聲。王筠注：「夾聲兼意。」（卷二三「手」部，頁475）

　　按：挾，胡頰切，古音屬「匣」紐，韻屬「帖」部；夾，古洽切，古音屬「見」

　　　　紐，韻屬「緝」部（依《切韻指南》分類皆屬「咸攝」），聲符與形聲字

　　　　聲異韻同。夾字大、小徐本皆釋作「持也。」《禮記・檀弓》：

　　　殷人殯於兩楹之間，則與賓主夾之也。〔註290〕

　　《尚書・多方》：

　　　爾曷不夾界乂我周王，享天之命？〔註291〕

　　孔安國傳：「夾，近也。」揚雄《法言》作「俠介」，《漢書・季布欒布田叔

傳》：

　　　季布，楚人也，爲任俠有名。〔註292〕

　　顏師古注：「俠之言挾也，以權力俠輔人也。」《左傳・隱公九年》：

　　　三日，癸酉，大雨震電。庚辰，大雨雪。挾辛。〔註293〕

　　《公羊傳》及《穀梁傳》並作「俠」〔註294〕《儀禮・既夕禮》：

　　　注：「布，陳也。」（見《春秋左傳注疏》卷四七，頁882。）故布有「鋪成」、「敷
　　　成」義。捫字有「撫持」義，《詩經・抑》：「無易由言，無曰苟矣。莫捫朕舌。」
　　　毛《傳》：「捫，持也。（見《毛詩正義・大雅・抑》卷十八，頁647。）《玉篇・
　　　手部》：「捫，持也。」（卷上，頁44。），撫字有「安」義，段氏注：「撫，安也，
　　　一曰㩜也。謂安㩜而持之也。」

〔註289〕如《山海經・海內經》：「禹鯀是始布土。」注：「布猶敷也。」（見《山海經》卷
　　　十八，頁5，收錄《經訓堂叢書》，台北：藝文印書館。民國58景印）《國語・吳
　　　語》：「布幣行禮。」韋昭注：「布，陳也。」（見《國語》卷十九，頁1。）《左傳・
　　　昭公十六年》：「僑若獻玉，不知所成，敢私布之。」杜預注：「布，陳也。」（見
　　　《春秋左傳正義》卷四七，頁828。）

〔註290〕見《禮記注疏》卷七，頁130。

〔註291〕見《尚書正義・周書・多方》卷十七，頁258。

〔註292〕見《漢書》卷三七，頁980。

〔註293〕見《春秋左傳正義》卷四，頁76。

〔註294〕見《春秋公羊傳注疏》：「俠者，何吾大夫之未命者也。」（卷六二，頁140）；《春
　　　秋穀梁傳注疏》：「俠者，所俠也。」（卷二，頁25）。

薦馬，纓三門，入門，北面，交轡，圉人夾牽之。〔註295〕

鄭玄注：「在左右曰夾。」《廣雅・釋詁》：「親、俅、傍……夾、次……，近也。」〔註296〕故「夾」字本義爲夾持、夾輔之義，引申爲凡物在兩側，挾字《爾雅・釋言》：「藏也。」〔註297〕《釋名・釋姿容》：「挾，夾也，夾在旁也。」〔註298〕《廣雅・釋詁》：「護、戶、挾，護也。」〔註299〕《玉篇》：「持也，懷也。」〔註300〕《國語・齊語》：

時雨既至，挾其槍、刈、耨、鎛以旦，暮從事於田野。〔註301〕

又〈吳語〉：

建旌提鼓，挾經秉枹。〔註302〕

韋昭並注：「在掖曰挾。」挾字《禮記・月令》：

天子乃厲飾，執弓挾矢以獵，命主祠祭禽于四方。〔註303〕

段玉裁認爲此字應作「挾」字，並注：

亦部**夾**下曰：盜竊褱物也，俗謂蔽人俾**夾**。然則俾持正謂藏匿之時，如今人言懷挾也。〔註304〕

鈕樹玉亦承此說，〔註305〕然經籍未見用挾字者，且夾、俠及挾有通假之關係，故此字仍以從手夾聲的「挾」字爲妥。

嫋，姈也。從女弱聲。王筠注：「姈下云：『弱長貌。』即足見其兼意矣。」（卷

〔註295〕見《儀禮注疏》卷三八，頁451。

〔註296〕見《廣雅》卷三，頁33。

〔註297〕見《爾雅》卷上，頁13。

〔註298〕見《釋名》卷三，頁38。

〔註299〕見《廣雅》卷四，頁48。

〔註300〕見《玉篇・手部》卷上，頁44。

〔註301〕見《國語》卷六，頁3。

〔註302〕見《國語》卷十九，頁7。

〔註303〕見《禮記注疏》卷十七，頁339。

〔註304〕見段注《說文解字注・手部》篇十二「徣」字，頁597。

〔註305〕見清鈕樹玉《段氏說文注訂・手部》（清光緒張炳翔輯刊）第六「挾」字，頁7收錄《許學叢書》，台北：藝文印書館。民國54初版。

二四「女」部，頁 496）

　　按：嫋，奴鳥切，古音屬「泥」紐，韻屬「幽」部；弱，而灼切，古音屬「日」紐，韻屬「藥」部，聲符與形聲字聲同韻異。〔註 306〕弱字大、小徐本皆釋作「橈也，上象橈曲，象毛氂橈弱也。」《釋名·釋言語》：「弱，衂也，言委衂也。」〔註 307〕衂有「挫敗」義，橈為曲木，引申有「弱」義，〔註 308〕《淮南子·原道訓》：

　　故得道者，志弱而事強，心虛而應當。〔註 309〕

　　高誘注：「弱，柔也。」嫋字《廣雅·釋訓》：「媣媣、嫋嫋、姌姌，弱也。」〔註 310〕《玉篇》：「姌，嫋長也。」〔註 311〕《楚辭·九歌》：

　　嫋嫋兮秋風。〔註 312〕

　　王逸注：「嫋嫋，秋風搖木皃。」《史記·司馬相如列傳》：

　　靚莊刻飾，便嬛綽約。柔橈嬛嬛，斌媚姌嫋。〔註 313〕

　　將弱與女結合，即可表示「弱長」義。

媅，樂也。從女甚聲。王筠注：「據《韓詩》則兼意。」（卷二四，頁 497）

　　按：媅，丁含切，古音屬「端」紐，韻屬「侵」部；甚，時鴆切，古音屬「禪」紐，韻屬「侵」部，聲符與形聲字聲異韻同。甚字大、小徐本皆釋作「尤安樂也。」

　　《玉篇》：「孔也，安樂也，劇也。」〔註 314〕媅字經典寫成「妉」，《爾雅·

〔註 306〕依據章太炎「古音娘、日二紐歸泥說」，收錄《國學略說》，頁 28，台北：河洛出版社。民國 63 年 10 月臺景印初版。

〔註 307〕見《釋名》卷四，頁 55。

〔註 308〕見《周易正義·大過》：「棟橈，本末弱也。」卷三，頁 70。《春秋左傳正義·成公二年》：「畏君之震，師徒橈敗。」卷二五，頁 426。

〔註 309〕見《淮南子》卷一，頁 19。

〔註 310〕見《廣雅》卷六，頁 71。

〔註 311〕見《玉篇·女部》卷上，頁 25。

〔註 312〕見宋洪興祖《楚辭補注·九歌·湘君》，頁 65，台北：長安出版。民國 76 年 9 月再版。

〔註 313〕見《史記》卷一一七，頁 1240。

釋詁》：「妉，樂也。」〔註315〕亦寫作「耽」，《尚書·無逸》：

> 不聞小人之勞，惟耽樂之從。〔註316〕

孔安國《傳》：「過樂謂之耽。」《詩經·氓》：

> 于嗟女兮，無與士耽。〔註317〕

毛《傳》：「耽，樂也。」又寫成「湛」，〈鹿鳴〉：

> 鼓瑟鼓琴，和樂且湛。〔註318〕

毛《傳》：「湛，樂之久。」又〈常棣〉：

> 兄弟既翕，和樂且湛。其湛曰樂，各奏爾能。〔註319〕

鄭玄箋：「湛，又作『耽』，《韓詩》云：『樂之甚也』。」又〈谷風〉：

> 或湛樂飲酒，或慘慘畏咎。〔註320〕

又〈賓之初筵〉：

> 錫爾純嘏，子孫其湛。〔註321〕

鄭玄箋：「湛，樂也。」《國語·周語下》：

> 昔共工棄此道也，虞于湛樂，淫失其身……〔註322〕

故愖、祇、耽、湛所表達之概念是相同的。段氏注：

> 耽、湛皆叚借字，媅其眞字也。叚借行而眞字廢矣。〔註323〕

媅有「安樂」義，因強調「過份安樂」，故加形符「女」旁以加強字義。

賊，敗也。從戈則聲。王筠注：「依左氏則兼意。」（卷二四「戈」部，頁505）

〔註314〕見《玉篇·甘部》卷上，頁71。

〔註315〕見《爾雅》，卷上，頁2。

〔註316〕見《尚書正義·周書·無逸》卷十六，頁241。

〔註317〕見《毛詩正義·衛風·氓》卷三，頁135。

〔註318〕見《毛詩正義·小雅·鹿鳴》卷九，頁317。

〔註319〕見《毛詩正義·小雅·常棣》卷九，頁322。

〔註320〕見《毛詩正義·小雅·谷風》卷十三，頁444。

〔註321〕見《毛詩正義·小雅·賓之初筵》卷十四，頁493。

〔註322〕見《國語》卷三，頁5。

〔註323〕見《說文解字注·女部》篇十二「媅」字，頁620。

按：賊，昨則切，古音屬「從」紐，韻屬「職」部；則，子德切，古音屬「精」紐，韻屬「職」部，聲符與形聲字聲韻俱同。〔註324〕則字大、小徐本皆釋作「等畫物也。」《玉篇》：「法也。」〔註325〕賊字原寫成「賊」，從貝從戈，會意字，隸變成從戈則聲。《爾雅‧釋蟲》：「食節，賊。食根，蟊。」〔註326〕李巡云：「食禾節者言貪狼，故曰賊也。」《尚書‧舜典》：

> 帝曰：皋陶，蠻夷猾夏，寇賊姦宄。〔註327〕

孔安國傳：「殺人曰賊。」《詩經‧大田》：

> 及其蟊賊，無害我田穉。〔註328〕

鄭玄箋：「食節曰賊。」《左傳‧文公十八年》太史克引周公作〈誓命〉：

> 毀則為賊，掩賊為藏，竊賄為盜，盜器為姦。〔註329〕

杜預注：「毀則，壞法也。」又〈昭公十四年〉：

> 貪以敗官為墨，殺人不忌為賊。〔註330〕

《荀子‧修身》：

> 趣舍無定謂之無常，保利棄義謂之至賊。〔註331〕

又〈解蔽〉：

> 固有知非以慮是，則謂之懼；有勇非以持是，則謂之賊。〔註332〕

《莊子‧漁父》：

> 好言人之惡謂之讒，析交離親謂之賊。〔註333〕

〔註324〕從與精二紐依據唐守溫「三十六字母」分類皆屬「齒頭音」，至《廣韻》分類亦然。
〔註325〕見《玉篇‧刀部》卷中，頁47。
〔註326〕見《爾雅》卷下，頁14。
〔註327〕見《尚書正義‧虞書‧舜典》卷三，頁44。
〔註328〕見《毛詩正義‧小雅‧大田》卷十四，頁473。
〔註329〕見《春秋左傳正義》卷二〇，頁352。
〔註330〕見《春秋左傳正義》卷四七，頁821。
〔註331〕見《荀子》，頁18。
〔註332〕見《荀子》，頁208。

《春秋繁露‧仁義法》：

故自稱其惡謂之情，稱人之惡謂之賊。〔註334〕

《史記‧李斯列傳》：

且夫從外制中謂之惑，從下制上謂之賊。〔註335〕

故破壞法則或是貪狠強奪戕害別人者，皆謂之賊。〔註336〕

繇，〔註337〕隨從也。從系䚻聲。王筠注：「兼意。」（卷二四「系」部，頁513）

按：繇，以周切，古音屬「喻」紐，韻屬「周」部；䚻，以周切，古音屬「喻」紐，韻屬「周」部，聲符與形聲字聲韻俱同。䚻字大、小徐本皆釋作「徒歌。」〔註338〕小徐云：

今《說文》本皆言徒也。當言徒歌，必脫誤也。〔註339〕

《爾雅‧釋詁》：「徒歌謂之謠。」〔註340〕《玉篇》：「䚻，從也。」〔註341〕《廣韻》：「䚻，從也。」〔註342〕繇字亦作繇，《爾雅‧釋詁》：「迪、繇、訓，道也。」〔註343〕吳楚云：

謠者，䚻之變……凡人聲皆以樂協之而成音，若䚻則但有人聲不以樂協，是不在金石絲竹匏土革木八音之列……而別之曰徒歌也……

〔註333〕見清王先謙撰《莊子集解》卷八，頁295，台北：世界書局。西元2001年11月二版一刷。

〔註334〕見漢董仲舒《春秋繁露》卷八（抱經堂本），頁9，台北：臺灣中華書局。民國51年11月臺一版。

〔註335〕見《史記》卷八七，頁1031。

〔註336〕賊和賊字互為異體關係，若賊字改成「從貝從戎」，戎字甲文作 𢦏，像兵器之形，拿兵器強奪財物（「貝」在古代為貨幣單位），雖屬會意字，亦可顯示「賊」義。

〔註337〕「繇」字大徐曰：「今俗从䍃。」見《說文解字》卷十二，頁429。

〔註338〕䚻字變體作「䚻」。

〔註339〕見《說文解字繫傳‧言部》卷五，頁82。

〔註340〕見《爾雅》卷中，頁8。

〔註341〕見《玉篇‧言部》，卷上，頁64。

〔註342〕見《廣韻‧尤部》，卷二，頁205。

〔註343〕見《爾雅》卷上，頁9。

又便作繇，與繇同字而異體。〔註344〕

《史記·高祖本紀》：

高祖常繇咸陽縱觀，觀秦皇帝。喟然太息曰……〔註345〕

裴駰《集解》：「應劭注『繇，役也。』」《漢書·文帝紀》：

因各飭其任職，務省繇費以便民。〔註346〕

又〈宣帝紀〉：

或擅興繇役，飾廚傳，稱過使客，越職踰法……〔註347〕

繇字或體作「由」，《詩經·君子陽陽》：

君子陽陽，左持簧，右招我由房。〔註348〕

鄭玄箋：「由，從也。」《論語·泰伯》：

子曰：民可使由之，不可使知之。〔註349〕

何晏集解：「由，從也。」從歌詞細繹其由來到繇役者跟隨而為之，皆須被依循導引方可完成，故繇字有「隨從」義。

縑，並絲繒也。從糸兼聲。王筠注：「兼意。」（卷二五「糸」部，頁519）

按：縑，古甜切，古音屬「見」紐，韻屬「添」部；兼，古甜切，古音屬「見」紐，韻屬「添」部，聲符與形聲字聲韻俱同。兼字《說文》釋作「並也。」〔註350〕《廣雅·釋詁》：「粹、兼、並、集……，同也。」〔註351〕又〈釋言〉：「兼、綷，並也。」〔註352〕《玉篇》：「並也、兩也。」〔註353〕《左

〔註344〕見清吳楚《說文染指·釋繇》，頁 508，收錄丁福保輯《說文解字詁林》十「繇」字。

〔註345〕見《史記·高祖本紀》卷八，頁163。

〔註346〕見《漢書·文帝紀》卷四，頁72，台北：藝文印書館。

〔註347〕見《漢書·宣帝紀》卷八，頁115。

〔註348〕見《毛詩正義·王風·君子陽陽》卷四，頁149。

〔註349〕見《論語注疏》卷四，頁71。

〔註350〕小徐本卷二五為大徐本補闕，故以大徐本為主。

〔註351〕見《廣雅》卷四，頁44。

〔註352〕見《廣雅》卷五，頁53。

〔註353〕見《玉篇·魁部》卷中，頁35。

傳‧昭公八年》：

> 孺子長矣，而相吾室，欲兼我也。〔註354〕

杜預注：「兼，並也。」《戰國策‧齊策》：

> 夫魏氏兼鄲鄲，其於齊何利哉？〔註355〕

姚宏注：「兼猶並也。」縑字《釋名‧釋綵帛》：「縑，兼也，其絲細緻數兼於絹也，亦曰細緻。」〔註356〕《廣雅‧釋器》：「繰謂之縑。」〔註357〕《禮記‧檀弓》：

> 布幕，衛也；縿幕，魯也。〔註358〕

鄭玄注：「繰，縑也。」《急就篇》：

> 綈、絡、縑、練，素帛蟬。〔註359〕

顏師古注：「縑之言兼也，并絲而織甚緻密也。」《淮南子‧齊俗訓》：

> 夫素之質白，染之以涅則黑；縑之性黃，染之以丹則赤。〔註360〕

《漢書‧外戚傳上》：

> 媼為翁須作縑單衣，送仲卿家。〔註361〕

顏師古注：「縑即今之絹也。」將兼與糸結合即可顯示「並絲」義。

酳，〔註362〕少少飲也。從酉勻聲。王筠注：「兼意。」（卷二八「酉」部，頁597）

按：酳，余刃切，古音屬「喻」紐，韻屬「諄」部；勻，羊倫切，古音屬「喻」紐，韻屬「諄」部，聲符與形聲字聲韻俱同。勻字大、小徐本皆釋作「少

〔註354〕見《春秋左傳正義》卷四四，頁769。
〔註355〕見《戰國策》卷八「鄲鄲之戰」，頁314。
〔註356〕見《釋名》卷四，頁69。
〔註357〕見《廣雅》卷七，頁86。
〔註358〕見《禮記注疏》卷六，頁115。
〔註359〕見《急就篇》卷二，頁122。
〔註360〕見《淮南子》卷十一，頁301。
〔註361〕見《漢書》卷九七，頁1687。
〔註362〕「酳」字今本皆作「酳」，屬誤字，酳字別一義。

也。」《玉篇》:「少也、齊也。」〔註363〕又「酳,少飲也。」酳、酳字同,《儀禮·士昏禮》:

> 贊洗爵酌酳主人,主人拜受贊戶內。〔註364〕

鄭玄注:「酳,漱也。酳之言演也、安也,漱所以潔口且演安其所食。又〈特牲饋食禮〉:

> 主人洗角酌酳屍。〔註365〕

鄭玄注:「酳猶衍也,是獻屍也。」唐賈公彥疏:「酳猶至為酳。」又〈士虞禮〉:

> 主人洗廢爵,酌酒酳尸。尸敗受爵,主人北面苔拜。〔註366〕

鄭玄注:「古文酳作酳。」《禮記·曲禮》:

> 主人未辨,客不虛口。〔註367〕

鄭玄注:「虛口謂酳也……嗽,口也。以酒曰酳,以水曰嗽。」又〈樂記〉:

> 執爵而酳,冕而摠干,所以教諸侯之弟也。〔註368〕

《漢書·賈鄒枚路傳》:

> 然而養三老於大學,親執醬而饋,執爵而酳……〔註369〕

顏師古注:「酳者,少少飲酒,謂食已而蕩口也」因「演安所食」且在食後飲之,古攝取量少,故云「少少飲也」。

(三)言「聲兼意」者,共八例

瑗,大孔壁也,人君土除陛以相引。從玉爰聲。王筠注:「爰者,引也。聲兼意。」

  (卷一「玉」部,頁8)

〔註363〕見《玉篇·勺部》卷下,頁53。
〔註364〕見《儀禮注疏》卷五,頁52。
〔註365〕見《儀禮注疏》卷四五,頁532。
〔註366〕見《儀禮注疏》卷四二,頁498。
〔註367〕見《禮記注疏》卷二,頁39。
〔註368〕見《禮記注疏》卷三九,頁697。
〔註369〕見《漢書》卷五一,頁1104。

按：瑗，王眷切，古音屬「爲」紐，韻屬「元」部；爰，雨元切，古音屬「爲」
紐，韻屬「元」部，聲符與形聲字聲韻俱同。爰字大、小徐本皆釋作「引
也。」《爾雅‧釋詁》：「粵、於、爰，曰也。」又「爰、粵，於也。」
又「爰、粵、於、邵、都、繇，於也。」〔註370〕以上八字皆爲語之韻絕，
亦即是引詞，「爰」字甲文作 ⿰爫又、⿰爫又，象兩手相引物，〔註371〕爲「援」字
初文。李孝定言：

> （爰）字祇象二人相引之形，自爰假爲語詞，乃複製從手之擾以代
> 爰字。〔註372〕

王筠亦云「援字即當作爰」，〔註373〕《禮記‧緇衣》：

> 臣儀行不重辭，不援其所不及，不煩其所不知，則君不勞矣。〔註374〕

鄭玄注：「援，引也。」《史記‧六國年表》：

> （秦厲共公六年）義渠來賂，諸絲乞援。〔註375〕

裴駰《集解》：「一作爰。」瑗字《爾雅‧釋器》：「好倍肉謂之瑗。」〔註376〕
小徐注：

> 瑗之言援也，故曰以相引也。肉壁之身也，好其孔也。〔註377〕

《漢書‧五行志中之上》：

> 謂宮門銅鍰，言將尊貴也，後遂立爲皇后。〔註378〕

《荀子‧大略》：

〔註370〕見《爾雅》卷上，頁2。

〔註371〕見羅振玉《殷虛文字類編》第四，頁134，台北：文史哲出版社。民國68年10
月景印初版。

〔註372〕見李孝定《甲骨文字集釋》第四，頁1440，台北：中央研究院歷史語言所專列之
五〇。民國71年6月四版。

〔註373〕見《說文釋例‧衍文》卷十二，頁299。

〔註374〕見《禮記注疏》卷五五，頁930。

〔註375〕見《史記》卷十五，頁278。

〔註376〕郭璞注：「肉，邊；好，孔，（瑗）孔大而邊小。」見《爾雅》卷中，頁7。

〔註377〕見《說文解字繫傳‧玉部》卷一，頁6。

〔註378〕見《漢書》卷二七，頁623。

聘人以珪，問士以璧，召人以瑗，絕人以玦，反絕以環。〔註379〕

桂馥云：

> 大孔璧者，孔大能容手。人君上除陛以相引者，本書「爰，引也」，
> 故從爰，謂引者奉璧於君，而前引其璧，則君易升。〔註380〕

羅振玉亦贊此說，〔註381〕因此捧璧引導人君除陛以相引從即是「瑗」義。
〔註382〕

莊，上諱。〔註383〕王筠注：「凡莊皆作嚴，莊從壯，聲兼意。」（卷二「艸」部，
頁18）

按：莊，側羊切，古音屬「莊」紐，韻屬「陽」部；壯，側亮切，古音屬「莊」
紐，韻屬「陽」部，聲符與所屬形聲字聲韻俱同。壯字大小徐本皆釋作
「大也。」《爾雅・釋詁》：「弘、廓、宏、……丕……壯、塚……，大也。」
〔註384〕莊字《爾雅・釋宮》：「六達謂之莊。」〔註385〕《小爾雅・廣言》：
「丕，莊也。」〔註386〕《玉篇》：「莊，草盛貌，又莊敬也。」〔註387〕《左
傳・襄公二十八年》：

> 陳文子謂桓子曰：禍將作矣，吾其何得？對曰：得慶氏之木百車於

〔註379〕見《荀子》，頁243。

〔註380〕見清桂馥《說文解字義證・玉部》卷二，頁30，山東：齊魯書社。西元1994年3
月一版二刷。

〔註381〕羅氏云：「瑗為大孔璧，可容兩人手。人君上除陛，防傾跌失容，故君持瑗、臣亦
執瑗，在前以牽引之必以瑗者，臣賤不敢以手親君也。」見《廣雅》，頁135。

〔註382〕《爾雅・釋器》：「肉倍好謂之璧。」郭璞注：「肉，邊；好，孔。好倍肉謂之瑗。」
郭璞注：「孔大而邊小。」見《爾雅》卷中，頁7。

〔註383〕徐鍇云：「臣鍇曰：『後漢孝明帝諱，故許慎不解說而最在前也。臣鍇以為莊、盛
飾也，故從艸壯聲。壯亦盛也，又道路六達謂之莊，亦道路交會之盛也。』」見《說
文解字繫傳・艸部》，卷二「莊」字，頁11，北京：中華書局。西元1998年12
月一版二刷。

〔註384〕見《爾雅》卷上，頁1。

〔註385〕見《爾雅》卷中，3。

〔註386〕見《小爾雅》，頁2。

〔註387〕見《玉篇・艸部》卷中，頁22。

莊。〔註388〕

《管子・小問》：

至其壯也莊莊乎，何其士也；至其成也由由乎茲免，何其君子也。

〔註389〕

道路六達是形容道路交會之盛狀故該字引申爲壯盛精嚴義，如《禮記・曲禮》：

禱詞祭祀，供給鬼神，非禮不誠不莊。〔註390〕

鄭玄注：「莊，敬也。」將壯義和「艸」結合，即可顯示「草盛皃」。

芋，大葉實根。從艸亏聲，驚人者也，故謂之芋。王筠注：「聲兼意。」（卷二「艸」部，頁19）

按：芋，王遇切，古音屬「爲」紐，韻屬「侯」部；亏，羽俱切，古音屬「爲」紐，韻屬「侯」部，聲符與形聲字聲韻俱同。亏字大、小徐本皆釋作「於也，象氣之舒。」芋字慧琳云：

《說文》大葉實根驚人者也，故謂之芋。蜀多此物，可食，其本者謂之蹲鴟。〔註391〕

小徐云：

芋猶言籲也。籲，驚詞，故曰駭人謂之芋。芋狀如蹲鴟，故駭人。

〔註392〕

段玉裁注：

口部曰：「籲，驚也。」毛傳曰：「訏，大也。」凡於聲字多訓大。芋之爲物，葉大根實，二者皆堪駭人，故謂之芋。〔註393〕

〔註388〕見《春秋左傳正義》卷三八，頁654。

〔註389〕見《管子》卷一六，頁306，台北：廣文書局。民國54年8月初版。

〔註390〕見《禮記注疏》卷一，頁14。

〔註391〕見唐慧琳《一切經音義》卷五八，頁172，景印《高麗大藏經》四三冊，台北：新文豐出版。民國71年1月初版。

〔註392〕見《說文解字繫傳・艸部》卷二，頁12。

〔註393〕見《說文解字注・艸部》篇一「芋」字，頁24。

《方言》:「碩、沈、巨、濯、訏……,大也。」〔註394〕芋字《廣雅‧釋詁》:「道、天、地……敦、芋……,大也。」〔註395〕《詩經‧斯干》:

> 風雨攸除,鳥鼠攸去,君子攸芋。〔註396〕

毛《傳》:「芋,大也。」鄭玄箋:「芋當作『幠』。幠,覆也。」《爾雅‧釋詁》:「弘、廓、宏、……幠、厖、墳……,大也。」〔註397〕《史記‧項羽本紀》:

> 今歲饑民貧,士卒食芋菽,軍無見糧,乃飲酒高會……〔註398〕

司馬貞《索隱》:「芋,蹲鴟也。」又〈貨殖列傳〉:

> 吾聞汶山之下,沃野,下有蹲鴟。〔註399〕

張守節《正義》:「蹲鴟,芋也。」《漢書‧貨殖列傳》:

> 吾聞峨山之下沃壄下有踆鴟,至餐不飢。

顏師古注:「踆鴟謂芋也,其根可食以充糧,故無飢年。」芋為大葉著根之植物,初次見到者莫不被芋葉大可覆之而不自覺發出「亏」驚訝聲,故此字乃依聲造字。

莍,茮樧實,裏如裘也。從艸求聲。王筠注:「求即裘之古文。聲兼意。」(卷二「艸」部,頁28)

> 按:莍,巨鳩切,古音屬「群」紐,韻屬「幽」部;求,巨鳩切,古音屬「群」紐,韻屬「幽」部,聲符與形聲字聲韻俱同。求字大、小徐本皆釋作「皮衣也。」徐鍇曰:

> > 裘以獸皮毛作之,以助女工也。〔註400〕

> 莍字《爾雅‧釋木》:「桑柳醜條,椒樧醜莍。」〔註401〕郭璞注:「莍萸子

〔註394〕見《方言》卷一,頁10。晉郭璞注:「訏亦作芋,音義同耳。」

〔註395〕見《廣雅》卷一,頁1。

〔註396〕見《毛詩正義‧小雅‧斯干》卷十一,頁385。

〔註397〕見《爾雅》卷上,頁1。

〔註398〕見《史記》卷七,頁147。

〔註399〕見《史記》卷一二九,頁1343。

〔註400〕見《說文解字繫傳‧裘部》卷十六,頁171。

聚生成房貌，今江東亦呼茱。茱、樧似茱茰而小，赤色。」宋邢昺疏：「茱，實也。」《玉篇》：「茱實也。」又「茱，茱也，與椒同」〔註402〕《詩經・椒聊》：

> 椒聊之實，蕃衍盈升。彼其之子，碩大無朋。〔註403〕

毛《傳》：「椒聊，椒也。」鄭玄箋：「李巡曰：『樧，茱茰也。椒、茱茰皆有房，故曰捄。捄，實也。』」〔註404〕茱性叢生，如薔薇之屬，草本科，故得知茱為茱、樧之內核，如同獸皮被毛裹覆般。

蘳，黃花也。從艸鮭聲。讀若墮壞。王筠注：「聲兼意。謂讀若墮也。」（卷二「艸」部，頁29）

> 按：蘳，許規切，古音屬「曉」紐，韻屬「支」部；鮭滌，戶圭切，古音屬「匣」紐，韻屬「支」部，聲符與形聲字聲同韻異。〔註405〕蘳字大小徐本皆釋作「鮮明黃也。」《廣雅・釋器》：「蘳、鬱、鸛、……，黃也。」〔註406〕《玉篇》：「鮮明黃色。」〔註407〕《淮南子・主術訓》：

> 鮭續塞耳，所以掩聰。天子外屏，所以自障。〔註408〕

蘳字小徐釋云：

> 草木之黃華者也。〔註409〕

《玉篇》：「黃花，又果實見兒。」〔註410〕《後漢書・馬融列傳上》：

> 確扈蘳榮，惡可彈形。〔註411〕

將蘳與艸結合，即可顯示「花艸之黃榮」義。

〔註401〕見《爾雅》卷下，頁11。

〔註402〕見《玉篇・艸部》卷中，頁21。

〔註403〕見《毛詩正義・唐風・椒聊》卷六，頁219。

〔註404〕「捄」字大、小徐本皆釋作「盛土於桾中也。」

〔註405〕影紐與匣紐依據守溫「三十六字母」分類皆屬「喉音」，至《廣韻》分類亦然。

〔註406〕見《廣雅》，卷八，頁102。

〔註407〕見《玉篇・黃部》卷上，頁14。

〔註408〕見《淮南子》卷九，頁223。

〔註409〕見《說文解字繫傳・艸部》卷二，頁18。

〔註410〕見《玉篇・艸部》卷中，頁26。

〔註411〕見《後漢書》卷六○（清乾隆武英殿刊本），頁906，台北：藝文印書館。

茨，以茅葦蓋屋。從艸次聲。王筠注：「聲兼意。」（卷二「艸」部，頁33）

　　按：茨，疾資切，古音屬「從」紐，韻屬「脂」部；次，七四切，古音屬「清」紐，韻屬「質」部（依《切韻指南》分類皆屬「止攝」），聲符與形聲字聲韻俱同。〔註412〕次字大、小徐本皆釋作「不前不精也。」

　　徐鍇釋云：

　　　不前是次於上也，不精是其次也。〔註413〕

　　《廣雅・釋詁》：「宿、次、低、痡，舍也。」〔註414〕茨字《爾雅・釋草》：「茨，蒺藜。」〔註415〕郭璞注：「布地蔓生，細葉，子有三角，刺人。」《釋名・釋宮室》：「屋以草蓋曰茨。茨，次也，次比草爲之也。」〔註416〕《廣雅・釋詁》：「薀、崇、萎、……茨、壘、……，積也。」〔註417〕又「幔、帡、幕、茨、……，覆也。」〔註418〕《玉篇》：「茅覆屋也。」〔註419〕《尚書・梓材》：

　　　若作室家，既勤垣墉，惟其塗塈茨。〔註420〕

　　孔安國傳：「如人爲室家已勤立垣牆，惟當其塗塈茨蓋之。」《詩經・甫田》：

　　　曾孫之稼，如茨如梁。〔註421〕

　　毛《傳》：「茨，積也。」鄭箋：「茨，屋蓋也。」《周禮・囿師》：

　　　射則充椹質，茨牆則翦闔。〔註422〕

　　鄭玄注：「茨，蓋也。」《荀子・禮論》：

〔註412〕從紐與清紐依據守溫「三十六字母」分類皆屬「齒頭音」，至《廣韻》分類亦然。

〔註413〕見《說文解字繫傳・欠部》卷十六，頁177。

〔註414〕見《廣雅》卷四，頁48。

〔註415〕見《爾雅》，卷下，頁4。

〔註416〕見《釋名》，卷五，頁89。

〔註417〕見《廣雅》卷一，頁5。

〔註418〕見《廣雅》卷二，頁22。

〔註419〕見《玉篇・艸部》卷中，頁23。

〔註420〕見《尚書正義・周書・梓材》卷十四，頁212。

〔註421〕見《毛詩正義・小雅・甫田》卷十四，頁471。

〔註422〕見《周禮注疏・夏官・囿師》卷三三，頁497。

抗折其貌以象疽茨番闕也，故喪禮者無他焉。〔註423〕

《莊子‧讓王》：

原憲居魯，環堵之室，茨以生草，蓬戶不完。〔註424〕

王先謙注：「成元英云『以草蓋屋謂之茨。』」《呂氏春秋‧召類》：

故仁節之爲功大矣，故明堂茅茨蒿柱，土階三等，以見節儉。〔註425〕

高誘注：「茅可覆屋。」《漢書‧司馬遷傳》：

堂高三尺，土階三等，茅茨不翦，採椽不斲。〔註426〕

顏師古注：「屋蓋曰茅茨，茨以毛覆屋也。」以茅草蓋屋，不若木材來得堅固，故以「不前不精」之植物蓋屋，即是「茨」義。

牽，引前也。從牛，象引牛之縻也。园聲。王筠注：「當作玄聲。聲兼意。」〔註427〕（卷三「牛」部，頁44）

> 按：牽，苦堅切，古音屬「溪」紐，韻屬「眞」部；玄，胡涓切，古音屬「匣」紐，韻屬「元」部（依《切韻指南》分類皆屬「山攝」），聲符與形聲字聲異韻同。〔註428〕玄字大、小徐本皆釋作「幽遠也，黑而有赤色者爲玄，象幽而入覆之也。」玄字爲古文「叀」字，其部中字「疐」大、小徐本說解「叀者如叀馬之鼻，從（從）此與牽同意。」牽字《釋名‧釋姿容》：「牽，弦也，使弦急也。」〔註429〕《廣雅‧釋詁》：「軔、牽、輓……引也。」〔註430〕又「縣、聯、綴……牽，連也。」〔註431〕

〔註423〕見《荀子》，頁189。

〔註424〕見《莊子集解》卷八，頁270。

〔註425〕見《呂氏春秋‧恃召覽‧召類》卷二○，頁9。

〔註426〕見《漢書》卷六二，頁1248。

〔註427〕王筠說解：「叀之古文作𢆶，其部中有疐字，說曰：『叀者如叀馬之鼻，從此與牽同意。』以此推之，則牽篆當作牽，乃從玄意兼聲。」見《說文釋例‧改篆》卷十四，頁339。

〔註428〕溪紐與疑紐依據守溫「三十六字母」分類皆屬「牙音」，至《廣韻》分類亦然。

〔註429〕見《釋名》卷三，頁37。

〔註430〕見《廣雅》卷一，頁14。

〔註431〕見《廣雅》卷四，頁43。

〈釋言〉:「牽,挽也。」〔註432〕《玉篇》:「引前也。又挽也、速也、連也。」〔註433〕王筠於「牽」字說解:

……蓋牛性之順者,以繩繫其兩角而牽之,其不訓擾者,異鄉穿牛鼻中隔之肉爲孔,以大頭木橫貫而牽之。……凡畜皆可牽,字既從牛,則字形亦惟與牛宜。〔註434〕

《周禮·牛人》:

共其兵車之牛與其牽傍,以載公任器。〔註435〕

鄭玄注:「人牽之,居其前曰牽、居其旁曰傍。」又〈宰夫〉:

膳獻、飲食、賓賜之飧牽,與其陳數。〔註436〕

鄭玄注:「牽牲,牢可牽而行者。」《左傳·僖公三十三年》:

吾子淹久於敝邑,唯是脯資餼牽竭矣。〔註437〕

杜預注:「牽謂牛羊豕。」孔穎達疏:「牛羊豕可牽行,故云牽謂牛羊豕。」牽字篆形爲𤙗,象由繩索貫鼻以行之,故牽字亦有學人認爲應是「合體象形」。〔註438〕

牴,觸也。從牛氐聲。王筠注:「聲兼意。」(卷三「牛」部,頁45)

按:牴,都禮切,古音屬「端」紐,韻屬「脂」部;氐,都奚切,古音屬「端」紐,韻屬「脂」部,聲符與形聲字聲韻俱同。氐字大、小徐本皆釋作「至也。」(小徐尚有「本也」義)《廣雅·釋詁》:「氐,牴也。」〔註439〕

〔註432〕見《廣雅》卷五,頁60。

〔註433〕見《玉篇·牛部》卷下,頁20。

〔註434〕見《說文釋例·指事》卷一,頁25。

〔註435〕見《周禮注疏·地官·牛人》卷十三,頁197。

〔註436〕見《周禮注疏·天官·宰夫》卷三,頁48。

〔註437〕見《春秋左傳正義》卷十七,頁289。

〔註438〕清李楨《說文逸字辨證》云:「門人黃濬曰:『細玩牽字當爲象形而非形聲,蓋牛居牢中,人以繩貫鼻引而前之。說解所謂象引牛之縻者,即指玄非指冖也,故小徐本作馳牛冖,大徐本無冖,冖非字,乃象牢形,此等字亦所謂合體象形,不必改作𤙗與古文𤚡矣。』衍案:『黃說是也。』」頁1063,收錄丁福保輯《說文解字詁林·牛部》二「字」。

〔註439〕見《廣雅》卷五,頁62。

牴字《玉篇》：「觸也、略也。」〔註440〕《周易·夬卦》：

九四：臀无膚，其行次且牽羊悔亡，聞言不信。〔註441〕

《經典釋文》云：

牴，又作抵，或作羝。〔註442〕

《詩經·生民》：

載謀載惟，取蕭祭脂，取羝以軷。載燔載烈，以興嗣歲。〔註443〕

鄭玄箋：「牴字亦作羝。」《經典釋文》云：

牴，牡羊也。字亦作羝。〔註444〕

《太平禦覽》引《風俗通義》云：

氐言牴冒貪饕至死好利也。

《史記·李斯列傳》：

是時二世在甘泉，方作觳抵優俳之觀。〔註445〕

裴駰《集解》：「應劭曰：『戰國之時，稍增講武之禮以為戲樂，用相夸示，而秦更名角抵。』角者，角材也；抵者，相抵觸也。」《漢書·揚雄傳上》：

亶觀夫票禽之紲隃，犀兕之抵觸，熊羆之挐攫，虎豹之凌遽……〔註446〕

牴字可作抵、羝及羝等字，皆有「至」、「觸」義，引申為牡羊，因其羊角觸碰物體所致。

（四）言「微兼意」者，共一例

姑，夫母也。從女古聲。王筠注：「微兼意。」（卷二四「女」部，頁493）

按：姑，古胡切，古音屬「見」紐，韻屬「魚」部；古，公戶切，古音屬

〔註440〕見《玉篇·牛部》卷下，頁20。

〔註441〕見《周易正義·夬卦》卷五，頁104。

〔註442〕見《經典釋文·周易音義》卷二，頁27。

〔註443〕見《毛詩正義·大雅·生民》卷十七，頁594。

〔註444〕見《經典釋文·毛詩音義》卷七，頁93。

〔註445〕見《史記》卷八七，頁1035。

〔註446〕見《漢書》卷八七，頁1528。

「見」紐，韻屬「魚」部，聲符與形聲字聲韻俱同。古字大、小徐本皆釋作「故也，識前言者也。」《爾雅・釋詁》：「治、肆、古，故也。」〔註447〕姑字《爾雅・釋親》：「父之姊妹爲姑。」（妻黨）〔註448〕又「婦稱夫之父曰舅，稱夫之母曰姑。」（婚姻）〔註449〕《釋名・釋親屬》：「父之姊妹曰姑。姑，故也，言於已爲久故之人也。」〔註450〕《廣雅・釋親》：「姑，故也。」〔註451〕《左傳・僖公十五年》：

歸妹、睽孤，寇張之弧，姪其從姑，六年其逋，逃歸其國，而弃其家。〔註452〕

杜預注：「……妹於火爲姑，謂我姪者，我謂之姑。」《國語・魯語下》：

對曰：「吾聞之先姑曰：『君子能勞，後世有繼。』」〔註453〕

韋昭注：「夫之母曰姑，歿曰先。」《白虎通義・三綱六紀》：

稱夫之父母謂之舅姑，何？尊如父而非父者，舅也；親如母而非母者，姑也，故稱夫之父母爲舅姑也。〔註454〕

又云：

舅者，舊也；姑者，故也；舊故之者，老人之稱也。

王筠採《白虎通義》說法，故曰「微兼意。」姑字亦假爲「語詞」，《詩經・卷耳》：

陟彼崔嵬，我馬虺隤。我姑酌彼金罍，維以不永懷！〔註455〕

毛《傳》：「姑，且也。」《禮記・檀弓》：

〔註447〕見《爾雅》卷上，頁6。

〔註448〕見《爾雅》卷上，頁22。

〔註449〕見《爾雅》卷上，頁25。

〔註450〕見《釋名》卷三，頁45。

〔註451〕見《廣雅》，卷六，頁78。

〔註452〕見《春秋左傳正義》卷十四，頁233。

〔註453〕見《國語》卷五，頁7。

〔註454〕見漢班固《白虎通義》卷三，頁24，收錄民國宋聯奎輯《關中叢書》，台北：藝文印書館。

〔註455〕見《毛詩正義・周南・卷耳》卷一，頁33。

君子之愛人也以德，細人之愛人也以姑息，吾求何哉？〔註456〕

（五）言「兼義」者，共四例

苗，蓨也。從艸由聲。王筠注：「蹈以艸田器爲本義，以苗之別名爲兼義，故此不須再出。」（卷二「艸」，部，頁36）

按：苗，醜六切，古音屬「徹」紐，韻屬「覺」部；由，以周切，古音屬「喻」紐，韻屬「幽」部，聲符與形聲字聲韻俱異。由字爲「繇」字或體，《說文》釋作「隨從也。」〔註457〕苗字《爾雅・釋草》：「苗，蓨。」又「蓨，蓨。」，〔註458〕《玉篇》：「蓨，苗也。」、「苗，蓨也。」又「蓨，蓨也。」〔註459〕朱駿聲認爲皆是一種同類異名之茱屬，〔註460〕《詩經・我行其野》：

我行其野，言采其蓫。昏姻之故，言就爾宿。〔註461〕

毛《傳》：「蓫，惡茱也。」鄭玄箋：「蓫，牛蘈也，亦仲春時生可采也。」《齊民要術》：

幽、陽謂之蓫，一名蓨，亦名之。〔註462〕

朱駿聲將這些因方言或時代差別所致的異名作一統括性說解：

蓨、蓨、蓨、苗、蓫、蓄皆一聲之轉，亦名羊蹄，又名鬼目，俗名

土大黃，其根治腫毒。〔註463〕

故苗、蓨、蓨及蓫皆是羊蹄茱，從由字孳生之「苗」字不兼意，僅取音示之。

〔註456〕見《禮記注疏》卷六，頁117。

〔註457〕小徐本作「從隨也。」見《爾雅》卷下，頁5、3，郭璞皆未注。

〔註458〕見《爾雅》卷下，頁5、3，郭璞皆未注。

〔註459〕見《玉篇・艸部》卷中，頁21。

〔註460〕見清朱駿聲《說文解字通訓・孚部》第六「苗」字下注（臨嘯閣刻本），頁240，北京：中華書局。西元1998年12月一版二刷。

〔註461〕見《毛詩正義・小雅・我行其野》卷十一，頁383。

〔註462〕見後魏賈思勰《齊民要術》卷十「羊蹄」，頁155，收錄《四庫全書》子部七○三冊。

〔註463〕見《說文解字通訓・孚部》第六「蓨」字下注，頁239。

哺，哺咀^{口中嚼食}也。從口甫聲。王筠注：「咀訓含味，則哺是兼義。」（卷三「口」
　　部，頁47）

　　按：哺，薄故切，古音屬「並」紐，韻屬「魚」部；甫，方矩切，古音屬「非」
　　　　紐，韻屬「魚」部，聲符與形聲字聲韻俱同。〔註464〕甫字大、小徐本皆
　　　　釋作「男子美稱。」甫字甲文作凷（《鐵116.1》）、凷（《拾7.3》）、凷（《前
　　　　5.35.1》），金文作凷（《殷句壺》）、凷（《人匜》），字形象植蔬之形，爲
　　　　獨體象形，羅振玉釋爲「圃」字初文，云：

　　　　禦尊蓋有圃字，吳中丞釋圃，此作凷，象田中有蔬，乃圃之最初字。

　　　　後又加□形，已複矣。〔註465〕

　　　　甫字後借男子美稱之詞，咀字《蒼頡篇》：「咀，嚼也。」《釋名‧釋飲食》：
　　「咀，藉也，以藉齒牙也。」〔註466〕哺字《爾雅‧釋鳥》：「生哺，鷇。生噣，
　　雛。」〔註467〕郭璞注：「鳥子須母食之。」《字林》：「哺，咀食也。」〔註468〕《玉
　　篇》：「口中嚼食也。」〔註469〕《淮南子‧俶眞訓》：

　　　　民倡狂，不知東西，含哺而游，鼓腹而熙，交被天和……〔註470〕

　　　　許愼注：「口中嚼食也。」

　　　　《漢書‧賈誼傳》：

〔註464〕並紐爲「重脣音」、非紐爲「輕脣音」。清錢大昕云：「凡輕脣知音古讀皆爲重脣。」
　　　　並舉古籍眾多例證爲例，如：「古文『妃』與『配』同。《詩》『天立厥配』，《釋
　　　　文》『本亦作「妃」。』《易》『遇其配主』，鄭本作『妃』。又如：古讀『房』如
　　　　『旁』。《廣韻》：『阿房，宮名，步光切。』《釋名》：『房，旁也，在堂兩旁也。』
　　　　《史記‧六國表》秦始皇二十八年『爲阿房宮』，二世元年『就阿房宮』，宋本
　　　　皆作『旁』。『旁』、『房』古通用。故同爲重脣音。」同註6，〈古無輕脣音〉，頁
　　　　105、108。
〔註465〕見羅振玉《增訂殷虛書契考釋》卷中，頁8，台北：藝文印書館。民國64年11
　　　　月三版。
〔註466〕見《釋名》卷四，頁61。
〔註467〕見《爾雅》卷下，頁18。
〔註468〕見清任大椿撰《字林考逸》卷二，頁8（式訓堂叢書），台北：藝文印書館。
〔註469〕見《玉篇‧口部》卷上，頁37。
〔註470〕見《淮南子》卷二，頁43。

母取箕箒，立而誶語；抱哺其子，與公併倨。〔註471〕

顏師古注：「哺，飤也。」又〈匈奴傳下〉：

稚子咽哺，胡馬不窺於長城，而羽檄不行於中國，不亦便於天下乎？

〔註472〕

顏師古注：「哺謂所食在口者也。」段玉裁注：

凡含物以飼曰哺。〔註473〕

咀嚼食物爲「哺」，甫字僅當聲符，不兼意。

𦞠，食所遺也。從肉仕聲。《易》曰：噬乾𦞠。王筠注：「《字林》有『一曰：脯也』句，未必不本之許君。則食所遺爲正義，脯爲兼義。」（卷八「肉」部，頁149）

按：𦞠，阻史切，〔註474〕古音屬「莊」紐，韻屬「之」部；仕，鉏里切，古音屬「牀」紐，韻屬「之」部，聲符與形聲字聲韻俱同。〔註475〕仕字大、小徐本皆釋作「學也。」胏字《廣雅・釋器》：「鱐、脘、膊……姉、脩……，脯也。」〔註476〕《字林》：「胏，含食所遺也。一曰：脯也。」〔註477〕《玉篇》：「胏，脯有骨也。」〔註478〕又「𦞠」字釋爲『同上。』又《說文》云食所遺也。《經典釋文》：

胏，馬云有骨謂之胏。鄭云簀也。《字林》云「含食所遺也。一曰：脯也。」〔註479〕

《易經・噬嗑》：

_____

〔註471〕見《漢書》卷四八，頁1073。
〔註472〕見《漢書》卷九四，頁1263。
〔註473〕見《說文解字注・口部》篇二「哺」字，頁55。
〔註474〕𦞠字《廣韻》未收，另有「胏」字作「脯有骨曰胏。」反切「阻史切」，今從此。見《廣韻・止部》卷三，頁254。
〔註475〕莊紐與牀紐依據《廣韻》「四十一聲類」分類同屬「正齒音」。
〔註476〕見《廣雅》卷八，頁93。
〔註477〕見《字林考逸》卷三，頁12。
〔註478〕見《玉篇・肉部》卷上，頁56。
〔註479〕見《經典釋文・周易音義》卷二，頁23。

九四：噬乾胏，得金矢。〔註480〕

孔穎達疏：「正義曰：『噬乾胏者，乾胏是臠肉之乾者。』」

揚雄《訓纂篇》曰：「𣎵從朿」，朿从朿省，朿釋作「木芒」，也就是「草木刺人」義，故肉中有骨、因無法嚼食而所遺者即是胏字義，仕字僅表音，不兼義，自漢以後多用胏字，𣎵字漸廢不用。

旃，旗曲柄也，所以旃表士眾。從㫃丹聲。王筠注：「兼義。」（卷十三「㫃」
部，頁249）

按：旃，諸延切，古音屬「照」紐，韻屬「元」部；丹，都寒切，古音屬「端」
紐，韻屬「元」部，聲符與形聲字聲異韻同。丹字大、小徐本皆釋作「巴
越之赤石也。」《廣雅·釋器》：「丹、彤、朱……，赤也。」〔註481〕《漢
書·地理志》：

枏、幹、栝、柏，屬、砥、砮、丹，惟、箘、簬、楛，三國底貢厥
名。〔註482〕

顏師古注：「丹，赤石也，所謂丹砂者也。」引申為「赤色」。旃字《爾雅·
釋天》：「因章曰旃。」〔註483〕郭璞注：「以帛練為旒，因其文章不復畫之。」《釋
名·釋兵》：「通帛為旃。旃，戰也，戰戰恭己而已也，通以赤色為之，無文采，
三孤所建象無事也。」〔註484〕《詩經·干旄》：

孑孑干旃，在浚之郊。素絲紕之，良馬四之。〔註485〕

毛《傳》：「孑孑，干旃之貌。注旃於干首，大夫之旃也。」《周禮·司常》：

通帛為旜，雜帛為物。〔註486〕

鄭玄注：「通帛謂大赤，從周正色，無飾。」《儀禮·聘禮》：

〔註480〕見《周易正義·噬嗑》卷三，頁61。

〔註481〕見《廣雅》卷八，頁102。

〔註482〕見《漢書》卷二八，頁664。

〔註483〕見《爾雅》卷中，頁15。

〔註484〕見《釋名》卷七，頁115。

〔註485〕見《毛詩正義·鄘風·干旄》卷三，頁123。

〔註486〕見《周禮注疏·春官·司常》卷二七，頁420。

使者載旝，^帥以受命于朝。〔註487〕

鄭玄注：「旝，旌旗屬也。載之者，所以表識其事也，及竟張旝誓。」《左傳·僖公二十八年》：

城濮之戰，晉中軍風于澤，亡大旆之左旃。〔註488〕

杜預注：「繫斾曰旆，通帛曰斾。」孔穎達疏：「孫炎云：『因其繪色以爲旗章，不畫之是也。』」《穀梁傳·昭公八年》：

置旃以爲轅門，以葛覆質以爲槷。〔註489〕

范甯《集解》：「旃，旌旗之名。」《史記·魏其武安侯列傳》：

前堂羅鐘鼓，立曲旃；後房婦女以百數。〔註490〕

裴駰《集解》：「如淳曰：『旌旗之名。通帛曰旃。』」司馬貞《索隱》：「《說文》：『曲旃者，所以招士也。』」

《漢書·竇田灌韓傳》：

前堂羅鐘鼓、立曲旃；後房婦女吕百數。〔註491〕

顏師古注：「如淳曰：『旃，旗之名也，通帛曰旃。』」王筠於該字加以說明：

　旃字說解，與引經分兩義。說雲旃表者，於音得意，與上文說斾曰斾然而垂、說旟曰旟旟眾也一類。直以實字作虛字用也，是爲一義，引《周禮》『通帛爲旃』、《爾雅》『因章曰旃』，足以解之，於字形得意也。古旗以赤帛爲之，旃字從丹而通帛無飾，故曰因章，是爲一義。《史記索隱》引《說文》作所以招士眾，與《廣韻》引世本同，別爲一義。〔註492〕

旃字甲文作^𣄰，〔註493〕象人持旗兒，旌旗飛舞以招士卒，顯示此戰役之盛

〔註487〕見《儀禮注疏》卷十九，頁228。

〔註488〕見《春秋左傳正義》卷十六，頁275。

〔註489〕見《春秋左傳正義》卷十七，頁168。

〔註490〕見《史記》卷一○七，頁1161。

〔註491〕見《漢書》卷五二，頁1122。

〔註492〕見《說文釋例·存疑》卷十七，頁410。

〔註493〕見朱師歧祥《殷墟甲骨文字通釋稿》，頁411，台北：文史出版社。民國78年12月初版。

大，故以正色凝聚民心，以求致勝。

（六）言「聲兼義」者，共三例

禜，設綿蕝爲營，以禳風雨雪霜水旱癘疫於日月星辰山川也。從示從營省聲。

王筠注：「上文云爲營，則聲兼義。」（卷一「示」部，頁4）

按：禜，永兵切，古音屬「爲」紐，韻屬「陽」部，營，余傾切，古音屬「喻」紐，韻屬「耕」部（依《切韻指南》分類皆屬「梗攝」），聲符與形聲字聲韻俱同。〔註494〕營字大、小徐本皆釋作「币居也。」

營字段氏注云：

币居謂圍繞而居。如市營曰圜、軍壘曰營皆是也。〔註495〕

引申爲「圍繞」。蕝爲古代朝會設置望表，以束茅表位之事明尊卑之次。「禜」字《廣雅·釋天》：「幽禜，祭星也；雩禜，祭水旱也。」〔註496〕又「禬、禮……禜、禳，祭也。」《初學記·祭祀》：「禱雨爲雩，禱晴爲禜。」〔註497〕《左傳·昭公十九年》：

鄭大水，龍鬥于時門之外洧淵。國人請爲禜焉，子產弗許。〔註498〕

孔穎達疏：「正義曰：『禜，祭名。』」又〈哀公六年〉：

周大史曰：「當其王身乎！若禜之，可移於令尹、司馬。」〔註499〕

杜預注：「禜，禳祭。」《周禮·黨正》：

春秋祭禜亦如之。〔註500〕

鄭玄注：「禜謂雩禜水旱之神，亦爲壇位如祭社稷云。」又〈鬯人〉：

凡祭祀，社壝用大罍，禜門用瓢齎。〔註501〕

〔註494〕喻紐與爲紐依據《廣韻》「四十一聲類」分類同屬「喉音」。

〔註495〕見《說文解字注·宮部》篇七「營」字，頁342。

〔註496〕見《廣雅》卷九「星」、「祀處」，頁114。

〔註497〕見《初學記·禮部》卷十三，頁217，收錄《文淵閣四庫全書》子部一九六部。

〔註498〕見《春秋左傳正義》卷四八，頁846。

〔註499〕見《春秋左傳正義》卷五八，頁1007。

〔註500〕見《周禮注疏·地官·黨正》卷十二，頁183。

〔註501〕見《周禮注疏·春官·鬯人》卷十九，頁300。

鄭玄注：「禜謂營酇所祭。」又〈大祝〉：

　　大祝……掌六祈以同鬼神示：一曰類、二曰造、三曰禬、四曰禜、

　　五曰攻、六曰說。〔註502〕

鄭玄注：「類、造、禬、禜、攻、說皆祭名也。……禜如日食以朱絲縈

社。」故得知「禜」為祭祀之名。《禮記・祭法》：

　　幽宗，祭星也；雩宗，祭水旱也。〔註503〕

鄭玄注：「宗皆當為禜字之誤也……禜之言營也。」故將棉絀按尊卑之位環

繞以求福消災，即是「禜」義。

蓍，蒿屬。生千歲、三百莖。《易》以為數。……從艸耆聲。王筠注：「《尚書大
　　傳》曰：『蓍之為言耆也。』許又曰生千歲，則聲兼義。」（卷二「艸」部，
　　頁26）

　按：蓍，式之切，古音屬「審」紐，韻屬「之」部；耆，渠脂切，古音屬
　　　「群」紐，韻屬「脂」部（依《切韻指南》分類皆屬「止攝」），聲符
　　　與形聲字聲異韻同。耆字大、小徐本皆釋作「老也。」《爾雅・釋詁》：
　　　「育、孟、耆、……，長也。」〔註504〕《釋名・釋長幼》：「六十曰耆。
　　　耆，指也，不從力役指事使人也。」〔註505〕《廣雅・釋詁》：「眉、黎、
　　　儁、艾、耆、……，老也。」，〔註506〕又〈釋草〉：「蓍，耆也。」〔註
　　　507〕《玉篇》：「耆，長也、老也。」〔註508〕蓍字《太平御覽》997卷
　　　《草木疏》：

　　蓍似籟蕭，青色，科生。

《博物志》：

<hr />

〔註502〕見《周禮注疏・春官・大祝》卷二五，頁383。

〔註503〕見《禮記正義》卷四六，頁797。

〔註504〕見《爾雅》卷上，頁9。

〔註505〕見《釋名》卷三，頁42。

〔註506〕見《廣雅》卷一，頁2。

〔註507〕王念孫注云：「〈曲禮正義〉引劉向云：『蓍之言耆、龜之言久，龜千歲而靈，蓍百
　　　年而神，以其長久，故能辨吉凶也。』」見《廣雅疏證》卷十，頁128。

〔註508〕見《玉篇・老部》卷中，頁6。

著千歲而三百莖。

《易經・繫辭》：

是故著之德圓而神，卦之德方以知。〔註509〕

又〈說卦〉：

昔者聖人之作《易》也，幽贊於神明而生著。〔註510〕

《尚書・洪範》：

七，稽疑。擇建立卜筮人，乃命卜筮。〔註511〕

孔安國傳：「龜曰卜，著曰筮。」《詩經・下泉》：

冽彼下泉，浸彼苞著。愾我寤嘆，念彼京師。〔註512〕

毛《傳》：「著，草也。」《周禮・簭人》：

凡國之大事，先筮而後卜。上春，相筮。〔註513〕

鄭玄注：「相謂更選擇其著也，著龜歲易者與？」《儀禮・特牲饋食禮》：

筮人取筮于西塾，執之，東面受命於主人。〔註514〕

鄭玄注：「取其所用問神明者謂著也。」《禮記・月令》：

是月也，命大史釁龜筴占兆，審卦吉凶。〔註515〕

鄭玄注：「筴，著也。」《戰國策・秦策》：

襄主錯龜，數策占兆，以視利害，何國可降，而使張孟談。〔註516〕

姚宏注：「策，著也。」《白虎通義・著龜》：

天子著長九尺、諸侯七尺、大夫五尺、士三尺。著陽，故數奇也……

〔註509〕見《周易正義・繫辭傳》卷七，頁155。

〔註510〕見《周易正義・說卦》卷九，頁182。

〔註511〕見《尚書正義・周書・洪範》卷十二，頁174。

〔註512〕見《毛詩正義・曹風・下泉》卷七，頁272。

〔註513〕見《周禮注疏・春官・撲人》卷二四，頁376。

〔註514〕見《儀禮注疏》卷四四，頁520。

〔註515〕見《禮記注疏》卷十七，頁341。

〔註516〕見《戰國策》卷三「張儀說秦王」，頁110。

〔註517〕龜之爲言久也，著之爲言耆也。〔註518〕

《史記·龜策列傳》：

天下和平，王道得，而著莖長丈，其叢生滿百莖。〔註519〕

《漢書·匡張孔馬傳》：

禹見時有變異，若上體不安，擇日絜齋露著，正衣冠立筮……〔註520〕

顏師古注：「著，草名，筮者所用也。」著是一種長歲的草本植物，故占卜者以此卜卦視吉凶。由以上得知著因長生之植物，異於其它植物，故君王以此作用爲占卜之用。

荄，艸根也。從艸亥聲。王筠注：「亥，荄也。聲兼義。但亥謂人、荄謂艸耳。」（卷二「艸」部，頁30）

按：荄，古諧切，古音屬「見」紐，韻屬「脂」部；亥，胡改切，古音屬「匣」紐，韻屬「之」部（依《切韻指南》分類皆屬「蟹攝」），聲符與形聲字聲異韻同。亥字大、小徐本皆釋作「荄也。十月微陽起接盛陰。」《廣雅·釋言》：「亥，荄也。」〔註521〕《玉篇》：「亥，荄也、依也。」〔註522〕「亥」字篆文寫成𣇄，象裹二子之形，至子成形而滋生，亦即萬物在盛陽萌兆之時含育運動，小徐云：

同意天道終則復始，故亥生子，子生醜，復始於一也。〔註523〕

荄字《爾雅·釋草》：「荄，根。」〔註524〕《方言》：「荄，杜、根也。」〔註525〕《廣雅·釋草》：「……杜……荄、荄、株，根也。」〔註526〕《漢書·

〔註517〕見《白虎通義》卷三，頁11。

〔註518〕見《白虎通義》卷三，頁12。

〔註519〕見《史記》卷一二八，頁1323。

〔註520〕見《漢書》卷八一，頁1461。

〔註521〕見《廣雅》卷五，頁63。

〔註522〕見《玉篇·亥部》卷下，頁64。

〔註523〕見《說文解字繫傳·亥部》卷二八「亥」字古文，頁285。

〔註524〕見《爾雅》卷下，頁8。

〔註525〕見《方言》卷三，頁8。

〔註526〕見《廣雅》卷十，頁128。

禮樂志》：

> 清陽開動，根荄㠯遂；膏潤並愛，跂行必逮。〔註527〕

顏師古注：「草根曰荄。」又〈儒林傳〉：

> 箕子明夷，陰陽氣亡箕子；箕子者，萬物方荄茲也。〔註528〕

顏師古注：「荄茲，言其根荄方茲茂也。」《後漢書・卓魯魏劉列傳》：

> 雖煦嘘萬物，養其根荄，而猶盛陰在上。〔註529〕

注：「荄，草根也。」將亥字和艸字結合，即是植物生長由根部開始吸收養分。

（七）言「聲亦兼義」者，僅一例

句，曲也。從口屮聲。王筠注：「屮繚亦曲，聲亦兼義。因之凡區皆曰句。」（卷五「句」部，頁78）

> 按：口，苦後切，古音屬「溪」紐，韻屬「侯」部；屮，居求切，古音屬「見」紐，韻屬「幽」部（依《切韻指南》分類皆屬「流攝」），聲符與形聲字聲韻俱同。〔註530〕屮字大、小徐本皆釋作「相糾繚也。」屮字甲文作 ㄅ（《後 2.26.5》）、ㄅ（《乙 2844》）、ㄅ（《掇 1.272》），篆文作 ㄅ，句字甲文作 ㄅ（《前 8.4.8》），二字字形相近，故「句」字由「屮」字孳乳而來，也就是王筠所謂的「累增字」，王氏加以說明：

> > 句下云「曲也。從口屮聲。」句之從口也，在漢則有臚句，不知古義云何，而屮不但聲也。屮象糾繚之形，與曲也正合，此亦會意兼聲字也。〔註531〕

> 魯實先說該字本義爲「帶鉤」形，借爲章句，故孳乳爲「鉤」，〔註532〕《說文》誤引申義爲本義。段玉裁注：

〔註527〕見《漢書》卷二二，頁 490。

〔註528〕見《漢書》卷八八，頁 1546。

〔註529〕見《後漢書》卷五五（清乾隆武英殿刊本），頁 520，台北：藝文印書館。

〔註530〕溪紐與見紐依據守溫「三十六字母」分類皆屬「牙音」，至《廣韻》分類亦然。

〔註531〕見《說文釋例・存疑》卷十五，頁 367。

〔註532〕見魯實先《轉註釋義》，頁 12，台北：洙泗出版社。民國 81 年 12 月初版。

凡地名有句字者皆爲山川紆曲，如句容、句章……凡章句之句亦取

稽留可鉤乙之意。古音總如鉤。〔註533〕

《詩經‧葛屨》：

糾糾葛屨，可以履霜？〔註534〕

毛《傳》：「糾糾猶繚繚也。」《左傳‧哀公十七年》：

吳子禦之笠澤，夾水而陳。越子爲左右句卒，使夜或左或右，鼓噪

而進。〔註535〕

杜預注：「句卒，鉤伍相著別爲左右屯。」《禮記‧月令》：

句者畢出，萌者盡達，不可以内。〔註536〕

鄭玄注：「句，屈生者。」《淮南子‧脩務訓》：

木熙者，舉梧檟，據句枉，蝯自縱，好茂葉……〔註537〕

高誘注：「句枉，曲枝也。」《漢書‧趙充國辛慶忌傳》：

曰七月二十二日擊罕羌，入鮮水北句廉上，去九泉八百里……〔註538〕

顏師古注：「句廉謂水岸曲而有廉棱也。」物相糾繚必相互曲屈，同理言語
亦有委折，將口與丩結合成「句」字，即顯示「曲」義。

從上述七項類別中，得知：

（1）術語雖有差異，然實際作用皆相同。

（2）某些聲符已被王筠視爲會意兼聲，分類上屬於「會意變例」之一項，
當聲符和形符組成形聲字，自是歸於「形聲變例」，如「畱」字爲「意兼聲」，
和形符「手」部結合成「擸」字，成爲聲兼意之形聲變例。

（3）聲符的本義、引申義與假借義與形聲字相應本是事實，王筠忽略語言
發展勢必派生大量新詞，這種透過聲符而產生的新字源，最能體現「同源詞」

〔註533〕見《説文解字注‧句部》篇三「句」字，頁88。

〔註534〕見《毛詩正義‧魏風‧葛屨》卷五，頁206。

〔註535〕見《春秋左傳正義》卷六○，頁1044。

〔註536〕見《禮記注疏》卷十五，頁303。

〔註537〕見《淮南子》卷十九，頁599。

〔註538〕見《漢書》卷六九，頁1338。

〔註539〕的關係，這種現象亦是聲符兼意的原因。

茲將王筠說法整理如下：

字 義 形聲字 類 別		本義	引申義	叚借義	備 考		
					形 聲 字 義		聲 符 字 義
聲亦兼意	宛	○			屈草自覆也	夗	轉臥也
兼意	稆	○			艸萎稆	移	禾相倚移也
	辈		○		兩壁耕也，一曰： 覆耕穜也	非	違也，從飛下翅， 取其相背也
	噦		○		悟解氣也	歲	礙不行也
	嘖		○		野人之言	質	以物相贅
	趡	○			走顧兒	瞿	鷹隼之視也
	遷	○			登也	䙴	升高
	劦		○		材十人也	力	筋也。象人筋之形 治功曰力，能禦大 災
	諸	○			辯也	者	別事詞也
	詧	○			言微親察也	察	審也
	諗	○			深諫也	念	常思
	詮	○			具也	全	完也
	謔		○		戲也	虐	殘也
	卬	○			靪角、鞁屬也	卬	望欲有所庶及
	雛			○	雛黃也	黎	履黏
	殤	○			不成人也	傷	創也
	籀			○	讀書也	擂	引也
兼意	盇		○		覆也	大	天大地大人亦大 焉，象人形
	椲	○			木帳也	屋	居也
	椌	○			柷，樂也	空	窾也
	櫬		○		附身棺也	親	至
	毛	×	×	×	艸葉也從垂穗上貫一，下有根。象形字。 凡毛之屬皆從毛		

〔註539〕見王力《同源字典》，頁3，台北：文史哲出版。民國80年10月8日初版二刷。

	字				說解	聲	說解
	暈		○		日光也	軍	圓圍
	稬	○			虛、無食也	荒	蕪也
	牒	○			箈也	枼	楄也
	宧		○		養也。室之東北隅，食所居也	匝	顄也
	寷		○		大屋也	豐	豆之豐滿者也
	富	○			備也。一曰：厚也	畐	滿也
	窌	○			空貌	矞	以錐有所穿也
	癩	○			病臥也	寢	臥也
	疳	○			腹中急痛也	丩	相糾繚也
	儕		○		等，輩也	齊	禾麥吐穗上平也
	憘	○			樂也	喜	樂也
	歆		○		神食氣也	音	聲也，生於心有節於外謂之音
	崛	○			山短高也	屈	無尾也
	碞	○			舂巳復擣之曰碞	還	語多還還也
	狄			○	^{赤犬也}。赤狄本犬種，狄之為言淫辟也	亦	南方色也
	焜	○			望火貌	昆	望遠合也
	黔	○			黃黑也	金	五色金也
	思	○			容也	囟	頭會腦蓋也
	沴	○			水石之理也	㕻	地理也
	湎	○			沈於酒也	面	顏前也
	瀗		○		議辠也	獻	宗廟犬，名羹獻。犬肥者以獻之
	拪		○		捫持也	布	枲織也
	挾	○			俾持也	夾	持也
	嫋		○		㹡也	弱	橈也，上象橈曲
	媅	○			樂也	甚	尤安樂也
	賊			○	敗也	則	等畫物也
兼意	縰		○		隨從也	䚻	徒歌
	縑	○			並絲繒也	兼	並也
	酌	○			少少飲也	勻	少也

聲兼意	瑗		○		大孔璧也	爰	引也
	莊	○			上諱	壯	大也
	芌			○	大葉實根	亏	於也，象氣之舒
	捄	○			茅蕝實，裏如表也	求	皮衣也
	虇	○			黃花也	奞	鮮明黃也
	茨		○		以茅葦蓋屋	次	不前不精也
	牽*	○			引前也	玄	幽遠也
	牴	○			觸也	氐	至也
微兼意	姑	○			夫母也	古	故也，識前言者也
兼義	苗			○	蓨也	由	隨從
	哺			○	哺咀口中嚼食也	甫	男子美稱
	壴			○	食所遺也	仕	學也
	旃		○		旗曲柄也，所以旃表士眾	丹	巴越之赤石也
聲兼義	縈	○			設綿蕝爲營	營	市居也
	蓍		○		蒿屬。生千歲、三百莖	耆	老也
	荄		○		艸根也	亥	荄也。十月微陽起接盛陰
聲亦兼義	句		○		曲也	丩	相糾繚也
合　計	68	40	19	8			

＊牽字之聲符「玄」古文作「叀」，如叀馬之鼻，與牽同意。

　　從圖表可知：

　　（一）關於聲符兼義現象之術語在《說文句讀》出現的形聲字佔（含亦聲、省聲及王筠改正形聲者）

　　（二）王筠將術語分類成七項，細審之實無差異，與段玉裁將聲符兼義理論之術語分類成十五項無別，因爲各個項目中之字例有引用文字之本義、引申義或叚借義構成之，分類過於繁細反而造成理解上的困難，筆者推論，王筠應是在段氏分類的基礎上再加以更名因爲二人皆認可文字可兼二書說法。

　　（三）聲符的本義、引申義與叚借義與構成的形聲字本有相應之理，王筠忽略語言發展勢必派生大量新詞，因爲這種透過聲符關係孳生的新字，最能體現文字「同源」關係，亦即在音義上皆有關連，這種爲適應語言需求而孳乳出

意義相近的現象正是聲符兼義的原因。

（四）王筠承認聲爲造字之本，卻忽視文字因語言而生、語言因文字而變的相應性，畢竟這種表義明確，且形音義相一致的特點，爲一理想文字，只是聲符既表音又表義容易混淆「六書」分類，因此「聲符兼義」並沒有成爲形聲字主流，最後還是回到單純的一形一聲的造字方法。〔註540〕

第三節　段玉裁形聲之術語

前文已論述形聲字與會意字最大的差異性在於一是有聲字一是無聲字，單純以有無聲符劃分會意及形聲的界限自是簡單明瞭，然而許愼在書中對於諸多字例的說解仍有模糊之際，因此歷代文字學家各憑己見加以註解，尤其對於字例兼二書者更是呈現「百家爭鳴」的景象，如段玉裁在《說文解字注》關於形聲字的註解方面就使用諸多術語，黃永武對於段氏說解形式之不同，列舉數端：〔註541〕

　　一、聲與義同源

　　二、凡字之義必得諸字之聲

　　三、凡從某聲皆有某意

　　四、凡從某聲多有某義

　　五、凡形聲多兼會意

　　六、凡同聲多同義

　　七、同聲之義必相通

　　八、某字有某義，故某義之字從之爲聲

　　九、凡某義字多從某聲

　　十、字異而義同

段氏以此形式倡言聲符載義的功能，使寄以同一聲符所孳生的字群表徵之意象亦有相關，故從以上十項即申明「聲義同原」之理。〔註542〕

〔註540〕以上三、四二點摘錄拙作〈王筠《說文解字句讀》「聲兼意」之探析〉，頁 334，收錄《第十三屆全國暨海峽兩岸中國文字學學術研討會論文集》，台北：萬卷樓圖書。民國 91 年 4 月初版。

〔註541〕見黃永武《形聲多兼會意考》一章「形聲多兼會意說略史」，頁 21，台北：文史哲出版。民國 8民國 81 年 10 月初版六刷。

〔註542〕今人何添分類成七項，依序是：「1、聲義同源，2、凡字之義，必得諸字之聲，3、

弓英德將段氏之注語分類，其中關於「形聲」事項有：〔註543〕

一、形聲包會意

二、形聲中有會意

三、形聲亦會意

四、形聲見會意

五、形聲關會意

六、形聲賅會意

弓氏整理段注說解提供後人研究形聲方面一良好素材，筆者即在弓氏研究的基礎上增加數項分類，從分類當中以期找出段注分類的差異性，進而探討其分類之動機。

一、段玉裁關於「聲符兼義」字例之術語

本節僅針對段注對於形聲字聲符兼義現象之術語進行探究，至於段注和大、小徐本之異同則不列錄討論範圍。

（一）會聲兼會意〔註544〕

璛，玉器也。从玉晶聲。段注：「《說文》無晶字，而云晶聲者。晶即靁之省也。靁字下曰：從雨晶，象回轉形。木部櫑字下曰：刻木作雲靁，象施不窮。……凡從晶字皆形聲兼會意。」（篇一「玉」部，頁15）

莊，上諱。段注：「其說解當曰艸大也。从艸壯聲。……此形聲兼會意字。壯訓大，故莊訓艸大。」（篇一「艸」部，頁22）

犨，牛息聲。从牛讐聲。段注：「蓋唐以前所據《說文》無不從言者，凡形聲多兼會意。讐從言，故牛息聲之字從之。」（篇二「牛」部，頁51）

袷，士無市有袷。从市、段注：「亦市也，故從市。」合聲。段注：「鄭云：『合

凡從某聲音皆有某義，4、凡同聲者多同義，5、形聲會意兩兼：1亦聲2取其聲3形聲包會意，6、某字有某義，故有某義之字從之為聲，7、聲同義近，同聲同義。」見《王筠說文六書相兼說研究》一章「兼書說之起源及其流變」，頁20，吉林：吉林文史出版西元2000年12月一版一刷。

〔註543〕見弓英德《六書辨正》附錄「段注說文亦聲字研究」頁189、200。

〔註544〕以下分類之字群依據段注本，按語之字例則依據大徐本。

韋爲之。』則形聲可兼會意。」(篇七「巿」部,頁 363)

愳,古文。段注:「眀者,左右視也。形聲兼會意。」(篇十「心」部,頁 506)

按:懼,恐也。从心瞿聲。

嫢,短面也。段注:「《淮南書》曰:『聖人之思脩,愚人之思叕。』高注:『叕,短也。』《方言》:『黜,短也。』注:『蹶黜,短小皃。』嫢篆蓋形聲兼會意。」从女竅聲。

隫,仄也。段注:「仄下曰:側傾也。頃者,頭不正也,故从頁。傾者,人之仄也,故从人。隫者,山阜之仄也,故从𨸏。」从𨸏頃聲。段注:「大徐作从𨸏从頃、頃亦聲。形聲兼會意也。」(篇十四「𨸏」部,頁 733)

由以上字例得知許書以本義或引申義解釋字義,段氏加以補充以強化字義。

(二)形聲包會意

禬,會福祭也。从示會聲。段注:「此等舉皆形聲包會意。」(篇一「一」部,頁 7)

按:《說文》:「會,合也。」〔註 545〕

碧,石之青美者。从王石、白聲。段注:「从玉石者,似玉之石也。碧色青白,金剋木之色也,故从白。云白聲者,以形聲包會意。」(篇一「玉」部,頁 17)

苷,甘艸也。从艸甘聲。段注:「此以形聲包會意。」(篇一「艸」部,頁 26)

按:《說文》:「甘,美也。」〔註 546〕段注:「甘爲五味之一,而五味之可口皆曰甘。」〔註 547〕

菜,艸之可食也。从艸采聲。段注:「此舉形聲包會意,古多以采爲菜。」(篇一「艸」部,頁 40)

按:《說文》:「采,捋取也。」〔註 548〕

〔註 545〕見《說文解字・會部》卷五,頁 166。

〔註 546〕見《說文解字・甘部》卷五,頁 149。

〔註 547〕見《說文解字注・甘部》篇五「甘」字,頁 202。

〔註 548〕見《說文解字・木部》卷六,頁 192。

蘨，艸盛皃。从艸繇聲。段注：「此以形聲包會意。蘨，隨從也。」（篇一「艸」部，頁 41）

茨，茅蓋屋。段注：「鄭箋、《釋名》曰：『屋以艸蓋曰茨。』茨，次也，次草爲之也。」从艸次聲。段注：「此形聲包會意。」（篇一「艸」部，頁 42）

苴，履中艸。从艸且聲。段注：「且，薦也。此形聲包會意。」（篇一「艸」部，頁 44）

按：段注：「薦當作荐……薦訓獸所食艸，荐訓薦席。薦席謂艸席也，艸席可爲藉謂之荐，故凡言藉當作荐……引申之凡有藉之詈皆曰且。」〔註 549〕

叢，艸叢生皃。段注：「叢，聚也。槩言之，叢則專謂艸。」从艸叢聲。段注：「此形聲包會意。」（篇一「艸」部，頁 47）

犥，白黑襍毛牛。段注：「古謂襍色不純爲尨、亦作駹……凡謂襍色不純亦可用犥字。」从牛尨聲。段注：「此以形聲包會意。」（篇二「牛」部，頁 51）

犇，兩壁耕也。段注：「壁當作辟，辟是旁側之語……兩辟耕謂一田中兩牛耕，一從東往、一從西來也。」从牛非聲。段注：「此形聲包會意。非从飛下𦐇，取其相背。」（篇二「牛」部，頁 52）

䞁，急走也。从走弦聲。段注：「形聲包會意。从弦有急意也。」（篇二「走」部，頁 64）

按：《說文》：「弦，弓弦也。」〔註 550〕

趯，走顧皃。从走瞿聲。段注：「此以形聲包會意。瞿，鷹隼之視也。」（篇二「走」部，頁 64）

延，正行也。从辵正聲。段注：「形聲包會意。」（篇二「辵」部，頁 70）

按：《說文》：「正，是也。」、「是，直也。」〔註 551〕

逢，遇也。从辵夆聲。段注：「按：夆，啎也；啎，逆也。此形聲包會意。」（篇二「辵」部，頁 71）

〔註 549〕見《說文解字注．且部》篇十四「且」字，頁 716。

〔註 550〕見《說文解字．弦部》卷十二「弦」字，頁 429。

〔註 551〕見《說文解字．正部》、〈是部〉卷二「正」字、「是」字，頁 51。

逮，唐逮，及也。从辵隶聲。段注：「隶部曰：『隶，及也。』此形聲包會意。」
　　（篇二「辵」部，頁 72）

齯，老人齒。段注：「大齒落盡，更生細者，如小兒齒也。」从齒兒聲。段注：
　　「此形聲包會意。」（篇二「齒」部，頁 79）

諜，諜踏，語相及也。段注：「隶，及也。眔，目相及也。然此從諜，訓語相及
　　無疑。」从言逮聲。段注：「此形聲包會意。」（篇三「言」部，頁 98）

訟，爭也。段注：「公，言之也。」从言工聲。段注：「此形聲包會意。」（篇三
　　「言」部，頁 100）

鞥，勒鞥也。段注：「謂馬勒之鞥也。勒在馬面，故從面。從革面聲。段注：「此
　　形聲包會意。」（篇三「革」部，頁 110）

鬺，炊气皃。段注：「皕部曰：『鬺、聲也，气出頭上。從皕頁。炊气亦上出，
　　故從鬺。』」从鬲鬺聲。段注：「舉形聲包會意。」（篇三「鬲」部，頁 111）

攽，分也。从攴分聲。段注：「此形聲包會意。」（篇三「攴」部，頁 123）
　　按：「分，別也」〔註552〕

甯，所願也。段注：「此與丂部寧音義皆同。許意寧爲願詞、甯爲所願，略區別
　　耳。」从用寧省聲。段注：「此不云窜省聲云寧省聲者，以形聲包會意。」
　　（篇三「用」部，頁 128）

瞞，目旁薄緻宀宀也。段注：「按：宀宀，微密之皃。目好者必目旁肉好，乃益
　　見目好。」从目㒼聲。段注：「形聲包會意。」（篇四「目」部，頁 130）

盼，白黑分也。从目分聲。段注：「此形聲包會意。」（篇四「目」部，頁 130）

眡，目財視也。段注：「財視非其訓也。从者，水之衺流別也。」从目从聲。段
　　注：「形聲包會意。」（篇四「目」部，頁 130）

睟，短突目皃也。段注：「此云短突者，目匡短而目淡窒圓睟然如搯目也，故從
　　叕。」从目叕聲。段注：「形聲包會意。」（篇四「目」部，頁 133）

殪，死也。段注：「殪《小雅・毛傳》、文類注〈上林賦〉皆曰：『壹發而死爲殪。』

〔註552〕見《說文解字・八部》卷二「分」字，頁 35。

是也，故其字從壹。」从夕壹聲。段注：「形聲包會意。」（篇四「夕」部，頁163）

殈，戰。見血曰傷。亂或爲惛，死而復生曰殈。段注：「此謂戰傷又重於惛也，謂之殈者，次於死也，三言皆謂戰。」从死次聲。段注：「形聲包會意也。」（篇四「死」部，頁164）

骿，骿脅，并榦也。段注：「肉部：脅，膀也；肋，脅骨也。」从骨并聲。段注：「形聲包會意也。」（篇四「骨」部，頁165）

䯏，骨擿之可會髮者。段注：「《鄘風》：『象之揥也。』毛曰：『揥所以摘髮。』摘本又作揥。䯏所以會髮與揥所以摘髮訓釋正同……䯏者，獸骨織成器者也。」从骨會聲。段注：「形聲包會意也。」（篇四「骨」部，頁167）

朐，脯挺也。段注：「挺即脡也……朐引申爲凡屈曲之稱。」从肉句聲。段注：「凡從句之字皆曲物，故皆入句部。朐不入句部何也？朐之直多曲少，故釋爲脯挺，但云句聲也。云句聲則亦形聲包會意也。」（篇四「肉」部，頁174）

胞，小臠易斷也。从肉絕省聲。段注：「形聲包會意也。易斷故從絕省。」（篇四「肉」部，頁176）

　按：《說文》：「絕，斷絲也。」〔註553〕

判，分也。从刀半聲。段注：「形聲包會意。」（篇四「刀」部，頁180）

　按：《說文》：「半，物中分也。」〔註554〕

劑，齊也。从刀、段注：「從刀者，齊之如用刀也。」齊聲。段注：「形聲包會意。」（篇四「刀」部，頁181）

　按：《說文》：「齊，禾麥吐穗上平也。」〔註555〕

刲，刺也。从刀圭聲。段注：「圭剡上，故從圭，形聲包會意也。」（篇四「刀」部，頁181）

劓，刖鼻也。段注：「刖，絕也。」从刀臬聲。段注：「臬，法也。形聲包會意。」

〔註553〕見《說文解字‧糸部》卷十三「絕」字，頁432。

〔註554〕見《說文解字‧半部》卷二「半」字，頁36。

〔註555〕見《說文解字‧齊部》卷七「齊」字，頁225。

（篇四「刀」部，頁 182）

賴，除苗閒穢也。段注：「穢當作薉。艸部薉，蕪也。」从耒員聲。段注：「員，
　　物數也，謂艸之多也，此形聲包會意。」（篇四「耒」部，頁 184）

觼，角有所觸發也。段注：「厂部曰：『厥，發石也。』此字從角厥，謂獸以角
　　有所觸發。」从角厥聲。段注：「形聲包會意也。」（篇四「角」部，頁 185）

箬，楚謂竹皮曰箬。从竹若聲。段注：「若，擇菜也。擇菜者絕其本末，此形聲
　　包會意也。」（篇五「竹」部，頁 189）

籀，讀書也。段注：「言部曰：『讀，籀書也。』〈敘目〉曰：『尉律學僮十七已
　　上始試，諷籀書九千字，乃得爲吏。』」从竹榴聲。段注：「此形聲包會意。」
　　（篇五「竹」部，頁 190）

籔，榜也。段注：「木部曰：『榜所以輔弓弩也。』檢柙弓弩必攷擊之。」从竹
　　殿聲。段注：「攴部曰：『殿，擊也。』此形聲包會意。」（篇五「竹」部，
　　頁 196）

巽，具也。从丌㕚聲。段注：「形聲包會意。卪部曰：『㕚，二卪也。巺从此。』
　　按二卪者，具意也。」（篇五「丌」部，頁 200）

虥，黑虎也。从虎儵聲。段注：「此舉形聲包會意也。」（篇五「虎」部，頁
　　210）

　按：《說文》：「儵，青黑繒縫白色也。」〔註 556〕

盌，小盂也。从皿夗聲。段注：「于、夗皆坳曲意，皆以形聲包會意也。」（篇
　　五「皿」部，頁 211）

　按：《說文》：「夗，轉臥也。」〔註 557〕

盛，黍稷在器中㠯祀者也。段注：「盛者，實於器中之名也，故亦評器爲盛，……
　　引伸爲凡豐滿之稱。」从皿成聲。段注：「形聲包會意。小徐無聲字，會意
　　兼形聲也。」（篇五「皿」部，頁 211）

齍，黍稷器所㠯祀者。段注：「要之齍可盛黍稷，而因謂其所盛黍稷曰齍。」从

〔註 556〕見《說文解字・黑部》卷十「儵」字，頁 339。
〔註 557〕見《說文解字・夕部》卷七「夗」字，頁 223。

皿𡴭聲。段注：「𡴭，禾麥吐采上平也。形聲包會意。」（篇五「皿」部，頁 212）

盍，覆也。段注：「皿中有血而上覆之，覆必大於下，故从大。」从血大聲。段注：「此以形聲包會意，大徐刪聲，非也。」（篇五「血」部，頁 214）

匋，作瓦器也。段注：「按穴部云：窯，燒瓦竈也；瓦部云：甄，匋也。」从缶包省聲。段注：「疑作勹聲，亦是皆形聲包會意。」（篇五「缶」部，頁 224）

市，買賣所之也。市有垣。从冂从乀，象物相及也。乀，古文及字。舌省聲。段注：「舉形聲包會意也。」（篇五「冂」部，頁 228）

韡，韠榮也。从舜生聲。段注：「舜部曰：『榮也。』；舜部曰：『艸木韠也。』此云韠榮者，紲言之。」段注：「生見出部，形聲包會意。」（篇五「舜」部，頁 234）

鞾，履後帖也。段注：「帖，帛書署也，引伸爲今俗語幫貼之字。凡履跟必幫貼之，令堅厚，不則易敝。」从韋叚聲。段注：「此形聲包會意也。」（篇五「韋」部，頁 235）

蘽，蘽木也。段注：「按欙者，蘽之首。其物在艸木之間，近於艸者則爲艸部之藟……近於木者則爲木部之蘽。」從木㗊聲。段注：「形聲包會意。」（篇六「木」部，頁 241）

棻，香木也。段注：「芬爲艸香，故棻爲香木。」從木芬聲。段注：「形聲包會意也。」（篇六「木」部，頁 245）

樹，穆生植之總名也。段注：「植，立也。」從木尌聲。段注：「形聲包會意。」（篇六「木」部，頁 248）

　　按：《說文》：「尌，立也。」〔註558〕

橋，木旖施也。段注：「㫃部旖下曰：『旗旖施也。旗旖施，故字從㫃。』木如旗之旖施，故字從木旖。」從木旖聲。段注：「形聲包會意。」（篇六「木」部，頁 250）

榴，召高皃。從木召聲。段注：「形聲包會意。」（篇六「木」部，頁 251）

〔註558〕見《說文解字·壴部》卷五「尌」字，頁 153。

按：《說文》：「曶，出气詞也。」〔註559〕

枌，木之理也。從木力聲。段注：「以形聲包會意也。阞下曰地理，枌下曰木理，沏下曰水理，皆從力。力者，筋也，人身之理也。」（篇六「木」部，頁252）

構，蓋也。段注：「此與冓音同義近。冓，交積材也，凡覆蓋必交積材。」從木冓聲。段注：「以形聲包會意。」（篇六「木」部，頁251）

桷，榱也。從木角聲。段注：「形聲包會意也。」椽方曰桷。段注：「桷之言棱角也。椽方曰桷，則知桷圜曰椽矣。」（篇六「木」部，頁255）

梳，所吕理髮也。段注：「器曰梳，用之理髮因亦曰梳。」從木疏省聲。段注：「疏，通也。形聲包會意。」篇六「木」部，頁258）

樔，澤中守艸樓。段注：「謂澤中守望之艸樓也。」從木巢聲。「形聲包會意也。」（篇六「木」部，頁268）

麓，守山林吏也。從林鹿聲。段注：「按此亦形聲包會意。守山林之吏，如鹿之在山也。」（篇六「林」部，頁271）

賣，出物貨也。从出从買。段注：「出買者，出而與人買之也。《韻會》作買聲，則以形聲包會意也。」（篇六「出」部，頁273）

按：《說文》：「買，市也。」，〔註560〕段注：「市者，買物之所。因之買物亦言市。」。〔註561〕買，《廣韻》「莫蟹切」，〔註562〕古音屬「明」紐，韻屬「支」部；賣，《廣韻》「莫懈切」，古音屬「明」紐，韻屬「支」部，故「賣」字應从買聲。

穋，特止也。从稽省卓聲。段注：「此說形聲包會意。卓者，高也。」（篇六「稽」部，頁275）

按：《說文》：「稽，畱止也。」〔註563〕

〔註559〕見《說文解字・曰部》卷五「曶」字，頁149。

〔註560〕見《說文解字・貝部》卷六「買」字，頁205。

〔註561〕見《說文解字注・貝部》篇六「買」字，頁282。

〔註562〕見陳彭年等重修宋本《廣韻・蟹部》卷三，頁270，台北：黎明文化。民國84年3月初版十五刷。

〔註563〕見《說文解字・稽部》卷六「稽」字，頁200。

麲，桼垸巳，復桼之。段注：「垸者，以桼龢灰垸而鬃也。既垸之、復桼之，以
　　光其外也」从桼包聲。段注：「舉形聲包會意也。」（篇六「桼」部，頁276）

囩，回也。段注：「雲字下曰：『象雲回轉形。』沄字下曰：『流轉也。』凡從云
　　之字皆有回轉之義。」从口云聲。段注：「形聲包會意也。」（篇六「口」
　　部，頁277）

貨，財也。段注：「《廣韻》引蔡氏《化清經》曰：『貨者，化也。變化反易之物，
　　故字从化。』」从貝化聲。段注：「形聲包會意。」（篇六「貝」部，頁279）

貳，副益也。从貝弍聲。段注：「形聲包會意。」（篇六「貝」部，頁281）
　　按：《說文》：「弍，古文二。」、「二，地之數也。」〔註564〕

販，買賤賣貴者。段注：「販夫販婦朝資夕賣。按：資猶取也。」从貝反聲。段
　　注：「形聲包會意。」（篇六「貝」部，頁282）
　　按：《說文》：「反，覆也。」〔註565〕

貶，損也。从貝乏聲。段注：「形聲包會意也。」（篇六「貝」部，頁282）
　　按：《說文》：「乏，《春秋傳》曰：『反正為乏。』」〔註566〕段注：「禮受矢者
　　曰正，拒矢者曰乏，以其禦矢謂之乏。」〔註567〕

賕，昌財物枉法相謝也。段注：「枉法者，違法也。法當有罪，而以財求免是曰
　　賕。受之者亦曰賕。」从貝求聲。段注：「形聲包會意。」（篇六「貝」部，
　　頁282）
　　按：《說文》：「求，古文裘。」、「裘，皮衣也。」〔註568〕

暈，兆也。段注：「按：光也二字當作『日光氣也』四字。」从日軍聲。段注：
　　「軍者，圜圍也，此以形聲包會意。」（篇七「日」部，頁304）

昃，日在西方時側也。从日仄聲。段注：「此舉形聲包會意。」（篇七「日」部，
　　頁305）

〔註564〕見《說文解字·二部》卷十三「二」字，頁451。

〔註565〕見《說文解字·又部》卷三「反」字，頁90。

〔註566〕見《說文解字·正部》卷二「乏」字，頁51。

〔註567〕見《說文解字注·正部》篇二「乏」字，頁69。

〔註568〕見《說文解字·裘部》卷八「裘」字，頁275。

按：《說文》：「仄，側傾也。」〔註569〕

旺，光美也。从日往聲。段注：「此舉形聲包會意。謂往者，眾也。」（篇七「日」部，頁306）

按：《說文》：「往，之也。」〔註570〕

暱，日近也。段注：「日謂日日也，皆日之引申之義。」从日匿聲。段注：「舉形聲包會意。」（篇七「日」部，頁305）

按：《說文》：「匿，亡也。」〔註571〕

暨，日頗見也。段注：「頗，頭偏也。頭偏則不能全見其面，故謂事之略然者曰頗。日頗見者，見而不全也。」从旦既聲。段注：「既，小食也。日不全見，故取其意，亦舉形聲包會意。」（篇七「旦」部，頁308）

旄，幢也。段注：「漢之羽葆幢，以氂牛尾爲之；如斗，在乘輿左騑馬頭上，用此知古以氂牛尾注竿首，如斗童童然……言旄不言羽者，舉一以晐二，其字从㫃从毛，亦舉一以晐二也。以氂牛尾注旗竿，故謂此旗爲旄，因而謂氂牛尾曰旄，謂氂牛曰旄牛，名之相因者也。」从㫃毛聲。段注：「舉形聲包會意。」（篇七「㫃」部，頁312）

盟，《周禮》曰：國有疑則盟。諸侯再相與會，十二歲一盟。北面詔天之司慎司命，盟殺生歃血，朱盤玉敦，昌立牛耳。段注：「凡邦國有疑會同，則掌其盟約之載及其禮儀。」从囧、段注：「囧，明也，《左傳》所謂昭明於神冢，上詔司慎司命言。」皿聲。段注：「亦舉形聲包會意。朱盤玉敦，器也，故从皿。」（篇七「囧」部，頁314）

夢，不明也。从夕瞢省聲。段注：「舉形聲包會意也。」（篇七「夕」部，頁315）

按：《說文》：「瞢，目不明也。」〔註572〕

齎，等也。从𠫇妻聲。段注：「妻者，齊也。此舉形聲包會意。」（篇七「齊」部，頁317）

〔註569〕見《說文解字‧厂部》卷九「仄」字，頁311。

〔註570〕見《說文解字‧彳部》卷二「往」字，頁56。

〔註571〕見《說文解字‧匚部》卷十二「匿」字，頁424。

〔註572〕見《說文解字‧首部》卷四「瞢」字，頁114。

穡，穀可收曰穡。从禾嗇聲。段注：「此舉形聲包會意。」（篇七「禾」部，頁321）

按：《說文》：「嗇，愛濇也。从來㐭。」〔註 573〕段注：「嗇者，多入而少出，如田夫之務蓋藏，故以來㐭會意……古嗇、穡互相假借，如稼穡多作稼嗇。」〔註 574〕

案，轢采也。从禾安聲。段注：「轢禾者，所以安禾也。形聲包會意。」（篇七「禾」部，頁 325）

按：《說文》：「安，靜也。」〔註 575〕

穀，續也，百穀之總名也。段注：「《詩》、《書》言百穀，種類繁多，約舉兼晐之詞也。」从禾㱿聲。段注：「㱿者，今之㱿字。穀必有稃甲，此以形聲包會意也。」（篇七「禾」部，頁 326）

宧，養也。室之東北隅，食所居。段注：「〈舍人〉云：『東北陽氣啓始，育養萬物，故曰宧。』」从宀𦣞聲。段注：「以形聲包會意。」（篇七「宀」部，頁338）

寷，大屋也。从宀豐聲。段注：「此以形聲包佰意。當云从宀豐、豐亦聲也。」《易》曰：「豐其屋。」段注：「宀，屋也；豐，大也。故寷之訓曰大屋。」（篇七「宀」部，頁 338）

宏，屋響也。从宀弘聲。段注：「弓部曰：『弘，弓聲也。』此舉形聲包會意。」（篇七「宀」部，頁 339）

寔，正也。段注：「按：許云：『正者，是也。』然則正與是互訓，寔與是音義皆同。此云『寔，正也。』即《公》、《穀》、毛、鄭之『寔，正也。』」从宀是聲。段注：「此舉形聲包會意。」（篇七「宀」部，頁 339）

宛，屈艸自覆也。从宀夗聲。段注：「夗，轉臥也，亦形聲包會意。」（篇七「宀」部，頁 341）

空，竅也。段注：「今俗語所謂孔也。天地之間亦一孔耳。」从穴工聲。段注：

〔註 573〕見《說文解字・嗇部》卷四「嗇」字，頁 172。

〔註 574〕見《說文解字注・嗇部》篇四「嗇」字，頁 230。

〔註 575〕見《說文解字・宀部》卷七「安」字，頁 240。

「形聲包會意。」（篇七「宀」部，頁 344）

　　按：《說文》：「工，巧飾也。」〔註576〕段注：「引伸之凡善其事曰工。」〔註577〕

㿚，滿也。段注：「《毛詩傳》曰：『不醉而怒曰奰。』然則奰爲氣滿，㿚舉形聲
　　包會意也。」从疒奰聲。（篇七「疒」部，頁 349）

　　按：《說文》：「奰，壯大也。」〔註578〕段注：「《毛詩傳》曰：『不醉而怒曰奰。』
　　　　於壯義、迫義皆近。」〔註579〕

罨，罕也。从网奄聲。段注：「奄，覆也，此舉形聲包會意。」（篇七「网」部，
　　頁 355）

　　按：《說文》：「奄，覆也、大有餘也，又欠也。」〔註580〕

署，部署也。各有所网屬也。从网、段注：「网屬猶系屬，若网在綱，故从网。」
　　者聲。段注：「者，別事詞也，此舉形聲包會意。」（篇七「网」部，頁 356）

　　按：段注：「言主於別事，則言者以別之。」〔註581〕

覆，覂也。段注：「反也。覆、覂、反三字雙聲。又部反下曰：『覆也。』反覆
　　者，倒易其上下，如兩从冂而反之爲凵也。覆與復義相通。復者，往來也。」
　　从襾復聲。段注：「此舉形聲包會意。」（篇七「襾」部，頁 357）

併，竝也。从人并聲。段注：「此舉形聲包會意。」（篇八「人」部，頁 372）

　　按：《說文》：「并，相從也。」〔註582〕

傍，近也。从人旁聲。段注：「此舉形聲包會意也。」（篇八「人」部，頁 375）

　　按：《說文》：「旁，溥也。」、〔註583〕「溥，大也。」〔註584〕

〔註576〕見《說文解字‧工部》卷七「工」字，頁 148。

〔註577〕見《說文解字注‧工部》篇五「工」字，頁 148。

〔註578〕見《說文解字‧大部》卷十「奰」字，頁 347。

〔註579〕見《說文解字注‧大部》篇十「奰」字，頁 499。

〔註580〕見《說文解字‧大部》卷十「奄」字，頁 342。

〔註581〕見《說文解字注‧白部》篇四「者」字，頁 137。

〔註582〕見《說文解字‧从部》卷八「并」字，頁 267。

〔註583〕見《說文解字‧二部》卷一「旁」字，頁 2。

〔註584〕見《說文解字‧水部》卷十一「溥」字，頁 365。

価，鄉也。段注：「鄉，今人所用之向字也。」从人面聲。段注：「此舉形聲包會意。」（篇八「人」部，頁376）

　　按：《說文》：「面，顏前也。」〔註585〕

侸，神也。段注：「按神當作身，聲之誤也……身者古字，侸者今字。」从人身聲。段注：「此舉形聲包會意。」（篇八「人」部，頁383）

　　按：《說文》：「身，躬也，象人之身。」〔註586〕

褒，裹也。段注：「《論語》：『子生三年，然後免於父母之懷。』馬融釋以『懷抱』，即『褒裹』也。今字抱行而褒廢矣。」从衣包聲。段注：「此舉形聲包會意。」（篇八「衣」部，頁392）

歇，欲歠歠。从欠渴聲。段注：「此舉形聲包會意。渴者，水盡也。音同竭。水渴則欲水，人歇則欲飲，其意一也。今則用竭爲水渴字，用渴爲飢歇字，而歇字廢矣，渴之本義廢矣。」（篇八「欠」部，頁412）

　　按：《說文》：「渴，盡也。」〔註587〕

緘，堅持意。段注：「从緘者，三緘其口之意。」口閉也。从欠緘聲。段注：「口閉說从欠緘之意。當云从欠緘、緘亦聲，此舉形聲包會意耳。」（篇八「欠」部，頁412）

順，理也。从頁川。段注：「人自頂以至於踵，順之至也；川之流，順之至也，故字从頁川，會意，而取川聲。小徐作川聲，則舉形聲包會意。訓、馴字皆曰川聲也。」（篇九「頁」部，頁418）

顯，頭明飾也。段注：「按㬎謂眾明。顯本主謂頭明飾，乃顯專行而㬎廢矣。」从頁㬎聲。段注：「此舉形聲包會意。」（篇九「頁」部，頁422）

斐，分別文也。段注：「非，違也。凡从非之屬：𡴍，別也；靠，相違也。」从文非聲。段注：「此舉形聲包會意也。」（篇九「文」部，頁425）

辬，駁文也。段注：「謂駁襍之文曰辬也。馬色不純曰駁，引申爲凡不純之偁。」

〔註585〕見《說文解字‧面部》卷九「面」字，頁295。

〔註586〕見《說文解字‧面部》卷八「身」字，頁270。

〔註587〕見《說文解字‧水部》卷十一「渴」字，頁372。

从文辡聲。段注：「此舉形聲包會意。」（篇九「文」部，頁 425）

按：《說文》：「辡，辠人相與訟也。」〔註 588〕

辥，微畫文也。段注：「知爲微畫之文者，以从辥知之。辥者，干也，微之意也。」
从文辥聲。段注：「此舉形聲包會意。」（篇九「文」部，頁 425）

鬆，用梳比也。段注：「凡理髮先用梳。梳之言疏也，次用比。比之言密也。」
从髟次聲。段注：「此舉形聲包會意。」（篇九「髟」部，頁 427）

鬈，髮鬈鬈也。段注：「鬈爲顛動之字。」从髟巤聲。段注：「此舉形聲包會意。」
（篇九「髟」部，頁 427）

按：《說文》：「巤，毛巤也。象髮在囟上及毛髮巤巤之形。」〔註 589〕 段注：「巤
與鬈蓋正俗字。」〔註 590〕

鬄，髮墮也。段注：「鬄本髮落之名，因以爲存髮不翦者之名。」从髟隋省聲。
段注：「此舉形聲包會意也。」（篇九「髟」部，頁 428）

鬀，剃髮也。从髟弟聲。段注：「必次弟除之，故从弟，此舉形聲包會意。」（篇
九「髟」部，頁 429）

按：《說文》：「弟，韋束之次弟也。」〔註 591〕

鬤，髶也，忽見也。从髟象聲。段注：「此舉形聲包會意也。」（篇九「髟」部，
頁 429）

按：《說文》：「象，刻木象象也。」〔註 592〕

魂，陽气也。从鬼云聲。段注：「魂之必鬼下云上者，陽氣沄沄而上之象也。曰
云聲者，舉形聲包會意。」（篇九「鬼」部，頁 435）

魖，耗鬼也。段注：「乏無之言。」从鬼虛聲。段注：「形聲包會意。」（篇九「鬼」
部，頁 435）

〔註 588〕見《說文解字・辛部》卷十四「辡」字，頁 488。

〔註 589〕見《說文解字・囟部》卷十「巤」字，頁 349。

〔註 590〕見《說文解字注・囟部》篇十「巤」字，頁 501。

〔註 591〕見《說文解字・弟部》卷五「弟」字，頁 176。

〔註 592〕見《說文解字・彔部》卷七「弟」字，頁 227。

按：《說文》：「虛，大丘也。」〔註593〕段注：「虛本謂大丘，大則空曠，故引伸之為空虛。」〔註594〕

陵，高也。段注：「高者，崇也。陵者，陷高也。」从山夌聲。段注：「此舉形聲包會意。」（篇九「山」部，頁440）

騯，馬盛也。从馬旁聲。段注：「旁，溥也，此舉形聲包會意。」（篇十「馬」部，頁464）

馴，馬順也。段注：「馴之本義為馬順，引申為凡順之偁。」从馬川聲。段注：「此舉形聲包會意。」（篇十「馬」部，頁467）

按：《說文》：「川，貫穿通流水也。」〔註595〕

騶，廐御也。段注：「按騶之叚借作趣，《周禮》、《詩》、《周書》之『趣馬』〈月令〉、《左傳》謂之『騶』。……鄭（玄）曰：『趣馬，趣養馬者也。』按：趣者，疾也。掌疾養馬故曰騶，其字从芻馬，正謂養馬也。」从馬芻聲。段注：「此舉形聲包會意。」（篇十「馬」部，頁468）

按：《說文》：「芻，刈草也。」〔註596〕

灸，灼也。段注：「按久、灸皆取附箸相拒之意。凡附箸相拒曰久，用火則曰灸。」从火久聲。段注：「舉形聲包會意。」（篇十「火」部，頁483）

懜，不明也。从心夢聲。段注：「夕部夢：不明也。此舉形聲包會意。」

愬，怨愬也。从心朔聲。段注：「此與人部偠皆謂歸咎於彼，舉形聲包會意也。」（篇十「心」部，頁513）

按：《說文》：「咎，災也。」〔註597〕

潨，小水入大水曰潨。段注：「《大雅傳》曰：『潨，水會也。』」从水眾聲。段注：「此形聲包會意。」（篇十一「水」部，頁553）

〔註593〕見《說文解字・丘部》卷七「虛」字，頁268。

〔註594〕見《說文解字注・丘部》篇十「虛」字，頁386。

〔註595〕見《說文解字・川部》卷七「川」字，頁380。

〔註596〕見《說文解字・艸部》卷一「芻」字，頁29。

〔註597〕見《說文解字・人部》卷八「咎」字，頁265。

按：《說文》：「眾，多也。」〔註598〕

洄，溯洄也。从水回聲。段注：「以形聲包會意。」（篇十一「水」部，頁 556）

按：《說文》：「轉也。」〔註599〕

沴，水之理也。段注：「自部曰：『阞，地理也。从自。』木部曰：『朸，木之理也。从木。』然則沴訓水之理，从水無疑矣。淺人不知水之理……水理如地理、木理可尋，其字皆从力。力者，人身之理也。」从水阞聲。段注：「形聲包會意也。」（篇十一「水」部，頁 559）

溢，器滿也。从水益聲。段注：「以形聲包會意也。」（篇十一「水」部，頁 563）

按：《說文》：「益，饒也。」、〔註600〕「饒，飽也。」〔註601〕

漱，盪口也。段注：「漱者，欶之大也。盪口者，允刷其口中也。」从水欶聲。段注：「以形聲包會意。」（篇十一「水」部，頁 563）

按：《說文》：「欶，吮也。」〔註602〕

汛，灑也。段注：「卂，疾飛也，水之散如飛，此以形聲包會意也。」从水卂聲。（篇十一「水」部，頁 565）

滅，盡也。从水威聲。段注：「此舉形聲包會意。」（篇十一「水」部，頁 566）

按：《說文》：「威，滅也。」〔註603〕

拲，兩手共同械也。从手共聲。段注：「此舉形聲包會意。」（篇十二「手」部，頁 566）

按：《說文》：「共，同也。」〔註604〕

娶，取婦也。段注：「取彼之女爲我之婦也。」从女取聲。段注：「說形聲包會

〔註598〕見《說文解字・似部》卷八「眾」字，頁 268。
〔註599〕見《說文解字・口部》卷六「回」字，頁 202。
〔註600〕見《說文解字・皿部》卷五「益」字，頁 157。
〔註601〕見《說文解字・食部》卷五「饒」字，頁 165。
〔註602〕見《說文解字・欠部》卷八「欶」字，頁 287。
〔註603〕見《說文解字・火部》卷十「威」字，頁 337。
〔註604〕見《說文解字・共部》卷三「共」字，頁 105。

意也。」（篇十二「女」部，頁 613）

按：《說文》：「捕取也。」〔註605〕

匶，棺也。段注：「木部曰：『棺者，關也，所以揜屍。』」从匚九聲。段注：「倉頡造字从匚从九，《白虎通》云：『柩，九也，久不復變也。』造字之初，斷不从木。許言久聲者，以形聲包會意也。」（篇十二「匚」部，頁 637）

蜷，渠蜷，一曰：天社。段注：「按：渠蜷即蛞螻，雙聲之轉。」从虫卻聲。段注：「以形聲包會意。」（篇十三「虫」部，頁 667）

按：《說文》：「卻，節欲也。」〔註606〕

塿，積土也。从土聚省聲。段注：「舉形聲包會意也。」（篇十三「土」部，頁 690）

按：《說文》：「會也。」〔註607〕

畿，天子千里地，吕逮近言之則言畿。段注：「許言以逮近言之則言畿者，謂畿取近天子，故稱畿。」从田幾省聲。段注：「形聲中包會意。」（篇十三「田」部，頁 696）

鍊，治金也。段注：「練，治繒也；鍊，治金也。皆謂瀮湅欲其精，非苐冶之而已。冶者，銷也，引申之凡冶之使精曰鍊。」从金柬聲。段注：「此亦形聲包會意。」（篇十四「金」部，頁 703）

按：《說文》：「柬，分別簡之也。」〔註608〕

錮，鑄鐇也。段注：「凡銷鐵以窒穿穴謂之錮。」从金固聲。段注：「此亦形聲包會意。」（篇十四「金」部，頁 703）

按：《說文》：「固，四塞也。」〔註609〕

鈁，方鐘也。从金方聲。段注：「形聲包會意。」（篇十四「金」部，頁 709）

按：《說文》：「方，併船也。」〔註610〕

〔註605〕見《說文解字·又部》卷三「取」字，頁 90。

〔註606〕見《說文解字·卩部》卷九「卻」字，頁 300。

〔註607〕見《說文解字·似部》卷九「聚」字，頁 268。

〔註608〕見《說文解字·束部》卷九「柬」字，頁 201。

〔註609〕見《說文解字·口部》卷六「固」字，頁 203。

錔，吕金有所冒也。段注：「輨下曰：『轂耑錔也。』錔取重沓之意，故多借沓
　　爲之。」从金沓聲。段注：「形聲包會意。」（篇十四「金」部，頁 714）

　　按：《說文》：「沓，語多沓沓也。」〔註 611〕

斛，量旁溢也。段注：「旁者，溥也。形聲包會意。」从斗旁聲。（篇十四「斗」
　　部，頁 718）

魁，斛旁有庣也。段注：「按：庣旁者謂方一尺而又寬九氂五豪也，不寬九氂五
　　豪則不容十斗，故製字从斗庣會意。」从斗庣聲。段注：「形聲中包會意也。」
　　（篇十四「斗」部，頁 719）

轈，兵車高如巢吕望敵也。从車巢聲。段注：「此形聲包會意。」（篇十四「車」
　　部，頁 721）

　　按：《說文》：「鳥在木上曰巢，在穴曰窠。」〔註 612〕

輥，轂齊等皃也。段注：「等者，齊簡也，因爲凡齊之偁。齊者，等也。輥者，
　　轂勻整之皃也。」从車昆聲。段注：「昆者，同也。此舉形聲包會意也。」
　　（篇十四「車」部，頁 724）

隥，仰也。段注：「仰者，舉也。登陟之道曰隥。」从𨸏登聲。段注：「此以形
　　聲包會意。」（篇十四「𨸏」部，頁 732）

　　按：《說文》：「登，上車也。」〔註 613〕

降，下也。从𨸏夅聲。段注：「夂部曰：『夅，服也。……以地言曰降，故从𨸏』；
　　以人言曰夂，故从夂𡕨相承。」从𨸏夅聲。段注：「此亦形聲包會意。」（篇
　　十四「𨸏」部，頁 733）

䕩，陋也。段注：「𨸏部曰：『陋者，阸陜也；阸者，塞也；陜者，隘也。』」从
　　䕩丙聲。段注：「此舉形聲包會意。」，𦵩，籀文隘字。（篇十四「䕩」部，
　　頁 737）

曳，臾臾也。段注：「臾臾雙聲，猶牽引也。引之則長，故衣長曰臾地。」从申

〔註 610〕見《說文解字・方部》卷八「方」字，頁 404。
〔註 611〕見《說文解字・曰部》卷五「沓」字，頁 149。
〔註 612〕見《說文解字・巢部》卷六「巢」字，頁 201。
〔註 613〕見《說文解字・癶部》卷二「登」字，頁 50。

厂聲。段注:「厂見十二篇……，抴也，象抴引之形，此形聲包會意也。」（篇十四「申」部，頁747）

酌，盛酒行觴也。段注:「盛酒於觶中以飲人曰行觴。」从酉勺聲。段注:「形聲包會意。」（篇十四「酉」部，頁748）

按:《說文》:「挹取也。」〔註614〕

釂，飲酒盡也。段注:「酒當作爵，此形聲包會意字也。」从酉爵聲。（篇十四「酉」部，頁749）

「形聲包會意」在段氏的註解中蔚為多數，然段氏從許書分析的字例再加以說明，實和前一項的說解無異。

（三）形聲中有會意

獄，司空也。段注:「其字从狀，蓋謂兩犬吠守、伺察之意。」从狀言聲。段注:「司事者必言動有言，形聲中有會意。」（篇十「犬」部，頁478）

挾，俾持也。段注:「俾持謂俾夾而持之也。亦部夾下曰:『盜竊褱物也，俗謂蔽人俾夾。然則俾持正謂藏匿之持，如今人言懷挾也。』」从手夾聲。段注:「各本作夾聲。篆體亦从二人，今皆正。从二入，以形聲中有會意也。」（篇十二「手」部，頁597）

撜，拯或从登。段注:「丞聲、登聲皆六部也……而此篆古从丞、从登……丞、登皆有上進之意。形聲中有會意。」（篇十二「手」部，頁603）

按:《說文》:「抍，上舉也。从手升聲。」徐鉉注:「今俗別作拯，非是。」〔註615〕

媼，母老稱也。从女𥁓聲。段注:「按从𥁓蓋與嫗同意，形聲中有會意也。」（篇十二「女」部，頁615）

按:《說文》:「綺，仁也。」〔註616〕

娣，同夫之女弟也。段注:「〈釋親〉曰:『女子同出謂先生爲姒，後生爲娣

〔註614〕見《說文解字·勺部》卷十四「勺」字，頁471。

〔註615〕見《說文解字·手部》卷十四「抍」字，頁404。

〔註616〕見《說文解字·皿部》卷五「𥁓」字，頁157。

……又言長婦謂稚婦爲娣婦，娣婦謂長婦爲姒婦。』見於傳者以爲妯娌
之偁，何也？曰此所謂名之可以叚借通偁者也……妯娌稱長者曰姒，少
者曰娣。」从女弟聲。段注：「形聲中有會意。」（篇十二「女」部，頁
615）

嫂，兄妻也。段注：「鄭注〈喪服〉曰：『嫂者，尊嚴之。』嫂猶叟也。叟，老
人之稱也。按古者重男女之別，故於兄之妻尊嚴之，於弟之妻卑遠之。」
从女叜聲。段注：「形聲中有會意。」（篇十二「女」部，頁 616）

姪，女子謂兄弟之子也。从女、段注：「此从女者，爲系乎姑之稱也。」至聲。
段注：「从至者，謂雖適人而於母家情摯也。形聲中有會意也。」（篇十二
「女」部，頁 616）

　　按：《說文》：「至，鳥飛從高下至地也。」〔註617〕段注：「許云：『到，至也；
臻，至也；假，至也。』此本義之引申也。又云：『窺，至也；瞫，至
也。』此餘義之引申也。」〔註618〕

媾，重婚也。段注：「重婚者，重疊交互爲婚姻也……按字从冓者，謂若交積材
也。」从女冓聲。段注：「形聲中有會意。」（篇十二「女」部，頁 616）

嫋，姌也。从女弱聲。段注：「形聲中有會意。」（篇十二「女」部，頁 619）

　　按：《說文》：「姌，弱長兒。」〔註619〕「弱，橈也，上象橈曲，彡象毛氂橈
弱也。」〔註620〕

嫉，不說也。段注：「說者，今之悅字。心部曰：『恚者，恨也。』嫉从恚聲，
形聲中有會意。」从女恚聲。（篇十二「女」部，頁 624）

嬌，好兒。段注：「此謂柔奃之好也。」从女奃聲。段注：「形聲中有會意。」
　　（篇十二「女」部，頁 625）

　　按：《說文》：「奃，稍前大也。」〔註621〕

〔註617〕見《說文解字・至部》卷十二「至」字，頁 394。

〔註618〕見《說文解字注・至部》篇十二「至」字，頁 584。

〔註619〕見《說文解字・女部》卷十二「姌」字，頁 414。

〔註620〕見《說文解字・彡部》卷九「弱」字，頁 296。

〔註621〕見《說文解字・大部》卷十「奃」字，頁 347。

奸，犯婬也。段注：「此字謂犯姦婬之罪，非即姦字也。今人用奸爲姦，失之，引申凡有所犯之偁。」从女干聲。段注：「形聲中有會意。干，犯也，故字从干。」（篇十二「女」部，頁625）

嬈，有所恨痛也。从女𡿺省聲。段注：「形聲中有會意也。嬈之从𡿺者，與思之从囟同意。」（篇十二「女」部，頁626）

按：《說文》：「𡿺，頭髗也。」〔註622〕

媿，慙也。段注：「慙下曰：『媿也。』二篆爲轉注。」从女鬼聲。段注：「按此亦形聲中有會意。」（篇十二「女」部，頁626）

按：《說文》：「鬼，人所歸爲鬼。从人，象鬼頭鬼陰气賊害，从厶。」〔註623〕

無，亡也。段注：「凡所失者、所未有者皆如逃亡然也。此有無字之正體，而俗作无，无乃森之隸變。森之訓豐也，與無義正相反。然則隸變之時，昧於亡爲其義、森爲其聲，有聲無義，殊爲乖繆。」从亡森聲。段注：「按不用莫聲而用森聲者，形聲中有會意。」（篇十二「亾」部，頁634）

匜，佀羹魁，柄中有道，可㠯注水酒。段注：「斗部曰：『魁，羹枓也。枓，勺也。匜之狀似羹勺，亦所以挹取也。』」从匚也聲。段注：「此形聲中有會意。从也者，取其流也。」（篇十二「匚」部，頁636）

系，縣也。从糸、段注：「糸，細絲也。縣物者不必麤也。」厂聲。段注：「厂……抴也。虒字从之，系字亦从之。形聲中有會意也。」（篇十二「系」部，頁642）

辯，交也。从糸䜌聲。段注：「分而合也，故从䜌。形聲中有會意也。」（篇十三「系」部，頁647）

縑，并絲繒也。段注：「謂駢絲爲之，雙絲繒也。」从糸兼聲。段注：「形聲中有會意。」（篇十三「系」部，頁648）

按：《說文》：「兼，并也。」〔註624〕

〔註622〕見《說文解字・七部》卷八「𡿺」字，頁267。

〔註623〕見《說文解字・鬼部》卷九「鬼」字，頁303。

〔註624〕見《說文解字・秝部》卷七「兼」字，頁231。

蜎，肙也。段注：「肙各本作蜎，仍複篆文不可通。玫肉部肙下云：小蟲也。今據正。《韻會》引《說文》『井中蟲也』，恐是據《爾雅・注》改。肙、蜎蓋古今字，〈釋蟲〉：『蜎，蠉。』蠉本訓『蟲行』，叚作肙字耳。」从虫肙聲。段注：「形聲中有會意。」（篇十三「虫」部，頁 671）

蠢，蟲動也。段注：「此與蝡義同，以轉注之法言之，可云蝡也，引申為凡動之偁。」从春蚰聲。段注：「形聲中有會意。」（篇十三「蚰」部，頁 676）

　按：《說文》：「蚰，蟲之緫名也。」〔註 625〕

埒，增也。段注：「凡从曾之字取加高之意……凡从卑之字皆取自卑加高之意……凡形聲中有會意者例此。」从土卑聲。（篇十三「土」部，頁 689）

垗，畔也。段注：「畔者，田畍也；畍者，竟也。」為四畔畍祭其中。段注：「四畔謂四面有垗也。」从土兆聲。段注：「兆者，分也，形聲中有會意也。」（篇十三「土」部，頁 693）

界，竟也。段注：「界之言介也。介者，畫也；畫者，介也。象田四界，聿所以畫之。介、界古今字。」从田介聲。段注：「形聲中有會意。」（篇十三「田」部，頁 689）

鏗，剄也。段注：「剄各本譌剛，今正。刀部曰：『剄，刀劍也。』刃下曰：『刀鏗也。』故剄與鏗為轉注。」从金臤聲。段注：「此形聲中有會意也。堅者，土之臤；緊者，絲之臤；鏗者，金之臤。彼二字入臤部，會意中有形聲也。」（篇十四「金」部，頁 702）

　按：《說文》：「緊，纏絲急也。从臤从絲省。」、「堅，剛也。从臤从土。」〔註 626〕

段注：「按緊、堅不入糸、土部者，說見『句』，丩部下。」〔註 627〕

輩，若軍發車百兩為輩。段注：「兩各本作兩，今正。車之偁兩者，謂一車兩輪。無取二十金銖之兩，此許之字例也。」从車非聲。段注：「非者，兩皷，形聲中有會意。」（篇十四「車」部，頁 728）

〔註 625〕見《說文解字・蚰部》卷十三「蚰」字，頁 447。

〔註 626〕見《說文解字・臤部》卷三「緊」、「堅」字，頁 93。

〔註 627〕見《說文解字注・臤部》篇三「堅」字，頁 118。

軌，車徹也。段注：「攴部曰：『徹者，通也。』車徹者，謂輿之下兩輪之閒空中可通，故曰車徹，是謂之車軌。」从車九聲。段注：「軌从九者，九之言鳩也、聚、空中可容也。形聲中有會意。」（篇十四「車」部，頁 728）

軼，車相出也。段注：「車之後者，突出於前也。」从車失聲。段注：「形聲中有會意。」（篇十四「車」部，頁 728）

　按：《說文》：「失，縱也。」〔註 628〕

輟，車小缺復合者也。段注：「小缺而復合，則謂之輟，引申爲凡輟之偁。凡言輟者，取小缺之意也。」从車叕聲。段注：「形聲中有會意。」（篇十四「車」部，頁 728）

　按：《說文》：「叕，綴聯也。」〔註 629〕

磬，車堅也。段注：「堅者，剛也。」从車殸聲。段注：「殸，籒文磬，此形聲中有會意也。」（篇十四「車」部，頁 729）

　按：《說文》：「磬，樂石也。」〔註 630〕

乾，上出也。从乙。乙，物之達也。倝聲。段注：「倝者，日始出光倝倝也。然則形聲中有會意焉。」（篇十四「乙」部，頁 740）

孳，孳孳、汲汲生也。段注：「攴部孜下曰：『孜孜、汲汲也。』此云孳孳、汲汲生也。孜、孳二字古多通用。」从子茲聲。段注：「按此篆从艸木多益之茲，猶水部之滋也，形聲中有會意。」（篇十四「子」部，頁 743）

　此說解形式和前二者相同，皆是在許書分析字例的基礎上加以申述。

（四）舉形聲關會意

愙，恭性也。从心客聲。段注：「舉形聲關會意。」（篇十「心」部，頁 508）

　按：《說文》：「亟，敏疾也。」〔註 631〕

霖，霖雨也。南陽謂霖霖。段注：「其字从众。众者，眾立也，故雨多取之，是

〔註 628〕見《說文解字‧手部》卷十二「失」字，頁 405。

〔註 629〕見《說文解字‧叕部》卷十四「叕」字，頁 483。

〔註 630〕見《說文解字‧石部》卷九「磬」字，頁 312。

〔註 631〕見《說文解字‧二部》卷十三「亟」字，頁 452。

可證霡雨之爲霖，而非小雨矣。」从雨众聲。段注：「舉形聲關會意」（篇十一「雨」部，頁 573）

鯢，刺魚也。段注：「刺魚者，乖刺之魚，謂其如小兒能緣木。」从魚兒聲。段注：「形與聲皆如小兒，故从兒。舉形聲關會意也。」（篇十一「魚」部，頁 578）

按：《說文》：「兒，孺子也。」〔註 632〕

「關」字段氏註解「凡立乎此而交彼曰關。」〔註 633〕形聲和會意彼此相互有關連，故和前幾項的說法相同。

（五）舉形聲該會意

厥，發石也。段注：「發石，故从厂，引伸之凡有撅發皆曰厥。」从厂欮聲。段注：「欮或瘚字，舉形聲該會意也。」（篇九「厂」部，頁 447）

按：《說文》：「瘚，屰气也。」〔註 634〕

「該」有「完備」義，形聲「備」會意，即聲寓於意，說法和前項目相同。

（六）形聲見會意

蘳，黃華。从艸鞋聲。段注：「此舉形聲見會意。」（篇一「艸」部，頁 37）

按：《說文》：「鞋，鮮明黃也。」〔註 635〕

薾，華盛。段注：「焱部曰：『麗爾猶靡麗也。』薾與爾音義同。」从艸爾聲。段注：「此於形聲見會意。薾爲華盛，濔爲水盛。」（篇一「艸」部，頁 38）由形聲「見」會意，即是凸顯形聲字表義的特性。

（七）形聲賅會意

惔，憂也。从心炎聲。段注：「此以形聲賅會意。」《詩》曰：『憂心如炎。』段注：「炎者，火光上也。憂心如之，故其字作惔。」（卷十「心」部，

〔註 632〕見《說文解字・儿部》卷八「兒」字，頁 282。

〔註 633〕見《說文解字注・門部》篇十二「關」字，頁 590。

〔註 634〕見《說文解字・疒部》卷七「瘚」字，頁 246。

〔註 635〕見《說文解字・黃部》卷十三「鞋」字，頁 459。

頁 513）

「賅」有「完備」義，因此從字義即可知曉聲符表義的功能。（該、賅二字為假借關係。）

（八）形聲亦會意

給，相足也。段注：「足居人下，人必有足而後體全，故引申為完足。相足者，彼不足此足之也，故从合。」从糸合聲。段注：「形聲亦會意。」（篇十三「心」部，頁 647）

按：《說文》：「合，合口也。」〔註636〕

「亦」有「也是」義，故此說和前幾項說法皆一致。

（九）龤聲中有會意

塞，實也。段注：「按𡊊部曰：『窒，窒也。』穴部曰：『窒，窒也。』『窒，窒也。』窒廢而俗多用塞。塞，隔也。非其義也。」从心窒聲。段注：「各本作塞省聲，今正。窒，窒也。龤聲中有會意。」（篇十「心」部，頁 505）

形聲又名「龤聲」，故形聲字有會意特性即申明聲符載義之理。

（十）舉聲以見意

燠，熱在中也。从火奧聲。段注：「奧者，宛也。熱在中，故以奧會意。此舉聲以見意也。」（篇十「火」部，頁 486）

「舉」有「高舉」、「對舉」義，故「舉」聲可明其義，亦是聲符載義之一環。

（十一）舉聲包意

驫，馬疾步也。段注：「馬之行疾於風，故曰追奔電、逐遺風。」从馬風聲。段注：「此當云从馬風、風亦聲。或許舉聲包意。」（篇十「馬」部，頁 466）

按：《說文》：「風，八風也。」〔註637〕段注：「故凡無形而致者皆曰風。」
〔註638〕

〔註636〕見《說文解字·合部》卷五「合」字，頁 166。

〔註637〕見《說文解字·風部》卷十三「風」字，頁 449。

〔註638〕見《說文解字注·風部》篇十三「風」字，頁 677。

「包」字段氏說解「引伸之爲凡外裹之偁。」〔註639〕由聲「包裹」義，即是聲符兼義之理明證。

（十二）聲見義

溜，不流濁也。从水圖聲。段注：「此於聲見義。」（篇十一「水」部，頁550）

　　按：《說文》：「圖，守也。」〔註640〕

此說法顯而易見即是聲符載義之論。

（十三）聲苞意

讎，猶䜴也。段注：「心部曰：『應，當也。』讎者，以言對之……人部曰：『仇，讎也。』仇、讎本皆兼善惡言之，後乃專謂怨爲讎矣。凡漢人作注云猶者皆義隔而通之。」从言雔聲。段注：「此以聲苞意。」（篇三「言」部，頁90）

諸，辯也。段注：「辯當作辨，判也。按辨下奪曡字。諸不訓辨，辨之曡也。曡者，意內而言外也。白部曰：『者，別事曡也。』諸與者音義皆同。」从言者聲。段注：「此以聲苞意。」（篇三「言」部，頁90）

「苞」爲「包」之段借字，故此項說法和前項說法如出一轍。

（十四）云某聲，包會意

刌，切也。从刀寸聲。段注：「凡斷物必合法度，故从寸……云寸聲，包會意。」（篇四「刀」部，頁179）

　　按：《說文》：「寸，十分也。」〔註641〕

䚡，角中骨也。段注：「角當作肉，字之誤也。」从角思聲。段注：「厶部曰：『侖，思也。』龠部曰：『侖，理也。』是思即理也。此云思聲，包會意。」（篇四「角」，部，頁185）

　　按：《說文》：「思，容也。」〔註642〕

〔註639〕見《說文解字注‧包部》篇九「包」字，頁434。

〔註640〕見《說文解字‧口部》卷六「圖」字，頁203。

〔註641〕見《說文解字‧寸部》卷三「寸」字，頁95。

〔註642〕見《說文解字‧思部》卷十「思」字，頁349。

既云此字爲形聲字，又云形聲字「包」會意，明顯表達聲符兼義之理。

（十五）包會意

釀，籬生衣也。段注：「《方言》曰：『鑠，麴也。』」从酉、段注：「麴，所以爲

    酒也，故字从酉。」冢聲。段注：「包會意。」（篇十四「酉」部，頁747）

    按：《説文》：「冢，覆也。」〔註643〕

    此項説法和第十一項説法相同。

二、段玉裁分類「聲符兼義」之術語必要性與否

    段氏將聲符兼義現象之説解方式分類成十五項，經筆者檢視結果，各項目中的字例皆有以本義或引申義爲説解形式，彼此間實無二致，統歸於「形聲」系統即可和「會意」分明界限，〔註644〕之所以採用眾多術語的原因，應是隨感而用，無特定用法，何添亦云：

> 曰「包」、曰「兼」、曰「多兼」、曰「苞」、曰「舉」、曰「關」、曰
> 「賅」、曰「中有」、曰「亦」，皆隨文變動，因句轉移，取其聲氣流
> 暢，遠意而止，本無定制，而義歸一揆。爲其有用全稱肯定之「皆」
> 字，間或失之率妄，遂不免爲後世所譏耳。此實用字偶疏，無關宏
> 旨。〔註645〕

故分類雖多而雜，其實一體，即是闡述形聲字聲符兼義之理，段氏的分類項目統攝爲一即可。〔註646〕

〔註643〕見《説文解字·冖部》卷七「冢」字，頁249。

〔註644〕陳乃瑩亦云：「形聲字有別於象形、指事、會意三者，在於其聲，既爲有聲符之字，
    當皆歸於形聲，不必曰『包』，曰『亦』」。見《説文形聲字探究》一「緒論」，頁
    36。民國67年4月。

〔註645〕見何添《王筠説文六書相兼説研究》一章「兼書説之起源及其流變」，頁24，吉
    林：吉林文史出版。西元2000年12月一版一刷。

〔註646〕蔡信發言：「因所謂『形聲包會意』，是説形聲字的聲符有示義的作用和功能，不
    是説它的類別是『形聲包會意』……換言之，有聲字可含無聲字，無聲字不可含
    有聲字，他説形聲包會意，以六書歸類言，仍屬形聲，只是聲符示義明顯而已，
    和其形符結合，有會的作用與功能，實際和六書會意類別無關，不致糾纏不清。」
    見《説文商兌·〈説文〉「從某某，某亦聲」之商兌》，頁170。

第四節　王筠與段玉裁在「聲符兼義」相同之字例

段玉裁《說文解字注》與王筠《說文解字句讀》皆存在「聲符兼義」之字例，其共同之字例有：

篇　數	字例	大徐本釋形術語	小徐本釋形術語	段玉裁注解	王筠注解
卷一下	莊	从艸从壯	從艸壯聲	形聲兼會意	聲兼意
卷一下	蘳	从艸黊聲	同	形聲見會意	聲兼意
卷一下	茨	从艸次聲	同	形聲包會意	聲兼意
卷二上	犨	从牛非聲	同	形聲包會意	兼意
卷二上	嚌	从口質聲	同	會意兼形聲	兼意
卷二上	趯	从走瞿聲	同	形聲包會意	兼意
卷三上	諸	从言者聲	同	以聲苞義	兼意
卷五上	籀	从竹擂聲	同	形聲包會意	兼意
卷五上	衁	从血大	從血大聲	形聲包會意	兼意
卷七上	暈	从日軍聲	同	形聲包會意	兼意
卷七下	宧	从宀臣聲	從宀臣	形聲包會意	兼意
卷七下	宛	从宀夗聲	同	形聲包會意	聲亦兼意
卷七下	寷	从宀豐聲	同	形聲包會意	兼意
卷十一上	泐	从水从防	從水防聲	形聲包會意	兼意
卷十一上	瀛	从水獻聲	同	會意包形聲	兼意
卷十二上	挾	从手夾聲	同	形聲中有會意	兼意
卷十二下	嫋	从女从弱	從女弱聲	形聲中有會意	兼意
卷十三上	縑	从糸兼聲	同	形聲中有會意	兼意

【說明：1、「篇數」係以大徐本為準。

2、小徐本釋形術語若與大徐本相同者則以「同」示之。】

茲分析如下：

（1）表本義

1、莊，上諱。「上諱」乃許慎諱漢明帝名，「壯」訓「大」，莊，古音屬「莊」紐，韻屬「陽」部；壯，古音屬「莊」紐，韻屬「陽」部，聲符與所屬形聲字聲韻俱同，故「莊」字从壯得聲。形符「艸」表屬性，以示「壯」之本義。

2、蘳，黃花也。「黊」訓「鮮明黃」，形符「艸」表屬心生，以示「黊」之本義。

3、趯，走顧皃。「瞿」訓「鷹隼之視」，鷹眼銳利地左右察看，加形符「走」則有「左顧右盼」義。

4、諸，辯也。「者」訓「別事詞」，即是「區別事物之詞」。馬敘倫言：

　　者即諸之初文也。〔註647〕

形符「言」表屬性，即是以言語區別隔異。

5、宛，屈草自覆也。「夗」訓「轉臥」，即轉身側臥，側臥就屈膝，故「宛」字義「把草彎曲以覆蓋自身」。

6、泐，水石之理也。「阞」訓「地理」，即是「地之脈理」。形符「水」表屬性，示「水成岩之紋理」。泐，古音屬「來」紐，韻屬「德」部。阞，古音屬「來」紐，韻屬「德」部。聲符與形聲字聲韻俱同。大徐釋形「从水从阞」，非。

7、挾，俾持也。「夾」訓「持」，「俾持」謂有人攙扶，攙扶多扶於腋下，形符「手」示類別。

8、縑，並絲繒也。「兼」訓「並」，小篆寫作𤔔，象（手同握）持兩把禾，形符「糸」表屬性，故「縑」字示「雙絲織成的絹」義。

（2）表引申義

1、茨，以茅葦蓋屋。「次」訓「不前不精」，非本義。《左傳‧莊公三年》：

　　凡師一宿爲舍，再宿爲信，過信爲次。〔註648〕

孔穎達疏：「《穀梁傳》曰：『次，止也，則次亦止舍之名。』」故「次」之本義爲師旅駐紮地，軍隊駐紮外地，居住環境自然比不上自己的城邦，故「次」引申有「次等」義，即是「不前不精」。形符「艸」表屬性，以示屋室的結構不若石壁或土牆般堅固。

2、辈，兩壁耕也，一曰：覆耕種也。「非」訓「違也，從飛下翅，支其相背也。」「非」字甲文𦫳（《合集‧28299》），象二人相背之形，即謂分從地之兩側耕種，形符「牛」以示類別。

3、噴，野人之言。「質」訓「以物相贅」，即是「典押」義，爲引申義，本義是「質樸」。平民以質樸之語言制約即可完成交易，即是「噴」字義。噴，古

〔註647〕見馬敘倫《說文解字六書疏證‧言部》卷五「諸」字，頁599。

〔註648〕見《春秋左傳正義》卷八，頁139。

音屬「照」紐，韻屬「質」部；質，古音屬「照」紐，韻屬「質」部，聲符與所屬形聲字聲韻俱同，故「𧮫」字从質得聲，爲形聲兼會意字。

4、盇，覆也。「大」字甲文 🜸（《合集》12704）及 🜸（《合集》19773），即象人之正面，故《說文》「大」訓「天大地大人亦大焉，象人形」，引申爲大小之「大」形，「盇」之小篆作 🜹，「大」象蓋形，中間「-」象器物，「皿」爲器物底部，故該字應入「皿」部。其聲符與該字聲韻俱異，乃「無聲字多音」之故。

5、暈，日光也。「軍」訓「圜圍」，亦即是「包圍」義。依高誘注《呂氏春秋・明理》云：

> 暈讀爲君國子民之君，氣圍繞日周帀，有似軍營相圍守，故曰暈也。
> 〔註649〕

筆者另解：「日」依《釋名》的解釋爲「實也，光明盛實也。」日光氣呈現環狀結之，光明有所「圍繞」，即是「日光」。

6、宧，養也。室之東北隅，食所居也。「㠯」爲「頤」字初文，訓「顄」，指「下巴」，「㠯」字小篆作 🝆，橫視則象口上口下之形。「養」爲引申義，且古人疱廚食皆在東北隅，以迎養氣，故云「室之東北隅，食所居也。」宧，古音屬「喻」紐，韻屬「之」部；㠯，古音屬「喻」紐，韻屬「之」部，聲符與形聲字聲韻俱同。小徐釋形「從宀㠯」，非。

7、寷，大屋也。「豐」本義訓「鼓聲盛大蓬蓬」〔註650〕「豆」爲古代裝食物之器皿，豆實豐美以事神，故引申「盛大豐滿」。形符「宀」表「屋室」，將宀與豐結合，即是「大屋」義。

8、�，議辠也。「獻」訓「宗廟犬，名羹獻。犬肥者以獻之」，引申有「進獻」義。議罪如水之平，故从水（从言者乃以言議罪）。瀗，古音屬「疑」紐，韻屬「月」部；獻，古音屬「疑」紐，韻屬「月」部，聲符與形聲字聲韻俱同，段玉裁釋形「會意」，非。

9、嫋，姙也。示「（女子）柔弱修長兒」，「弱」訓「橈也，上象橈曲」，「橈」

〔註649〕見《呂氏春秋・季夏紀・明理》卷六，頁9。

〔註650〕見季旭昇《說文新證》（上冊）卷五「豐」字，頁400，台北：藝文印書館。民國91年10月初版。

爲「曲木」，引申「柔曲」義。嬝，古音屬「泥」紐，韻屬「幽」部；弱，古音屬「日」紐，韻屬「藥」部，聲符與形聲字聲同韻異，大徐釋形「从女从弱」，非。

（3）表假借義

1、籀，讀書也。「擂」訓「引也」義，「擂」訓「引」，「擂」爲「抽」字假借，「抽」有「讀」義，將抽義帶入「籀」字，即可顯示「讀書」義。

由以上分析「聲符兼義」之字例得知「兼義」之情形包含本義、引申義及假借義，段玉裁因拘泥《說文》說法而誤解文字（如嘖與灪），王筠既能闡發《說文》體例，又能以金文證文字形義，導風氣之先，更能集結眾家之說以成其學，力求恢復文字眞實面貌而不致強之附會。

第五章　結　論

　　所謂「聲符兼義」即是說明聲符顯示形聲字所記錄的詞之意義。從形聲字產生的途徑得知，無論是從原有的文字基礎上孳乳出新字或是因時間的推移及地域的阻隔產生變易的文字，追源其源流仍是由一字繁衍，因此新字與原字在形音義上皆有關聯；抑是以叚借或轉注方式造就形聲字，其聲符亦具有示義性質，故聲符與意義之間應是語源關係，實已超越文字關係。

第一節　王筠「聲兼意」理論探析

　　文字兼有二書之理論，從目前文獻記載，較具體的說法為唐林罕，他說道：

> 六書者，非指著一意而屬一字；一字之內，有占六書二三四者，大
> 都造字皆包含六意字。〔註1〕

林罕說明一字之內可以包含六書之二、三、四種造字方法；泊乎南宋鄭樵，則更為明確指出六書相兼之說，其後王子韶之「右文說」，引發後代對於凡字之義必得諸其聲之論戰，王觀國之「字母說」及張世南者，皆在論述「聲符兼義」之理，戴侗則是倡六書類推用之以申明字義；元、明二代之楊桓、周伯琦、趙撝謙及趙宧光等人皆承宋人餘韻，惟黃生強調聲通則義通，對清代學儒之研究具啟迪作用。〔註2〕

〔註1〕見林罕《字原偏旁小說·自序》，頁513，收錄丁福保輯《說文解字詁林·前編上》「敘跋類」。

〔註2〕《四庫全書提要》稱《字詁》云：「（黃生）於六書多所發明，每字皆有新義，而

在清代，戴震由字形以求字音，由字音以推字義，貫穿形聲義相因之理，他說道：

> 古人以音載義，後人區音與義而二之。音聲之不通而空言義理，吾未
> 見其精於義也……而因文字音聲以求訓詁，古義之興有日矣。〔註3〕

說明治小學不能只拘泥於形義，必須有聲音聯繫，其後段玉裁及桂馥以聲義相兼之理考察字形，論證許書；王念孫強調「訓詁之旨，本於聲音。」跳脫形體之拘，就古音以求古義，故段玉裁稱譽之：

> 懷祖氏能以三者互求、以六者互求，尤能以古音得經義，蓋天下一
> 人而已矣。〔註4〕

之後郝懿行、焦循、阮元、王引之、黃承吉、王筠、朱駿聲及龔自珍等人皆以聲求義，或援引經書以證許書，或發明聲符載義之理，整個清代宛如接力賽闡釋「聲符兼義」之理論。

王筠於此接力賽中獨拘一格，除引用金文以考察文字結構，並能把文字作一相關聯繫，分析其演變規律，提出「彣飾」、「籀文好重疊」、「分別文」及「累增字」等現象，其中關於「聲符兼義」的理論，筆者認為有數項價值：

一、王筠謂「未有文字以前，先有是聲。依聲以造字，而聲即寓文字之內。」〔註5〕已有聲符為先有而形符為後加之概念。

二、《說文句讀》中出現「聲兼意」之字例，於《說文釋例》的分項中亦加以說明補充。〔註6〕

根據奧博，與穿鑿者有殊……蓋生致力漢學，而于六書訓詁，尤為專長，故不同明人之劉說也。」見《淵閣四庫全書》經部二一六部。此外，清劉文淇於《青溪舊屋文集·黃白山先生義府字詁·序》云：「是書博大精深，所解釋者皆實事求是，不為鑿空之談，夫聲音訓詁之學於今日稱極盛，而先生實先發之。」收錄胡玉縉撰《四庫全書總目提要補正》卷十「小學類」，頁 252，上海：上海書店出版。西元 1998 年 1 月一版一刷。

〔註 3〕收錄段玉裁《說文解字注·六書音韻表·序》，頁 804。

〔註 4〕見王念孫《廣雅疏證·序》，頁 2。

〔註 5〕見王筠《說文釋例·形聲》卷三，頁 50。

〔註 6〕如王筠《說文句讀·玉部》「瑗」字（頁 8），《說文釋例·挩文》卷十二：「瑗下云：『人君上除陛以相引，又云爰聲，當云從爰、爰亦聲。』受部爰，引也。蓋用援引

三、分析文字於正例及變例中，不但能疏通小篆，亦能與古文契合。

四、後學論六書相兼之理，皆取王氏之說，如張度《六書易解》列六書相兼凡十二類，王舟瑤《說文會意字舉例》中將會意分爲二十六類，皆推王筠說法爲依據。

雖然「聲兼意」說在王筠的研究上得以成一家之言，然而在宗於許書體例的框架下，使得王筠同段玉裁犯了遷就許書的缺失，而且王筠亦承繼段玉裁說法，因此段氏的文字理論成爲王筠著述的依據，於是王筠在段氏的基礎下既使能旁徵博引、獨闢蹊徑，卻不免拘泥許說及段說而有牽強之處，〔註7〕筆者認爲關於「聲兼意」說有以下缺失：

一、分類過於瑣細，例如將「亦聲」分爲三：會意兼聲，形聲兼意及分別文，由先前討論結果，得知將「亦聲」納入形聲系統爲妥善之法。〔註8〕

二、未能通曉古音，王筠雖有「聲者，造字之本也。及其後也，有是聲，即以聲配形而爲字。」〔註9〕之理，卻苦於究心於音理，終未能明。〔註10〕

三、王筠視「聲不示意」爲正例，然從語言發展史的角度觀察出聲符兼義爲正例，且王筠亦云「義寄於聲，誠爲造之之本，亦爲用字之權。」，〔註11〕王筠說法出現矛盾，不過可以確定的是聲符載義功能古籍已有出現，前人疏語亦多使用於書中。

聲符兼義是文字發展一重要歷程，亦是自然現象，但是並不表示「意兼聲」

既久，忘爰本訓引而刪之也。」頁282。

〔註7〕黃德寬、陳秉新言：「王氏《說文》研究自成一家。從文字學的角度而論，其成就在段、桂、朱之上，然亦未能對《說文》作出全面、系統的科學評價，在具體解釋上亦有不少曲意維護許說之處。」見《漢語文字學史》六章「清代的《說文》學」，頁148，安徽：安徽教育出版。西元1994年11月一版二刷。

〔註8〕黃永武言：「凡亦聲字，本與形聲字無異也。」見《形聲多兼會意考》一章「形聲多兼會意說略史」，頁24，台北：文史哲出版社。民國81年10月初版六刷。

〔註9〕見王筠《說文釋例·六書總說》卷一，頁9，北京：中華書局。西元1998年11月一版二刷。

〔註10〕章太炎曰：「《說文釋例》未及音韻，不得稱爲小學。其解形體及本義，可稱爲說文之學。」轉引胡樸安《中國文字學史》三篇「文字學後期時代·清」，頁343，北京：商務印書館。西元1998年4月一版一刷。

〔註11〕見王筠《說文釋例·形聲》卷三，頁50。

亦即是文字的自然現象；前文已述，「會意」屬於「六書」中之一書，爲基本造字之法之一，若兼具二書，既破壞六書制訂原則，亦會造成文字分類的混亂，因此走向一形一聲的構造方式則是文字的理想原則。

第二節　「聲符兼義」的研究價值

　　形聲字是文字演進歷程中的優化產物，這種由形符與聲符兩部分構成的結構，彼此分工合作，造就歸納性與區別性都明確的形聲系統，曾昭聰亦言：

> 就形符而言，它的標義功能分工日趨嚴密化；就聲符而言，他的示源功能不論在漢字發展的哪一階段都大量保存著，雖然不同的階段有量的不同。〔註12〕

因此聲符兼義的研究可爲語言學提供有力的證明，勝於傳統的詞匯學。故研究「聲符兼義」的意義在於：

　　一、可正確地掌握形聲系統。形聲字已成爲目前使用文字之主流，研究形聲字，先從「聲符兼義」功能著手，方能瞭解形聲源流。

　　二、可深入地探究詞義系統分析。同聲符的形聲字皆有共同詞義，如從「曷」得聲的渴、竭、歇等字多有「缺乏」義；從「翟」得聲的耀、曜、燿、濯等字多有「光明美好」義。

　　三、可客觀地揭示文字語源的線索。根據殷寄明的說法，「語源」的定義爲：

> 語源是文字產生之前口頭語言中語義與語音的結合體，是後世語言中的語詞音義的歷史淵源，是語詞增殖、詞匯發展的語言學內在根據。〔註13〕

語源包含音與義，是音義的結合體，故文字承載音義之聯繫，而同源系統即是「語源學」重要課題之一，唯有從聲符入手方可對文字同源現象進行全面研究。

　　形聲字乃是在增強詞義的功能上產生的，職是之故，對於「聲符兼義」的課題研究至少有以下價值：

〔註12〕見曾昭聰〈形聲字聲符的示源功能及其研究意義〉，頁63，《汕頭大學學報》（人科版）十五卷五期，西元1999年。

〔註13〕見殷寄明《語源學概論》一章「語源學本體論」，頁4，上海：上海教育出版。西元2000年3月一版一刷。

　　一、有助於文字同源系統的研究。形聲字的產生途徑是多元的，而文字同源系統即是利用聲符兼義功能繫聯，因此以原字爲基礎而孳乳新的形聲字，在音義上和原字皆有關連，然形聲系統與同源系統並非等同，唯有在兩者有交集的前提下談論才有意義。

　　二、有助於闡釋詞義的來由。文字除表本義外，更可擁有引申義或叚借義，而各種詞義之間又有密切地聯繫。形聲字既由形符與聲符會合而成，故研究形聲字聲符兼義之理即可明白詞義變遷的規律。

　　三、有助於諟正前人誤說。前人對於「聲符兼義」與否眾說紛紜，然而從文獻記載及前人著述皆發現「聲符兼義」並非偶發現象，故聲符可以示義是事實；關於前人對於文字構形與詞義訓釋分析亦無客觀標準，故明辨語詞研究，對於文字的訓釋即可了然於心。

　　四、有助於辭書的編纂。將相互關聯的語詞匯聚成一書，對於文字孳乳分化、語音變遷及詞義引申發展的軌跡可以推尋、分析清楚，不致混淆。

　　聲符兼義不是個別現象，而是聲符具有的重要功能。黃侃亦云：

> 凡形聲字以聲兼義者爲正例，以聲不兼義者爲變例。蓋聲先於文，
> 世界通例；闡聲喻義，今昔所同。〔註14〕

李國英說道：

> 我們認爲聲符有單純示音的和具有示源和示音雙重功能的兩類，只有
> 雙重功能的聲符本質上才是示源的，這類聲符的示源功能才不是由示
> 音功能附帶產生的偶然巧合，而是造字時人們的自覺選擇。〔註15〕

又言：

> 形聲字的創造是一種社會行爲，不是出自一時一地一人之手，因此，
> 聲符示源的規律也只能是就其大勢而言，是一種統計規律，而不能
> 言「凡」。〔註16〕

〔註14〕見黃季剛口述、黃焯筆記《文字聲韻訓詁筆記・說文綱領》，頁79，台北：木鐸出版社。民國72年9月初版。

〔註15〕見李國英《小篆形聲字研究》五章「小篆形聲字的聲符系統」，頁64，北京：北京師範大學出版社。西元1996年6月一版一刷。

〔註16〕見李國英《小篆形聲字研究》五章「小篆形聲字的聲符系統」，頁64。

李氏以客觀的態度論述聲符示義的觀點，事實上亦是贊成形聲字的聲符具有表義功能。〔註17〕這種成組成群出現的形聲字表面上是文字現象，實際上反應的是語言現象，因爲具有示義功能的聲符，其語音必然與所屬之形聲字有關連，透過同聲符字載義功能，使得從其得聲之形聲字群有著共同概念，這就是聲符兼義的特徵，故形聲字在理想的狀態下發展成一種最方便使用的文字系統，這就是形聲字「優化」之處，故王寧說道：

> 在漢字表音、表意兩種趨勢相互矛盾又相互促進的長期過程中，形成了歸納性與區別性更強的形聲系統，並且成爲漢字的主體。〔註18〕

又說：

> 由於早期形聲字往往是源字加義符的分化字，因此，源字便轉化爲聲符。聲符的示源作用還相當顯著……形聲字的源字，有的就是它的聲符，也有的可以通過聲符互換、造符借用等線索尋出，這已是無可置疑的了。〔註19〕

黃侃先生亦說到：

> 故文字者，言語之轉變；而形聲者，文字之淵海。形聲不明，則文字之學不明。〔註20〕

而欲明形聲系統，則需先掌握聲符兼義理論，方能得形聲系統之要旨。

聲符兼義，是形聲字（亦是整個文字）重要特徵，故研究形聲字聲符兼義現象可以瞭解詞族同源關係，追溯語根，進而正確認識文字發展規律。

〔註17〕 李圃指出：「驗諸甲骨文字，絕大多數通常所說的『形聲字』的聲素首先是表義的，而祇表音不表義的單純聲素卻是寥寥無幾。」見《甲骨文文字學》十章「甲骨文字的性質特點」，頁214，上海：學林出版社。西元1996年8月一版二刷。

〔註18〕 見王寧〈漢字的優化與簡化〉，頁121，《語言文字學》，西元1991年1月三期。

〔註19〕 見王寧〈漢字的優化與簡化〉，頁122。

〔註20〕 見黃季剛口述、黃焯筆記《文字聲韻訓詁筆記・音韻與文字訓詁之關係》，頁35。

參考書目

說明：

一、古籍之安排順序按經、史、子、集四部排序；壹至肆項按出版年序排列，
伍至捌項按作者筆畫排序。

二、伍至捌項若作者筆畫相同者，則以第二字之筆畫多寡排序。

一、經　部

（一）經籍類

1. 《六書故》，收錄《文淵閣四庫全書》經部二二〇冊，宋・戴侗，台北：臺灣商務
印書館。

2. 《六書統》，收錄《文淵閣四庫全書》經部二二〇冊，元・楊桓。

3. 《一切經音義》，景印《高麗大藏經》，唐・慧琳，台北：新文豐出版，民國 71 年
1 月初版。

4. 重刊宋本《十三經注疏校勘記》，清・阮元審定，台北：藝文印書館，民國 82 年。

5. 《六書長箋》，收錄《續修四庫全書》經部二〇三冊，明・趙宦光，上海：上海古
籍出版，西元 1995 年一版。

6. 《六書本義》，收錄《四庫珍本》四集，明・趙古則，台北：臺灣商務印書館。

7. 《轉注古義考》，收錄《續修四庫全書》經部二〇四冊，清・曹仁虎。

（二）文字類

1. 《說文疑疑》，收錄《許學叢書》（一），清・孔廣居，台北：藝文印書館，民國 54

影印初版。

2. 《學林》，收錄《湖海樓叢書》，南宋・王觀國，台北：藝文印書館，民國 55 影印初版。

3. 《說文解字》（平津館本），南唐・徐鉉，台北：世界書局，民國 59 年 8 月再版。

4. 《說文繫傳校錄》，清・王筠，台北：廣文書局，民國 61 年 11 月初版。

5. 《六書辨》，收錄《說文部首述義》，清・徐紹楨，台北：新文豐出版，民國 64 年 3 月初版。

6. 《說文解字注》，清・段玉裁，台北：天工書局，民國 81 年 11 月再版。

7. 《說文釋例》，清・王筠，北京：中華書局，西元 1998 年 11 月一版二刷。

8. 《說文解字句讀》，王筠，北京：中華書局，西元 1998 年 11 一版二刷。

9. 《文字蒙求》，王筠，台北：藝文印書館，民國 83 年 1 月初版六刷。

10. 《說文解字義證》，清・桂馥，山東：齊魯書社，西元 1994 年 3 月一版二刷。

11. 《廣韻》，宋・陳彭年等修宋本，台北：黎明文化事業，民國 84 年 3 月初版十五刷。

12. 《六書通故》，收錄丁福保輯《說文解字詁林正補合編》，清・黃以周，台北：鼎文書局，民國 86 年 9 月四版。

13. 《說文解字繫傳》（清道光祁寯藻刻本），南唐・徐鍇，北京：中華書局，西元 1998 年 12 月一版二刷。

14. 《說文通訓定聲》，清・朱駿聲，北京：中華書局，西元 1998 年 12 月一版二刷。

（三）聲韻類

1. 《方言》，《四庫全書》珍本別輯，漢・揚雄，台北：臺灣商務印書館。

2. 《玉篇》（小學彙函本校刊），梁・顧野王，台北：臺灣中華書局，民國 57 年 12 月臺二版。

（四）訓詁類

1. 《埤雅》，宋・陸佃，台北：臺灣商務印書館，民國 55 年 6 月臺一版。

2. 《小爾雅》，漢・孔鮒，台北：臺灣商務印書館，民國 54 年 12 月臺一版。

3. 《急就篇》，唐・顏師古注，台北：臺灣商務印書館，民國 54 年 12 月臺一版。

4. 《釋名》，漢・劉熙，台北：臺灣商務印書館，民國 55 年 3 月臺一版。

5. 《廣雅》，魏・張揖，台北：臺灣商務印書館，民國 55 年 6 月臺一版。

6. 《爾雅》（宋監本），晉・郭璞注，台北：國立故宮博物院，民國 60 年初版。

7. 《廣雅疏證》，清・王念孫，江蘇：江蘇古籍出版社，西元 2000 年 9 月一版一刷。

二、史　部

1. 《史記》（清乾隆武英殿刊本），漢・司馬遷，台北：藝文印書館。

2. 《漢書》（汲古閣本），漢·班固，台北：藝文印書館。

3. 《國語》，吳·韋昭注，台北：臺灣商務印書館，民國 72 初版。

4. 《戰國策》（清嘉慶士禮居叢書本），漢·劉向集錄，台北：里仁書局，民國 79 年 9 月初版。

三、子　部

1. 《呂氏春秋》，漢·高誘注，台北：藝文印書館，民國 63 年 1 月三版。

2. 《荀子》，收錄於《荀子集成》（清光緒湖北崇文書局影印），唐·楊倞注，台北：成文出版，民國 64 初版。

四、集　部

1. 《白虎通義》，收錄《關中叢書》，漢·班固，台北：藝文印書館。

2. 《左盦集》，收錄《劉申叔先生遺書》，清·劉師培，台北：華世出版社，民國 64 年 4 月初版。

3. 《夢溪筆談》，宋·沈括，台北：臺灣商務印書館，民國 72 年 6 月臺五版。

五、相關文字學（含聲韻及訓詁）著作

1. 《清代許學考》，林明波，台北：嘉新水泥公司文化基金會，民國 53 年 11 月初版。

2. 《文字學形義篇》，朱宗萊，台北：學生書局，民國 58 年 3 月三版。

3. 《說文解字綜合研究》，江舉謙，台中：東海大學出版社，民國 59 年 1 月初版。

4. 《六書商榷》，帥鴻勳，台北：正中書局，民國 59 年 6 月臺初版。

5. 《梅園論學集》，戴君仁，台北：臺灣開明書局，民國 59 年 6 月初版。

6. 《黃侃論學雜著》，黃侃，台北：臺灣中華書局，民國 59 年 10 月臺二版。

7. 《假借遡原》，魯實先，台北：文史哲出版社，民國 62 年 10 月初版。

8. 《殷虛書契考釋》，羅振玉，台北：藝文印書館，民國 64 年 11 月三版。

9. 《中國字例》，高鴻縉，台北：三民書局，民國 65 年 1 月五版。

10. 《說文形聲字探究》陳乃瑩，民國 67 年 4 月初版。

11. 《殷虛文字類編》，羅振玉，台北：文史哲出版社，民國 68 年 10 月景印初版。

12. 《說文類釋》，李國英，台北：南嶽出版社，民國 70 年 8 月修訂一版。

13. 《文字聲韻訓詁筆記》，黃季剛口述，黃焯筆記，台北：木鐸出版，民國 72 年 9 月初版。

14. 《沈兼士學術論文集》，葛信益、啟功整理，北京：中華書局，西元 1986 年 12 月一版一刷。

15. 《漢字學》，蔣善國，上海：上海教育出版社，西元 1987 年 8 月一版一刷。

16. 《中國文字學》，龍宇純，台北：學生書局，民國 76 年 9 月五版。

17. 《殷墟甲骨文字通釋稿》朱師歧祥，台北：文史哲出版社，民國 78 年 12 月初版。

18. 《漢字的結構及其流變》，梁東漢，上海：上海教育出版社，西元 1991 年 8 月一版六刷。

19. 《訓詁學概論》，齊佩瑢，台北：華正書局，民國 80 年 9 月版。

20. 《轉注論》，孫雍長，湖南：岳麓書社，西元 1991 年 9 月一版一刷。

21. 《說文無聲字考》，陳飛龍，台北：文史哲出版社，民國 80 年 11 月五版。

22. 《讀說文記》，李孝定，台北：中央研究院歷史語言所專刊九十二，民國 81 年 1 月初版。

23. 《中國文字學史》，胡樸安，台北：臺灣商務印書館，民國 81 年 9 月臺一版十一刷。

24. 《形聲多兼會意考》，黃永武，台北：文史哲出版社，民國 81 年 10 月初版六刷。

25. 《文字學概說》，林尹，台北：正中書局，民國 82 年 11 月臺初版十九次印行。

26. 《文字學概要》，裘錫圭，萬卷樓圖書，民國 83 年 3 月初版。

27. 《漢語文字學史》，黃德寬、陳秉新，安徽教育出版社，西元 1994 年 11 月一版二刷。

28. 《六書辨正》，弓英德，台北：臺灣商務印書館，西元 1995 年 6 月二版一刷。

29. 《楚系簡帛文字編》，滕壬生，湖北：湖北教育出版社，西元 1995 年 7 月一版一刷。

30. 《文字學新撢》，邱德修，台北：合記出版社，民國 84 年 9 月初版一刷。

31. 《段氏文字學》，王仁祿，台北：藝文印書館，民國 84 年 10 月修訂版一刷。

32. 《漢字說略》，詹鄞鑫，台北：洪葉文化事業，西元 1995 年 12 初版一刷。

33. 《說文會意字研究》，石定果，北京：北京語言學院出版社，西元 1996 年 5 月一版一刷。

34. 《小篆形聲字研究》，李國英，北京：北京師範大學出版社，西元 1996 年 6 月一版一刷。

35. 《訓詁與訓詁學》，陸宗達、王寧，山西：山西教育出版社，西元 1996 年 7 月一版二刷。

36. 《甲骨文文字學》，李圃，上海：學林出版社，西元 1996 年 8 月一版二刷。

37. 《中國聲韻學通論》，林尹著，林師炯陽注，台北：黎明文化事業，民國 85 年 9 月改版。

38. 《訓詁學》（上冊），陳新雄，台北：學生書局，民國 85 年 9 月增訂版。

39. 《中國文字學》（定本），龍宇純，台北：五四書店，民國 85 年 9 月定本再版。

40. 《說文部首類釋》，蔡信發，台北：萬卷樓圖書，民國 86 年 8 月初版。

41. 《中國文字學書目考錄》，劉志成，四川：巴蜀書社，西元 1997 年 8 月一版一刷。

42. 《漢字的起源與演變論叢》，李孝定，台北：聯經出版事業，西元 1997 年 10 月初版三刷。

43. 《訓詁原理》，孫雍長，北京：語文出版社，西元 1997 年 12 月一版一刷。

44. 《漢語語源義初探》，殷寄明，上海：學林出版社，西元 1998 年 1 月一版一刷。

45. 《金文編》，容庚編，北京：中華書局，西元 1998 年 11 月一版六刷。

46. 《漢字古今音表》，李珍華等人編撰，北京：中華書局，西元 1999 年 1 月一版一刷。

47. 《文字學簡編·基礎篇》，許錟輝，台北：萬卷樓圖書，民國 88 年 3 月初版。

48. 《古音研究》，陳新雄，台北：五南書局，民國 88 年 4 月初版一刷。

49. 《清代義理學新貌》，張麗珠，台北：里仁書局，民國 88 年 5 月初版。

50. 《說文商兌》，蔡信發，台北：萬卷樓圖書，民國 88 年 9 月初版。

51. 《語源學概論》，殷寄明，上海：上海教育出版社，西元 2000 年 3 月一版一刷。

52. 《說文解字論綱》，鍾如雄，四川：四川人民出版社，西元 2000 年 4 月一版一刷。

53. 《漢字學概論》，張玉金、夏中華，廣西：廣西教育出版社，西元 2001 年 1 月一版一刷。

54. 《中國文字學》，唐蘭，上海：上海古籍出版社，西元 2001 年 6 月一版一刷。

55. 《說文新證》（上冊），季旭昇，台北：藝文印書館，民國 91 年 10 月初版。

六、辭書類（本項專指書名有「字典」者）

1. 《同源字典》，王力，台北：文史哲出版社，民國 80 年 10 月初版二刷。

2. 《古文通假字典》，高亨纂，山東：齊魯書社，西元 1997 年 7 月一版二刷。

3. 《甲骨文字典》，徐中舒，四川：四川辭書出版社，西元 1998 年 10 月一版五刷。

4. 《同源字典補》，劉鈞杰，北京：商務印書館，西元 1999 年 8 月一版一刷。

七、期刊暨學報類

1. 〈論聲訓〉，龍宇純，《清華學報》九卷一期，民國 60 年 9 月。

2. 〈《說文》所載形聲字誤爲會意考〉，施人豪，《女師專學報》二期，民國 61 年 8 月。

3. 〈《說文》所載形聲字誤爲會意字續考〉，施人豪，《女師專學報》四期，民國 63 年 3 月。

4. 〈形聲釋例〉，許錟輝，《國文學報》三期（臺灣師大），民國 63 年 6 月。

5. 〈形聲釋例（中）〉，許錟輝，《國文學報》十期（臺灣師大），民國 70 年 6 月。

6. 〈古代漢語同源詞研究探源——從聲訓到右文說〉，姚榮松，《國文學報》十二期（臺灣師大），民國 72 年 6 月。

7. 〈說文解字之條例〉，陳新雄，《木鐸》十期，民國 87 年 6 月。

8. 〈淺論傳統字源學〉，陸宗達、王寧，《中國語文》五期，西元 1984 年。

9. 〈因聲求義論〉，陸宗達，《中國語文研究》七期，西元 1985 年 3 月。

10. 〈聲旁的表義作用〉，胡雙寶，《語言文字學》五期，西元 1985 年。

11. 〈六書會意研究〉，江舉謙，《東海學報》二九卷，民國 77 年 6 月。

12. 〈王筠及其重要著作提要〉，謝金美，《中華文化復興月刊》二一卷六期，民國 77 年 6 月。

13. 〈形聲、轉注概說〉，林尹，《孔孟月刊》十八卷十一期，民國 69 年 7 月。

14. 〈「右文說」說〉，劉又辛，《語言研究》一期，西元 1982。

15. 〈「右文說」探討〉，劉宗德，《語言文字學》六期，西元 1982。

16. 〈淺論傳統字源學〉，陸宗達、王寧，《中國語文》五期，西元 1984 年。

17. 〈「右文說」新探〉，蔡永貴、李岩，《語言文字學》五期，西元 1988 年。

18. 〈《說文》聲訓型同源詞研究〉，馮蒸，《語言文字學》四期，西元 1989 年。

19. 〈文字發展規律新論〉，師作文，《語言文字學》五期，西元 1989 年。

20. 〈對「聲符兼義」問題的再認識〉，王英明，《語言文字學》三期，西元 1990。

21. 〈論《說文解字》的亦聲部首〉，薛克謬，《語言文字學》三期，西元 1991 年。

22. 〈論形聲字的結構、功能及相關問題〉，陳五云，《語言文字學》七期，西元 1992 年。

23. 〈論轉注〉，陳夢麟，《語文文字學》十一期，西元 1992 年。

24. 〈同源字、同源詞說辨〉，王蘊智，《古漢語研究》二期，西元 1993 年。

25. 〈析論黃侃先生《說文》條例：「凡形聲字之正例，必兼會義。」〉，謝一民，《成功大學學報》二期，民國 83 年 2 月。

26. 〈形聲字聲符兼義規律之探微〉，曾世竹，《遼寧師範大學學報》（社科版）六期，西元 1995 年。

27. 〈漢字的分化與合併〉，宋開玉，《山東師大學報》（社科版）一期，西元 1996 年。

28. 〈「象意」與「會意」辨〉，韓偉，《信陽師範學院學報》（哲社版）十六卷三期，西元 1996 年 7 月。

29. 〈簡論同源詞和同源字〉，張興亞，《殷都學刊》三期，西元 1996 年。

30. 〈試論《說文》中的「聲兼意」現象〉，黃宇鴻，《語言文字學》一期，西元 1996 年。

31. 〈論漢字形聲字的義符系統〉，李國英，《語言文字學》九期，西元 1996 年。

32. 〈試論形符對形聲字表義範疇的確定〉，古敬恆，《綏化師專學報》二期，西元 1997 年。

33. 〈形聲問題商榷〉，楊清澄，《懷化師專學報》二期，西元 1997 年。

34. 〈《說文》「形聲」定義辨正〉，黃金貴，《杭州大學學報》（哲社版），二七卷三期，西元 1997 年 9 月。

35. 〈論形聲結構的組合關係、特點和性質〉，黃德寬，《安徽大學學報》（哲社版）三期，西元 1997 年。

36. 〈談《說文解字》對聲符示源功能的研究〉，曾昭聰，《古籍整理研究學刊》，西元

1998 年 7 月。

37. 〈形聲字聲符的示源功能及其研究意義〉，曾昭聰，《汕頭大學學報》（人版）十五卷五期，西元 1999 年。

38. 〈從形聲系統與同源系統的關係看聲符示源問題〉，曾昭聰，《貴州文史叢刊》二期，西元 1999 年。

39. 〈漢字造字法新探〉，張玉金，《古漢語研究》四期，西元 1999 年。

40. 〈論會意字的構字功與寫詞功能〉，劉班超，《韶關大學學報》（社科版）二十五卷五期，西元 1999 年 10 月。

41. 〈《說文解字》亦聲說之檢討〉，呂慧茹，《東吳中文研究集刊》六期，民國 88 年 5 月。

42. 〈形聲字聲符的表音功能和示源功能〉，周文德，《欽州師範高等專科學校學報》十五卷一期，西元 2000 年 3 月。

43. 〈聲符累增現象初探〉，孟廣道《古漢語研究》二期，西元 2000。

44. 〈試論王筠對漢字學的貢獻——讀王筠《說文釋例》〉，陳淑梅，《古漢語研究》一期，西元 2001 年。

45. 〈形聲字聲符示源功能研究價值論略〉，曾昭聰，《汕頭大學學報》（人科版）十七卷二期，西元 2001 年 5 月。

46. 〈形聲字聲符的辨義作用——因聲求義〉，王敏，《繼續教育研究》三期，西元 2001 年 6 月。

47. 〈論聲訓的性質〉，孫雍長，《徐州師範大學》（哲社版）二七卷二期，西元 2001 年 6 月。

48. 〈王筠的六書研究特點淺析〉，韓偉，《黃河科技大學學報》三卷三期，西元 2001 年 6 月。

49. 〈《說文釋例》對漢語文字學理論構建的貢獻〉，李傳書，《長沙電力學院學報》（社科版）十六卷四期，西元 2001 年 11 月。

八、論文類

1. 《上古漢語同源詞研究》，姚榮松，國立臺灣師大國文所博士論文，民國 71 年 6 月。

2. 《六書通釋》，李圭甲，國立臺灣師大國文所碩士論文，民國 73 年 4 月。

3. 《王筠的文字學研究》，金錫準，國立臺灣師大國文所博士論文，民國 77 年 4 月。

4. 《許慎說文會意字與形聲字歸類之原則研究》，金鐘讚，國立臺灣師大國文所博士論文，民國 81 年 5 月。

5. 《王筠說文學探微》，宋師建華，中國文化大學中文所博士論文，民國 82 年 5 月。

6. 《說文段注形聲會意之辨》，關蓓芬，國立中央大學中文所碩士論文，民國 82 年 5 月。

7. 《說文後起形聲字考辨》，李玉珍，國立中央大學中文所碩士論文，民國 83 年 6 月。

8. 《說文形聲字構造理論研究》，劉雅芬，國立成功大學中文所碩士論文，民國 87 年 5 月。

9. 《說文解字形聲字研究》，鄭佩華，國立臺灣師大國文所碩士論文，民國 87 年 6 月。

10. 《說文解字字形聲字考辨》，莊舒卉，國立中央大學中文所碩士論文，民國 89 年 5 月。

11. 《鄭樵〈六書略〉研究》，丁國華，逢甲大學中文所碩士論文，民國 89 年 6 月。

12. 《戴侗〈六書故〉研究》，張智惟，逢甲大學中文所碩士論文，民國 89 年 6 月。

13. 《〈說文解字〉同源詞研究》，吳美珠，淡江大學中文所碩士論文，民國 8 民國 89 年 7 月。

14. 《說文解字會意字探原》，張進明，靜宜大學中文所碩士論文，民國 90 年 1 月。

附錄一：會意字表

卷　數	部首	字例	《說文解字》	《說文解字繫傳》	《說文解字句讀》	頁數
一上	示	神	从示申	從示申聲	從示申聲	3
		祭	从示以手持肉	同	從示從肉從又	3
		祝	从示从人口	同	同	4
		祟	从示从出	從示出	筠注：出亦聲	5
		祘	从二示	同	同	5
		祧	从示兆聲	從示從兆	從示兆聲	5
		祅	从示天聲	從示從天	從示從天	5
		祚	从示乍聲	從示從乍	從示從乍	5
	王	閏	从王在門中	同	同	6
		皇	从自（王）	同	同	6
	玉	珇	古文「瑁」，古文省	古文「瑁」，從目	古文「瑁」，從目	8
		瑞	从玉耑	同	從玉耑聲	8
		珩	从玉行聲	從玉行	從玉行聲	8
	玨	玨	二玉相合爲一玨	同	同	12
		班	从玨从刀	從玨	從玨從刀	12
		璑	从車玨	同	同	12
	士	壻	从示胥聲	從土胥	從示胥聲	12
一下	屮	熏	从黑屮	從屮從黑	從屮從黑	15
	艸	艸	从屮中	同	同	16

一下	艸	苽	从艸从瓜	從艸瓜聲	從艸從瓜	16
		蒐	从艸从鬼	從艸鬼	從艸從鬼	21
		苗	从艸从田	從艸田	從艸田	26
		葻	从艸風	從艸風、風亦聲	從艸風、風亦聲	26
		蓄	从艸畜	同	從艸畜聲	27
		若	从艸右	同	從草從右	28
		蒪	从艸專聲	從艸專	從艸專聲	28
		葨	从艸是聲	從艸是	從艸是聲	28
		蔨	父艸胃省	同	從艸從胃省	29
		斬	从斤斷艸	同	同	29
		蔪	籀文「折」。从草在仌中	籀文「蔪」。從草在仌中	同	29
		卉	从屮艸	從艸屮	同	29
	茻	茻	从四屮	從四屮	同	32
		莫	从日在茻中	從日在茻中、茻亦聲	同	33
		莽	从犬从茻、茻亦聲	從犬從茻、茻亦聲	同	33
		葬	从死在茻中	同	從死在茻中、茻亦聲	33
二上	八	分	从八从刀	同	同	35
		詹	从言从八从厃	同	同	36
		介	从八从人	同	同	36
		兆	从重八、八亦聲	從重八	從重八、八亦聲	36
		公	从八从厶	同	同	36
	釆	宷	从宀从釆	從宀釆	從宀釆	36
		悉	从心从釆	從心釆	從心釆	36
		釋	从釆从睪聲	從釆從睪	從睪、睪亦聲	36
	半	半	从八从牛	從八牛	從八從牛	36
	牛	牢	从牛冬省	從牛冬省聲	從牛從冬省	38
	犛	氂	从犛省从毛	同	同	39
	告	告	从口从牛	同	同	39
	口	名	从口从夕	從夕口	從口從夕	41
		嚞	古文「哲」，从三吉	同	同	41
		君	从尹从口	從尹口	從尹從口。筠注：尹亦聲	41
		吹	从口次聲。「欠」部重出	從口欠	從口次聲	41

		耶	从口从耳	同	同	42
二上	口	启	从戶从口	從戶口	從戶口	42
		启	从戶从口	從戶口	從戶口	42
			「又」部重出			
		吉	从士口	同	同	42
		周	从用口	同	同	42
		哼	从口距辛	從口辛	同	43
		各	从口夂	同	同	44
		吠	从犬口	從口犬	同	44
		唬	从口从虎	從口虎。一日虎聲	從口從虎	45
		局	从口在尺下復局之	同	同	45
		谷	从口从水	同	同	45
		哈	从口从台	闕	闕	45
			新附字			
	吅	吅	从二口	同	同	46
		嚴	从爻工交吅	從爻工交吅	同	46
	走	走	从夭止	同	同	46
		趫	从走亶聲	從走亶	同	47
	止	歬	从止在舟上	同	同	48
		躍	从四止	同	同	50
	屮	屮	从止屮	同	同	50
		登	从屮豆	同	同	50
		癹	从屮从殳	同	筠注：殳亦聲	50
	步	步	从止屮相背	同	同	50
	此	此	从止从匕	從止能相比次	從止從匕	50
二下	是	是	从日正	同	同	51
		尟	从是少	同	同	51
	辵	辵	从彳从止	同	同	51
		警	古文「速」，从欶言	同	古文「速」，從欶從言	52
		送	从辵倢省	同	從辵從倢省	53
		連	从辵从車	從辵車	從辵車	54
		遯	从辵从豚	從辵豚聲	從辵豚聲	54
		逐	从辵从豚省	從辵豚省	從辵豚省	54
		邊	从辵㠱彔	同	同	55
		道	从辵从首	從辵首	從辵從首。筠注：首亦聲	55

二下	彳	復	从彳从日从夂	從彳日夂	同	57
		後	从彳幺夂	從（彳）幺夂	同	57
		御	从彳从卸	從彳卸	從彳卸。筠注：卸當是聲	57
	廴	建	从聿从廴	同	同	57
	延	延	父廴从止	從廴止	從廴從止	57
	行	衛	从行从言	從行言	從行言。筠注：言亦聲	58
		衛	从韋帀从行	從韋帀行	從韋帀從行	58
	足	路	从足从各	從足各聲	從足各聲	62
	品	品	从三口	同	同	63
		喦	从品相連	從品山相連	從品相連	63
		桌	从品在木上	同	從品在木上	63
	龠	龠	从品侖	同	從品侖	63
		龡	从龠炊聲	從龠炊	從龠炊聲	63
	冊	扁	从戶冊	同	同	64
三上	㗊	㗊	从四口	同	同	65
		囂	从㗊从頁	從㗊頁	同	65
	㕚	㕚	从口从內	從口內聲	從口從內、內亦聲	67
		矞	从矛从㕚	從矛㕚聲	從矛從㕚，㕚亦聲	67
	古	古	从十口	同	同	67
	十	支	从又持十	從手持十	從又持十	68
		千	从十从人	從十人聲	從十人聲	68
		肸	从十从分	從十分聲	從十分聲	68
		甚斗	从十从甚	從十甚聲	從十甚聲	68
		博	从十从尃	從十尃	從十尃	68
	廿	廿	二十并也	同	同	
	卅	卅	三十并也	同	同	
	言	音	从言从中	從言中	從言中聲	69
		信	从人从言	從人言	從人言	70
		詧	从言肉	同	同	71
		說	从言兌	從言兌聲	從言兌聲	71
		計	从言从十	從言十	同	71
		設	从言从殳	從言殳	同	71
		諰	从言从思	從言思聲	從言思聲	71

三上	言	訥	从言从內	從言內聲	從言內聲	72
		䛦	籀文「詩」，从二或	同	同	73
		䜌	从言絲	從言絲形	同	73
		諕	从言从虎	從言虎	同	74
		討	从言从寸	從言寸	同	76
		譶	从三言	同	同	77
	誩	誩	从二言	同	同	77
		譱	从誩从羊	同	同	77
		競	从誩从二人	從誩二人	同	77
	音	章	从音从十	從音十	同	78
		竟	从音从人	同	同	78
		妾	从辛从女	同	同	78
	丵	業	从丵从巾	同	從丵从巾	79
		對	从丵从口从寸	從丵口寸	同	79
	廾	廾	从屮从又	同	從屮又	79
		丞	从廾从卩从山	同	同	79
		奐	从廾夐省	從廾夐省聲	從廾夐省聲	79
		弇	从廾从合	從合廾聲	從合廾聲	79
		弄	从廾持玉	從廾玉	同	80
		㕦	从廾肉	同	從廾肉聲	80
		戒	从廾持戈	同	同	80
		兵	从廾持斤	同	同	80
		具	从廾从貝省	從廾貝省	同	80
	共	共	从廿廾	同	同	80
	異	異	从廾从㲋	從廾㲋	從廾㲋	81
	舁	舁	从臼从廾	從臼廾	同	81
		與	从舁从与	從舁与	同	81
		興	从舁从同	從舁同	同	81
	爨	爨	臼象持甑，冂爲竈口，廾推林內火	同	同	82
		釁	从爨省鬲省	同	同	82
三下	革	鞌	从革从安	從革安聲	從革安聲	85
	鬲	鬻	从鬲米聲	從鬲米	同	86
		馴	从鬲从羔	同	同	86
		䰲	重文「鬻」，从水在其中	重文「鬻」，從水	同	87
	爪	孚	从爪从子	從爪子	從爪子	87

廾	埶	从坴丮，持亟穜之	從坴丮持重之	從坴丮，持而穜之	88
	戜	从丮从戈	從丮戈	從丮戈	88
鬥	鬮	从鬥从戈或从戰省	同	同	88
	鬧	从市鬥	闕	闕	89
		新附字			
又	右	从又从口	從又口	同	89
	叜	从又从灾	從又灾	同	89
	燮	从言从又炎	從言又炎聲	從言從又炎聲	89
	敊	从又持巾在尸下	同	同	89
	及	从又从人	從又人	從又人	89
	秉	从又持禾	同	同	89
	叚	从又从卪	從又卪	同	90
	叏	从又屮	同	同	90
	叔	从又持朱、朱亦聲	從又持朱	從又從朱、朱亦聲	90
	叜	从又在回下	同	同	90
	取	从又从耳	從又耳	同	90
	叀	从又持坴坴	同	同	90
	友	从二又	同	從二又相交	90
广	卑	从广甲	同	同	90
史	史	从又持中	同	同	90
支	支	从手持半竹	同	同	91
聿	聿	从又持巾	同	同	91
	肅	从聿在圖上	同	同	91
聿	筆	从聿从竹	從聿竹	從聿竹	91
	彗	从聿从彡	同	同	91
畫	畫	象田四界，聿所以畫之	同	同	92
	晝	从畫省从日	同	同	92
隶	隶	从又从尾省	從又尾省	同	92
臤	緊	从臤从絲省	從臤絲省聲	同	93
	堅	从臤从土	同	同	93
臣	臦	从二臣	同	同	93
殳	杸	从木从殳	同	同	94
	毄	从殳从聿	同	同	94
	段	从殳从皀	從殳皀	同	94

卷	部	字				頁
三下	殳	役	从殳从彳	同	同	94
	己	多	从己从彡	從彡從己	同	95
	麥	裵	从北从皮省从夒省	從北皮省夒省	同	96
		襃	重文「襻」，从衣从躾	重文「襻」，从躾从衣	重文「襻」，从躾从衣	96
	攴	徹	从彳从攴从育	從彳從攴育聲	同	97
		㪰	从攴从涷	從攴涷	從攴涷聲	97
		改	从攴巳	從攴己聲	從攴己聲	97
		攸	从攴从人水省	從攴人水省	從攴從人從水省	98
		攗	从攴从群、群亦聲	從攴群聲	從攴群、群亦聲	98
		敗	从攴貝	同	筠注：貝亦聲	98
		寇	从攴从完	從攴完	從完	98
		攀	从攴从厂	同	同	99
		畋	从攴田	同	同	99
		牧	从攴从牛	從攴牛	從攴牛	99
	教	教	从攴从孝	從攴孝	从攴从孝，筠注：孝亦聲	99
	卜	卟	从口卜	同	同	100
		貞	从卜、貝以為贄	同	同	100
		占	从卜从口	從卜口	從卜口	100
	用	用	从卜从中	從卜中	從卜中	100
		庸	从用从庚	從用庚	同	101
		葡	从用苟省	同	同	101
	爻	棥	从爻从林	從爻林	同	101
	㸚	㸚	二爻也	同	同	101
		爽	从㸚从大	從㸚大	同	101
四上	冒	瞂	从攴从目	從攴目	同	103
		夐	从冒从人在穴上	從冒人在穴中	從冒人在穴中	103
		奠	从大冒	從大冒聲	從大冒、冒亦聲	103
	目	睔	从目侖	從目侖聲	從目侖聲	104
		窅	从目穴中	同	筠注：當云穴亦聲	104
		眔	从目从隶省	從目隶省聲	從目從隶省聲	105
		相	从目从木	從目木	同	106
		看	从手下目	同	同	106
		睡	从目垂	從目垂聲	從目垂聲	106

目	睒	从目又	從目叉聲	從目叉聲	107
	睉	从目匡	闕	闕	107
		新附字			
朋	朋	从二目	同	同	107
	奭	从朋从大	同	筠注：狂亦聲	108
眉	省	从眉省从屮	同	同	108
白	皆	从比从白	同	同	109
	智	从白从亏从知	從白亏知	筠注：知亦聲	109
	百	从一白	同	同	109
鼻	鼻	从自畀	從自從畀	從自從畀	109
皕	皕	二百也	同	同	109
習	習	从羽从白	從雨白聲	從雨白聲	109
羽	翟	从羽从隹	同	同	110
	羿	从羽开聲	從羽开	同	110
	翏	从羽从今	從羽今	同	110
	翌	从羽从日	從羽日聲	同	110
隹	隻	从又持隹	同	同	111
	雀	从小隹	同	同	111
	翟	从网隹	同	同	113
	雋	从弓，所以射隹	同	同	113
奞	奞	从大从隹	從大隹	從大隹	113
	奪	从又从奞	從又奞	同	113
	奮	从奞在田上	同	同	113
萑	萑	从隹从屮	同	同	113
	蔑	从又持隹	同	同	113
屮	芇	从屮而兆	同	同	114
苜	苜	从屮从目	同	同	114
	魯	从苜从狄	同	同	114
	蔑	从苜从戌	同	同	114
羊	美	从羊从大	從羊大	同	115
羴	羴	从三羊	同	同	116
	羼	从羴在尸下	同	同	116
瞿	矍	从又持之矍矍也	同	同	116
雔	雔	从二隹	同	同	116

四上

四上	雥雠	靁	从雨隹	同〔註1〕	從雨中隹	116
		雙	从雠又持之	同	同	116
		雥	從三隹	同	同	116
		欟	从雥从木	同	同	116
	鳥	鳴	从鳥从口	從鳥口聲	從鳥口	120
四下	華	糞	从廾推華棄釆也	同	同	123
		棄	从廾推華从㐬	同	同	123
	冓	冄	从爪冓省	同	同	123
	幺	幼	从幺从力	同	同	124
	絲	絲	从二幺	同	同	124
		幾	从絲从戍	從絲戍	同	124
	叀	惠	从心从叀	從心叀	從心叀	124
		憲	从叀引而止之也从此	同	同	124
	玄	茲	从二玄	同	同	125
	放	敖	从出从放	從出放	同	125
		敫	从白从放	同	同	125
	受	受	从爪从又	從爪又	同	125
		爰	从受从于	從受于	同	125
		亂	幺子相亂，受、治之也	同	同	125
		妥	从受从已	從受乙聲	同	126
		爭	从受厂	同	同	126
		爭	从受工	同	同	126
	叔	叔	从又从歺	從又從歺、歺亦聲	從又從歺、歺亦聲	126
		叡	从叔从谷	同	同	126
		敳	从叔从貝	同	同	126
		叡	从叔从目从谷省	同	同	126
	歺	刖	从歺从肉	同	同	127
	死	死	从歺从人	從歺人	同	127
	冎	剮	从冎从刀	同	同	128
	骨	骨	从冎有肉	同	同	128

〔註 1〕 徐鍇雖未釋形，然將此字注解爲「會意」。（見《說文解字繫傳‧雠部》卷七「靁」字，頁 71。）

四下	肉	肘	从肉从寸	從肉寸	同	130
		胤	从肉从八从幺	從肉從八、幺亦象重累也	同	130
		隋	从肉从陸省	從肉陸省	同	131
		脆	从肉从絕省	從肉絕省聲	從肉絕省聲	133
		狀	从犬肉	從肉犬	筠注：當云從犬肉	133
		冎	从肉从冎省	從肉冎省	同	133
	筋	筋	从力从肉从竹	從力肉竹	同	134
	刀	利	从力从和省	同	同	134
		初	从刀从衣	從刀衣	同	135
		則	从刀从貝	從刀貝	同	135
		刪	从刀冊	同	同	135
		釗	从刀从金	從刀金聲	同	136
		制	从刀从未	同	同	136
		罰	从刀从詈	從刀詈	同	136
		刵	从刀从耳	從刀耳	同	136
		鮠	从刀从魚	從刀魚	同	136
	刃	㓞	从刃从木	同	同	137
	耒	耒	从木推丰	同	同	137
	角	解	从羊牛角	同	同	138
		解	从刀判牛角	同	同	139
		觷	从角𤷌聲	從角𤷌	同	139
五上	竹	等	从竹从寺	從竹寺	同	142
		笔	从竹从奔	從竹奔	同	142
		簋	从竹从皿从皀	從竹從皿皀	同	144
		箅	从竹从弄	從竹弄	同	146
		算	从竹从具	從竹具	同	146
		笑	从竹从夭（註2）	同	同	146
	丌	典	从冊在丌上	同	同	146
		巽	从丌从顛	從丌顛	同	147
	酉	奠	从酉，下其丌也	同	同	147

〔註 2〕徐鉉注：「孫愐《唐韻》引《說文》云『喜也』，从竹从犬（應作夭）而不述其義，今俗皆从犬。又案：李陽冰刊定《說文》从竹从夭，義云『竹得風，其體夭屈如人之笑』，未知其審。」見《說文解字・竹部》「笑」字，頁 146。

五上	左	左	从广工	同	同	148
		差	从左从死	從左死	同	148
		榘	重文「巨」，从木矢	同	同	148
	珡	珡	从四工	同	同	148
		窘	从珡从廾	同	從珡從廾窫宀中	148
	巫	覡	从巫从見	從巫見	同	149
	甘	甜	从甘从舌	同	同	149
		猒	从甘从肰	從甘肰	從甘肰	149
		甚	从甘从匹	同	同	149
	曰	曶	从曰从冊、冊亦聲	從冊曰	筠注：當作從曰冊聲	149
		沓	从水从曰	同	同	149
		曹	从棘从曰	同	同	149
	丂	粤	从丂从由	同	同	150
	可	奇	从大从可	同	同	151
		哥	从二可	同	同	151
	号	號	从号从虎	從号虎聲	從号從虎，筠注：當云号亦聲	151
	亏	粤	从亏从寀	同	同	152
		平	从亏从八	同	同	152
	喜	喜	从壴从口	同	同	152
	壴	尌	从壴从寸	同	同	153
	鼓	鼓	从壴支	同	同	153
	豆	桓	从木豆	同	同	154
		豋	从廾持肉在豆上	同	同	154
	豊	艷	从豐从弟	從豐弟	從豐從弟，筠注：當是弟亦聲	154
	虍	虐	从虍、虎足反爪人	從虎足反爪人	同	155
	虎	䖑	从虎䖒聲	從虎䖒	同	156
		彪	从虎、彡象其文也	同	同	156
		虥	从虎从武	闕	闕	156
			新附字			
	虤	虤	从二虎	同	同	156
		贙	从虤从日	同	同	156
		贙	从虤對爭貝	同	同	156

五上	皿	盛	从皿成聲	從皿成	同	157
		醯	从鬻酒並省从皿	同	同	157
		益	从水皿	同	從水皿，筠注：當云從水在皿上	157
		盈	从皿及	同	同	157
		盈	从皿以食囚也	同	從皿目時囚也	157
		盥	从臼水臨皿	同	同	157
		盍	从皿礑聲或从金从本	闕	闕	158
			新附字			158
	血	盃	从血大	從血大聲	從血大聲	159
	、	歃	重文「音」，从豆从欠	重文「音」，从豆欠	重文「音」，从豆欠。筠注：當云從豆欠聲	159
五下	丹	彤	从丹从彡	從丹彡、彡亦聲	從丹從彡、彡亦聲	161
	青	青	从生丹	同	同	161
	井	丼	从井窒省聲	從井窒省	同	162
	鬯	鬱	从臼冂缶鬯、彡其飾也	同	同	163
	食	食	从皀亼聲	同	同	
		飲	从人食	從食人	從人仰食	164
		飧	从夕食	同	同	164
	亼	合	从亼从口	同	同	166
		僉	从亼从吅从从	同	同	166
		侖	从亼从冊	同	同	166
		今	从亼从乛	從亼「	同	166
	會	會	从亼从曾省	同	同	166
	入	內	从冂自外而入也	同	同	166
		宎	从山从入	同	同	166
		糴	从入从糴	從入糴	從入糴	166
		全	从入从工	從入工	同	166
		从	二入也	同	同	167
	矢	躬	从矢从身	從矢身	同	168
		矦	从人从厂，象張布，矢在其下	同	同	168
		知	从矢从口	從口矢	同	168

五下	冂	冘	从人出冂	同	同	169
		央	从大在冂之內	同	同	169
		隺	从隹上欲出冂	同	同	169
	𩫏	𩫛	从𩫏缺省	從𩫏決聲	從𩫏夬聲	170
	京	就	从京从尤	從尤京	同	170
	亯	𦎧	从亯从羊	從亯羊	從亯羊	170
		𩫖	从亯从自	同	同	170
		厚	从㫗从厂	從厂從㫗	同	171
	㐭	稟	从㐭从禾	同	同	171
		啚	从口㐭	同	同	171
	嗇	嗇	从來从㐭	從來鉥	同	172
	麥	麥	从來有穗者，从夊	同	同	172
	夊	夌	从夊从兴	從夂兴	同	173
		致	从夊从至	同	筠注：至亦聲	173
		𡕩	从章从夅从夊	同	同	173
		夏	从夊从頁从臼	從反頁從臼	同	173
		畟	夊畕人从夊	同	從人田從夊	174
		夔	从頁巳止夊其手足	同	同	174
	舛	舛	从夊㐄相背	同	同	174
	舜	𦱶	重文「䑞」，从艸皇	同	同	174
	韋	揫	重文「𩏬」，从秋手	同	同	175
	弟	罤	从弟从眔	從弟眔	同	176
	夂	夅	从夂㐄相承、不敢竝也	同	同	176
		𡕒	从了从夂	同	從了從夂	176
	桀	桀	从舛在木上也	同	同	177
		乘	从入桀	同	同	177
六上	木	某	从木从甘	同	同	184
		枚	从木从攴	從木攴	同	184
		[illegible]	从木犾	從木犾	從木犾聲	185
		杲	从日在木上	同	同	186
		杳	从日在木下	同	同	186
		櫋	从木邊省聲	從木邊省	同	187
		牀	从木爿聲	從木爿	同	188
		釫	重文「茉」，从金从于	重文「茉」，从金于	重文「茉」，从金于	189

六上	木	枓	从木从斗	從木斗聲	從木斗聲	189
		杓	从木从勺	從木勺聲	從木勺聲	189
		蠱	重文「櫪」，从皿	重文「櫪」，從皿晶	重文「櫪」，从皿	190
		櫺	籀文「櫪」	籀文「櫪」，從缶回	籀文「櫪」，從缶回	
		臬	从木从自	從木自聲	從木自聲	191
		采	从木从爪	從木爪	同	192
		折	从木从斤	從木斤聲	同	193
		休	从从依木	同	同	193
		閑	闌	從木門	闌	120
		梟	从鳥頭在木上	從鳥在木上	同	194
		東	从日在木中	同	同	195
		棘	（从）二東	同	同	195
		林	从二木	同	同	195
		無	从林奭	同	同	195
		森	从林从木	同	同	195
六下	叒	桑	从叒木	從木叒聲	同	197
	之	坐	从之在土上	同	同	197
	帀	師	从𠂤从帀	從𠂤帀	從帀從𠂤	198
	出	敖	从出从放	從出放聲	同	198
		賣	从出从買	從出買聲	從出買聲	198
	宋	索	从宋糸	從宋糸聲	同	198
		孛	从宋从子	從宋人色也	同	198
		甡	从二生	同	同	199
	琴	荂	重文「琴」，从艸从夸	重文「琴」，從艸夸	重文「琴」，從艸夸	200
	華	華	从艸从琴	同	同	200
		曄	从華从白	同	同	200
	巢	尋	从寸臼覆之	同	同	201
	束	朿	从口木	同	同	201
		棘	从朿从八	從朿八	同	201
		刺	从朿从刀	從朿刀	從朿刀	201
	口	圖	从囗从啚	從囗啚聲	從囗從啚	202
		國	从囗从或	從囗或聲	從囗從或、或亦聲	202
		困	从禾在口中	同	同	202
		因	从囗大	同	同	203

		叹	从口从又	從又從口	同	203
		囚	从人在口中	從口人在口中	同	203
	口	困	从木在口中	同	同	203
		圂	从口，象豕在口中也	同	同	203
		囮	从口化	從口化聲	從口化聲	203
六下		賞	从小貝	同	同	204
		贊	从貝从兟	同	同	204
		賜	从貝易	從貝易聲	從貝易聲	204
		負	从人守貝有所恃也	同	同	205
	貝	贅	从敖貝	同	同	205
		質	从貝从所	從貝所聲	同	205
		買	从网貝	從网貝聲	從网貝	205
		賏	从二貝	同	同	205
		贈	从貝从冒	闕	闕	206
			新附字			
		邑	从口从卪	同	同	206
		郵	从邑垂	同	同	206
	邑	歧	重文「邿」，从山支聲	重文「邿」，從山支	同	207
		㟼	古文「邿」，从枝从山	同	同	
		㟣	古文「邠」，从山从豩	同	同	207
	䢔	䢔	从邑从邑	同	同	212
		䢱	从䢔从共	從䢔共	同	213
七上		旹	古文「時」，从之日	古文「時」，從日之	古文「時」，從之日	215
		早	从日在甲上	同	同	215
		晵	从日从烓	從日烓聲	同	216
	日	曄	从日从㶁	從日㶁聲	同	216
		昏	从日氏省	同	同	216
		旦	从日匕	同	同	217
		昌	从日从曰	從日從曰、曰亦聲	同	217
		㬎	从日中視絲	同	同	217
		暴	从日从出从収从米	同	同	217

七上	日	昔	从殘肉日以晞之	同	同	217
		昆	从日从比	從日比聲	同	217
		普	从日从並	從日並聲	從日並聲	218
		昶	从日永	闕	闕	218
			新附字			
		曇	从日雲	闕	闕	218
			新附字			
	倝	㪍	籀文「㪍」	籀文「㪍」，從三日在㲃中	籀文「㪍」，筠注：且從三日在㲃中	219
	㲃	旋	从㲃从疋	從㲃疋	同	220
		旅	从㲃从从	同	同	220
		族	从㲃从矢	同	同	220
	晶	晶	从三日	同	同	220
		曡	从晶从宜	從晶宐	同	221
	月	朏	从月出	從月出聲	同	221
		朞	古文「期」，从日丌	同	同	221
	朙	朙	从月从囧	從囧月聲	從月囧聲	222
	囧	盟	从囧从血	從囧血聲	同	222
	夕	夜	从夕亦省聲	從夕亦省	同	223
		夗	从夕从卪	從夕臥有卪	同	223
		外	从夕卜〔註3〕	同	同	223
		夙	从丮持事	同	同	223
	多	多	从重夕	同	同	223
		夥	从多从尚	從多尚聲	從多尚聲	223
	毌	貫	从毌貝	從毌貝聲	從毌貝、毌亦聲	224
	鹵	㒥	籀文「鹵」，从三鹵	籀文，三鹵爲㒥	籀文，從三鹵作	224
		槀	从木从鹵	從鹵木	同	225
		粜	从鹵从米	同	同	225
	束	棗	从重束	從重束聲	同	225
		棘	从並束	從竝棗也	同	225
	片	牖	从片戶甫	從片戶甫聲	從片戶甫聲	226
	鼎	鼒	重文「鼎」，从金从茲	重文「鼐」，從金茲聲	重文「鼐」，從金茲聲	226

〔註3〕「外」字因大、小徐本皆未說解，故採用段注本。（見《說文解字注‧夕部》篇七，頁315。）

七上	禾	采	从爪禾	從禾爪聲	同	229
		稅	从禾兌聲	從禾兌	同	230
		秦	从禾舂省	同	從禾舂省聲	230
		科	从禾从斗	從禾斗	同	231
	秝	秝	从二禾	同	同	231
		兼	从又持秝	同	同	231
	香	香	从黍从甘	同	同	232
	米	臬	从臼米	從米臼聲	從米臼、臼亦聲	233
	毇	毇	从臬从殳	同	同	234
	臼	舂	从廾持杵臨臼	同	同	234
		舀	从臼干	從臼干聲	從臼干聲	234
		舀	从爪臼	從臼爪聲	同	234
		臽	从人在臼上	同	同	235
	凶	兇	从人在凶下	同	同	235
七下	朩	糅	籀文「桌」，从林从辤	籀文「桌」，從辤聲	同	237
	林	散	从攴从林	同	同	237
	麻	麻	从广从林	從林從广	從林從广	237
	瓜	瓞	从二瓜	同	同	239
	宀	室	从宀从至	從宀至聲	從宀至聲	239
		向	从宀从口	從口從宀	同	239
		宸	从宀辰聲	從宀辰	同	240
		窓	从宀、心在皿上	同	同	240
		定	从宀从正	從宀正聲	同	240
		安	从女在宀下	從女在宀中	從女在宀中	240
		察	从宀祭	從宀祭聲	從宀祭聲	240
		實	从宀从貫	從宀貫	同	240
		容	从宀谷	從宀谷聲	從宀谷聲	240
		宄	从宀、人在屋下	同	同	241
		宦	从宀从臣	從宀臣	同	241
		宰	从宀从辛	同	同	241
		守	从宀从寸	同	同	241
		寡	从宀从頒	從宀頒	同	241
		寒	从人在宀下，以茻薦覆之，下有仌	從人在宀下，從茻上下為覆，下有仌也	從人在宀下，以茻上下薦覆之，下有仌也	241

七下	宀	宋	从宀木	從宀木聲	從宀從木	242
		宗	从宀从示	從宀示	從宀示	242
	呂	膂	篆文「呂」从肉从旅	篆文「呂」，從肉旅聲	篆文「呂」，從肉旅聲	242
		躬	从身从呂	從呂從身	從呂從身	242
	穴	竈	从穴黽省聲	從穴黽省	同	243
		突	从穴从火从求省	從穴火、求省聲	從穴從火從求省聲	243
		穿	从牙在穴中	同	同	243
		窡	从穴从抉	從穴抉聲	從穴從抉聲	243
		窋	从穴中出	從穴出聲	從穴出聲	243
		突	从犬在穴中	同	同	244
		竄	从鼠在穴中	同	同	244
	寢	寢	从宀从疒夢聲	從疒從夢	同	244
		瘡	从寢省从言	同	同	245
	疒	瘝	从疒从並从欠	從疒欶聲	同	246
		疢	从疒从火	從火從疒	同	247
		痺	从疒帇聲	從疒帇	同	248
	冂	同	从冂从口	從冂口	同	249
		冢	从冂豕	從冂從豕	同	249
	冒	冒	从冃从目	從冃目聲	同	249
		最	从冃从取	從冃取聲	從冃取聲	249
		冕	闕	從冃從見	從冃從見	
	网	鷃	重文「鷃」，从足（畢）	同	同	250
		罪	从网非	同	從网非聲	250
		羅	从网从維	同	同	251
		罷	从网能	同	同	251
		置	从网直	從网直聲	從网直聲	251
		罵	从网从馬	從网罵	同	251
	巾	帥	从巾𠂤	從巾𠂤聲	從巾𠂤聲	252
		勢	从巾从執	從巾執聲	同	252
		帚	从又持巾	同	同	253
		席	从巾庶省	從巾庶省聲	同	253
	市	韍	篆文「市」，从韋从友	同	同	254

七下	白	皇	从白上下小見	同	同	255
		皛	从三白	同	同	256
		黺	从黹从粉省	從黹粉省聲	同	256
八上	人	保	从人从孚省	從人孚省聲	從人從孚省聲	257
		仁	从人从二	從人二聲	從人二聲	257
		仕	从人从士	從人士聲	同	257
		佼	从人从交	從人交聲	同	257
		佩	从人从凡从巾	從人凡從巾	從人凡聲從巾	258
		伊	从人从尹	從人尹	從人尹聲	258
		彬	古文「份」，从彡林	古文「份」，從彡林從焚省聲	同	258
		偫	从人从待	從人待聲	從人待聲	260
		位	从人立	同	從人立□。筠注：□蓋是聲字	260
		付	从寸持物對人	同	同	261
		仰	从人从卬	同	同	261
		伍	从人从五	從人五聲	從人五聲	261
		什	从人十	同	從人十聲	261
		作	从人从乍	從人乍聲	從人乍聲	262
		侵	从人又持帚	同	同	262
		便	从人更	同	同	262
		倪	从人从見	從人見聲	從人見聲	262
		俒	从人从完	從完	從人從完。筠注：當云完聲	262
		倌	从人从官	從人官聲	同	262
		傀	从人从奊	同	筠注：當作奊聲	263
		儗	从人从疑	從人疑聲	從人疑聲	263
		伏	从人从犬	從人犬	從人、犬司人也	264
		伐	从人持戈	同	同	264
		佫	从人从各	從人各聲	同	265
		弔	从人持弓	同	同	265
		仚	从人从山	從人山	同	265
		件	从人从牛	同	闕	265
		倜	从人从周	闕	闕	266
			新附字			

八上	人	佇	从人从宁	闕	闕	266
			新附字			
	匕	眞	从匕从目从Ｌ	從匕目Ｌ	同	266
	七	早	从七从十	從七十	同	267
		頃	从七从頁	同	同	267
		卬	从七从卪	從七卪	同	267
		皁	早匕爲皁	同	同	267
		艮	从匕目	同	同	267
	从	从	从二人	同	同	267
	比	比	反从爲比	同	同	267
	北	北	从二人相背	同	同	267
	似	似	从三人	同	同	268
		眾	从似目	從似從目	從似從目	268
	壬	壬	从人士	同	同	269
		徵	从微省	從人微省	從人從微省	269
		望	从月从臣从壬	從臣從月從壬	同	269
		呈	从爪壬	從爪從壬	從爪從壬	269
	臥	臥	从人臣	同	同	269
		監	从臥食	同	同	269
	身	殷	从𦣞从殳	同	同	270
	衣	表	从衣从毛	從衣毛	同	271
		製	从衣从制	從衣制聲	從衣制聲	274
		袥	从衣帍	從衣帍聲	從衣帍聲	274
		褭	从衣从馬	從衣馬聲	同	274
	老	老	从人毛匕	同	同	275
		耋	从老省从至	從它省至聲	從老省至聲	275
		薹	从老从蒿省	從老蒿省聲	從老蒿省聲	275
		孝	从老省从子	同	同	275
	毛	毳	从三毛	同	同	276
	尸	眉	从尸自	從尸自聲	從尸自聲	277
		屍	从尸下丌居几	同	同	277
		屆	从尸从凷	從尸凷聲	從尸凷聲	277
		叚	从申尸之後，尸或从又	從又申尸之後	從又申尸之後也	277
		屍	从尸从死	從尸死聲	從尸死聲	277
		屋	从尸从至	同	同	277

	尾	尿	从尾从水	從尾水	同	280
	履	履	从尸从彳从夂，舟象履形，一曰：尸聲	同	同	280
	舟	俞	从亼从舟从〈〈	同	同	280
		剏	从舟从刖省	從舟刖省	從舟從刖省聲	280
		般	从舟从殳	同	同	280
	兂	兄	从儿从口	同	同	282
	先	簪	重文「兂」，从竹从替	重文「兂」，從竹替	重文「兂」，從竹替	282
		兓	从二先	同	同	282
	兜	兜	从兂从兒省	同	同	283
	先	先	从儿从之	從儿之	同	283
		兟	从二先	同	同	283
八下	見	視	从見示	從見示聲	從見示聲	284
		尋	从見从寸	從見寸	同	284
		覓	从見冂	從見冂聲	同	285
	覞	覞	从二見	同	同	285
		䨄	从覞从雨	同	同	285
	欠	吹	从欠从口	同	同	286
		歊	从欠嗷省	從欠嗷省聲	從欠嗷省聲	286
		㰤	重文「歓」，从口从就	同	同	286
		歖	从欠从喜	從欠喜聲	從欠從喜	287
	㱃	㱃	古文「飲」，从今水	同	同	288
		𩚐	古文「飲」，从今食			
	歡	映	重文「歡」，从口从夬	重文「歡」，從口夬	重文「歡」，從口夬	288
	次	次	从欠从水	從欠水	同	288
		羨	从次从歡省	從義羑省	同	288
		盜	从次，次欲冊者	同	同	288
九上	頁	頁	从百从儿	同	同	291
		順	从頁从〈〈〈	從頁川聲	從頁〈〈〈聲	293
		頫	从頁逃省	從頁逃省聲	從頁兆聲	293
		顥	从頁从景	從景頁	同	293
		頛	从頁从耒	從頁耒、耒亦聲	從頁從耒、耒亦聲	294

九上	頁	煩	从頁从火，一曰：焚省聲	同	同	294
		穎	从頁米	同	同	294
		顛	从二頁	同	同	294
	百	脜	从百从肉	同	同	295
	面	醮	从面焦	從面焦聲	從面焦聲	295
	皆	劈	从百从斷	同	同	295
	㬎	縣	从系持㬎	同	同	296
	須	須	从頁从彡	從頁彡	同	296
	彡	㐱	从彡从人	從彡人聲	從彡人聲	296
		弱	从二弓	同	同	296
	彣	彣	从彡从文	從彡文	同	297
	髟	髟	从長从彡	同	同	297
		鬠	从髟差	從髟差聲	從髟差聲	297
		髦	从髟差	從髟差聲	從髟差聲	297
		鬌	从髟隋省	從髟墮省聲	從髟墮省聲	298
	司	詞	从司从言	從言司聲	從司從言、司亦聲	299
	卩	令	从亼卩	同	同	300
		卸	从卩止午	從卩止午聲	從卩止午聲	300
		卯	（从）二卩也	同	同	300
	印	印	从爪从卩	同	同	300
		抑	从反印	同	同	301
	色	色	从人从卩	同	同	301
	卯	卯	从卩𠄌	同	同	301
	辟	辟	从卩从辛从口	從卩辛從口	同	301
		嬖	从辟从井	從辟井	同	301
	勹	匊	从勹从米	從勹米	從勹米	
		旬	从勹日	同	同	302
		勾	从勹覆人	同	同	302
	包	胞	从肉从包	從肉包	同	302
	苟	苟	从羊省从包省从口	同	同	303
		敬	从攴苟	同	同	303
	鬼	鬼	从人、象鬼頭、从厶	同	同	303
		魁	从鬼彡	同	同	303
		魅	从鬼支聲	從鬼從攴	同	303

九上	夕	畏	从夕虎省	同	同	304
		禺	从夕从牒	同	同	304
	厶	𦐇	从多从羑	從厶羑	從厶從羑。筠注：當作羑聲	304
九下	山	嵒	从山品	從山品聲	從山品聲	306
		岊	从山从卪	從山卩	從山卩	307
		崔	从山隹	同	同	307
		嵩	从山从高	闕	闕	307
			新附字			
	屾	屾	（从）二山也	同	同	307
	广	庫	从車在广下	同	同	308
		廣	从广黃聲	從广黃	同	308
		廛	从广里八土	同	同	309
		庶	从广炗	同	同	309
	厂	𠩺	从广从之省	從广從之省聲	同	310
		仄	从人在厂下	從厂人在厂下	同	311
		厃	从人在厂上	同	同	311
	危	危	从厃自卪止之	同	同	311
	石	硻	从石堅省	從石堅省聲	從石堅省聲	312
		碞	从石品	從石品聲	從石品聲	312
		磬	从石殸	從石殸聲	同	312
		磊	从三石	同	同	312
	勿	易	从日一勿	同	同	314
	而	耏	从而从彡	從彡從而亦聲	從彡從而、而亦聲	314
	豕	豦	比豕虍	同	同	315
		豙	从豕辛	同	同	316
		豩	（从）二豕也	同	同	316
	㣇	𧰨	从二㣇	同	同	316
	彑	彖	从彑从豕	同	同	316
		彖	从彑从豕省	從彑從豕聲	同	317
	豚	豚	从彑省，象形，从又持肉以給祠祀也	同	同	317
十上	馬	𩡧	从馬从八	從馬八聲	從馬八聲	321
		騛	从馬从飛	從馬飛聲	從馬飛聲	322
		馺	从馬从及	從馬及聲	從馬及聲	323
		驫	从三馬	同	同	325

十上	廌	薦	从廌从艸	從廌艸	同	326
		灋	从水廌从去	從水廌	從水從廌去	326
	鹿	麂	从鹿从牝省	從鹿牝省聲	同	327
	麤	麤	从三鹿	同	同	327
		塵	从麤土	從麤從土	從麤從土	327
	怱	毚	从怱兔	同	同	327
	兔	逸	从辵兔	兔	同	328
		冤	从兔从冂	從冂兔	從冂兔	328
		娩	从女兔	同	同	328
		毚	从三兔	同	同	328
	犬	尨	从犬从彡	從犬彡	同	329
		臭	从犬目	從犬目聲	同	329
		獿	从犬夒	從犬夒聲	從犬夒聲	329
		猜	从犬从舌	從犬舌聲	從犬從舌、舌亦聲	330
		戾	从犬出戶下	同	同	330
		猭	重文「玃」，从豕示	同	同	330
		臭	从犬从自	同	同	330
		猋	从三犬	同	同	330
		狀	从二犬	同	同	332
		獄	从狀从言	從狀言聲	同	332
		蚡	重文「鼢」，从虫分	同	同	332
	火	褒	从火从育	從火育	同	334
		蘺	重文「燃」，从艸難	同	同	334
		灰	从火从又	從火又	同	335
		叜	从上案下也，从冃，又持火	同	同	336
		燾	从火从龜	從火龜聲	同	336
		爕	从火桼	同	同	336
		灾	重文「烖」，从宀火	同	同	336
		照	从火昭聲	從昭從火	同	337
		㷀	从火从多	從火多聲	從火多聲	337
		光	从火在人上	同	同	337
		炅	从火日	從火日聲	同	337
		烕	从火戌	同	同	337
	炎	炎	从重火	同	同	338

十上	炎	燅	从炎从㚒省	從炎熱省聲	從炎從熱省	
		燮	从又持炎辛	同	從炎從又羊聲	338
		粦	从炎舛	從炎舛聲	從炎舛聲	338
	黑	黑	从炎上出○	同	同	338
十下	焱	焱	从三火	同	同	341
		熒	从焱冂	同	同	341
		桑	从焱在木上	同	同	341
	炙	炙	从肉在火上	同（「火」部重出）	同	341
	赤	赤	从大从火	從大火	從大火	342
		赫	从二赤	同	同	342
	大	夾	从大俠二人	同	同	342
		奄	从大从申	從大申	同	342
		契	从大㓞	從大㓞聲	從大從㓞	343
		夷	从大从弓	同	同	343
	矢	吳	从矢口	同	同	343
	夭	喬	从夭从高省	同	從夭從高省聲	344
		秂	从屰从夭	同	同	344
	交	絞	从交从糸	從交糸聲	從交從系、系亦聲	344
	壺	壹	从凶从壺	同	同	345
	夲	奎	从大从羊，一曰：大聲也	同	同	345
		睪	从橫木从羊	同	同	345
		圉	从羊从口	從羊口	從羊從口	345
		盩	从羊攴見血也	同	同	345
		報	从羊从𠬝	同	同	345
	夲	夲	从大从十	同	同	346
		暴	从日出夲廾之	從夲	同	346
		奏	从夲从廾从屮	同	同	346
		皋	从夲从白	從白從夲	從夲從白、夲亦聲	
	亣	亣	从大而八分也	同	同	347
		奯	从亣歲	同	從亣歲聲	347
		界	从亣从畾、畾亦聲	從畾從亣	同	347
	大	昊	从大从白	從大白	同	347
		奰	从三大三目	同	同	347
	夫	規	从夫从見	從夫見聲	同	348
		𡙪	从二夫	同	同	348

十下	立	䇐	从立从隶	從立隶聲	從立隶聲	348
		竦	从立从束	從立束、束亦聲	從立從束、束亦聲	348
		㣙	从立从彔	從立彔聲	從立從彔、彔亦聲	348
	竝	竝	从二立	同	同	349
		暜	重文「朁」，从𡘋从日	同	同	349
	囟	膟	重文「𡄃」，从肉宰	重文「𡄃」，從宰肉	同	349
	心	意	从心从音	從心音聲	同	349
		悳	从直从心	同	同	350
		慶	从心从夂从鹿省	從心夂（從鹿省）	同	351
		思	从心从冊	從心冊聲	同	353
		愚	从心从禺	從心禺	同	353
		態	从心从能	從心能	同	353
		憜	从心墮省	從心隋聲	從心隋聲籀	354
		㦠	从心从滿	從心滿聲	從心滿聲	355
		愳	从心在旦下	從心旦	同	356
		憂	从心从頁	從心頁聲	從心頁聲	357
	惢	惢	从三心	同	同	358
十一上	水	衍	从水从行	從水行	同	365
		潮	从水朝省	從水朝省聲	從水朝省聲	365
		沖	从水中	從水中聲	從水中聲	366
		汖	从水从穴、穴亦聲	從水穴	從水穴聲	366
		沙	从水从少	從水少聲	從水少	369
		㴻	从水从眾	從水眾聲	從水眾聲	369
		洐	从水从行	從水行聲	從水行聲	370
		決	从水从夬	從水夬聲	從水夬聲	370
		艤	古文「津」，从舟从淮	古文「津」，從舟淮	古文「津」，從舟淮	370
		洄	从水从回	從水從回	從水回聲	370
		浮	从水从子	同	同	371
		砅	从水从石	從石從水	同	371
		㑂	从水从人	從人從水	同	371
		溲	从水从叟	從水叟聲	從水叟聲	371
		旳	奇字「涿」，从日乙	同	同	371
		㳍	从水从阞	從水阞聲	從水阞聲	372

十一上	水	瀾	重文「涸」，從水鹵舟	闕	同	372
		湏	古文「沬」，從水從頁	同	同	375
		浣	重文「澣」，從水從完	同	同	375
		淼	從三水	闕	闕	377
			新附字			
十一下	㙓	㙓	（從）二水也	同	同	379
		㳂	從㙓充	從㙓從充	同	379
		涉	從㙓從步	從步㙓	從步㙓	379
	瀕	瀕	從頁從涉	同	同	379
	く	甽	古文「く」，從田從川	古文「く」，從田巛 [註4]	同	380
	川	邕	從川從邑	從巛邑	同	381
		侃	從𡿨從川	同	筠注：當云川亦聲	381
		州	從重川	同	同	381
	灥	灥	（從）三泉也	同	同	381
		厵	從灥出厂下	同	同	381
	厎	衈	從厎從血	同	同	382
		覒	從厎從見	同	同	382
	谷	睿	從谷從𣦍	（從谷）從𣦍	從𣦍谷	382
	仌	冰	從仌從水	從水仌	從水仌	383
		冬	從仌從夂	從仌夂	從仌從夂。筠注：夂亦聲	383
	雨	電	從雨從申	從雨申聲	從雨中申聲	384
		屚	從雨在尸下	從雨在尸下屋也	同	385
		靬	從雨從革	從雨革聲	從雨革聲	385
	魚	鱻	從三魚	同	同	389
		𩻸	（從）二魚也	同	同	390
		漁	從𩻸從水	從水𩻸	從𩻸從水。筠注：𩻸亦聲	390
	龍	龖	從二龍	同	同	390

〔註 4〕 「川」與「巛」形屬同一字，然各家注本篆形相異，筆者仍以注本所使用的字型為依據。

十二上	乙	孔	从乙从子	從乙子	同	393
		乳	从孚从乙	同	同	393
	至	䡝	从至、至而復遜遜循也	同	同	394。
		臺	从至从之从高省	從至高省	從至從高省。	394
		臸	从二至	同	同	394
	鹵	鹺	从鹵差省聲	從鹵差省	同	395
	戶	扇	从戶从翄聲	從戶翅省	從戶從翄省	395
		肁	从戶从聿	從戶聿聲	同	396
	門	闢	从門从𠬞	同	同	397
		開	从門从开	從門开聲	同	397
		閒	从門从月	同	同	397
		閑	从門中有木	同	同	397
		閉	从門才，所以歫門也	同	同	397
		閃	从人在門中	同	同	398
		闖	从馬在門中	同	同	398
	耳	聯	从耳从絲	同	同	399
		联	从耳从矢	同	同	399
		聑	从二耳	同	同	399
		聶	从三耳	同	同	399
	手	捧	从手㚘	從手㚘聲	從手㚘聲	400
		拜	从兩手	同	同	400
		摯	从手从執	從水執聲	從手執聲	401
		掾	从手彖聲	從手彖	同	402
		插	从手从臿	從手臿	從手臿聲	402
		㮹	重文「擳」，从折从示	重文「擳」，從折示	同	402
		辿	闕	古文「擳」，从止辵	闕	237
		承	从手从卪从収	從手卪収	同	403
		招	从手召	從手召聲	從手召聲	403
		辶	古文「撫」，从辵亡	古文「撫」，從亡辵	同	403
		投	从手从殳	從手殳聲	從手殳聲	403
		撜	重文「拼」，从手从登	同	同	404
		抛	从手从尤从力	闕	闕	408
			新附字			
	𠦬	脊	从𠦬从肉	從肉從𠦬	同	409

		妻	从女从屮从又	同	同	412
		婦	从女持帚灑掃地	同	同	412
		威	从女从戌	從女戌聲	從女戌聲	412
		奴	从女从又	從女又聲	從女又聲	413
		好	从女从子	同	同	414
		嫋	从女从弱	從女弱聲	從女弱聲	414
		委	从女从禾	從女禾聲	從女禾聲	414
	女	如	从女从口	同	同	415
		晏	从女日	從女晏省聲	同	415
		嬰	从女賏	同	筠注：當云賏亦聲	416
		媛	从女从爰	從女爰聲	從女爰聲	416
		佞	从女信省	從女仁聲。鍇注：仁非聲	從女仁聲	416
		姦	从二女	同	同	418
		姦	从三女	同	同	418
	丑	毒	从屮从毐	從毐屮	同	419
	丿	弗	从丿从乀从韋省	從韋省從丿	從丿從乀從韋省。筠注：乀亦聲	419
十二下		戎	从戈从甲	從犬甲	同	421
		戟	从戈倝	從戈倝聲	從戈倝聲	
		戍	从人持戈	同	同	421
	戈	或	从口从戈以守一	從口戈以守一	同	421
		戔	从从持戈	同	同	421
		武	止戈為武	同	同	421
		戠	从戈从音	同	同	422
		戔	从二戈	同	同	422
	我	我	从戈从才	從戈才	同	421
		義	从我羊	從我從羊	從我從羊	422
	乚	直	从乚十从目	從十目乚	從十目乚	424
	匕	匹	从入乚	同	同	424
		匃	逯安說亡人為匃	同	同	424
		區	从品在匸中	同	同	424
	匸	匽	鉉曰：从匸从內	從匸丙聲	從匸丙聲	424
		医	从匸从矢	從匸矢、矢亦聲	從匸從矢、矢亦聲	424
		匠	从匸从斤	從匸斤	同	425
	弓	弛	从弓从也	從弓也聲	從弓也聲	428

十二下	弓	弢	从弓从攴	從弓攴	同	428
		弴	重文「彈」，从弓持丸	重文「彈」，從弓打丸	同	428
	弜	弜	从二弓	同	同	428
	弦	盭	从弦省从盩	同	同	429
	系	繫	重文「系」，从縠處	同	同	429
		絲	籀文「系」，从爪絲			
		孫	从子从系	從子孫	同	429
		縣	从系从帛	從系帛	同	429
十三上	糸	繭	从糸从虫毇省	同〔註5〕	從糸從虫芇聲	431
		紌	重文「織」，从糸从式	同	同	432
		絕	从糸从刀从卩	同	同	432
		繼	从糸𢆶	同	同	432
		賡	古文「續」，从庚貝	同	同	432
		綏	从糸从妥	同	同	439
	素	素	从糸、巫取其澤也	同	同	440
	絲	絲	从二糸	同	同	440
	虫	䖵	古文「蚳」，从辰土	同	同	442
		盧	从虫庫	同	從虫庫聲	444
		蚰	籀文「虹」，从虫从申	同	籀文「虹」，從申	446
十三下	蚰	蚰	从二虫	同	同	447
		蚊	重文「蝨」，从虫从文	同	同	448
		蜉	重文「蠭」，从虫从孚	同	同	448
	蟲	蟲	从三虫	同	同	448
		蟲	古文「蟊」，从虫从牟	同	同	448
		蠱	从蟲从皿	同	同	448
	黽	蠅	从黽从虫	同	同	451
		鼁	从黽从旦	同	同	451
	二	恆	从心从舟在二之間	從心舟在二之間	同	452

〔註5〕小徐卷二五（即大徐卷十三上）闕，今見小徐之版本乃以大徐本補苴之。

十三下	土	坤	从土从申	從土申	同	452
		塊	重文「凷」，从土鬼	重文「凷」，從土鬼	重文「凷」，從土鬼	453
		埭	从土从帚	從土帚聲	同	454
		堊	从土从畾省	從畾省從土	同	454
		封	从之从土从寸	從土之寸	從土屮寸	454
			籀文「封」，从半	籀文「封」，從丰土	同	
		墨	从土从黑、黑亦聲	從土黑	同	454
		汝	重文「坻」，从水从夊	同	同	454
		渚	重文「坻」，从水从耆	重文「坻」，從水耆	重文「坻」，從水耆	
		墼	古文「堊」，从土即	同	同	454
		塞	从土从宲	從土宲聲	從土宲聲	455
		圣	从土从又	從又土	同	455
		堅	从土从聚省	從土聚省聲	從土聚省聲	455
		圭	从重土	同	同	456
		垚	从三土	同	同	457
		堯	从垚在兀上	同	同	457
	堇	堇	从土从黃省	從黃省從土	同	457
	里	里	从田从土	從田從土，一曰：士聲也	同	457
		壄	古文「野」，从里省从林	古文「野」，從林	同	457
	田	甸	从田包省	從田包省聲	從田包聲。筠注：當云從勹	458
		畜	《淮南子》曰：玄田爲畜	同	同	458
		疇	从田从茲	從茲田	從田從茲	458
	畕	畕	从二田	同	同	459
		畺	从畕、三其界畫也	同	同	459
	男	男	从田从力	從田力	從田力	459
	力	勛	古文「勳」，从員	古文「勳」，從員力	同	460
		劣	从力少	同	同	460
		勞	从力熒省	同	同	460
		加	从力从口	從力口	同	461
		戚	重文「勇」，从戈用	同	同	461
		劫	以力止去曰劫	吕力去曰劫	同	461

十三下	劦	劦	从三力	同	同	461
		協	从劦从心	從劦心	同	461
		勰	从劦从思	從劦思	同	461
		恊	从劦十	從劦十聲	從劦從十	461
		旪	古文「協」，从日十	重文「協」，從日	重文「協」，從日	
		叶	古文「協」，从口	古文「協」，從口十	古文「協」，從口十	
十四上	金	鑾	从金从鸞省	從金鸞省聲	從金從鸞省聲	469
		銜	从金从行	從金行	同	469
		鎦	从金从丣刀	從金畱聲	從金畱聲	470
	几	凭	从几从任	同	同	471
		凥	从尸得几而止	同	同	471
		処	从几从夊	從夊得几而止	從夊得几而止	471
	且	俎	从半肉在且上	同	同	472
	斤	斯	从斤㬻	從斤㬻聲	從斤㬻聲	472
		釿	从斤金	從金從斤	同	472
		斷	从斤从𢇍	從斤𢇍	同	472
		所	（从）二斤也	同	同	472
	斗	料	从斗米在其中	從米在斗中	同	472
	車	鐻	重文「轙」，从金从獻	重文「轙」，從金獻	重文「轙」，從金獻	475
		衛	从車从行	從車從衛省聲	從車從行，一曰：衍省聲	475
		軍	从車从包省	從包省從車	同	475
		軵	从車从付	從車付	同	476
		輂	从車从𫝆	從車𫝆	同	477
		斬	从車从斤	從車斤	同	477
		轟	从三車	同	同	447
	𠂤	官	从宀从𠂤	同	同	478
	𨸏	陝	從𨸏夾聲	从𨸏夾	同	478
		陟	从𨸏从步	從𨸏步	同	480
		陧	从𨸏从毁省	同	同	480
		𨼊	从𨸏从與	從與𨸏	從與𨸏	481
	𨺅	𨺅	从二𨸏	同	同	482
		隘	籀文「䲣」，从𨸏益	篆文「䲣」，從𠂤	同	482
十四下	宁	𠂤	从宁从𠂤	從𠂤從宁、宁亦聲	從𠂤從宁、宁亦聲	483

十四下	叕	綴	从茻从糸	從糸從叕、（叕）亦聲	從糸從叕、（叕）亦聲	483
	九	馗	从九从首	從九首	從九首。筠注：首亦聲	484
	嘼	獸	从嘼从犬	從犬嘼、（嘼）亦聲	從犬嘼、嘼亦聲	485
	乙	亂	从乙从𤔔	從𤔔從乙	同	486
	己	㠱	从己丞	從己從丞	同	487
	巴	祀	从巴帚	從巴帚聲	同	487
	辛	皋	从辛从自	從自辛	同	488
		辯	从辛从受	從受辛	同	488
		辭	（从辛）从𤔔	從𤔔辛	從𤔔辛	488
	辡	辡	从二辛	同	同	488
		辯	从言在辡中	從言在辡之間	從言在辡之間	488
	子	孕	从子从几	從子几	從子几	489
		㝃	从子从免	從子免	同	489
		存	從子在省	從子在省	從子才聲	
	𡿧	𡿧	从三子	從三子	同	490
		孱	从𡿧在尸下	從𡿧在尸下，一曰：孱聲	從𡿧在尸下，一曰：孱聲	490
		𣦵	从𡿧从日	同	同	490
	丑	羞	从丑从肉	從肉丑、丑亦聲	從肉丑、丑亦聲	491
	辰	辱	从寸在辰下	同	同	492
	申	臾	从申从乙	同	同	493
	酉	酎	从酉从時省	從酉時省	從酉肘省聲	494
		醉	从酉从卒	從酉卒	從酉卒。筠注：當云卒聲	495
		茜	从酉从艸	同	同	495
		醓	从酉𥁕	從酉𥁕聲	從酉𥁕聲	496
	酋	尊	从酋廾以奉之	同	同	497
合計			959	789	789	

　　筆者需說明，本表格僅羅列三家版本收錄的會意字例，至於釋形的正確與否則不本論文討論的重點，關於會意字的相關問題可參照石定果及張進明二位先生的說法。〔註6〕

〔註6〕石定果統計出《說文》會意字有 634 個（見《〈說文〉會意字研究》二「考析」，

【說明】

一、「一曰」之後釋形術語若是「某聲」，歸爲形聲。

二、「注語」後之術語爲「某聲」或「某亦聲」者，歸爲形聲。

三、同一字例若列舉「重文」者，仍以一字計算。

頁 83。）張進明則統計有 750 個（見《〈說文解字〉會意字探原》四章「結論」，頁 446，台中：靜宜大學中文所碩士論文。民國 90 年 1 月）

附錄二：關於「無聲字多音」

一、定　義

　　舉凡文字不帶聲符之字皆稱「無聲字」。林尹先生整理黃侃先生〈研究《說文》之條例〉言：

> 《說文》內有無聲之字、有有聲之字，無聲字者指事象形會意也。
> 有聲字者，形聲字是也。無聲字可依其說解而尋其語根，有聲字者，
> 可依其聲母而辨其體系。〔註1〕

又言：

> 形聲字有與所从聲母聲韻畢異者，非形聲字自失其例，乃無聲字多
> 音之故。〔註2〕

林尹先生言：

> 形聲字之音，或有與其偏旁之聲韻迥異者，此蓋無聲字多音之故也。
> 無聲字者，即指事、象形、會意之字，或爲意象，或爲形象，或爲
> 意合，其形體無聲，由於造字者憑其當時之意識，取其義而定其聲
> 者也。以文字非一時一地一人所造成，因造字者意識之不同，與方
> 言之有異，故同一形體，每有不同之意識不同之音讀，此無聲字之
> 所以多音而且多異訓也。〔註3〕

〔註1〕見陳新雄〈《說文解字》之條例〉，頁69，《木鐸》十期，民國73年6月。

〔註2〕同上。

〔註3〕見相菊潭《說文二徐異訓辨·序》，頁2，台北：正中書局，民國53年8月臺初版。

陳新雄先生加以論述：

> 實即形聲字所馳得聲之最初聲母。所謂最初聲母，即文字中不含音
> 符者；其含音符者，即爲聲子，凡聲子即非無聲字。質言之，即一
> 文字不再從他字得聲者則無聲字也。〔註4〕

陳飛龍亦言：

> 蓋形聲字之作，或以形符爲初文另附聲符以成之，或以聲符爲初文
> 另附形符以成之，然其構成初文，咸不脫無聲字之範疇也。〔註5〕

又言：

> 是以凡形聲之音，或有與其偏旁之聲韻迥異者，此或無聲字多音之
> 故，萬萬不可以爲非聲，或輒改爲會意。〔註6〕

舉例說明無聲字與有聲字之差異：

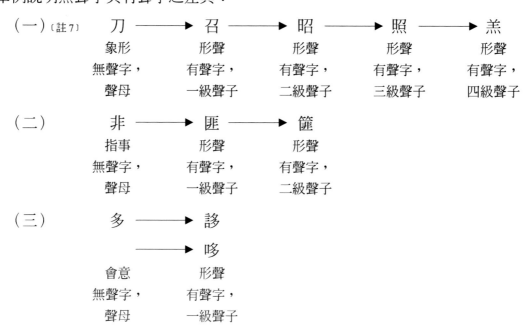

由以上三項字例得知：象形、指事、會意作爲形聲字聲符時，所孳生之字群皆從該聲符得聲，故「聲母」之概念即是具同源關係之字群最初的聲音來源。

〔註4〕見陳新雄〈無聲字多音說〉，頁2，《輔仁人文學報》二期，民國61年1月。

〔註5〕見陳飛龍《說文無聲字考》「諸言」，頁1，台北：文史哲出版社。民國80年11月五版。

〔註6〕見陳飛龍《說文無聲字考》「緒言」，頁2。

〔註7〕字例援引陳新雄〈無聲字多音說〉，頁2。

二、形成原因

　　文字既非一人一時一地而造，故各地之人可能有「取意不同，形象相同。」之文字產生，而音隨意轉，故結果造成一字具有多音之現象。據陳新雄先生指出無聲字多音之原因有四項：〔註8〕

　　（一）文字之初起，本緣分理之可相別異，以圖寫形貌，然文字非一時、一地、一人所造，各地之人，依其意象以爲文字，因其主觀意象之殊異，雖形象相同，取意盡可有別，義既別矣，音亦隨異，此無聲字多音之故一也。如一「○」形也。或以爲日，或以爲圓，或以爲圍，無施不可，則此一形象，兼有三義三音矣。

　　（二）造字之時，原非一字，音義本異，只以形體之相近，後人不察，乃合爲一體，因而形同而音義殊矣。此無聲字多音之故二也。……《說文》一篇上，「｜」部云：｜、上下通也。引而上行讀若囟。讀囟之體，蓋當作｜，引而下行讀若退，讀退之體，蓋當作｜。三體相似，故訛混爲一，而｜除古本切一音外，又兼含囟退二音矣。〔註9〕

　　（三）古者文字少而民務寡，是以多象形假借。一字之形，既借爲他字之用，則必亦假他字之音，以傳此字之形。此無聲字多音之故三也。例如《說文》一篇下「中」部，中、艸木初生也。象｜出形有枝葉也。古文或以爲艸字，讀若徹。中本艸木初生音則讀若徹，自古文假以爲艸字之用，則必具艸字蒼老切之音矣。

　　（四）形聲之字，所從之聲，每多省聲，而所省之聲，其形偶與他字相涉，於是字音亦遂涉而異，此無聲字多音之故四也。《說文》九篇上：頮、頮妍也。從頁翩省聲，讀若翩。今讀王矩切者，乃翩之

〔註8〕 茲摘錄陳新雄先生說法，見《訓詁學》（上冊）二章「訓詁與文字之關係」，頁51，台北：學生書局。民國85年9月增訂版。

〔註9〕 陳先生早期將該字例歸爲第一項，並言：「……此可能於造字之時，甲地之人，造一『｜』字，而賦以『下上通』之意義，而音則讀『古本切』也；乙地之人，亦可能由下引上造一『｜』字，而賦以『上進』之義，音則讀若『囟』也；丙地之人，亦可能由上引下造一『｜』字，而賦以『下退』之義，音則讀若『丼』也。殆後文字統一，乃同一『｜』而具有三義三音也。」見〈無聲字多音說〉，頁3，《輔仁人文學報》二期。

> 省形羽之音也。羽之形因兼有顥音矣。蓋一字得聲或從其本聲之朔，
>
> 或從其省後之文，展轉蕃變，音亦隨之。

因此關於無聲字多音之現象包含造字者因時因地之意象不同、本形、音、義相異之兩字後因圖形相近而合成一字，某字被假借而音亦久假不歸及省聲之字和另一字形相近，音就隨著字形相附等四項因素，顯示無聲字多音和「聲符兼義」之情形一樣，並非憑空出現，而是文字客觀存在事實之現象。

三、無聲字多音之作用

潘重規先生承黃侃先生之說，綜其功用，共有四項：

> 一可助語根之推求。二可折音義之流派。三可釋聲子聲母聲韻絕遠
>
> 之疑。四可明前師異讀韻書多音之故。〔註10〕

即是「同源詞」之推求，凡從某聲多有某義、釋疑得聲之字與被得聲之字及瞭解古書之音讀四項功能，故明無聲字多音之理，有助於古音之考訂，音轉有方，以科學性的方式釐清無聲字被誤解之現象。

〔註10〕見陳新雄《訓詁學》（上冊）二章「訓詁與文字之關係」，頁51。